Victoria Scott • Dante Walker – Seelensammler

Foto: © Victoria Scott

DIE AUTORIN

Victoria Scott ist die Autorin der erfolgreichen Serie »Feuer & Flut« und der »Dante Walker«-Serie. Sie lebt mit ihrem Mann in Dallas, Texas und arbeitet an einem neuen, geheimen Projekt. »Dante Walker – Seelensammler« ist der Beginn einer wunderbar romantischen Serie um den attraktiven Dante und seinen Job als Seelensammler für den Teufel.

Victoria Scott

Dante Walker – Seelensammler

Aus dem Englischen
von Michaela Link

cbt

Kinder- und Jugendbuchverlag
in der Verlagsgruppe Random House

MIX
Papier aus verantwortungsvollen Quellen
FSC
www.fsc.org
FSC® C014496

Verlagsgruppe Random House FSC® N001967
Das für dieses Buch verwendete FSC®-zertifizierte
Papier *Salzer Alpin* wird produziert
von UPM, Schongau und geliefert
von Salzer Papier, St. Pölten, Austria.

1. Auflage
Erstmals als cbt Taschenbuch Dezember 2015

Die Originalausgabe erschien unter dem Titel
»The Collector« bei Entangled Teen, LLC, New York

Übersetzung: Michaela Link
Lektorat: Lars Schiele
Umschlaggestaltung: init | Kommunikationsdesign,
Bad Oeynhausen uner Verwednung des
Originalmotivs von © Ryan Royce
MG · Herstellung: kw
Satz: Buch-Werkstatt GmbH, Bad Aibling
Druck: GGP Media GmbH, Pößneck
ISBN: 978-3-570-31010-6
Printed in Germany

www.cbt-buecher.de

Für Ryan,
der darauf beharrt,
mich mehr zu lieben als Pommes.
Du bist der Richtige.
Ich liebe dich, ich liebe dich.

»Mein ganzes Leben lang hat sich
mein Herz nach etwas gesehnt,
was ich nicht benennen kann.«
André Breton

Leute, was läuft? Ich bin Dante.

Letzten Sommer habe ich diese Alte in Chicago kennengelernt. Sie sagte, sie steht auf meine roten Chucks, und ich stehe auf ihren guten Geschmack. Wir haben geredet, und als die Sonne unterging und die Nacht über uns aufzog, habe ich ihr irgendwie … alles erzählt. Ich weiß nicht, warum es herauskam. Es kam eben. Die Alte, eine Schriftstellerin, wie es schien, fragte mich, ob sie mit meiner Geschichte rüberkommen darf. Und warum auch immer, ich habe zugestimmt. Fertig aus. Manchmal riskiere ich gern ein bisschen. So bin ich eben.

Das ist es also – mein Leben, von ihr erzählt. Ich schätze, diese Geschichte musste früher oder später einfach durchsickern. Von mir bekommt ihr sie wenigstens ehrlich.

Das heißt, wenn ihr einem Dämon vertraut.

Dante Walker

HERAUSFORDERUNGEN

»Stolz ist die Hauptsünde des Teufels,
und der Teufel ist der Vater der Lügen.«
Edwin Hubbell Chapin

1

Der Briefumschlag

Ich hab die Krise, bin außer Form, leiste mir Fehlwürfe, treffe nicht mal mehr ein Scheunentor.

Ich habe ein schlechtes Jahr.

Mein Boss ist nicht erfreut, und er ist nicht der Typ, den man verärgern will. Er ist der ultimative Arsch, der keine Ausreden hören will, nicht mal die erstklassigen, die ich auf Lager habe. Aber hey, es ist nur ein Job. Und im Großen und Ganzen mache ich ihn verdammt gut.

Ich bin *der* Sammler.

Es ist nicht so schlimm, wie es klingt. Ich bin so was wie der Weihnachtsmann. Wir sind beide fröhliche Jungs mit einer Vorliebe für Zuckerplätzchen, die Farbe Rot … und das Sortieren von Seelen. Mein Job ist einfach: die Menschheit durchjäten und allen ein großes rotes »Gut« oder *»Böse«* auf die Hintern stempeln. Der Heilige mit der Zipfelmütze kriegt die Guten, und ich kriege die, die Spaß machen.

Vor zwei Jahren war ich ein ganz normaler, durchschnittlicher Siebzehnjähriger. Na gut, das war gelogen. Ich war nie Durchschnitt. Ich sehe aus wie ein Filmstar und bewege mich wie ein Athlet. Daran hat sich nichts geändert, als ich den Löffel abgegeben habe. Es ist okay, auch so sein zu wollen und mich zu beneiden. Verbotenes Begehren ist eine köstliche Sünde – schmeckt wie Hühnerfleisch. Aber neidet mir nicht meinen Erfolg als Sammler. Den habe ich mir verdient. Wie Michael Jordan habe ich so oft geworfen, bis jeder Wurf ein Treffer war. Ich kann jede einzelne böse Seele wittern und zur Strecke bringen. »Affe tot? Stempel drauf, Klappe zu!«

Der große Boss schmeißt die Unterwelt, und ich bin seine Nummer eins hier oben. Ich bin tatsächlich so gut, dass ich den anderen fünf Sammlern beibringe, wie sie noch besser werden können. Man braucht kein Genie zu sein, um das Spiel zu verstehen: Man sammelt die Seelen, die gesiegelt sind.

»Siegel sind unsere Freunde«. Ich sage es schön langsam, es macht mir einfach Spaß, den Checker raushängen zu lassen.

Es ist kinderleicht. So leicht, dass es mich in letzter Zeit langweilt. Vielleicht ist das der Grund, warum meine Zahlen in den Keller gegangen sind. Aber keine Sorge. Ich bin schon dran. Schwierigkeiten sind Herausforderungen, und ich mag Herausforderungen.

Gerade kommt eine Herde von Männern in Businessanzügen auf mich zugestolpert, die zu alt sind, um so hinüber zu sein. Was tun sie überhaupt auf der Bourbon Street in New Orleans? Peinlich glotzen, das tun sie. Einer mit Elefantenohren löst sich von der Herde und geht auf ein Mädchen zu, das halb so alt ist wie er. Seine Arme schwingen in riesengroßen Kreisen, bis etwas Gelbes aus seiner riesigen Trinkstange läuft.

Echt in Bestform.

Das Mädchen wendet sich ihrer Freundin zu – offensichtlich, um Blickkontakt mit dem betrunkenen Trampel zu vermeiden. Das kümmert ihn nicht. Er wirbelt sie herum, zeigt ihr seine bunte Perlenkette und versucht, ihr die Bluse hochzuziehen. Das ist der Deal, richtig? Perlen für Brüste? Aber diesmal nicht. Das Mädel bleibt cool, haut ihm eine runter und stürmt davon. Ihre Absätze klackern übers Straßenpflaster.

Trampel glotzt ihr nach, und seine Freunde johlen vor Lachen. Seine rot geränderten Augen weiten sich für eine Sekunde, dann beginnt er ebenfalls zu lachen. Er ist alles in allem ziemlich billig davongekommen. Aber wir sind noch nicht fertig miteinander. Oder besser gesagt, ich bin noch nicht fertig mit ihm.

Ich betrachte den Mann so, wie nur ich es kann. Ein warmes, gelbes Licht kriecht ihm über die Haut und flackert. Fast so, als stehe er in Flammen. Dieses Licht ist seine Seele, und ich sehe die daumennagelgroßen Rechtecke, die Siegel, die es teilweise verdunkeln. Siegel kriegt man, wenn man etwas Böses tut, oder wie ich es sehe, etwas *Aufregendes*. Etwas, das ich nur zu gern tun würde, wenn ich von den Toten zurückkommen könnte. Mein Licht würde mit einem lauten Knall verlöschen. Aber ich kann nicht. Also drücke ich die Stechuhr und mache, was ich am besten kann.

Die Siegel haben unterschiedliche Farben, je nach unserer emotionalen DNA oder irgend so einem Quatsch. Zwischen den schwarzen Minisiegeln des Typen kleben andere Siegel. *Unsere* Siegel. Sammlersiegel sind größer als die, die man automatisch bekommt, wenn man sündigt, und richten daher viel mehr Schaden an.

Damit der große Boss weiß, wer was getan hat, haben unsere Siegel verschiedene Farben, und dieser Typ sieht bereits aus wie Regina Regenbogen. Jetzt kriegt er noch ein weiteres Siegel dazu. Ich schnippe mit den Fingern, und zischend legt sich ein rotes Siegel, so groß wie eine Briefmarke, auf sein Licht. Er hat nichts gespürt, aber er hat es ganz sicher verdient. Seine Seele leuchtet noch etwas weniger als zuvor. Sobald ihr Licht vollkommen verdeckt ist, ist es vorbei. The End! Wir sammeln seine Seele ein und bringen sie nach unten. Ich forme meine Hand zu einer Waffe und feuere weitere Siegel auf ihn ab. »Peng! Getroffen!«

Wieder beißt einer ins Gras.

Heute spiele ich meine Rolle als Schwergewicht im Team Hölle. Das Spiel funktioniert wie eine Benzinanzeige. Auf der einen Seite ist die Hölle, auf der anderen der Himmel. Der kleine, orangefarbene Zeiger neigt sich zwischen den beiden hin und her, je nachdem, wer die meisten Seelen hat. Wir Sammler sind die Absicherung für den großen Boss, damit der Oberguru (alias Herr des Himmels) nicht gewinnt. Aber er kann ganz entspannt sein. Niemand behält jemals die Oberhand. Sonst würden sich die Tore des Himmels – oder der Hölle – öffnen und alles, was da so dahintersteckt, würde sich auf die Erde ergießen.

Oder irgend so ein anderer Märchenscheiß.

Nachdem der Trampel mit der Vorliebe für Brüste weg ist, stehe ich in der Tür der Cat's Meow Bar und beobachte, wie Leute das tun, was mich dahin gebracht hat, wo ich jetzt bin. Diese Stadt ist eines unserer Hauptsammelgebiete. Da es Milliarden Menschen, aber nur sechs Sammler gibt, müssen wir uns auf ergiebige Jagdgründe konzentrieren, wenn wir etwas erreichen wollen. Die meisten Menschen kommen zum Tag des Jüngsten Gerichts. Das kann eine Ewigkeit in der Hölle bedeuten oder auch nicht. Deshalb holt der große Boss sie gern herein, bevor es so weit ist – wenn er kann. Und New Orleans ist einer der Orte, wo man am leichtesten Quote macht.

Siegel schießen mühelos aus meinen Fingerspitzen. Ich brauche nicht allzu genau darüber nachzudenken, und dafür bin ich dankbar. Ich mag diesen Teil meines Jobs, die namenlosen Gesichter. Seelen sammeln ist nichts Persönliches. Ich gewähre absolute Chancengleichheit, wenn ich meine Siegel verteile. Ich bin mir nicht sicher, ob ich es überhaupt anders könnte.

Aber ich schätze, ich werde es lernen müssen. Ich stecke die Hand in die Tasche und reibe über den schlafenden weißen Briefumschlag. Ich kann beinahe spüren, wie er sich gegen meinen Oberschenkel presst, als wäre er lebendig. Als hätte er eine Zunge und Zähne.

»Dante. Oh Dante! Deine Siegel haben mein Schicksal besiegelt.« Ich wirbele herum und sehe Max in einem grauen Armani-Hemd auf mich zukommen. Er packt meine Hüften und stößt mit seinen rhythmisch dagegen. »Oh Dante! Du bist so heiß, wenn du Seelen siegelst.«

Ich schubse den Vollidioten, der mein bester Freund ist, weg und lache. Max tanzt auf einem Bein im Kreis, und alle weichen vor ihm zurück, als wäre er geistesgestört. Er und ich sind die einzigen Sammler, die meistens für die Lebenden sichtbar bleiben. Die anderen vier arbeiten inkognito. Max beendet seinen Tanz und klopft sich die Schultern ab.

»Was zum Teufel war das?«, frage ich.

»Ein neuer Move«, antwortet er sachlich. »Ich nenne es indischer Tanz«.

»Kindischer Tanz, meinst du wohl.«

Max grinst so breit, als ob ich ihm ein Kompliment gemacht hätte. Mein Mitsammler ist sechs Jahre älter als ich, aber er benimmt sich, als wäre er dreizehn. Wir haben uns ein paar Jahre, nachdem er ins Gras gebissen hat und an Bord gekommen ist, kennengelernt. Er redet so schnell, dass ich manchmal Mühe habe, ihn zu verstehen. Ich stelle mir gern vor, dass er der beste Autoverkäufer der Welt war, bevor er draufgegangen ist.

Max breitet die Arme aus und deutet auf seinen Anzug. »Hey, was hältst du von meinem neuen Zwirn?« Nur eines liebt Max mehr als Geld: das, was man mit Geld kaufen kann.

»Nicht übel.«

»Nicht übel?« Er tut gekränkt und presst sich eine Hand aufs Herz. »Scheiße. Dieses Kunstwerk ist auf dem Cover von *GQ*. Und weißt du was? George Clooney hat genau diesen Anzug letztes Wochenende auf einer Party getragen.«

»Nein, hat er nicht.«

Max streicht sich mit einer Hand über sein glatt rasiertes Kinn. »Nein. Nein, ich schätze, das hat er wirklich nicht. Denkst du, irgendjemand sonst würde mir das abkaufen? Ich könnte es heute Abend bei einer der Süßen versuchen. Apropos, sieh dir diesen Mist an.« Er zieht sein Hosenbein hoch. Die goldene Fußkette um seinen Knöchel ist mit Schlumpf-Stickern verziert. »Das hat einer der anderen Sammler gemacht, nachdem ich gestern Nacht ins Koma gefallen bin. Und ob du es glaubst oder nicht, ich kriege die verdammten Dinger nicht ab.«

Ich wackle mit dem Fuß und spüre meine eigene Fußkette, die mir in den Knöchel kneift. Die schwere Fessel macht es uns Sammlern möglich, auf Erden zu wandeln. Zu essen, zu atmen und eine normale Existenz unter den Lebenden zu führen. Außerdem macht sie es möglich, dass der große Boss und die anderen Sammler wissen, wo man gerade ist, wenn sie sich in der Nähe befinden. Eine Portion »Big Brother«, wenn ihr mich fragt, aber wir haben auch die Möglichkeit, sie zu entfernen. Wenn man es als Möglichkeit sieht, seine Fußfessel aufzubrechen und endgültig zu sterben.

Max stößt mich mit dem Ellbogen an. »Von wem träumst du?«

»Von niemandem. Ich denke an diese verdammten Fußfesseln. Ich wünschte, es gäbe eine Möglichkeit, ohne sie hier zu bleiben.« Max ahnt nicht, dass ich genau weiß, woher diese Ketten kommen. Und ich darf es ihm nicht sagen. Denn ich weiß es nur, weil der große Boss es mir bei meiner Ausbildung für meine bevorstehende Beförderung erklärt hat. Vielleicht sollte ich nicht stolz darauf sein, dass der Teufel mir seine Geheimnisse verrät. Aber ich bin es.

»Nun, es gibt keine. Also kannst du das ruhig vergessen, schönes Kind.« Max reibt sich den Nacken und blinzelt in die Sonne. »Zumindest kommen wir von Zeit zu Zeit aus der Hölle heraus. Warum hältst du dich überhaupt damit auf? Jeder weiß doch, dass du zum Seelendirektor befördert wirst. Das heißt dann Daueraufenthalt auf Erden, Hombre. Dann hast du den Jackpot der Unterwelt geknackt. Apropos Jackpot, ich habe Lust zu spielen. Es juckt mich.«

»Ich weiß auch, wo es dich juckt«, erwidere ich.

»Du bist gemein, weißt du das? Einfach widerwärtig.« Max weicht vor mir zurück, geht rückwärts und rempelt die Passanten an. »Du bist gemein, du bist gemein. Deine Mama sagt, du bist gemein!« Und dann ist er verschwunden. Hat sich in Luft aufgelöst.

Ich schüttele angesichts seines dramatischen Abgangs den Kopf. Ich fühle mich mies, weil ich den Umschlag nicht erwähnt habe. Aber Max würde nur eine große Sache daraus machen. Ich ziehe ihn heraus und starre ihn an. In dem Umschlag steht auf einem Zettel der Name meiner Zielperson: Charlie Cooper. Der große Boss will ihre Seele. Sagt, er wird meine gegenwärtige Schwäche vergessen, wenn ich liefere. Das ist ungewöhnlich. Er pickt sich normalerweise niemand Besonderen heraus, und ich hasse es, dass diese Sache persönlich wird. Aber ich bin nicht hier, um Fragen zu stellen, sondern nur, um mein Ding durchzuziehen.

Ich hab ja keine große Wahl.

»Ich bin am Ball«, habe ich zu ihm gesagt, als er mir den Umschlag reichte. »Ich bin hinter ihr her wie der Teufel hinter der armen Seele.«

Das Letzte habe ich nicht gesagt. Er versteht keinen Spaß.

2

An der Flasche

Ich stehe vor einem zweistöckigen Haus im Kolonialstil in einer Gegend, die so nett und ordentlich ist, dass es mir fast hochkommt. Cooper steht auf dem gemauerten Briefkasten. Ich bin richtig. Wie sollte es auch anders sein.

Die Tür ist in einem kräftigen, leuchtenden Rot gestrichen. Meine Mundwinkel verziehen sich zu einem Lächeln. Habe ich meine Affäre mit Rot erwähnt? Es ist eine wunderschöne, vertrauensvolle Beziehung. Nichts, was mit einer so wunderbaren Farbe bedeckt ist, kann jemals schlecht sein. Ich gehe zur Tür, streiche mit der Hand über das rote Holz und seufze. Dann sehe ich etwas, das diesen großartigen Augenblick zerstört.

Hinter mir stolziert arrogant eine Katze herum. Man sollte meinen, sie hätte gerade den Nobelpreis gewonnen. Hat sie aber nicht. Wisst ihr auch, warum? Weil sie eine verfilzte Katze ist. Für den Fall, dass es euch entgangen sein sollte: Ich. Hasse. Katzen. Ich verabscheue sie. Sie haben unheimliche kleine Zähne und Klingen an den Fingern. Ich weiß nicht, wie es euch geht, aber ich kann auf diese Freakshow gut verzichten.

Die Katze sieht mich und verdreht die Augen. Das tut

sie wirklich. Ich schwöre es. Ich male mir aus, wie ich sie über die Straße schmeiße wie ein Torwart den Ball bei einem Abschlag. Ich werfe die Arme hoch und schreie: »Ist ja gut!«

Hinter mir höre ich ein Klick. Ich drehe mich um und sehe eine alte Frau, die sich offensichtlich für eine junge Frau hält, durch die rote Tür gleiten. Sie trägt einen Seidenkimono, der viel zu viel Altweiberbein zeigt. Das blond gefärbte Haar hängt ihr ins Gesicht, und sie trägt mehr Make-up als Lady Gaga. Ohne mich zu bemerken, bückt die Frau sich und greift nach der Morgenzeitung.

»Danke für die Einladung. Natürlich werde ich hereinkommen«, denke ich bei mir.

Ich rausche an ihr vorbei ins Haus. Bestimmt hat sie etwas gespürt, aber ihre Augen überzeugen sie vom Gegenteil. So ist es, wenn ich zum Schatten werde. Unsichtbar, wann immer es nötig ist. Das ist die einzige verschärfte Fähigkeit, die ein Sammler hat. Dank der Fußfessel.

Im Haus riecht es nach altem Mensch. Man sollte meinen, das junge Mädchen würde den Geruch nach Dinosaurier überlagern, aber so ist es nicht. Nicht einmal ansatzweise. Ich frage mich, wo die Eltern der Kleinen sind. Warum sie nicht da sind.

Jeder Zentimeter des Hauses ist mit Blumen und Spitze bedeckt und schreit vor Kitsch. Als hätten Martha Stewart und Tine Wittler sich gemeinsam ausgekotzt. Ich schüttele den Kopf. Diese Leute brauchen einen Innenarchitekten. Sofort. Bei meiner Mutter hätte es so was nicht gegeben. Sie hatte einen kultivierten Geschmack, und Dad hatte genug Asche. Der Gedanke an meinen Vater bringt mich auf die eine Nacht, und mein Magen rebelliert.

Eine gedämpfte Stimme kommt von oben. Ich bin zu weit weg, um zu verstehen, was sie sagt, aber ich weiß, dass sie es ist. Auf dem Weg nach oben male ich mir aus, mit welcher Art von Mädchen ich es zu tun habe. Wenn der große Boss ihre Seele will, muss sie ziemlich verdorben sein, und ich habe schon immer auf verdorbene Mädchen gestanden.

Oben an der Treppe schüttele ich meinen Schatten ab, mache mich wieder sichtbar und gehe im Geiste kurz die Regeln durch. Ich darf so ziemlich alles tun, um dieses Mädchen einzuliefern, aber ich darf sie nicht körperlich verletzen. Alle Sammler wissen, dass die Verletzung eines Menschen einen Krieg zwischen dem großen Boss und dem Oberguru auf der Erde auslösen könnte. Doch alles andere ist erlaubt. Und ich bin mir nicht zu schade für ein paar schmutzige Tricks, um mein Ziel zu erreichen. Ich fahre mir mit einer Hand durchs Haar. Showtime. Ich drücke ihre Tür auf … und mir klappt der Unterkiefer herunter.

Ihr Schlafzimmer ist in einem Rosa gestrichen, von dem ich blind werde. Glitzernde Poster bedecken die Wände. Ein schmales Doppelbett steht in der Mitte des Zimmers, überwölbt von einem Baldachin in purem Rosa. Auf ihrem Bett liegen so viele Kissen, dass sie eigentlich nur noch auf dem Boden schlafen kann. Es gibt keine Fläche und kein Regal, wo kein Glasfigürchen steht. Massen von diesen Dingern. Es ist das Zimmer einer Siebzehnjährigen, die immer noch glaubt, sie sei eine Prinzessin.

Meine Zielperson wendet mir den Rücken zu und plappert in ein Schnurtelefon. Es ist auf alt getrimmt. Und natürlich rosa mit weißen Glitzersteinchen.

»Ich weiß. Ich weiß. Diese Abschlussprüfung wird total schwer werden. Unfassbar schwer.«

Ihre Stimme hat einen ganz schwachen Südstaatendialekt. Das fände ich vielleicht liebenswert, wenn ich nicht so unter Zeitdruck stände. Der große Boss hat sich unmissverständlich ausgedrückt. Ich habe zehn Tage für diese Aufgabe. Und ich schaffe es immer vor meiner Deadline. Es hängt zu viel davon ab, um es zu vermasseln. Wenn ich diese eine magere Seele abliefere, werde ich zum Seelendirektor befördert. Wie Max sagte, bedeutet das die Erde als dauerhaften Einsatzort. Und eines will ich euch sagen: Nie wieder zurück in die Unterwelt zu müssen, ist eine hervorragende Motivation.

Ich klopfe einmal an die offene Tür und seufze.

»Ich glaube nicht, dass ich überhaupt schlafen kann, bis die Prüfung vorbei ist. Wenn ich in diesem Kurs keine Eins bekomme, wird meine Oma mich bei lebendigem Leib häuten und es wie einen Unfall aussehen lassen.«

Komm schon, schau endlich her. Ich klopfe abermals und räuspere mich. Das Mädchen wirbelt herum. Meine Augen weiten sich bei ihrem Anblick. Das ist das Mädchen, hinter dem der große Boss her ist? Sie sieht aus wie ein Porzellanpüppchen. Auf das man mit einem Stock geschlagen hat. Mit einem schmutzigen Stock. Drei Mal.

Ich sehe jedes Detail: Brille, Zahnspange, krauses blondes Haar, Pickel und flach wie ein Brett. Das ist bei einer Siebzehnjährigen so was von gar nicht attraktiv. Vier Mal.

»Heiliger Bimbam! Wir müssen Schluss machen. Da steht ein Junge bei mir in der Tür«, sagt sie in das Telefon. Dann, leiser: »Ja, sehr. Ich muss Schluss machen. Ich erzähl's dir später.« Das Mädchen legt auf, und ein riesiges Grinsen breitet sich auf ihrem Gesicht aus. Sie wickelt sich eine Locke blonden Haares um den Finger. »Hey.«

»Hey«, sage ich. »Deine Oma hat mich reingelassen.«

»Ah ja? Bist du von der Apotheke?« Sie lächelt weiter wie eine liebeskranke Verrückte. Ich kann nicht anders und lächele auch.

»Nein, ich bin hier, um dich zu besuchen«, antworte ich. Das ist anscheinend zu viel für sie. Ihre Augen weiten sich, und sie lacht nervös. Ich schüttele den Kopf, aber das hat keine Wirkung auf sie. »Bist du Charlie?« Sie nickt, und ihr Gesichtsausdruck verändert sich. Nur ein wenig, aber ich bemerke es. Sie ist überrascht, dass ich ihren Namen kenne. »Ich bin gerade erst hierhergezogen. Meine Mom kennt deine Oma. Sie sagte, ich solle mal vorbeikommen und mich vorstellen. Meinte, wir würden uns bestimmt gut verstehen. Ich bin Dante.«

Charlie mustert mich mit ihren blauen Augen durch dicke Brillengläser. »Wo kommst du her … Dante?«

»Phoenix.« Lügen ist mir immer leichtgefallen. Verurteilt mich nicht.

»Warum seid ihr nach Peachville gezogen?«

»Mom hat hier eine neue Stelle bekommen. Sie wollte

schon immer nach Alabama ziehen, sagt sie. Wegen der Bäume im Herbst oder so.« Ein heißer Tipp: Wenn man Lügen mit Details ausschmückt, wirken sie glaubwürdiger.

Sie nickt, als hätte ich etwas Tiefschürfendes gesagt, dann dreht sie sich um und geht zum Fenster. Jetzt sehe ich erst, dass sie lila Jeans trägt. Mein Gott, sie könnte direkt einem Film aus den Achtzigern entsprungen sein. Das gewellte Haar fällt ihr bis in die Taille, und ich überlege, dass sie so besser aussieht. Von hinten.

»Du willst wohl nicht zum Frühstück bleiben, oder?« Sie fragt zögerlich, als erwarte sie eine Ablehnung. Ganz im Gegenteil. Ich kann nicht fassen, wie einfach das wird. Sie könnte nicht verzweifelter sein. Trotzdem lasse ich mir eine Sekunde Zeit mit der Antwort. Je gleichgültiger du rüberkommst, desto eher kriegst du ein Mädchen rum.

»Ja«, sage ich so beiläufig wie möglich. »Warum nicht.« Als sie sich umdreht, bemerke ich, dass ihre Wangen leuchtend rot sind. »Alles in Ordnung?«

»Oh ja. Nur wenn ich mich ...« Charlie legt ihre Hände auf die Wangen. »Du wirst das Essen meiner Oma lieben, das ist alles.«

Den ganzen Weg die Treppe hinunter und in die Küche plappert Charlie drauflos. Ich nicke und lächele und lächele und nicke, und als sie sich wegdreht, halte ich meine Hand wie eine Pistole an meine Schläfe und drücke ab. Dieses Mädchen hungert so krass nach Aufmerksamkeit. Ich staune immer darüber, dass die Leute gar nicht merken, welche Blößen sie sich im Umgang mit anderen geben.

Was mir noch auffällt, ist ihr Hinken. Sie hat einen subtilen Gehfehler. Ich frage mich, ob er angeboren ist oder von einem Unfall kommt. Und warum niemand etwas dagegen unternommen hat. Wir leben im 21. Jahrhundert. Die Weißkittel können alles heil machen.

Wir kommen in eine kleine Küche mit schwarz-weiß gekacheltem Boden, einem kleinen, runden Tisch und Schränken in der Farbe von Katzenkotze. Obwohl die Einrichtung der Küche zum Himmel stinkt, lenkt mich ein wunderbarer Duft von Charlies Geplapper ab. Speck. Er brutzelt direkt vor mir auf dem Herd. Ja, ich weiß. Ich bin tot. Aber ich kann trotzdem noch essen wie ein Sumo-Ringer. Und wenn diese Köstlichkeit nicht in einer Minute auf einem Teller vor mir liegt, esse ich sie aus der Pfanne.

Wie aufs Stichwort kommt Oma mit zwei Tellern in der Hand in den Raum gerauscht. Sie bleibt wie angewurzelt stehen.

»Hmmm ... ein süßes Frühstück war schon immer mein Traum.« Oma begafft mich, ein versonnenes Lächeln auf ihrem botoxgebügelten Gesicht. Sie ist dünner, als ich meine Omas eigentlich mag, aber das freche Funkeln in ihren blaugrauen Augen erweckt meine Zuneigung.

»Oma!«, stöhnt Charlie verlegen.

»Kind«, sagt sie, ohne sich von mir abzuwenden, »warum hast du deiner Oma nicht erzählt, dass wir einen gut aussehenden Gast erwarten?«

Charlie schüttelt den Kopf und lächelt mich an, als steckten wir unter einer Decke. »Das ist Dante. Er ist gerade von Phoenix hier hergezogen. Ich glaube, du kennst seine Mom.«

Omas gefärbte Augenbrauen ziehen sich zusammen. Keine Sorge. Ich habe alles unter Kontrolle. »Meine Mom heißt Lisa Walker. Sie haben sich in der Kirche kennengelernt, denke ich?«

Sie schaut weg und beißt sich auf die Lippe. Jetzt muss ich nur noch einlochen. »Sie sagte, Sie würden sich an sie erinnern.«

»Oh, ja«, antwortet sie langsam. Sie sieht mir in die Augen, als wäre dort die Antwort zu finden. »Ich erinnere mich tatsächlich. Es hat nur eine Weile gedauert, bis ich sie einordnen konnte. Ich liebe Lisa. Wunderbare Frau.«

»Sie dachte sich schon, dass Sie so etwas sagen würden.«

Die tiefen Linien auf ihrem Gesicht glätten sich vor Erleichterung, und sie lacht leicht. »Natürlich erinnere ich mich an Lisa.« Sie deutet auf einen Stuhl am Küchentisch. »Setzt euch. Setzt euch. Ihr beide braucht was zu essen. Dann gehst du vermutlich auf die Centennial High?«

Sie spricht natürlich mit mir. Ich lege den Kopf schief und sehe Charlie an. »Wo sie hingeht, gehe ich auch hin.«

Charlie klappt der Unterkiefer herunter. Sie braucht einen Moment, um eine Antwort zu stottern. »Ich – ich bin auf der Centennial.«

»Jepp«, sage ich. »Da gehe ich auch hin.« Gram nickt wohlwollend und stellt einen Teller mit Eiern und Toast auf den Tisch. Und mit Speck. Sie nimmt uns gegenüber Platz und trinkt einen Schluck aus einer Wasserflasche.

»Oma«, fragt Charlie, »willst du nichts essen?«

Ihre Oma hebt ihre Wasserflasche. »Ich habe alles, was ich brauche.«

Charlie dreht sich zu mir um. »Oma liebt Wasser. Ich meine, sie *liebt* es. Sie sagt, unsere Körper bestehen daraus, und wenn wir nicht genug davon trinken …«

»… verschrumpeln wir zu Dörrfleisch«, beendet ihre Oma den Satz.

»Nun«, sage ich und denke, dass Oma nicht alle Latten am Zaun hat, »jedem das Seine.«

»Genau!«, schreit Oma und lässt das Wasser in ihrer Flasche schwappen.

Ich beuge mich über meinen Teller und nehme einen Bissen knusprigen Speck. Ich stelle mir vor, dass er auf meiner Zunge schmilzt.

Oma stützt das Kinn in die Hand und hängt Tagträumen nach. »Ich habe solche Muskeln nicht mehr gesehen, seit ich meinen Rudy kennengelernt habe, Gott sei seiner Seele gnädig.« Sie scheint mit sich selbst zu reden, aber ich kann natürlich jedes Wort hören. »Dunkles Haar, blaue Augen und Haut so braun, als habe die Sonne sich vorgebeugt, um sie zu küssen.«

Ich sehe Charlie an, die beide Hände vors Gesicht geschlagen hat. »Oma, bitte!«, fleht sie.

Ich weiß nicht, worüber sie sich beklagt. Ich fange wirklich an, Oma zu mögen. Natürlich wäre sie nicht so freigiebig mit Komplimenten, wenn sie wüsste, was ich bin. Tatsächlich würde sie wohl schon ausflippen, wenn sie nur meine Tätowierungen sähe – den Drachen, der meinen Rücken bedeckt, oder den Baum, der von meinem Ellbogen bis zur Schulter reicht.

Charlie steht auf, geht zu ihrer Oma hinüber und küsst sie auf die Stirn. Sie verweilt dort, als wolle sie ihrer Großmutter nicht von der Seite weichen. »Wir sehen uns nach der Schule«, sagt sie schließlich.

An der Haustür wirft sie sich einen hellgrünen Rucksack über beide Schultern. Ich winde mich. Jeder weiß, dass man einen Rucksack nicht über beiden Schultern trägt. Damit wirkt man wie ein Streber.

Charlie dreht sich um, sieht mich an und presst die Lippen zusammen, als treffe sie eine Entscheidung. Dann fragt sie: »Du, ähm. Kommst du mit mir zur Schule? Es ist okay, wenn du nicht willst. Du musst wahrscheinlich erst nach Hause und einige Sachen holen? Oder du fängst erst nächstes Halbjahr an?«

Jeder Satz klingt wie eine Frage. Ich ziehe einen Mundwinkel hoch. »Ich bin dabei.« Charlie grinst wie eine Irre, und ich höre auf zu lächeln, als ich beobachte, wie sich ihre Wangen vor Aufregung leuchtend rot färben. So funktioniert das also.

Ich stehe auf und gehe zu Oma hinüber. Ich streichle ihr den Rücken und danke ihr für das Frühstück. Alte Menschen lieben körperlichen Kontakt – sie vermutlich mehr als die anderen.

Sie klimpert mit den Wimpern. »Wirklich gern geschehen.«

Der Geruch von Rum trifft mich wie ein Orkan. Oma hängt also an der Flasche, was? Vielleicht würden meine

Tattoos sie doch nicht umhauen. Ich beäuge sie eingehend, und ihr Gesicht wird lang, als sie begreift, dass ich es weiß. Ich zwinkere ihr zu und drücke ihr die Schulter. »Dein Geheimnis ist bei mir sicher«, sage ich, ohne zu sprechen.

Charlie geht zur Tür hinaus, ganz Lächeln und Sonnenschein, nachdem sie gesehen hat, wie freundlich ihre Großmutter und ich miteinander umgehen. Sie ist zu naiv, um zu begreifen, dass ihre Oma trinkt, und ich werde es ihr nicht sagen. Jedenfalls noch nicht.

Als Charlie aus dem Haus geht, stolpert sie irgendwie über die Türschwelle und landet beinahe mit dem Gesicht voran im Vorgarten. Ich verdrehe die Augen. Wie kann es sein, dass ich von allen Menschen auf der Welt ausgerechnet ihre Seele einsammeln soll?

3
Der Klang von Gelächter

Anscheinend hat Charlie kein Auto. »Aber keine Sorge«, sagt sie zu mir, »wir können von hier aus zu Fuß zur Schule gehen.«

Wunderbar.

So, wie sie humpelt, wird das ja nur anderthalb Ewigkeiten dauern.

Charlie hat eine braune Papiertüte in der Hand. Und alle paar Minuten gräbt sie Skittles aus ihrer Tasche und wirft sie sich ein. Ich habe keine Ahnung, wie sie die Highschool überlebt. Sie ist eine Katastrophe. Es ist irgendwie tragisch. Warum ist dieses Mädchen immer noch am Leben, während ich ein wandelnder Leichnam bin?

Ich kann den Blick nicht von ihrem Mund abwenden. Es ist der einzige Teil von ihr, der annehmbar ist. Auch wenn er natürlich niemals stillsteht.

»Meinst du nicht auch?«, fragt sie.

Ich sehe ihr in die Augen. »Was?«

Sie stupst mich mit der Schulter an, als seien wir alte Kumpel. »Da hat wohl jemand geträumt. Willst du etwas Süßes?« Sie hält mir die von Skittles fleckige Hand hin.

»Danke, nein«, antworte ich. Ich weiß nicht, wie dieses Mädel so zierlich bleibt. Sie isst wie ein Nilpferd. Tief in meiner Tasche reibe ich über meinen Glückspenny. Ich versuche herauszufinden, wie ich dieses Mädchen korrumpieren kann. Und sie stellt mir die ganze Zeit dumme Fragen.

Konzentrier dich, Dante.

Ich kneife die Augen zusammen und tue, was man mir beigebracht hat. Zuerst ist sie vollkommen unverändert: klein und mager. Wie ein Unkraut, das ausgerupft werden muss. Aber dann verändert sie sich. Das vertraute, warme, gelbe Licht kriecht ihr über die Haut und flackert.

Seelenlicht. Ich würde es trinken, wenn ich könnte. Jede Seele hat die gleiche Farbe. Es sind die Siegel, die den Unterschied machen. Ich zähle, wie viele sie hat, dann balle ich die Hände zu Fäusten. Auf ihrer Seele sind zwölf Siegel. Nur zwölf. Und sie sind noch nicht einmal groß. Na toll, ich bin gekommen, um Mutter Teresa einzusammeln.

Dass Charlie schon Siegel auf der Seele hat, bedeutet, dass der große Boss sie wahrscheinlich bereits eine Weile beobachtet. Oder er beobachtet einfach nur das Gebiet von Peachville. Und wie lange ich sie auch anstarre – ich begreife seine Gründe nicht. Aber das spielt keine Rolle. Ich muss sie sammeln, so oder so. Wenn ich es nicht tue und sie stirbt, landet sie beim Jüngsten Gericht. Und der große Boss will dieses Risiko offensichtlich nicht eingehen.

Als ich ihre Seele näher inspiziere, bemerke ich, dass einige von Charlies Siegeln von Sammlern stammen. Ich weiß es, weil ich bunte Farben sehe: Purpur und Grün und Orange und was weiß ich nicht noch alles. An der Farbe erkenne ich, wer eine Seele gesiegelt hat. Die meisten ihrer Siegel sind grün. Also Patricks Arbeit. Natürlich war ich derjenige, der ihn ausgebildet hat.

Auf ihrer Seele klebt noch keins meiner roten Siegel, aber das wird nicht lange so bleiben, denn schließlich ist die Kleine ja meine Aufgabe. »Wie weit ist es noch?«, frage ich.

»Gleich auf der anderen Seite dieses Hügels«, zirpt sie. »Wie ich gerade gesagt habe, ich bin mir nicht sicher, ob du dich so spät im Semester noch anmelden kannst. Aber zumindest kannst du dir die Schule und den ganzen Kram schon mal ansehen.«

»Ich würde mir darüber keine Sorgen machen.«

Charlie mustert mich, und ihre Augen werfen an den Winkeln Fältchen. »Ich finde dich nett, Dante.«

»Das liegt daran, dass ich nett bin.«

Sie schaut nach vorn und geht fast eine volle Minute lang schweigend weiter. Plötzlich fühlt es sich seltsam an, in ihrer Nähe zu sein und sie nicht sprechen zu hören. Die gewaltigen Bäume hängen wie ein Baldachin über der Straße und recken sich einander zu, um sich zu begrüßen, ihre Blätter tot.

Kürbislaternen mit grinsenden Zahnreihen stehen auf den Veranden und schauen zu, wie wir vorbeigehen. Eine guckt mich an, als verspotte sie mich, also zeige ich ihr den Mittelfinger. Charlie sieht mich. Sie wirft den Kopf in den Nacken und lacht lange und laut. Das Geräusch verblüfft mich.

Ich frage mich, wie es sich anfühlen würde, so zu lachen, vollkommenen hemmungslos.

Charlie zieht mich ins Schulbüro und preist mich als neuen Schüler an. Die Frau hinter dem Schreibtisch beäugt zuerst Charlie, dann mich. Ich weiß, was sie denkt: dass ich sie bis zum Mittagessen abserviert haben werde. Und dass wir in zwei verschiedene Kategorien fallen: der Loser und der Typ, der Leute »Loser« nennt.

Ich drehe mich zu Charlie um und lege ihr eine Hand auf den Kopf, wie bei einem Hund. »Sei ein braves Mädchen und warte im Flur auf mich?« Ihr Lächeln verschwindet, als habe sie das erwartet. Aber sie nickt und wendet sich zum Gehen. Ich beobachte, wie sie durch die Glastüren tritt, wo Schüler an ihr vorbeigehen, als wäre sie gar nicht da. Wie ein Geist. Ich schaue zu der Frau hinter dem Schreibtisch. Sie ist nicht älter als fünfunddreißig, aber sie mustert mich mit der Verbitterung einer viel älteren Person.

»Wie geht's?«, frage ich. Sie zieht eine Augenbraue hoch. »Ich muss mich einschreiben.« Sie lacht, ohne zu lächeln. »Hören Sie, ich *muss* mich einschreiben. Und ich brauche den gleichen Stundenplan wie Charlie.«

»Tja, das wird nichts. Heute ist Freitag. Bei uns können sich nur montags Schüler einschreiben. Und das Semester ist halb vorbei. Du wirst bis Januar warten müssen.« Jetzt lächelt sie doch, weil es das Highlight ihres Tages ist, meine Träume zerplatzen zu lassen.

Ich mustere ihre abgenutzte Kleidung und ihre schlechte Frisur, und ich erwidere ihr Lächeln. Denn jeder ist käuflich, und wie der Zufall es will, geht das bei ihr mit Bargeld. Ich ziehe ein Bündel Scheine aus meiner Tasche und blättere einige Hunderter auf den Tisch. »Denken Sie, Sie könnten ein Wunder geschehen lassen?«

Sie starrt mich an, als wolle sie mich ohrfeigen, und für eine Sekunde denke ich, dass sie das wirklich tun wird. Aber dann kaut sie an der Innenseite ihrer Wange und schaut sich vorsichtig um. »Da ist ein Sicherheitsmitarbeiter, gute drei Meter entfernt. Ich könnte dich rauswerfen lassen.«

»Wofür? Weil ich hammergeil bin?«

Sie rümpft die Nase, als habe sie etwas Schlechtes gerochen. Dieser Gestank nennt sich Verzweiflung. Das würde ich ihr jedenfalls gerne sagen. Stattdessen warte ich, während sie das Geld in ihre Handtasche stopft und mir ein blaues Blatt Papier gibt. »Zeig das deinen Lehrern, wenn sie dich fragen, warum du hier bist. Viel Glück bei deinen Zwischenprüfungen«, fügt sie höhnisch hinzu. »Nur zu, mach ruhig Charlies Stundenplan mit. Ich bin mir sicher, ihr werdet dicke Freunde werden.«

Ich zeige mit dem Finger auf sie. »Danke, Baby.«

»Ich bin nicht dein Baby.«

»Wie Sie wollen.«

Draußen vor dem Büro lehnt Charlie an der Wand. Sie hat einen Stapel Bücher in den Armen und bettet das Kinn darauf.

»Brauchst du all diese Bücher wirklich?«, frage ich.

»Man kann nie gut genug vorbereitet sein, stimmt's?«,

sagt sie. Ein Junge rempelt sie im Vorbeigehen an, und Charlies Bücher klatschen zu Boden. Sie taucht ab, um sie aufzusammeln.

»Pass doch auf«, sage ich zu dem Typen, weil er mich beinahe ebenfalls erwischt hätte.

Er dreht sich um und zeigt mir den Stinkefinger.

Als er im Begriff ist, um die Ecke zu verschwinden, zuckt mein Handgelenk in seine Richtung. Das Gelb seiner Seele springt an, und Sekunden später heftet sich ein kleines, rotes Siegel an das Licht. Dieser Sack muss Manieren lernen. Ich forme die Hände zu Pistolen und feuere sie in seine Richtung ab. »Peng! Peng!«

»Was machst du da?«, fragt Charlie vom Boden aus.

»Nichts, worüber du dir den Kopf zerbrechen solltest.« Ich lasse die Schultern kreisen. Mann, es fühlt sich gut an, Seelen zu siegeln. Wie eine kleine Scheibe Speck. Ich möchte mich umdrehen und die Seele der Sekretärin siegeln, die meine Bestechung angenommen hat, aber Charlies Gewühle lenkt mich zu sehr ab. »Warum steckst du nicht ein paar dieser Bücher in deinen Rucksack, Charlie?«

»Auf keinen Fall«, sagt sie, und ihre Augen weiten sich hinter ihren Brillengläsern. »Das ist nicht gut für den Rücken.« Sie wirft ihr langes Haar zurück. »Also, haben sie dich zugelassen? Kannst du zum Unterricht gehen?«

»Ja, kann ich.« Die Erkenntnis, dass ich wieder hier bin, in der Highschool, überwältigt mich. Ist nicht der eine Vorteil des Todes, dass man aus diesem Scheiß herauskommt? Zumindest war die Highschool, die ich besucht habe, netter als diese. Wir hatten die Art Schule, die man in Filmen sieht. Diese Schule dagegen ist der Discounter unter den Highschools: abgewetzte Linoleumböden, schäbige Doppelstock-Schließfächer und alles aus Plastik.

»Du bist also dabei. Schön!« Charlie strahlt.

Ich sehe ihr in die Augen und sage langsam: »Cool.«

»Cool was?«, fragt sie und verzieht verwirrt das Gesicht.

»Es ist cool, dass ich dabei bin, nicht schön.« Sie wendet den Blick ab, und ich kann erkennen, dass ich sie verletzt habe. Mist. Um einen schlechten Einfluss auf sie auszuüben, muss sie mich mögen. »Andererseits, was weiß ich schon?« Es ist ein lahmer Versuch, dafür zu sorgen, dass sie sich besser fühlt, aber sie wirkt trotzdem munterer.

»Nein, du hast recht.« Sie wedelt mit einer Hand vor ihrem Gesicht herum. »Es ist coooooool.«

Ich halte ihre Hand fest und ziehe sie an ihre Seite. »Lass uns einfach zum Unterricht gehen, ja?«

Drei qualvolle Stunden später gehe ich mit Charlie zum Mittagessen. Früher habe ich gedacht, Lehrer seien Idioten. Zwei Jahre später bin ich mir sicher, dass ich recht habe.

Kids quellen aus den vier Fluren, die in die Cafeteria führen. Die Deckenbeleuchtung ist so grell, dass ich meine Augen abschirmen muss. Etwas kreischt laut, und ich mache mich bereit, irgendeine Art von Nagetier zu töten.

Aber es ist Charlie. Anscheinend rechtfertigt, wer immer sich uns nähert, diese Art von hysterischer Reaktion.

»Da ist ja meine Char-Char!«, singt ein Mädchen, das auf uns zukommt. Sie ist genauso groß wie ich und doppelt so dick. Charlie umarmt die Amazone und dreht sich dann zu mir um. »Dante, das ist Annabelle.«

Nein. Auf keinen Fall. Dieser Name ist weiblichen Wesen mit Anmut und Eleganz vorbehalten. Nicht diesem Mädchen. Dieses Mädchen ist ... garstig. »Annabelle«, sage ich. »Der Name passt zu dir.«

Annabelle stößt ein tiefes Lachen aus und schlingt einen Arm um Charlie. Ich erwarte, dass sie von dem Gewicht zerquetscht wird. »Ja? Ich hab nämlich immer gedacht, Godzilla passt besser.«

Ich lache so heftig, dass ich grunze. Charlie kneift die Augen zusammen und sieht mich an, als hätte ich etwas Schreckliches getan, aber ich habe beschlossen, dass ich dieses Mädel mag. Sie hat was. Und etwas sagt mir, dass ihre Seele schon ein paar Mal gesiegelt wurde.

»Nette Treter«, sagt Annabelle. Sie schaut auf meine leuchtend roten Chucks hinunter, die ich fast nie ausziehe.

Ich drehe sie zur Seite, damit sie sie besser sehen kann. Sie sind ein verfluchtes Kunstwerk. Ich nicke in Annabelles Richtung. »Danke.«

»Bist du neu hergezogen?«, fragt sie. Annabelles kinnlanges, schwarzes Haar sitzt wie ein Helm, und schwere Ponyfransen zeichnen ihr eine harte Linie quer über die Stirn. Nichts bewegt sich, als sie spricht.

»Ja, seine Mom ist mit meiner Oma befreundet«, erklärt Charlie, bevor ich den Mund aufmachen kann. »Er hat heute Morgen mit uns gefrühstückt.«

»Ist das so?« Annabelle funkelt mich mit ihren grünen Augen anklagend an. Sie glaubt nicht, dass ich mich lange mit ihnen abgeben werde, und sie will nicht, dass Charlie verletzt wird. Wie rührend. »Und jetzt sitzt du beim Mittagessen bei uns?«

»Jepp«, antworte ich. »Also, was muss ein Mann hier tun, um was zu kauen zu bekommen?«

Einige Minuten später sitze ich mit Charlie und Annabelle zusammen und starre auf pappiges Essen auf einem Styroportablett. Ich hätte gern eine Fahrkarte in Omas Küche, bitte. Ohne Rückfahrschein. Ich will das gerade vorschlagen, als ein Junge auf Charlie zukommt und sich neben sie fallen lässt.

»Hey«, sagt er mit leiser Stimme.

»Blue!« Charlie drückt seinen Oberarm. Wieso tauchen hier überall plötzlich Freunde von ihr auf? Charlie kommt mir nicht wie die Art Mädchen vor, die überhaupt Freunde hat, geschweige denn, mehr als einen.

Der Junge lehnt sich gegen sie und fällt in sich zusammen. Wieso benutzen all diese Leute sie als Krücke?

»Ich falle in Chemie durch«, sagt er wie ein Ballon, aus dem die Luft entweicht. Der Junge ist wie eine blasse Straßenlaterne gebaut. Ich will ihn beiseitenehmen und ihm von Solarien erzählen. Oder von Selbstbräuner. Irgendetwas.

»Niemals«, sagt Charlie. »Ich helfe dir beim Lernen.«

Blue – oder wie auch immer – sieht Charlie mit großen,

braunen Augen an und grinst wie ein Irrer. Ich habe diesen Blick schon früher gesehen. Er tritt unmittelbar vor Sex und gebrochenen Herzen auf.

»Wirklich? Das wäre toll«, sagt er. »Ich weiß nicht, warum ich so mies bin. Ich schätze, ich bin nicht klug genug. Oder der Lehrer hasst mich.«

Charlie streicht ihm über den Rücken, und er lehnt sich in ihre Berührung hinein. Die langsamen, in die Länge gezogenen Worte und die defätistische Haltung des Jungen erinnern mich an I-Aah aus *Pu der Bär.* Mann, mein Dad hat *Pu der Bär* geliebt. Als ich zwölf war, habe ich versehentlich den Griff von Dads *Pu*-Kaffeetasse abgebrochen, und am nächsten Tag hat er sechs neue angeklebt. Er nannte es seine Versicherung. Mein Dad hat immer so lustigen Quatsch gemacht.

Blue lässt seinen blonden Lockenkopf kreisen, als entspanne er seinen Hals, aber tatsächlich wirkt er bloß betrunken. Ich wette, wenn dieser Bursche sich einen ansäuft, kriecht er in die Badewanne und heult. Annabelle zieht eine extragroße Packung zuckerbestäubter Donuts aus ihrer Tasche und wirft sie Blue hin. Sie treffen ihn an der Brust.

»Gut gefangen«, schnaubt Annabelle.

Blue hebt sie auf und isst einen nach dem anderen und irgendwo zwischen dem sechsten und siebten Donut bemerkt er mich. »Hey«, sagt er, als hätte ich nicht schon die ganze Zeit hier gesessen.

Ich nicke. »Geht, Alter.«

Blue sieht erst mich und dann Charlie an, als könne er

nicht verstehen, warum zum Teufel ich neben ihr sitze. Da wären wir schon zu zweit. »Charlie, du, ähm, stellst du ihn noch vor?«, murmelt er.

»Hmmm.« Charlie hört auf, ihre neonorangefarbene Limo zu trinken. »Oh ja! Gott! Tut mir leid. Das ist Dante. Er ist gerade hierhergezogen.« Sie schenkt mir ein breites Lächeln. Ich versuche, es zu erwidern, ohne abgetörnt zu wirken. Ohne zu denken: »Du trägst Zahnspangen. Erinnerst du dich noch daran?«

»Er hat heute Morgen bei Charlie gefrühstückt«, fügt Annabelle langsam hinzu, als sie Blues Blick bemerkt.

Blue reißt den Kopf zu Charlie herum. Er kann sich also doch schnell bewegen. Noch schneller ist ein schmerzlicher Ausdruck auf seinem Gesicht erschienen.

»Entspann dich«, würde ich ihm am liebsten sagen, »das wird nie passieren.«

4

Tagtraum Charlie

Ich starre auf das, was von meiner Portion übrig ist – also der Großteil –, als Charlie vom Tisch aufsteht. Sie nimmt ihr Tablett, und ich erwarte, dass sie diesen Müll dahin bringen wird, wo er hingehört. Aber sie wickelt die Reste in Servietten und stopft sie sich in den Rucksack. Ich kann es kaum ertragen, diesen Dreck zu essen, und sie will ihn als Nachmittagssnack wiederverwerten.

Annabelle hört auf, das Basketball-Spiel der New York Knicks vom Vorabend mit Blue zu diskutieren, und schaut zu Charlie auf. »Gehst du dahin, wohin ich denke, dass du hingehst?« Charlie beißt sich auf ihre volle Unterlippe. Annabelle nickt. »Dachte ich mir.«

Ich stoße Charlie an und sie schaut erschrocken auf mich herab. »Wohin gehst du?« Charlie holt Luft, sagt jedoch nichts. »Komm schon. Spuck's aus.«

Blue wirft mir einen warnenden Blick zu. Ich frage mich, was er mit seinen hundert Pfund Kampfgewicht wegen meines schlechten Benehmens zu tun gedenkt. Das hier mag mein Auftrag sein, aber das heißt nicht, dass ich ihn total toll finden muss. Tatsächlich ist es wohl besser, wenn ich es nicht tue.

»Ich wollte mal im Journalistikraum vorbeischauen.« Charlie sagt es so leise, dass ich den Kopf schief legen muss, um sie zu verstehen. Ich hasse Murmler. Mir reicht schon Blue mit seinem ständigen Gemurmel. Wir brauchen keine zwei Leute ohne Rückgrat an diesem Tisch.

»Heraus damit, Charlie«, ermahne ich sie. »Wenn du etwas zu sagen hast, dann sag es laut.« Blue stößt ein Schnauben zwischen zusammengebissenen Zähnen aus. Ich sehe ihm in die Augen und ziehe die Brauen hoch. Er hält meinem bösen Blick einen Moment länger stand, als ich es erwartet habe. Dann schaut er weg. Dachte ich mir.

Charlie schiebt das Kinn vor und erklärt lauter: »Ich gehe zum Journalistikraum, um mir die Übertragung anzusehen.« Sie nickt. »Aber hallo.«

Ich lächele sie an und erhebe mich vom Tisch. »Na, dann mal los.«

»Du willst mitkommen?«, fragt sie, ihre Augen rund und verletzlich.

»Klar, warum nicht? Ich habe sonst gerade nichts zu tun.« Außer deine Seele zu siegeln und dich in die Hölle zu zerren.

»Klasse!« Charlie wirft ihren Freunden einen *Oh-mein-Gott!-Er-kommt-mit!*-Blick zu und schaut wieder in meine Richtung. »Das ist am anderen Ende der Schule, fast an der Turnhalle. Wir können einfach … von hier aus zu Fuß hingehen.«

Statt einen Zug zu nehmen?

Charlie und ich werden beobachtet, wie wir uns zwischen den langen, bankähnlichen Tischen hindurchschlängeln. Köpfe werden zusammengesteckt und es wird getuschelt. Ein paar Mädchen kichern, und eine Mitschülerin mit ausgezeichnetem Geschmack winkt mir enthusiastisch zu. Die hole ich mir später. Ich muss Charlies Seele einkassieren, aber das bedeutet nicht, dass ich von meinen normalen Pflichten befreit bin. Wenn ich diesen Job beende *und* dabei eine Tonne Seelen siegele, gehört diese Beförderung mir, aber hundertpro.

Gerade als wir die Cafeteria verlassen wollen, sehe ich einen Jungen mit einem orangefarbenen Umschlag wedeln, als hätte er gerade im Lotto gewonnen. Drei Typen in seiner Nähe spähen ihm über die Schulter, und er liest, was immer darin steht. Ich schaue mich um und bemerke mehr orangefarbene Briefumschläge in fahrigen, gierigen Händen.

Plötzlich will ich so dringend einen dieser orangefarbenen Umschläge haben, dass mir schlecht wird.

Als ich noch am Leben war, bin ich niemals von irgendetwas ausgeschlossen worden. Tatsächlich wäre ich derjenige gewesen, der diese verdammten Umschläge verteilt. Es fühlt sich komisch an, das von der anderen Seite zu erleben. Ich straffe die Schultern. Wen interessiert das schon. Wenn ich wollte, hätte ich die gesamte Schule in drei Tagen in der Tasche.

Tennisschuhe quietschen, Basketbälle donnern – wir sind an der Turnhalle. Ob Blue und Annabelle ihr Geschwätz über Basketball jemals lange genug unterbrechen, um tatsächlich zu spielen? Beim ständigen Knallen der Bälle gegen den Rand des Korbs möchte ich Charlie am liebsten stehen lassen und selbst mitspielen. Im Gegensatz zu diesen Witzbolden treffe ich immer ins Netz.

Wir erreichen das, was wohl der Fachraum für Journalistik ist. Charlie bleibt an der offenen Tür stehen und geht nicht hinein. Was immer sie tun will, will sie von hier aus tun. Links im Raum steht ein langer, grauer Tisch mit drei Hockern. Gegenüber ist eine riesige, schwarze Kamera aufgebaut, daneben stecken in einem Ständer Textkarten zum Ablesen.

Ein Mädchen stolziert zu dem mittleren Hocker hinter dem Tisch. Sie hält ein paar Blätter in der Hand und formt lautlos die Worte, die sie liest. Als sie fertig ist, wirft sie die Papiere auf den Tisch und schaut sich um. Mein Rückgrat versteift sich, als unsere Blicke sich treffen.

Sie hat riesige, braune Augen, glatte, braune Haut und langes, dunkles Haar. Sie ist wie ein Eimer Karamell, und ich will jeden Teil von ihr kosten. Und wenn sie nicht gebaut ist wie das Playgirl des Monats im *Playboy*, dann lasse ich mich fesseln und auspeitschen.

»Das ist Taylor«, sagt Charlie, als hätte ich gerade ihren Hund überfahren. »Sie leitet den Journalistikclub. Und so ziemlich alles andere.« Sie beobachtet mich genau und fährt fort: »Ich könnte dich mit ihr bekannt machen.«

»Mhm.« Mehr bringe ich nicht heraus, weil ich den Blick nicht von Taylor abwenden kann, die an ihrer Unterlippe knabbert und mich anlächelt. Zwei Jungs in roten Footballtrikots marschieren an Charlie und mir vorbei und setzen sich links und rechts neben die Traumfrau. Eine Sekunde später kommen noch zwei Schüler in den

Raum und beziehen nahe der Kamera Position. Ein Junge, der so groß ist wie eine Getränkedose, klettert auf eine niedrige Plattform und spielt an der Kamera herum. Er nickt einem sommersprossigen Mädchen zu, das neben ihm steht und von fünf herunterzählt. Im Raum wird es still.

»Hey! Ich bin Taylor Fitch mit dem Spielplan fürs Wochenende. Mit von der Partie sind Brad Setterfield und Clint Moers von unserem Footballteam an der Centennial.« Taylor macht eine süße Yippie-Geste mit dem Arm und ich bin sofort wieder Feuer und Flamme – alles, was Spaß macht, fängt mit F an.

Ich sehe Charlie kurz an, um sicherzugehen, dass sie noch da ist, und wende mich sofort wieder Taylor zu.

Aber dann stocke ich.

Mein Blick kehrt langsam zu Charlie zurück. Ihr Gesicht ist … lebendig. Augen. Ohren. Mund. Alle weit offen und aufmerksam. Ihr Kopf ist wie in Trance geneigt. Vielleicht ist sie in eine dieser Sportskanonen verknallt? Aber nein, ihr Blick klebt auf demselben Ding wie meiner gerade eben noch – auf Taylor.

»Was starrst du da an?«, flüstere ich.

Charlie wendet den Blick keine Sekunde ab. »Das«, flüstert sie zurück. »Sie.«

»Stehst du auf Frauen?«, frage ich.

Charlie verdreht die Augen und lächelt. »Nein. Es ist … das alles. Vor einer Kamera zu stehen und so gut darin zu sein. Manchmal senden sie sogar live, und sie kriegt es trotzdem perfekt hin.«

»Sie liest bloß von den Karten ab.« Ich zeige auf den Ständer mit Textkarten, als wäre es nicht offensichtlich.

»Du sagst das, als wäre es nichts Besonderes.« Charlies macht ein langes Gesicht, und ich rufe mir ins Gedächtnis, weshalb ich hier bin.

Ich stupse sie an. »Also, warum trittst du dem Club nicht bei? Vielleicht stehst du dann irgendwann vor der Kamera.« Charlie schüttelt den Kopf, sagt aber nichts. »Warum nicht?«

»Es ist nicht so, als hätte ich ein Problem damit, mit Leuten zu reden.« Danke, das war mir auch schon aufgefallen. »Aber ich kann nicht vor der ganzen Schule vor die Kamera treten und wie sie sein.« Charlie zeigt auf Taylors glänzendes Haar und ihr noch glänzenderes Lächeln. »Sie ist so ... hinreißend.«

»Oh, bitte. Sie flirtet einfach nur mit der Kamera. Du weißt doch, wie man flirtet, oder?« Natürlich weiß sie es nicht.

»Na klar«, antwortet sie. »Jeder weiß, wie man flirtet.«

Ich bezweifele, dass sie auch nur den geringsten Schimmer davon hat, wie man sich einen Typen angelt. Selbst wenn sie es wüsste, hätte sie keine Ahnung, was sie mit ihm anstellen soll. Ich sehe plötzlich ein Bild von Charlie vor mir, die versucht, einen Fisch festzuhalten, der in ihren Händen zappelt.

Das sommersprossige Mädchen verkündet, dass die Aufnahme beendet sei. Die Schönheit hinter dem Tisch steht auf und kommt auf mich zugeschlendert. Ich muss mich bremsen, Charlie nicht aus dem Weg zu schubsen.

»Hey«, schnurrt das Mädchen. »Ich bin Taylor.«

Ich versuche, desinteressiert zu erscheinen. »Dante.«

»Neu hier?«, fragt sie.

»Jepp.« Ich sehe sie kaum an. Desinteressiert. Es funktioniert immer.

»Dann wird dir das hier gefallen.« Sie reicht mir einen der berühmten orangefarbenen Umschläge. Peng! »Eine Einladung zu meiner Party Samstagabend. Da kannst du Leute kennenlernen.«

»Mal sehen«, sage ich. Taylor sagt mir mit einem wissenden Lächeln, dass ich garantiert auftauchen werde. Und sie hat recht. Denn diese Party erfüllt zwei Funktionen: mir die Chance zu geben, Charlie zu korrumpieren, und mich über Taylor herzumachen. Die Karamellschnecke geht bereits, als ich den Mund aufmache. »Hey, ›Taylor‹, hast du gesagt, heißt du?« Sie nickt. »Okay, das hier ist Charlie. Sie will deinem kleinen Club beitreten.« Ich wedele mit der Hand in Richtung des Journalistikraums hinter uns.

Taylor sieht Charlie und dann wieder mich an. »Wohl kaum.«

Charlie schlägt mir auf den Arm. »Dante, ich muss nicht in dem Club sein. Die haben wahrscheinlich schon genug Mitglieder. Alles in Ordnung.«

»Siehst du«, sagt Taylor. »Alles in Ordnung.«

Mein Blut kocht. Es macht mich wirklich sauer, wenn Leute ausgegrenzt werden. Taylor wendet sich zum Gehen, aber ich halte sie am Handgelenk fest. »Nur dass es tatsächlich nicht in Ordnung ist. Charlie will in den Club, also lass sie einfach rein, in Ordnung?« Taylor kneift die Augen zusammen. »Außerdem, wenn sie ständig hier ist, bin ich es auch.«

Sie denkt eine Sekunde lang nach und kommt zu dem Schluss, dass sie immer noch eine Chance hat, mit mir anzubändeln. Sie denkt wahrscheinlich, wie cool ich an ihrem Arm aussehen würde. Es wäre zwar andersherum, aber egal. »Na schön.« Taylor mustert Charlies Gesicht. »Aber du kommst nicht vor die Kamera. Auf keinen Fall.«

»Das ist toll! Vielen Dank.« Charlies Wangen werden rot. Obwohl sie Taylor gedankt hat, scheint sie noch ein anderes Gefühl zu hegen.

Taylor berührt mit einem rosa Fingernagel meine Brust. »Ich sehe dich auf meiner Party.«

Es gefällt mir nicht, dass Taylor Charlie behandelt, als wäre sie Dreck, aber ich brauche eine Einladung zu dieser Party. »Wir sehen uns.«

Sobald Taylor außer Hörweite ist, hellt Charlies Miene sich auf. »Oh mein Gott. Du bist Wahnsinn. Das war Wahnsinn! Du hast Taylor gerade gesagt, dass sie die Schnauze halten soll.«

Charlies Augen sind so groß und aufgeregt, dass ich mir ein Lachen nicht verkneifen kann.

»Kein Ding«, antworte ich. Dies könnte sich als wirklich nützlich erweisen. Charlie braucht an dieser Schule jemanden, der für sie eintritt, und ihre Freunde sind dafür nicht bedeutend genug. Wenn sie denkt, mir liegen ihre Interessen am Herzen, vertraut sie mir. Und dieses Vertrauen wird das perfekte Trittbrett auf dem Weg zur

Korruption sein. Wie um mir selbst diese Theorie zu beweisen, schlage ich Charlie vor: »Hey, lass uns was Witziges machen.«

Charlie strahlt. »Ja? Was denn zum Beispiel?«

»Lass uns von hier verschwinden.«

Sie tritt einen kleinen Schritt zurück, als wäre ich explosiv. »Aber wir müssen in den Unterricht. Es läutet jeden Moment.«

»Komm schon, Charlie. Wir machen was Witziges. Wolltest du denn noch nie ein klein bisschen rebellisch sein?« Ich weiß, dass die Antwort »Nein« lautet. Ich muss sie dazu bringen, zu schwänzen. Ich brauche diesen kleinen Sieg über Fräulein Lammfromm, sonst kann ich diesen Auftrag gleich als hoffnungslos abschreiben. »Hör mal, das ist meine erste Woche in Peachville und mein erster Tag an der Centennial. Das ist irgendwie überwältigend. Findest du es so schlimm, dass ich einfach etwas Zeit mit dir allein verbringen will?«

In meinem ganzen Leben habe ich noch nie jemanden so lächeln sehen, wie Charlie mich jetzt anlächelt. Eine Sekunde lang habe ich tatsächlich ein schlechtes Gewissen. Aber dann öffnet sie den Mund und sagt: »Okay, lass es uns machen.«

Und die Gewissensbisse sind wie weggeblasen.

5
Hölle Einkaufszentrum

»Hier? Hier wolltest du hin?«

Peachvilles einziges Einkaufszentrum ist überfüllt, und das mitten am Tag. Haben diese Leute keine Arbeit? Kein Leben? Der Steinboden der Mall verwandelt hohe Absätze in Kopfschmerzgaranten und der Springbrunnen in der Mitte zieht nur falsches Grün und schreiende Kinder an. »Ich habe dir gesagt, dass ich mit dir fahre, wohin du willst, und du hast dir das hier ausgesucht?«

Charlie beißt in ein Zuckerplätzchen. Sie ist immer noch nervös, weil ich mir Omas Wagen geborgt habe, ohne zu fragen. Aber sie entspannt sich langsam. »Ich liebe die Mall. Du nicht auch?«

»Na ja, sie hat ihren Nutzen.« Eine Frau mit Kinderwagen rennt an mir vorbei und trennt mir fast den rechten Arm ab. Kein Wort der Entschuldigung für mich bedeutet ein kleines Siegel für sie. Dafür nehme ich mir einen Moment Zeit, dann wende ich mich wieder Charlie zu. »Aber heute ist Freitag. Willst du nicht heute Abend auf irgendeine Party gehen, statt hier herumzuhängen?«

Sie streicht sich Krümel von der Bluse. »Ich mag Partys eigentlich nicht.«

»Charlie, bist du überhaupt schon mal auf einer Party gewesen?«

»Ja. Auf so etwas Ähnlichem.« Das bedeutet nein. »Ich gehe zu Geburtstagspartys und so was.«

»Ich rede von einer richtigen Party. Wie die von Taylor. Gehst du zu solchen Partys?« Charlie zuckt mit den Schultern und schüttelt den Kopf, als wäre es nichts Besonderes. »Hey, warum gehen wir nicht morgen Abend zusammen zu Taylors Party?«

Sie bleibt stehen und starrt mich an, den Kopf schief gelegt. »Warum? Warum willst du mich mitnehmen? Und warum bist du so nett?«

Sie versteht also, dass es nicht normal ist, wenn jemand wie ich mit jemandem wie ihr abhängt. Ich denke sorgfältig über meine Antwort nach. »Viele Leute an meiner letzten Schule waren wirklich oberflächlich. Und ich war einer davon.« Okay, so viel entspricht der Wahrheit. »Ich habe beschlossen, dass es diesmal anders wird. Ich will Freunde finden … echte Freunde.«

Charlies Gesicht verzieht sich zu einem Lächeln, und mir ist beinahe danach, ihr einen Finger unters Kinn zu legen. Ich werfe einen weiteren Blick auf ihren Mund und denke mir, dass sie vielleicht wirklich ein richtig positives Merkmal hätte, wenn nur diese schiefen Zähne nicht wären.

»Also, was ist mit der Party?« Ich stupse sie an.

Und das Lächeln ist verschwunden. »Ich halte das für keine gute Idee. Ich passe eigentlich gar nicht zu diesen Leuten.«

Ich lasse das Thema für den Moment fallen, aber eines steht fest – wir werden zu dieser verdammten Party gehen. »Hey, können wir bei Bergdorf Goodman vorbeischauen? Wenn wir schon an einem Freitag hier sind, können wir wenigstens ein bisschen Spaß haben.«

Charlie gafft mich an, als hätte ich nicht alle Latten am Zaun. »Was ist Bergdorf Goodman?«

»Du verarschst mich, oder? Es gibt hier kein Bergdorf Goodman?« Sie schüttelt den Kopf. »Was ist mit Nordstrom oder vielleicht einem Versace?« Weiteres Kopfschütteln. Ich hole tief Luft und drehe mich im Kreis. Ich entdecke einen Neiman Marcus. Das muss genügen. »Lass uns da hineingehen.«

»Hübsch«, sagt sie, während wir uns auf den Weg zu dem Laden machen. »Ich kaufe meine Sachen meist einfach bei Target. Die haben süße Klamotten.«

»Oh, Charlie.« Diesmal kann ich nicht anders. Ich streiche ihr über den Rücken und lache. Sie schaut mich mit einem ehrfürchtigen Blick an. Aus irgendeinem schrägen Grund denke ich an meine Mutter. Ich hatte mir immer gewünscht, dass sie mich so ansieht.

Sobald ich den Laden betrete, erwache ich zu neuem Leben. Ich winke einen Verkäufer heran und sage ihm, dass ich seine Hilfe brauche. Der Mann hat dunkles, zurückgegeltes Haar und trägt eine schwarze Lederjacke über einem gestärkten Hemd. Er erinnert mich an einen geschniegelten James Dean. Während ich Klamotten in seine wartenden Arme stapele, weiten sich seine Pupillen und verfärben sich ins Geldliche. Provisionen machen

Menschen verrückt. Ich wette, psychiatrische Kliniken haben ganze Trakte nur für die Behandlung von Leuten, die auf Provisionsbasis bezahlt werden.

Ich will gerade an die Kasse gehen, als ich Charlie ein leuchtend rotes Kleid beäugen sehe. Sie mag potthässlich sein, aber dieses Kleid würde jeden in einen Rockstar verwandeln. »Schnapp dir das Kleid«, brülle ich quer durch den Laden. »Das geht auf mich.« Charlie nimmt das Kleid vom Ständer und hält es vor sich. Mit einem Blick über die Schulter sehe ich, dass der Verkäufer, der meine Kleider hält, schnaubt. »Was ist?«, frage ich ihn.

»Nichts«, antwortet er mit einem Lachen.

Ich lache ebenfalls, aber auf eine andere Art und Weise. »Nein, wirklich. Was ist so komisch?«

Der Mann glaubt, wir würden über das Gleiche lachen, daher riskiert er eine dicke Lippe und sagt: »Dieses Kleid wurde für eine Menge Leute gemacht …«

»Und?«

»Sie gehört nicht dazu.« Der Mann begreift, dass ich nicht länger lache. »Ich will nicht sagen …«

»Ich weiß, was Sie sagen wollen. Sie haben es gerade gesagt.« Ich nehme ihm die Kleider aus den Armen und werfe sie weg. »Hab meine Meinung geändert. Ich brauche diesen Ramsch hier nicht.« Ihm klappt der Unterkiefer herunter, und ich verspüre den Drang, ihm den Mund mit der Faust zu verschließen. Ich bin der Einzige hier, der Leute nach ihrem Aussehen beurteilen darf. Er kann sich glücklich schätzen, dass sein freches Mundwerk ihm kein Siegel eingetragen hat.

Ich gehe auf Charlie zu. Gerade als wir den Laden verlassen wollen, beschließt der Verkäufer, dass er sich das von mir nicht bieten lässt. »Nicht meine Schuld, dass Ihre Freundin aussieht wie ein Verkehrsunfall.« Mein Kopf fährt herum. Charlies Augen schwimmen bereits.

»Oh nein, das hast du nicht gesagt«, denke ich, und sofort: »Oh doch, das hat er. Ein Siegel für den Kunden, kommt sofort.« Sein Seelenlicht geht an, und – wer hätte das gedacht? Sieh mal an, wie viele Siegel dieser Typ schon hat. Der zieht nach Feierabend wohl ordentlich was Krummes ab, um sich zu erholen. Noch ein Beweis dafür, dass der große Boss seit einiger Zeit ein Auge auf Peachville geworfen hat, auf der Suche nach etwas Großem. Ich frage mich kurz, warum ich noch nichts davon gewusst habe.

Ich lehne mich zurück und grinse. Es wird mir ein ganz besonderes Vergnügen sein, diese Seele zu siegeln. Ich werfe ein Siegel in seine Richtung und genieße das knisternde Geräusch, das es macht, als es sich über sein Licht legt. Vielleicht noch ein Siegel oder zwei, dann kann er gesammelt werden. Ich hoffe sehr, dass ich das Vergnügen haben werde, ihn abzuliefern. Er wird natürlich weiterleben, nachdem seine Seele kassiert worden ist, aber sobald er stirbt, trifft er seine Seele an einem freundlichen, kleinen Ort namens Hölle wieder.

»Komm, Charlie, lass uns gehen.« Sie folgt mir aus dem Laden, sagt aber nichts. Ich setze mich auf eine Bank in der Nähe des Springbrunnens und bedeute ihr, sich neben mich zu setzen. Der Bursche hat sich danebenbenommen und außerdem lag er falsch. Charlie ist definitiv kein Hingucker, aber wer kann sagen, ob sie nicht mal einer sein wird, wenn sie ihrer schlechten Haut entwächst? Oder den richtigen Haarstylisten findet. Oder einen Kieferorthopäden engagiert und ihre Augen lasern lässt und etwas an Gewicht zulegt und ein Fitzelchen mehr Selbstbewusstsein bekommt. Ich habe es erlebt. Highschool-Dumpfbacke verwandelt sich in süßes Erstsemester. »Du weißt, dass dieser Typ einfach ein Wichser ist, richtig?«

»Ja. Ist kein Ding.« Charlie tut so, als beobachte sie die Kinder beim Spielen, und sie bringt sogar ein halbes Lächeln zustande. Ich bin stolz auf sie, weil sie so gut mit der Sache umgeht. Viele Mädchen würden wegen so etwas zusammenbrechen. Sie mag unattraktiv sein, aber sie hat mehr Selbstbewusstsein als die meisten Mädels, die ich rumgekriegt habe.

»Weißt du, was wir tun sollten?« Ich bebe vor Energie. »Etwas Verrücktes. Ich habe eine Idee.« Ich nehme ihre Hand, und wir gehen zu dem Ausgang, der unserem Parkplatz am nächsten ist. »Siehst du den Kiosk da drüben?« Charlie nickt. »Lass uns was einstecken!«

Sie zieht die Augenbrauen zusammen. »Du meinst, wir sollen etwas stehlen?«

»›Stehlen‹ ist ein hässliches Wort, Charlie. Wir lassen einfach ein bisschen locker. Das solltest du öfter tun.« Ich nehme ihren Kopf in beide Hände und drehe ihn zum Kiosk. »Weißt du, wenn du das Leben lebst – ich meine, wenn du es wirklich lebst –, dann schert es dich nicht, was irgendjemand über dich sagt, weil du plötzlich berauschend lebendig bist.« Sie starrt mich gebannt an. »Mach es, Charlie. Versuch es einfach. Wenn du es scheiße findest, können wir zurückgeben, was auch immer du genommen hast. Niemand wird den Unterschied merken.«

Sie schenkt mir ein hintersinniges Lächeln, und ich beiße mir auf die Oberlippe, um ein Lachen zu unterdrücken. An einen zum Stehlen angelernten Begleiter könnte ich mich schon gewöhnen. Ich will ihr gerade Ratschläge geben, wie sie sich dem Kiosk nähern soll, aber sie schlüpft schon davon. Sie bewegt sich trotz ihres leichten Humpelns verstohlen wie ein Panther auf den Stand mit Krimskrams zu.

Als sie sich ihrem Ziel nähert, greife ich in meine Tasche und drücke geistesabwesend meinen Glückspenny.

Wie ein Profi betrachtet Charlie den Mann, der am Stand arbeitet, ermittelt seine Koordinaten, schätzt ab, wie viel Zeit sie hat.

Dann ist es geschafft.

Mit einer unauffälligen Bewegung ihrer kleinen Hand stopft sie sich etwas in ihre Tasche und kommt wieder auf mich zu. Charlie presst die Lippen aufeinander, und ihre Augen sind gewaltig weit aufgerissen. Sie versucht, sich das Lachen zu verkneifen, und ich tue das Gleiche.

Als wir auf den Ausgang zusteuern, drehe ich mich um und sehe, dass der Mann uns anstarrt. Er macht einen Schritt in unsere Richtung und bleibt stehen. »Mist, er weiß Bescheid«, schießt mir durch den Kopf. Er hat sie nicht in flagranti ertappt, also ist er unsicher, was er tun soll. Wenn er sie beschuldigt und sich irrt, kostet es ihn seinen Job. Er wartet zu lange, und dann ist es zu spät.

Charlie und ich stürmen durch die doppelten Glastüren, und sie bricht in Gelächter aus.

»Heilige Scheiße«, sagt sie. »Das war verrückt!« Sie zieht die gestohlene Haarklammer aus der Tasche und zeigt sie mir. Ich halte meine Hand hoch, und Charlie versucht zu springen, um abzuklatschen. Sie ist zu klein, und ich krümme mich vor Lachen. Der Anblick ist so lächerlich.

»Was jetzt?«, frage ich.

Etwas von der Aufregung in Charlies Zügen verschwindet. »Ich sollte wirklich nach Hause gehen. Meine Oma wird sich fragen, wo ich bleibe. Oh Mann. Ihr Auto. Wir müssen gehen.«

»Komm schon, wir haben gerade einen Lauf«, flehe ich. »Lass uns noch was machen.«

Charlie schlingt die Arme um sich. »Nein, ich muss wirklich gehen. Ich habe noch nie die Schule geschwänzt, und ich habe ganz bestimmt noch nie etwas gestohlen. Schon gar nicht das Auto meiner Oma.«

»Wie ich sagte, wir haben ihr Auto nicht gestohlen. Wir haben es ausgeborgt.«

»Tja, Dante. Es hat total Spaß gemacht, mit dir abzuhängen.« Sie stemmt die Hände in die Hüften, ein Zeichen, dass ich es nicht überstrapazieren sollte. »Aber jetzt muss ich nach Hause.«

»Okay, bringen wir dich heim. Schlüssel.« Charlie wirft mir die Schlüssel zu, und ich fange ihn auf, obwohl sie schmeißt wie ein Mädchen.

Ich lasse sie vorangehen, während ich darüber nachdenke, was ich tun soll. Ich weiß nicht, warum ich zögere. Ich habe keine Zeit zu verlieren. Zehn Tage. Das ist alles, was ich habe. Und es gibt keine Grauzone für Diebstahl.

Ich starre Charlie an, bis ein glänzendes Licht ihre kleine Gestalt einhüllt. Es ist so hell, so verheerend hell. Ich strecke den Finger aus und setze ein Siegel frei. Es heftet sich an ihre Seele und bleibt dort.

Und verdammt, genau in diesem Moment dreht sie sich um … und lächelt.

6
Wachsame Augen

Ich halte vor Charlies Haus und schalte den Motor des Lincoln aus den Neunzigern ab, der ihrer Oma gehört. Jetzt würde ich mir gern ein Hotel suchen und Feierabend machen. Aber das hier ist kein normaler Achtstundenjob. Also drehe ich mich zu Charlie um, die damit beschäftigt ist, ihre Fingernägel zu zerstören, und frage: »Willst du, dass ich noch ein bisschen mit reinkomme?«

Sie nimmt die Finger aus dem Mund. »Meine Oma ist immer noch nicht zu Hause, sonst käme sie bereits mit einem Küchenmesser auf uns zugerannt.«

Gut. »Schade. Was macht sie denn?«

»Ihre Freundin Ilene holt sie freitagnachmittags meist zum Tratschen ab«, antwortet sie. »Deshalb war sie vorhin nicht hier, als wir den Wagen geholt haben.«

»Arbeitet deine Oma?«, frage ich.

»Nein. Sie war früher Kosmetikerin. Sie hat sogar Make-up für Filmstars gemacht, als sie noch jünger war, aber sie arbeitet nicht mehr.«

Ich inspiziere das große, weiße Haus mit seinen schwarzen Fensterläden und der roten Tür. Es ist nicht annähernd so groß wie die Hütte meiner Eltern, aber es muss trotzdem einiges an Asche gekostet haben. Das Geld dürfte jetzt knapper sein, da Oma in Rente ist.

»Wollen wir nachsehen, was meine Oma im Kühlschrank bunkert?«, fragt sie.

»Klar.«

Wir steigen aus, aber Charlie geht nicht zum Haus, sondern quer über die Straße zu dem dicht mit Bäumen bestandenen Gelände gegenüber.

»Was machst du da?«, frage ich.

Sie zieht das Serviettenbündel aus dem Rucksack und packt die Reste aus, die sie aus der Cafeteria mitgebracht hat. »Die Waschbären haben sich früher über unseren Müll hergemacht, aber dann hat Oma richtige Deckel für die Tonnen gekauft, um sie fernzuhalten. Es hat funktioniert, aber irgendwie tun sie mir leid, weißt du?« Charlie wirft das Essen zwischen die Bäume und kommt zurück. »Wenn Oma herausfände, dass ich sie füttere, würde sie ausflippen.«

»Dein Geheimnis ist mein Geheimnis«, sage ich. »Selbst wenn du eine durchgeknallte Hippiebraut bist«, denke ich.

Charlie schließt die Haustür auf und geht hinein, aber ich halte auf der Schwelle inne. Ich drehe mich um. Dann drehe ich mich noch einmal um.

Ich fühle etwas. Nein, ich *spüre* etwas. Und zum Teufel, es sind ganz sicher keine Waschbären.

Auf der anderen Straßenseite stehen die Büsche so dicht, dass ich nicht erkennen kann, ob da etwas ist. Ich gehe einige Schritte zurück und lausche. Ich höre nichts, aber ich weiß, dass er es ist.

Ein Sammler.

Das Gefühl verrät mir nie, wie viele Sammler in der Nähe sind, aber der Verstand sagt mir, dass es nur einer ist. Ich komme mir wie ein Idiot vor, als ich frage: »Max?«, aber ich bekomme keine Antwort. Wir sind nur zu sechst, und trotzdem macht dieser Bursche sich unsichtbar. Warum zeigt der Typ sich nicht? Einen Sammler kann man nur töten, indem man ihm seine Fußfessel entfernt, aber im Augenblick würde ich andere Möglichkeiten durchaus probieren. Ich gehe im Geiste die Sammler durch. Außer mir und Max gibt es noch Patrick, Anthony, Kincaid und Zack. Und ich kann mir nicht vorstellen, warum einer von ihnen mir folgen sollte. Ich glaube sogar, dass sie Angst davor hätten. Der große Boss vertraut mir, und ich bin auch nach wie vor derjenige, der sie ausbildet. Und sie wissen auch, warum das so ist: Ich bin der Beste.

Ich gehe zurück zum Haus und sehe dabei immer wieder hinter mich. Als ich an die Tür komme, ist Charlie da. »Es ist nichts«, sage ich, bevor sie fragen kann. »Lass uns die Küche plündern.«

Charlie und ich graben drei Tüten Chips aus, eine Dose Artischockendip und zwei Dosen Orangenlimonade. Wir mampfen, und ich versuche, das seltsame Gefühl abzuschütteln, dass ein Sammler draußen vor ihrem Haus war. Aber ich kann es nicht. Ich verstehe nicht, wer es sein könnte oder warum er da sein sollte.

Während ich beobachte, wie sie ihre Limonade runterkippt, kann ich nur denken: »Warum Charlie?«

Ich muss mit diesem Job schneller vorankommen, und

ich weiß auch, wie. Der Gedanke lässt mich würgen, aber ich weiß, dass es funktionieren wird, und ich habe keine große Wahl. Wenn ein anderer Sammler heimlich das Geschehen beobachtet, dann ist es an der Zeit, schweres Geschütz aufzufahren. Ich würde ihm gern zeigen, wie geschmeidig ich arbeite.

»Hey, Charlie«, sage ich, nehme ihr die Orangenlimo aus der Hand und stelle sie beiseite. »Lass uns in dein Zimmer gehen.« Ihre blauen Augen weiten sich, aber sie protestiert nicht, als ich ihre Hand ergreife. »Komm.«

»Soll ich die Chips und den anderen Kram mitnehmen?«, fragt sie. »Ich bin süchtig nach Cheetos, aber ich wünschte, meine Oma würde die puffigen kaufen, weißt du? Ich bitte sie immer darum, aber ...« Charlie brabbelt in Schallgeschwindigkeit. Sie ist nervös. Das sollte sie auch sein. Ich bezweifle, dass dieses Mädchen jemals rumgefummelt hat – wahrscheinlich muss ich ihr erst erklären, was fummeln bedeutet.

Ich gehe vor ihr die Treppe hinauf und drücke die Tür zu ihrem Zimmer auf. Das Übermaß an Rosa blendet mich. Obwohl ich das Zimmer schon einmal gesehen habe, bin ich immer noch nicht darauf vorbereitet, wie grell es ist.

Ich setze mich auf ihr Bett und schiebe einige der Kissen auf den Boden. Es scheint ihr nichts auszumachen, was mich überrascht. Charlie nimmt die gestohlene Haarklammer aus der Tasche und starrt sie an, als könnten ihr plötzlich Zähne sprießen.

»Warum so düster?«, frage ich mit meiner Verführerstimme.

Sie leckt sich die Lippen und sagt leise: »Ich will sie zurückgeben.«

»Nein, willst du nicht.«

»Doch«, beharrt sie.

Ich presse die Lippen aufeinander. Ich bin nicht glücklich darüber, dass sie mir die Stimmung vermasselt. Damit sie das Thema fallen lässt, strecke ich die Hand aus. »Gib sie mir«, sage ich. »Ich bringe sie zurück.«

Sie reicht mir die Haarklammer, als wäre sie glücklich, sie loszuwerden. Ich stopfe sie in meine Tasche, wo sie bleiben wird. Ihr Siegel bleibt gefälligst, wo es ist. Ist ja nicht so, als könne man eine Bank ausrauben und dann am nächsten Tag das Geld zurückgeben und erwarten, dass alles vergeben ist. Also wirklich.

Charlie lächelt bei dem Gedanken, dass ihre Sünde vergeben sei, und nimmt ein Porzellanfigürchen von ihrem Fenstersims. Sie wirft es von einer Hand in die andere. Die Art, wie sie das tut, wirkt … sorglos.

»Ist das deine Lieblingsfigur?«, frage ich und versuche, das Spiel wieder in Gang zu bringen.

»Was?« Charlie späht zur mir herüber, dann schaut sie auf ihre Hände. »Oh ja. Sie ist wunderschön.«

»Nein, sie ist lächerlich«, aber das denke ich natürlich nur.

»Eigentlich ist das ziemlich blöd, oder? All dieses Rosa und die Spitzen und der ganze Kleinmädchenkram.« Sie stellt den Nippes sanft ab, als habe sie ein schlechtes Gewissen wegen dem, was sie gesagt hat. »Meine Oma hat dieses Zimmer eingerichtet, bevor ich hierherkam. Ich wollte sie nicht verletzen, indem ich es verändere, aber es ist wirklich übertrieben kleinmädchenhaft.«

Meine Schultern verkrampfen sich. Ich hasse es, dass ich nicht so viel über sie weiß, wie ich dachte. Es macht mich unruhig. Es war ein langer Tag, ich sollte an diesem Punkt keine Recherchearbeit mehr nötig haben. Aber die Dinge sind, wie sie sind.

»Wie würdest du es denn dekorieren?« Ich lehne mich auf dem Bett zurück und verschränke die Arme hinter dem Kopf.

Ihre Augenbrauen zucken in die Höhe. »Na ja, zunächst einmal würde ich diese verdammten Figürchen loswerden. Ich will ein Zimmer, das sagt, dass ich siebzehn bin, nicht sieben. Dann würde ich diese rosafarbenen Vorhänge von meinem Bett ziehen.« Charlie packt die Vorhänge, zerrt sie herunter und wickelt sie sich um die Schultern. »Und diese Farbe! Das Rosa muss weg. Stattdessen will ich eine Wand leuchtend rot.«

»Wirklich, rot?« Das Mädchen hat ja doch Geschmack.

»Ja, verflixt. Es ist meine absolute Lieblingsfarbe.«

»Im Ernst?«

»Ja. Rot ist so mutig, so mächtig, so ... alles, was ich nicht bin.« Sie springt aufs Bett und streckt die Arme aus, um die Decke zu berühren. Ihre Bluse rutscht ein ganz klein wenig hoch, und ich erhasche einen Blick auf einen festen, weißen Bauch. Er ist fast so grell wie der Raum. »Und hier! Hier wollte ich immer Sturmwolken haben. Ich weiß, es ist kitschig, aber ich will sie trotzdem.« Charlie beginnt auf und ab zu springen, und mein

Körper hüpft mit ihren Bewegungen mit. »Und ein weicheres Bett! Eins, auf dem ich höher hopsen kann.« Sie springt höher und höher, ihre Worte werden vom Hüpfen auseinandergezogen. »Ich glaube. Hopsen. Auf. Betten. Ist gut. Für. Die Seele.«

Das bringt mich zum Lachen, obwohl es mich frustriert, dass sie meine vielfach erprobte Anmache kaputt hüpft. Sie streckt die Hand nach unten aus und sagt: »Komm.«

»Komm was?«, frage ich.

»Mithopsen.«

»Nein. Das wird nicht passieren.«

Charlie packt mich am Arm und zieht, bis ich mir sicher bin, dass sie ihn aus dem Gelenk reißen wird. Dafür, dass sie so klein ist, ist sie ganz schön stark. »Na gut. Wenn du willst.« Ich stelle mich auf ihr Bett. »Das ist dämlich.«

»Ach, wirklich?« Charlie springt zu Anfang sehr langsam auf und ab, dann schneller und höher. »Ist es dämlich?«

»Sehr.« Ich versuche, ein wenig zu springen. Meine Mutter hätte mir nie erlaubt, auf meinem in der Toskana handgefertigten Bett herumzuhopsen. Als ich ein wenig an Höhe gewinne, stelle ich fest, dass die Erfahrung absolut geil ist. Werde ich das jemals zugeben? Nö. Aber Charlie braucht wahrscheinlich kein Geständnis, da ich wie ein Idiot grinse.

Sie nimmt meine Hände, und wir springen im Kreis und lachen dabei wie Hyänen. Es fehlt nicht viel, dass ich vom Bett falle, als Charlies Oma hereinkommt. »Himmel, was tut ihr zwei da?« Ihre Worte sind streng, aber ihr Lächeln sagt, dass sie sich darüber freut, dass ich hier bin und dass Charlie einen neuen Freund hat. »In der Küche haben anscheinend wilde Tiere gehaust, die nicht hinter sich sauber gemacht haben.«

Charlie lässt sich aufs Bett fallen und hüpft von der Kante. »Tut mir leid, Oma. Ich kümmere mich darum.«

»Nein, nein.« Oma wedelt mit ihren langen, roten Fingernägeln in unsere Richtung. »Ich will eure Zirkusnummer nicht stören. Amüsiert euch ruhig. Ich mache das Abendessen. Nur ... die Tür bleibt offen, ja, Charlie?«

Charlie wird rot, aber sie nickt.

Nachdem Oma fort ist, sage ich zu Charlie: »Ich sollte gehen.« Auf keinen Fall kann ich jetzt noch den Casanova auspacken. Und ich will nicht dazu vergattert werden, zum Abendessen zu bleiben. Ich hatte genug Charlie für einen Tag, selbst wenn es nicht gerade der schlimmste Tag war, den ich jemals hatte.

Sie sagt, dass sie mich zur Tür bringt, aber ich erkläre ihr, dass ich allein hinausfinde. Als ich halb die Treppe hinunter bin, streckt sie den Kopf aus ihrem Zimmer. »Hey«, ruft sie. »Was machst du morgen früh?«

Ich presse die Lippen zusammen und schüttele den Kopf.

»Wenn du gegen acht vorbeikommen magst, zeige ich dir etwas Umwerfendes.« Ich nicke, aber mein Gehirn schreit: »Acht Uhr morgens! Was?!«

Ich bin am Fuß der Treppe, als Charlie hinzufügt: »Zieh Tennisschuhe an.«

Ich ziehe einen Mundwinkel hoch und deute auf meine roten Sneakers, als wolle ich sagen: »Würde ich diese Schätzchen jemals ausziehen?«

Sie lacht. »Ist es okay für dich, zu Fuß nach Hause zu gehen? Ich könnte dich sonst fahren.«

Charlie kann Autofahren? »Schon gut. Ich wohne ganz in der Nähe, das weißt du doch.«

Sie winkt wie eine Schönheitskönigin und tritt mit einem Seitwärtsschritt in ihr Zimmer zurück.

Ich lache vor mich hin, bevor ich die Haustür öffne, dann erinnere ich mich daran, was sich gehört. Ich gehe ein paar Schritte zurück und stecke den Kopf in die Küche. Oma steht an der Spüle und setzt sich ihre Plastikflasche mit Rum an den Hals. Mein Blick fällt auf die Küchentheke neben ihrer rechten Hand. Ein Dutzend brauner Medizinfläschchen liegen da offen herum. Ich bekomme eine Gänsehaut auf den Armen, dem Hals und den Beinen – und überall sonst auf meinem Körper.

Kranke. Menschen. Machen. Mir. Angst.

Ich bin tot. Das hier sollte mich nicht stören, aber mein Verstand listet bereits alle möglichen schrecklichen Krankheiten auf, die sie übertragen könnte. Dinge wie den Ebola-Virus. Außerdem mag ich kein Arzt sein, aber ich bin mir ziemlich sicher, dass man Schnaps und Pillen nicht auf dieselbe Party einlädt. Ich erinnere mich an meine erste Begegnung mit Charlie. Sie hat mich gefragt, ob ich von der Apotheke sei. Weiß sie, dass Oma sich mit Medikamenten zudröhnt, die ein Rhinozeros umhauen würden?

Ich versuche, unbemerkt rauszukommen, aber Oma fährt herum und entdeckt mich. Ihre Lippen verziehen sich zu einem breiten Lächeln. Dann fällt ihr Blick auf die Pillenflaschen. Das Lächeln fällt ihr aus dem Gesicht und kracht zu Boden.

»Hoher Blutdruck«, sagt sie.

Ich glaube ihr kein Wort.

Oma tritt auf mich zu, und ich versuche, etwas zu machen, was hoffentlich ein diskreter Schritt zurück ist. *Geh weg. Bleib mir mit deiner Krankheit vom Leib!*

Sie sieht, dass ich zurückweiche, und bleibt stehen. Ihre blaugrauen Augen sehen mich verletzt an. Bevor mir etwas einfällt, drehe ich mich um und gehe zur Tür hinaus.

Ich muss weg von diesem Haus. Weg von Charlie und ihren großen, vertrauensvollen Augen. Weg von Oma und dem Blick, den sie mir gerade zugeworfen hat. Was soll ich empfinden? Schuldgefühle? Scham?

Nein. Das tue ich nicht. Ich bin der Seelensammler.

Ich gehe zum nächsten Münzfernsprecher und rufe das einzige Taxi in Peachville an. Als der Fahrer mich fünfzehn Minuten später abholt, fragt er: »Wohin?«

»Zu einem Autohändler«, antworte ich. »Dem besten, den Sie haben.«

7

Unkraut jäten

Um sieben Uhr fünfundvierzig verlasse ich das Wink Hotel und fahre zu Charlies Haus. Nachdem ich gut geschlafen und unanständig viel Geld ausgegeben habe, fühle ich mich wieder wie ich selbst. Wie Dante-geiler-Typ-Walker, der verdammt noch mal beste Sammler auf dieser Erde.

Ich werde Charlies Seele einsammeln. Ich werde mich dabei nicht mies fühlen. Es ist mein Job. Es ist nichts Persönliches.

An diesem Morgen genieße ich die Vorteile der Arbeit für die Unterwelt. Ich trete aufs Gaspedal, und das tiefe Grollen meines liebesapfelroten Escalades dröhnt lauter. Mein neues Baby hat schwarze Ledersitze, ein Bose-Surround-System und Zweiundzwanzig-Zoll-Felgen. Tinder hätte kein glücklicheres Paar matchen können.

Ich hupe einmal und warte vor Charlies Haus. Ich will ihr Gesicht sehen, wenn sie zur Tür herauskommt. Ihr wird diese Karre genauso gefallen wie mir. Nur Leute, die Rot lieben, können diese Schönheit wirklich würdigen.

Während ich ihre Tür beobachte, spüre ich etwas an der Fahrerseite. Ich schaue nach links, aber da ist nichts.

Zumindest sagen das meine Augen. Aber ich kann den Sammler spüren, der mich als Schatten beobachtet. Der mich beobachtet und darauf wartet, dass ich diesen Auftrag vermassele.

Ein Klopfen zu meiner Rechten jagt mir einen Schauder über den Rücken. Charlie lächelt mich durch das Beifahrerfenster an. Sie trägt ihren Rucksack über beide Schultern, und sie ist bekleidet mit Jeans und einem gebatikten T-Shirt. Batik? Ernsthaft?

Sie öffnet die Tür, schaut sich mit großen Augen um und verarbeitet alles. »Du nimmst mich auf den Arm.«

»Ich versichere dir, dass ich das nicht tue.«

»Er ist umwerfend!«, ruft sie durch die Hand über ihrem Mund. »Woher hast du ihn?«

»Er gehört mir. Mom sagte, sie kauft ihn mir, wenn ich friedlich nach Alabama ziehe.« Ich weise mit der Hand auf das Innere des Wagens. »Ich habe mich für den Frieden entschieden.«

»Ich bin auch für den Frieden.« Charlie klettert auf den Beifahrersitz, dann wirft sie ihre Tasche auf die Rückbank. »Er braucht einen Namen.«

»Meinem Auto einen Namen geben? Nein.«

»Doch! Ooh, lass mich das machen. Wie wäre es mit Elizabeth Taylor? Sie war schrill und sah gut aus in Rot.«

»Du willst mein Auto Elizabeth Taylor nennen?«

»Ich will gar nichts mehr. Ich habe es schon getan. Fertig.«

Ich hole tief Luft. »Kannst du mir sagen, wohin Liz fahren muss?«

Charlie klatscht in die Hände und sagt mir, wohin wir wollen. Ich tippe die Adresse in das Navi ein, und fünfundzwanzig Minuten später parken wir vor Peachvilles Ghetto. Ich war mir sicher, dass eine Stadt namens Peachville keine üble Gegend hätte, aber da lag ich wohl falsch. Baufällige Häuser im Abstand von kaum dreißig Zentimetern säumen die Straßen. Maschendrahtzäune umschließen von Unkraut überwucherte Gärten, und eiserne Gitterstangen beschützen die Fenster. Ich beobachte Charlie aus dem Augenwinkel. »Bist du lebensmüde?«

»Vertrau mir, okay?«, zwitschert sie, obwohl es viel zu früh zum Zwitschern ist. Charlie lässt sich aus dem Wagen gleiten und winkt einem gelben Schulbus zu, der an einer bröckelnden Bordsteinkante parkt. Menschen quellen aus dem Bus und kommen auf sie zu. Sie tragen Farbeimer, Blumentöpfe, Erde und jede Menge Werkzeuge, wie sie auch verrückte Serienkiller benutzen würden.

»Charlie, kannst du mich bitte aufklären?«, frage ich, steige aus und strecke die Beine.

Sie öffnet die hintere Tür, schnappt sich ihren Rucksack und zieht zwei langärmelige Shirts heraus. Ich fange das auf, das sie mir zuwirft, und lese das grelle, widerwärtige Logo: Hände helfen Händen.

»Was bedeutet das?«, frage ich. Dann fällt der Groschen. »Oh, nein. Von wegen. Ich arbeite nicht körperlich. Und ganz bestimmt nicht um acht Uhr morgens und ohne Kaffee.«

»›Hände helfen Händen‹ ist eine Wohltätigkeitsorganisation«, sagt sie. »Ich mache das jeden Samstagmorgen. Es macht total viel Spaß. Du wirst schon sehen.«

Es wird keinen Spaß machen. Und ich werde es nicht schon sehen.

Blue und Annabelle kommen mit Schaufeln auf uns zu. Blues Augen werden schmal, als er mich sieht. Annabelle drückt seinen Arm, als wolle sie ihn beruhigen, und sagt: »Sie hat dich auch rumgekriegt, hm?«

»Sieht so aus.« Ich nehme Annabelle die Schaufel ab und drehe mich zu Charlie um. »Also, was machen wir hier, und wie lange machen wir es?«

Sie zieht sich das langärmelige Shirt über ihre gebatikte Peinlichkeit. »Einige Anwohner dieser Straße wollen, dass ihre Häuser schöner werden. Und wir helfen ihnen dabei.«

Sie zeigt auf ein winziges Haus mit abblätternder blauer Farbe. »Bei dem da nehmen wir die alte Farbe von der vorderen Veranda und streichen sie dann neu.« Sie deutet auf ein Haus direkt neben uns. »Bei dem hier wird der Garten gemacht: Unkraut jäten, Blumen pflanzen und so weiter. Es gibt insgesamt fünf Häuser, und wir arbeiten in Gruppen, damit alles erledigt wird. Du bist bei mir, Annabelle und Blue. Wir übernehmen dieses Haus.«

Charlie humpelt auf das Haus mit dem Garten zu, in dem jede Pflanze vor langer Zeit eingegangen ist. Ich fahre mir mit den Händen durchs Haar und verspüre den Drang, es mir auszureißen. Ich zerre mir das langärmelige Shirt über den Kopf, das verkündet, dass ich ein Trottel bin, gehe hinter ihr her und ziehe meine Schaufel hinter mir übers Pflaster.

Während die drei Witzfiguren rumblödeln, arbeite ich schweigend. Ich weiß nicht, wie ihnen das hier Spaß machen kann. Und ich weiß nicht, wie ich das habe zulassen können. Charlie und ich sollten schreckliche, seelensiegelnde Dinge tun. Stattdessen hat sie mich irgendwie dazu rumgekriegt, ehrenamtlich zu arbeiten. Das Wort hat einen üblen Nachgeschmack, und für ein Bier, um ihn runterzuspülen, würde ich jemanden umbringen. Aber so sehr ich es auch verabscheue, ein Teil von mir bewundert Charlies Art, die Dinge in die Hand zu nehmen. Wenn sie nur lernen könnte, das gleiche Selbstvertrauen in der Schule einzusetzen, dann wäre sie vielleicht nicht so eine Außenseiterin.

Andererseits ist dieses Selbstvertrauen der Grund, warum ich diesen Mist hier mache, den ich nicht machen will.

Ich ramme die Schaufel in die Erde und wische mir den Schweiß von der Stirn. »Warum tut ihr das?« Charlie, Blue und Annabelle halten inne und schauen mich an, aber niemand sagt etwas. »Mir ist jede Antwort recht.«

Charlie macht einen Schritt auf mich zu. Sie weiß, dass ich nicht glücklich bin. Und warum sollte ich das auch sein? Sie hat mich dazu überlistet, meinen Samstagmorgen damit zu verschwenden, Menschen zu helfen, die zu faul sind, um sich selbst zu helfen.

»Dante …« Sie wirft einen Blick über ihre Schulter zu Blue und Annabelle. Die beiden tun so, als inspizierten sie einen Ameisenhügel, aber ich weiß, dass sie lauschen. »Ich mache das gern. Diese Leute brauchen unsere Hilfe. Und es gibt mir ein gutes Gefühl. Gibt es dir kein gutes Gefühl?«

»Nein, tut es nicht«, antworte ich aufrichtig. Ich deute energisch mit dem Daumen auf das Haus. »Warum schwingt die Person in diesem Haus nicht ihren Arsch hoch und macht das selbst?«

Charlies Augenbrauen ziehen sich zusammen. »Weil die Person in diesem Haus achtundachtzig Jahre alt und an einen Rollstuhl gefesselt ist.«

Klasse. Jetzt bin ich das Arschloch. Ich muss vorsichtiger sein, wenn ich dieses Mädchen dazu bringen will, heute Abend zu der Party mitzukommen. Ich gebe ihr den Tag, aber heute Abend ... heute Abend bin ich an der Reihe.

Ich entspanne mein Gesicht und meinen Oberkörper. »Das ist gut, nicht wahr? Menschen zu helfen, die selbst nichts mehr tun können.«

»Aber sie können etwas tun. Das ist es ja gerade!« Charlie lächelt. »Verstehst du, wir nennen diese Organisation ›Hände helfen Händen‹, weil die Menschen, denen wir helfen, bereit sind, anderen zu helfen. Zum Beispiel hat diese Dame, der wir heute helfen, zugestimmt, von ihrem Haus aus für eine Seelsorge-Hotline für Suizidgefährdete zu arbeiten. Das entwickelt sich zu einem großartigen System von Menschen, die einander helfen.«

Etwas rumort in meinem Magen. »Charlie, wer hat diese Organisation gegründet?«

Sie schlurft mit den Füßen und wischt sich Dreck von den Händen. »Ähm, das waren wir alle.«

»Egal was du sagst, Charlie, du hast damit angefangen«, brüllt Annabelle, dann setzt sie ihre vorgetäuschte Ameiseninspektion fort.

»Ist das wahr?«, frage ich. Das ist nicht gut. Irgendwo im Hinterkopf frage ich mich, ob das der Grund ist, warum der große Boss sie will. Aber es ist ein winziges Unternehmen. Es würde keinen Knick in seinen Zahlen verursachen.

»Kann schon sein, ja.« Charlie schiebt sich ihre Brille auf der Nase nach oben, dann bindet sie sich ihr gewelltes, blondes Haar zu einem Pferdeschwanz. Sie ist unruhig, und ich weiß nicht genau, warum. »Wir haben damit begonnen – ähm, ich habe damit angefangen –, weil es so viele Menschen gab, denen geholfen wurde und die ihrerseits auch Menschen helfen wollten.«

Sie und ich sehen die Welt auf sehr verschiedene Weise. Ich glaube, die meisten Menschen, denen geholfen wird, verspüren nicht den geringsten Wunsch, auch nur einen Finger für jemand anderen krumm zu machen.

Charlie ringt die Hände, und ich weiß, dass sie mir etwas Wichtiges noch nicht gesagt hat. »Wie hat es angefangen?«, erkundige ich mich.

Ihr Blick findet meinen, und ich weiß, dass das die Frage war, die sie nicht beantworten wollte. »Es hat mit einem Wohnheim für Kinder unter staatlicher Vormundschaft angefangen.« Charlie sieht Blue und Annabelle an, dann schaut sie wieder zu mir herüber. »Ich ... ich war eins dieser Kinder. Meine Eltern sind bei einem Brand ums Leben gekommen, als ich zwölf war.« Sie hält inne, aber ich bleibe still und lasse sie aussprechen. »Ich war die Einzige, die aus dem Haus entkommen ist. Weil ich keine lebenden Verwandten hatte, kam ich in das Heim.« Sie zeigt auf ihre Hüfte und versucht zu lächeln. »Die Art, wie ich gehe, ist ein Andenken an diese Nacht.«

»Also ist deine Oma ...?«, frage ich sanft.

»Gar nicht meine Oma. Sie hat mich vor drei Jahren adoptiert. Einmal habe ich ihr gesagt, dass sie die Oma ist, die ich nie hatte. Sie fand das so schön, dass ich irgendwie angefangen habe, sie so zu nennen. Es hilft auch ein bisschen, Fragen zu vermeiden.«

»Also, diese Organisation, die du ins Leben gerufen hast, die hilft dir?«

»Ja, ich denke schon. Als ich in dem Heim war, haben mir viele wunderbare Menschen geholfen, mich zu erholen. Die meisten von ihnen waren Ehrenamtliche. Das hat große Dankbarkeit in mir geweckt, aber auch das Gefühl, in jemandes Schuld zu stehen. Ich habe mich umgehört, und einige andere Kinder haben das genauso empfunden, also haben wir beschlossen, etwas für andere zu tun. Wir haben begonnen, während unserer Freistunden Dinge für Menschen in Laufweite zu tun. Wir haben nur verlangt, dass die Menschen, denen wir helfen, jemand anderem helfen.« Charlie deutet auf die Ehrenamtlichen vor Ort. »Und heute, drei Jahre später, haben über zweitausend Menschen Hilfe empfangen oder jemand anderem geholfen.«

Zweitausend? *Zweitausend?* Was ist, wenn sie so weitermacht? Sie wird niemals genug Siegel bekommen, um eingesammelt zu werden. Schlimmer noch, in jeder Sekunde, in der diese Menschen jemandem helfen, vernachlässigen sie die wichtige Aufgabe, sich neue Siegel zu verdienen.

Trotzdem bin ich erleichtert. Für einen Moment dachte ich, dies wäre vielleicht der Grund, warum der große Boss Charlie will. Und obwohl zweitausend eine Menge strahlender, glücklicher Menschen ist, ist es nicht genug, um ernsthaften Schaden anzurichten. Was mich zu meiner ursprünglichen Frage zurückbringt: Warum sie?

Charlie hebt eine Kunststoffmanschette mit gelben Tulpen auf und bohrt sich ihre Zunge in die Wange. »Kommst du mit all diesen Enthüllungen klar?«

»Ich bin froh, dass du es mir erzählt hast.« Ich drücke ihr die Hand, dann greife ich nach meiner Schaufel und folge ihr zurück zu dem Garten, den wir geschaffen haben.

Während der nächsten zwei Stunden beklage ich mich nicht darüber, dass die Temperatur sinkt. Oder dass Blue murmelt. Oder dass Annabelle bis zum Erbrechen über alte Schwarz-Weiß-Filme redet. Ich kann nur Unkraut jäten. Es gibt unendlich viel davon, und dafür bin ich dankbar. Weil es mich von dem Bild ablenkt, wie Charlie aus einem brennenden Haus gezogen wird, während ihre Eltern drin bleiben – und sterben.

Ich frage mich, ob sie geweint hat, als es geschah. Ich frage mich, ob sie so laut geschrien hat, dass sie wie ein ganz anderer Mensch klang. Ich lege die Hand um das Unkraut und ziehe es aus dem Boden. Und noch einmal. Und noch einmal. Das Unkraut kann ich kontrollieren. Aber diese Gedanken, die durch meinen Kopf ticken, kann ich nicht kontrollieren.

Denn die gehen mir viel zu nah.

8
Was zum Henker?

Charlie ist ungewöhnlich still, als ich sie zurück nach Hause fahre. Zum ersten Mal, seit ich sie kennengelernt habe, hasse ich das Schweigen. Ich will, dass sie redet, dass sie etwas sagt. Irgendetwas.

Dann frage ich mich, ob sie das Gleiche von mir braucht.

Ich schaue zu ihr hinüber. Sie starrt aus dem Beifahrerfenster und beobachtet, wie Häuser verschwommen an uns vorbeifliegen. Der Himmel ist bewölkt, sodass ihre Teenager-sein-ist-scheiße-Pickel weniger auffallen. Ich öffne den Mund, dann schließe ich ihn. Dann öffne ich ihn wieder. »Willst du Musik hören?«

Charlie schaut zu mir herüber, als hätte sie vergessen, dass ich diesen Panzer fahre. Ich schalte die Stereoanlage ein und klicke mich durch die Radiosender, bis ich einen Nirvana-Song finde. Das scheint zu passen. Dunkel, gequält, gepeinigt … etwas, worin wir uns verlieren können.

»Gefällt es dir?«, frage ich, während ich das Radio lauter stelle.

Sie nickt zuerst. Dann beschließt sie, ehrlich zu sein,

rümpft die Nase und schüttelt den Kopf mit einem kaum vorhandenen Lächeln. Ich schalte zu einem Beyoncé-Song um und warte.

Ein weiteres kleines Kopfschütteln.

»Was ist dein Lieblingssender?«, frage ich. »Vielleicht gibt es was, das uns für heute Abend in Stimmung bringt.«

Charlie lacht und lässt den Kopf nach hinten fallen. »Du lässt nicht locker, was?«

»Nö. Also such dir schon mal ein Partykleid raus.« Ich deute mit dem Kopf auf das Radio. »Und einen Partysong.«

Charlie mustert mich einen Moment lang, dann beugt sie sich zu dem Radio vor und schaltet es aus.

»Das ist mein Lieblingssender.«

»Ausgeschaltet?«, frage ich.

Charlie lässt das Fenster herunter und legt den Kopf auf den offenen Fensterrahmen. »Ich mag den Klang der Welt.«

Ich zucke mit den Schultern, lasse mein eigenes Fenster herunter und lausche, als wir an eine rote Ampel kommen. Ich höre eine Spottdrossel singen und einen Mann Laub harken. Ich höre einen Hund bellen und ein Flugzeug am Himmel fliegen. Da ist das leise Dröhnen eines Rasenmähers in der Ferne, und irgendwie höre ich auch das. Mir persönlich wäre Nirvana lieber. Aber während ich zuschaue, wie Charlie ihrem Lieblingssender lauscht, wird mir klar, dass sie etwas hat, was die meisten niemals haben werden – Frieden.

Ich halte bei ihr vor dem Haus, und Charlie öffnet die

Autotür. Ich halte sie am Arm fest, bevor sie aussteigen kann. »Ich hole dich um neun ab?«

Sie greift sich an den Kopf, als denke sie nach. Dann sagt sie: »Meine Oma wird wollen, dass ich bis Mitternacht zu Hause bin.«

Treffer! »Cool. Ich sehe dich heute Abend.«

»Kann's kaum erwarten.« Charlie verdreht die Augen, nimmt ihren Rucksack und geht zur Vordertür.

Ich muss dafür sorgen, dass dieses Mädchen sich mehr auf heute Abend freut. Sie muss in der richtigen Stimmung sein, um Dinge zu tun, die sie noch nie tun wollte. Ich trommele mit den Fingern auf dem Lenkrad und beobachte, wie Charlie die Tür aufschließt.

Und dann habe ich es.

Ich setze rückwärts aus der Einfahrt und fahre zum Einkaufszentrum von Peachville, wo ein sexy rotes Kleid auf meine Kreditkarte wartet.

Am Eingang zu Neiman Marcus erwartet mich James Dean. Er ist drauf und dran, mich aufgeregt willkommen zu heißen, als ihm klar wird, dass ich es bin. Er tut so, als hätte es unsere Konfrontation nie gegeben, und ich bin total einverstanden damit. Hauptsache, wir müssen uns nicht unterhalten.

Ich schnappe mir das Kleid in der Größe Magersucht und gehe zur Theke. Die Kassiererin hinter der Kasse fragt, ob jemand mir heute geholfen habe. Ich werfe einen Blick auf James Dean, der damit beschäftigt ist, Blickkontakt zu vermeiden, und antworte: »Nein.«

Sie nickt und sagt mir, dass das Kleid hundertvierzig Dollar neunundachtzig kostet, und ich reiche ihr meine unbegrenzte Amex Black. Die Kassiererin zieht eine Augenbraue hoch und nimmt die Karte entgegen, als bestünde sie aus Sprengstoff. Sie dreht sie in den Händen, und ich verspüre den Drang, die Arme hochzuwerfen und zu schreien: »Peng!« Manche Leute sagen, die Amex Black Card sei ein Mythos. Diese Leute bezeichnet man auch als arm. Allein der Gedanke an das Wort verursacht mir Juckreiz.

Die Kassentante packt das Kleid in einen Kleidersack und reicht ihn mir mit der Quittung. »Ich brauche keine Quittung«, sage ich. »Spielt keine Rolle.« Ich liebe den Ausdruck auf den Gesichtern der Leute, wenn ich das sage. Es ist eine Mischung aus Neid und Abscheu und gibt mir das Gefühl, ein Gangsta zu sein wie Biggie Smalls.

Ich gehe zur Tür hinaus, als mich die Neugier packt. Ich mache mit dem Kleidersack über meiner Schulter kehrt und knipse James Deans Seelenlicht an. Ich würde gern sehen, ob es Zeit ist, ihn abzuliefern.

Moment mal – ich inspiziere sein Seelenlicht und sehe glitzrige, rosafarbene Siegel über den anderen. Was zum Henker ist denn da los? Niemand, wirklich niemand siegelt Seelen mit funkelnden, rosafarbenen Siegeln.

Ich trete einen Schritt näher, aber natürlich sind sie immer noch da. Schlimmer noch, ich sehe, wie Seelenlicht durch die rosafarbenen Siegel sickert. Es ist, als machten diese neuen Siegel die alten kaputt.

Mein Blick fällt auf meine Füße, als könnten die mein

Gehirn ankurbeln. Es gibt meines Wissens absolut nichts, was unsere Siegel zerstören kann. Wir selbst können das ganz sicher nicht. Woher also kommen die Dinger? Was hat sich geändert?

James Dean verschränkt die Arme vor der Brust, lässt sie sinken und verschränkt sie wieder. Offensichtlich mache ich ihn nervös. Ich werfe einen letzten verstohlenen Blick auf diese rosafarbenen Siegel und verlasse den Laden. Dann finde ich die Bank, auf der Charlie und ich erst gestern gesessen haben.

Ich will verdammt sein, wenn ich jemandem erlaube, meine Arbeit zu zerstören. Warum hat dieser Trottel diese rosafarbenen Siegel überhaupt bekommen? Weil er gut war? Wenn das so ist – und wenn dies kein Einzelfall ist –, könnte das der Grund dafür sein, warum meine Erfolgsrate rückläufig war. Es ist nicht so, als hätte ich vor meinem Auftrag weniger Seelen gesiegelt.

Mein Auftrag.

Charlie.

Ich hebe den Kopf und schnappe nach Luft. *Sie ist es.* Darum will der große Boss sie, darum hatte er Peachville auf seinem Radar. Er hat nach ihr gesucht. Ich bin mir absolut sicher. Charlie war gestern mit mir hier. Sie muss irgendetwas mit diesem Typen angestellt haben. Hat sie es mit Absicht getan? Hat sie mich die ganze Zeit an der Nase herumgeführt?

Oh, Mist – weiß sie, wer ich bin? Weshalb ich hier bin?

Auf keinen Fall.

Der Kleidersack liegt quer über meinem Schoß. Er fühlt

sich nicht länger gut an in meinen Händen. Ich will ihn in den nächsten Mülleimer werfen, aber ich muss so weitermachen, als hätte sich nichts geändert. Denn es hat sich nichts geändert. Charlies Seele muss immer noch eingesackt werden. Sobald das erledigt ist, werde ich befördert und meine Erfolgsquote geht wieder hoch.

Jetzt, da ich das große, dramatische Rätsel namens Charlie gelöst habe, fühle ich mich gut. Ich habe wieder die Oberhand, und ich bin mir sicher, dass von jetzt an alles läuft. Wie am Schnürchen.

9
Konsequenzen

Max durchwühlt gerade meine Reisetasche, als ich ins Wink Hotel zurückkomme. Am besten gefällt mir, dass er nicht aufhört, als ich ins Zimmer komme.

»Hey«, sagt er. Er zieht mein schwarzes Hemd von Hugo Boss heraus, dann hält er es sich an die Nase und schnüffelt laut.

»Alter. Hör auf, schwul zu tun.« Ich rupfe ihm das Hemd aus den Händen und werfe es aufs Bett.

»Ich liebe einfach deinen Duft«, erwidert er mit seiner Girlie-Stimme.

»Du bist nicht der Einzige, mein Freund.« Ich lasse mich auf eins der schmalen Doppelbetten fallen, verschränke die Hände hinterm Kopf und schlage die Füße übereinander. »Was machst du hier?«

»Ich bin gekommen, um meinem Lieblingssammler einen Besuch abzustatten. Passt doch?«

Max zieht meine Schuhe hervor und hält sie an seine eigenen, um zu sehen, ob meine Füße größer sind. Ich zerknülle das Boss-Hemd und werfe es ihm ins Gesicht. »Hör auf, so unheimlich zu sein, Max.«

»Was? Ich suche nach was, in dem ich mich sehen

lassen kann. Ich muss dringend flachgelegt werden, Mann. Ich meine, von jemand anderem als von deiner Mutter.«

Ich springe vom Bett und schieße durch den Raum, die Hände zu Fäusten geballt.

»Ich verarsch dich bloß, Alter.« Max hebt kapitulierend die Hände. »Tut mir leid, schlechter Scherz.«

»Max, ich schwöre, ich breche dir deine Fußfessel ab, wenn du jemals wieder meine Mutter erwähnst.«

»Das würdest du nicht tun. Du liebst mich zu sehr.« Er schenkt mir sein Gebrauchtwagenhändlergrinsen, und ich lasse mich wieder aufs Bett fallen. »Außerdem, wer braucht diese verdammte Fußfessel schon, stimmt's?«

Für einen flüchtigen Moment erwäge ich, ihm zu erzählen, was ich weiß – woher unsere Fußfesseln kommen. Aber ich werde das Vertrauen zwischen dem großen Boss und mir nicht verraten.

»Also, wie kommst du mit der Kleinen zurecht?«, erkundigt er sich.

Ich schaue ihn aus dem Augenwinkel an. »Woher weißt du davon?«

»Machst du Witze? Jeder weiß es. Du bist das Stadtgespräch Nummer eins, Schönling.«

Dass jeder von meinem Auftrag weiß, macht mich fertig. Jetzt fühlt es sich so an, als wäre ein riesiger Scheinwerfer auf meinen Rücken gerichtet, und alle dürfen zuschauen.

Ich setze Max über fast alles ins Bild, einschließlich der rosafarbenen Siegel. Aber ich beschließe, nichts von dem Sammler vor Charlies Haus zu verraten – vor allem weil ich nicht paranoid klingen will. Als ich zu Ende gesprochen habe, macht Max ein langes Gesicht. Er schubst meine Reisetasche auf den Boden und setzt sich auf die andere Hälfte des Bettes. »Ich wusste nicht, dass der große Boss dich deshalb geschickt hat, sie einzusammeln. Glaubst du wirklich, sie hat die Fähigkeit, unsere Siegel zu neutralisieren?«

Ich nicke.

»Und was machst du jetzt?«

Ich greife mir an die Stirn. In Wahrheit weiß ich gar nicht, was ich tun werde. Ich habe mir selbst bewiesen, dass ich Charlie dazu bringen kann, eine Sünde zu begehen. Und ich habe ihre Seele bereits einmal gesiegelt. Aber wie soll ich das oft genug schaffen, um sie in weniger als zehn Tagen abzuliefern? Die Last dieses Auftrags fühlt sich plötzlich so an, als läge sie auf meiner Brust wie ein fettes, faules Walross.

»Ehrlich? Ich weiß es nicht«, antworte ich. »Aber ich habe nachgedacht. Von uns sechs Sammlern war ich immer der leistungsstärkste. Ich habe dem großen Boss in zwei Jahren mehr Seelen gebracht als andere in zehn.« Ich sehe Max an. »Was keine Beleidigung der anderen Sammler sein soll.«

Er zuckt mit den Schultern. »Sack Neuschnee in Tibet.«

Ich lache. Typisch Max, alles zu einem Witz zu machen. »Wie dem auch sei, ich denke, der große Boss wird mir ein paar Extratage zubilligen, wenn es das ist, was ich brauche.«

Das dämliche Grinsen auf Max' Gesicht verschwindet. Er fährt sich durchs Haar und dreht sich ganz zu mir um. »Du denkst nicht ernsthaft daran, um einen Aufschub zu bitten.«

Ich zucke mit den Schultern und spitze die Lippen, als wolle ich sagen: »Warum nicht?«

»Dante, der Boss kriegt einen hysterischen Anfall, wenn du dieses Mädchen nicht lieferst. Er will das Jüngste Gericht nicht riskieren. Deshalb bist du auf sie angesetzt worden. Du musst dir was einfallen lassen.«

»Was denn zum Beispiel?« Er muss eine Antwort haben, weil ich in diesem Moment keinen Schimmer habe. Max hat recht: Wenn Charlie stirbt, bevor sie für die Hölle eingesammelt worden ist, kommt sie vors Jüngste Gericht, und von da aus per Express in den Himmel.

Max reibt sich das Kinn und dann die Wangen, die nicht so glatt rasiert sind wie sonst. »Die Assistentin hat mir etwas gegeben.«

Mein Herz hört zum zweiten Mal in meinem Leben auf zu schlagen. Von der Assistentin des großen Bosses kommt nichts Gutes. Wann immer er sich zu sehr über eine Sache aufregt, um sie selbst zu erledigen, wälzt er sie auf sie ab. Und sie tut, was notwendig ist, damit der Job erledigt wird.

Max steht auf und greift in sein marineblaues Sakko. Ich spüre, dass meine schweißbedeckte Haut vor ängstlicher Spannung kribbelt. Als er die Hand herauszieht, hält er zusammengerollte Papiere zwischen den Fingern. Ich entspanne mich, stoße einen Atemzug aus, von dem mir gar nicht bewusst war, dass ich ihn angehalten habe, und denke:

»Es ist nur Papier. Wie schlimm kann das sein?«

Max reicht mir das Pergament. Es ist mit einem roten Band zusammengebunden. Für einen Moment genieße ich diese simple Freude, als meine Finger das seidige, rote Band berühren. Ein so großartiger Rotton.

Ich entrolle das Dokument und sehe Max an. Sein verzerrtes Gesicht sagt: »Ich teile deinen Schmerz«. Ich senke den Blick und lese die ersten Worte, die meine Aufmerksamkeit erregen. Mir wird bewusst, dass ich wieder aufgehört habe zu atmen. Ich tue nichts, außer auf das Gewirr von Buchstaben zu starren, die ihre abscheulichen Münder öffnen und schreien:

SEELENVERTRAG.

Ich lasse den Vertrag auf den Schoß fallen. Er ist nutzlos. Jemand wie Charlie würde sich niemals auf diesen Tausch einlassen. »Hast du ihn gelesen?«, frage ich.

Er zieht einen Mundwinkel hoch. Das bedeutet wohl Ja.

»Ich wusste gar nicht, dass wir die noch einsetzen«, bemerke ich.

»Offensichtlich schon«, sagt er sanft.

»Hast du jemals ...«

»Nein.« Max schüttelt den Kopf. »Nie.«

Ich stehe auf, und der Vertrag fällt zu Boden. »Was soll ich tun? Ich kann ihr das nicht zeigen. Ich müsste mich enttarnen. Ich müsste uns alle enttarnen.« Als ich das laut ausspreche, frage ich mich, ob es eine Rolle spielt ... ob sie nicht sowieso schon weiß, wer wir sind. »Sie wird ausflippen. Sie wird denken, dass ich lüge. Es wird sie abstoßen.« Ich gehe quer durchs Zimmer und bleibe vor dem Fenster stehen. »Es gibt tausend Gründe, warum das eine schlechte Idee ist.«

»Ganz deiner Meinung«, stimmt Max zu. »Aber was kannst du dagegen unternehmen?«

»Ich werde sie pünktlich abliefern. Auf die richtige Weise. Auf keinen Fall riskiere ich unsere Ärsche für dieses Mädchen.« Ich wende mich vom Fenster ab. »Außerdem würde das hier niemals funktionieren, selbst wenn ich es benutzen müsste. Dieses Mädchen ist so verdammt glücklich. Sie würde ihre Seele für nichts verkaufen, was ich ihr geben könnte.«

»Nun, wenn dir das schon nicht gefallen hat, wird sich dies hier wie ein Tritt in die Eier anfühlen.« Max spielt an seinem Jackenkragen herum. »Als die Assistentin mir den Vertrag gab, hat sie gesagt, dass es – wie hat sie es ausgedrückt? – Konsequenzen haben würde, mächtige Konsequenzen, wenn das Mädchen nicht rechtzeitig abgeliefert wird.«

»Na, das ist ja verdammt großartig. Konsequenzen. Es wird Konsequenzen haben.« Jedes Mal wenn ich Konsequenzen sage, zuckt Max zusammen und nickt. »Freut mich zu hören, dass die Assistentin sich ihren Sinn für Humor bewahrt hat.«

Jetzt hängt also meine Beförderung – und wer weiß was noch alles – von diesem Auftrag ab. Das wird ja immer besser. Es ist nicht so, dass ich etwas gegen ein wenig zusätzlichen Druck einzuwenden hätte. Ich blühe unter Druck auf. Nein, ich blühe unter normalen Bedingungen auf. Unter Druck haue ich die Leute von den Socken. Außerdem, was ist das Schlimmste, was sie tun würden? Mir die Beförderung verweigern?

Ich lasse das sacken – die Erkenntnis, dass ich meine einzige Chance verlieren könnte, dem schlimmsten Ort zu entfliehen, den sich irgendjemand vorstellen kann. Max kaut an seinen Fingernägeln. »Max?«

»Yo«, sagt er viel zu laut.

»Ich werde dieses Mädchen abliefern. Ich brauche den Vertrag nicht.«

Max lächelt übers ganze Gesicht. »Das ist der Typ, der mich ausgebildet hat, du sexy Hurensohn. Ich wusste, dass du es schaffen kannst. Ich habe der Assistentin gesagt: ›Wissen Sie überhaupt, mit wem Sie es hier zu tun haben? Was für ein unnötiger Aufwand.‹«

»Das hast du ganz sicher nicht gesagt.«

»Nein, zum Teufel, natürlich habe ich das nicht gesagt. Diese Frau hätte mir die Eier abgeschnitten. Und ich brauche meine Eier. Vor allem heute Abend. Bei all den Peachville-Girls, mit denen ich losziehen will.« Er schlägt seinen Kragen hoch und stolziert zur Tür, um seinen gewohnten dramatischen Abgang zu machen.

»Max Turner, geboren als Ladykiller, gestorben als Ladykiller – und ich will verdammt sein, wenn er sie nicht immer noch Schlange stehen lässt und einzeln flachlegt.«

Max erstarrt an der Tür, die Hand auf dem silbernen Knauf. Er wirft mir ein kleines Lächeln über seine Schulter zu. »Ich war nicht immer so, Dante. Menschen verändern sich, wenn Scheiße passiert.«

Er geht zur Tür hinaus, und ich frage mich, was er damit gemeint hat. Der einzige Max, den ich je gekannt habe, ist der Typ, der er jetzt ist, daher kaufe ich ihm diesen Mist nicht ab.

Ich greife in meine Hosentasche und ertaste eine Sekunde lang nur Fussel. Dann fühle ich ihn – meinen Penny. Ich ziehe ihn heraus und rolle ihn zwischen Daumen und Zeigefinger. Das Datum und das Wort *Liberty* sind doppelt. Man nennt so eine Fehlprägung »Double Die«, und diese ist vor über einem halben Jahrhundert passiert, als 1955 Arbeiter in der Münzprägeanstalt von Philadelphia Mist gebaut haben. Ihr Fehler macht diesen Penny mehrere Hundert Dollar wert. Aber für mich ist er nicht einfach nur wertvoll.

Er ist eine Lebensader in meine Vergangenheit.

Ich stopfe mir den Penny wieder in die Tasche und hebe den Seelenvertrag vom Boden auf. Ich brauche das Kleingedruckte nicht zu lesen. Wie jeder andere Sammler habe ich die Geschichten gehört. Und ich bin mir sicher, dass ich in Bezug auf Charlie recht habe. Dass sie dem niemals zustimmen würde.

Was genau eins bedeutet: Ich muss diese Nacht der absolute Bringer sein.

10
Rotes Kleid

Ich fahre um genau neun Uhr abends mit Elizabeth Taylor vor. Nachdem ich den Drang zu hupen niedergekämpft habe, schalte ich den Motor ab und gehe zur Tür, den Kleidersack über den Arm gehängt.

Nachdem Max mein Hotelzimmer verlassen hat, habe ich beschlossen, mich für die Party in Schale zu werfen. Ich trage mein schwarzes Hemd von Boss – die Ärmel natürlich hochgekrempelt –, dunkle Jeans und meine roten Chucks. Ich habe sogar meinen Lieblingsduft aufgesprüht, Safari. Weil er ein wenig verrucht ist, genau wie ich. Wenn Charlie auf meinen Style nicht abfährt, oute ich sie als das, was sie ist: asexuell.

Oma öffnet die Tür, nachdem ich nur ein einziges Mal angeklopft habe. Ich schätze, sie hat mich erwartet. Ihre Augen saugen mich auf, und ein Lächeln erscheint auf ihrem Gesicht. »Wenn ich es nicht besser wüsste«, beginnt sie, »würde ich denken, dass gerade der Teufel auf meiner Türschwelle erschienen ist.«

Normalerweise würde ich mir angesichts der Ironie dieser Feststellung den Arsch ablachen, aber ich bin sehr nervös, daher ist mir eher danach zumute, ihr ein grelles

Licht ins Gesicht zu halten und zu schreien: »Was wissen Sie noch?!«

Stattdessen lächele ich, während Oma mir einen Arm um die Schulter legt und mich hineinführt. Ich frage mich, ob es einen Moment geben wird, in dem Charlie die Treppe herunterschwebt, als wäre sie ein vollkommen anderer Mensch. Aber nichts dergleichen geschieht. Charlie sitzt am Küchentisch zu meiner Rechten, als ich durch die Tür trete. Sie isst eine Schüssel Müsli und sieht aus, wie sie immer aussieht – zerzaust.

Ich gehe in die Küche, und Oma bleibt viel zu nah an mir dran. Charlie schiebt ihre Schüssel von sich und steht auf. Es folgt ein peinlicher Moment, in dem wir uns halb umarmen, halb befummeln. Dann entdeckt Charlie die Kleidertasche über meinem Arm.

»Was ist das?« Ihre Augen weiten sich.

»Das ist für dich«, antworte ich und halte ihr die Tüte hin. »Mach auf.«

Charlie nimmt den Kleidersack und zieht den Reißverschluss an der Vorderseite auf. Als sie das rote Kleid entdeckt, stöhnt Oma ein lang gezogenes: »Ohhhh, meiiiiiin Goooootte.«

»Du hast das für mich gekauft?«, fragt Charlie. Ich nicke, und sie hält sich das Kleid vor, wie sie es im Laden getan hat, und wirbelt damit herum. »Soll ich es heute Abend tragen?«

»So war es gedacht«, sage ich und setze mich an den Küchentisch.

»Oma?«, kiekst sie.

»Bin schon da, Kleine.«

Charlie und Oma gehen die Treppe zu ihrem Zimmer hinauf. Warum zwei Leute nötig sind, um ein einziges Kleid an einen einzigen Körper zu kriegen, übersteigt mein Vorstellungsvermögen.

Charlies Zimmertür fällt ins Schloss, und einige Sekunden später klingelt es an der Tür. Oma streckt den Kopf heraus und brüllt die Treppe hinunter: »Kannst du aufmachen, mein Sohn?«

Ich gehe zur Tür und lausche, während Charlie ihrer Großmutter sagt, dass ich nicht *ihr Sohn* bin. Ich öffne die Tür. Blue und Annabelle stehen draußen. Blue trägt zwei Filme und eine Pizzaschachtel.

Ich trete einige Schritte zurück und sage: »Kommt doch bitte rein.«

Annabelle drängt sich seitlich an mir vorbei und stellt sich vor mich. Ihr Mund ist zu einem Lächeln verzogen, aber ihre Stimme enthält eine Anklage. »Siehst du dir heute Abend Filme mit uns an?«

»Nicht direkt.«

»Was machst du dann hier?«, murmelt Blue.

Ich ignoriere Blues Frage, weil sich keine Antwort lohnt. Annabelle steht immer noch vor mir, daher gehe ich um sie herum und lasse mich an den Küchentisch fallen. Sie muss das als Einladung zum Plauderstündchen werten, denn sie setzt sich mir gegenüber. Blue bleibt in der Nähe der Tür und lehnt sich ans Treppengeländer.

»Also, wenn du keine Filme mit uns ansiehst, was machst du dann heute Abend?«, fragt Annabelle.

»Ich gehe zu Taylors Party.«

»Mm-hmm, Mm-hmm.« Sie nickt, als wäre das eine vernünftige Antwort. »Und mit wem gehst du da wohl hin?«

»Ich gehe wohl mit Charlie hin.«

Blue rührt sich nicht, aber ich höre das Klicken seiner aufeinanderschlagenden Zähne. Annabelle muss es ebenfalls gehört haben, denn sie sieht ihn an und sagt: »Ach, komm schon. Überrascht dich das wirklich, Blue?«

Sie springt vom Tisch auf und geht zur Tür einer kleinen Kammer. Sobald sie dort drin ist, öffnet sie einen Schrank und sucht nach etwas.

»Ich bin auf Gold gestoßen!«, ruft sie.

Annabelle drückt sich einen Koffer von der Größe einer Mikrowelle an die Brust und kommt zurück an den Küchentisch getaumelt. Ich zucke zusammen, als sie ihn auf den Tisch fallen lässt und mich anstrahlt. »In diesem Koffer«, bemerkt sie mit einem ernsten Gesicht, »ist Gottes Geschenk an die Frauen.«

»Schokolade?«

»Nein.«

»Ibuprofen?«

»Was? Nein.«

»Tampons.«

»Hör auf draufloszuraten«, sagt sie. »In diesem Koffer ist der Make-up-Vorrat von Charlies Oma. Ich habe drei Jahre gewartet, um dieses Ding zu plündern. Jetzt ist es soweit.« Annabelle entriegelt die Make-up-Box und hebt den Deckel sehr behutsam an. Ich erwarte halb, dass eine funkelnde, magische Wolke Feenstaub aus der Kiste schwebt.

Annabelle schnappt nach Luft, als sie endlich hineinspäht. »Es ist besser, als ich es mir jemals hätte vorstellen können.« Sie zieht Miniregale mit bunten Pasten und Pudern hervor. Oma mag ein Make-up-Guru sein, aber auf ihrem eigenen Gesicht klappt es nicht. Tatsächlich ist es ein Fall von zu viel auftragen. Sie versteht das Konzept ›Weniger ist mehr‹ nicht.

»Du willst Charlies Make-up machen oder was?«, frage ich. Ich hoffe, ich habe recht. Je besser Charlie sich heute Abend fühlt, desto eher kann ich sie in Schwierigkeiten bringen.

»Charlie? Nein. Jetzt bin ich dran. Zuerst bandele ich mit Bobbie Brown an, der mächtigen, mystischen Make-up-Magierin …« Sie zieht den blauen Eyeliner heraus und wirft ihm einen lüsternen Blick zu. »Dann bandele ich mit Bobbie Davids an, dem beidhändigen Basketballbändiger.«

»Was?«, frage ich.

»Was?«, echot Blue.

Annabelle starrt uns an, als könne sie nicht verstehen, warum wir verwirrt sind. »Ich verwandele mich in was Megaheißes und mache dann auf Taylors Party mit Bobbie Davids rum.« Sie setzt den blauen Eyeliner an ihrem Auge an und beugt sich zu einem Aufklappspiegel vor. »Ich wusste, der heutige Abend würde ein Kracher werden. Ich hatte dieses Bauchgefühl, versteht ihr?«

»Annabelle, du kannst nicht zu Taylors Party gehen«, sagt Blue.

Ich bin froh, dass Blue das ausgesprochen hat, denn das Letzte, was ich auf der Party brauche, ist Charlies Truppe, die dafür sorgt, dass sie an ihrem alten, prüden Ich festhält.

»Wer sagt, dass ich nicht zu der Party gehen kann?«

»Dass du keine Einladung hast, sagt das«, antwortet er.

»Ist doch egal. Es ist ja nicht so, als gäbe es formelle Einladungen oder so was.«

Ich ziehe den orangefarbenen Umschlag aus meiner Tasche und lege ihn auf den Tisch.

Annabelle hält mitten in ihrem Lidstrich inne und starrt auf die Einladung, dann auf mich. »Du machst Witze. Sie hat diese Dinger verteilt? Was ist das, das sechzehnte Jahrhundert?« Sie reißt die Einladung aus dem Umschlag. »Da steht, dass sie für dich und einen Gast ist. Ich schätze, *ein* Gast bedeutet ein einziger, was?«

Blue und ich nicken einträchtig. Ich bin froh, dass wir in einem Punkt einer Meinung sind.

»Was kann sie denn schon groß tun, uns rauswerfen?«

Wir nicken wieder.

»Bobbie Davids würde sehen, wie sie mich hochkant rausschmeißt.« Annabelle nimmt sich eine Sekunde Zeit, darüber nachzudenken. »Und was ist, wenn ich trotzdem hingehen will?«

»Anna, lass mich nicht im Stich, okay?«, fleht Blue. Tatsächlich ist es ein wenig jämmerlich. Aber ich versuche, ihn nicht zu verurteilen, da er mir einen Gefallen tut.

»Nein, du kommst auch mit!« Annabelle steht vom

Tisch auf und nimmt seine Hände. »Ich mache dein Make-up, Aschenputtel.«

»Witzig.« Blue reißt seine Hände weg. »Ich gehe nicht zu der Party. Wir sind nicht eingeladen, sonst hätten wir eine Einladung.«

Annabelles Lächeln verschwindet. Sie geht zum Tisch hinüber, ohne ein weiteres Wort zu sagen, und beginnt, das Make-up wieder in den Koffer zu packen. Wäre ich ein aufrechter Kerl, müsste ich sie einladen mitzukommen. Natürlich könnte ich Taylor dazu überreden, sie bleiben zu lassen. Aber ich habe einen Auftrag mit einem wichtigen, widerlichen Abgabetermin, und diese beiden werden mir nicht in die Quere kommen.

Annabelle stellt den Make-up-Koffer zurück in die Kammer, gerade als ich höre, wie Charlie oben ihre Zimmertür öffnet. Das wurde verflixt noch mal aber auch Zeit.

Oma kommt die Treppe herabgeschwebt, und eine Sekunde später humpelt Charlie hinter ihr her. Sie ist so glücklich wie ein Glücksbärchi, und ich würde von Herzen gern sagen, dass sie wie eine Schönheitskönigin aussieht, aber das tut sie nicht. Was ich sagen kann, ist, dass sie passabel aussieht, womit ich mich begnügen werde. Und zum ersten Mal erinnert ihr Anblick mich daran, dass sie siebzehn ist. Sie hat sich das blonde Haar hochgesteckt und trägt eine geschmackvolle, silberne Halskette. Das rote Kleid ist ein Killer – trägerlos, eng um die Mitte und mit Rüschen, die mitten am Oberschenkel enden –, aber ihr Mangel an Kurven macht es nicht besser.

Dann bemerke ich, dass Charlie einen Vorbau hat. Ich bin schockiert.

Ich wende schnell den Blick ab, als ich begreife, dass Oma denkt, ich würde mit mehr als freundlichem Interesse auf Charlies Möpse starren.

Blue lächelt, als hätte sie gerade seinen Erstgeborenen zur Welt gebracht. Ich verdrehe die Augen darüber, wie durchschaubar er ist.

»Du kannst ihren Körper haben, wenn ich mit ihrer Seele fertig bin«, will ich ihm sagen.

Als Charlie die unterste Treppenstufe erreicht, ergreift sie die Hand, die Blue ihr hinhält. »Sehe ich okay aus?«, fragt sie, und ihre Wangen röten sich vor Aufregung. »Das Kleid ist so klasse.«

Blue öffnet den Mund, um etwas zu erwidern, aber er ist viel zu langsam und viel zu unerfahren, um mit so etwas fertigzuwerden.

»Charlie«, beginne ich und halte effektheischend inne. »Das Kleid ist hübsch.« Ich beuge mich dicht zu ihr und flüstere ihr ins Ohr: »Aber an dir wirkt es ... hypnotisch.« Charlies Gesicht leuchtet auf wie ein Weihnachtsbaum. Sie ergreift den Saum ihres Kleides und drückt ihn. Als ich bemerke, dass Oma mich anstarrt, als stünde sie im Begriff, mir einen Freifahrtschein in ihr Schlafzimmer anzubieten, beschließe ich, dass es Zeit ist zu verschwinden. »Wenn ihr uns entschuldigen würdet«, sage ich, »ich werde Charlie jetzt mitnehmen.«

Oma und Annabelle schieben sich zur Seite, sodass wir die Tür erreichen können, und Blue wirft mir einen

Blick zu, der sagt: »Ich schneide dir die Achillessehnen durch.«

Ich lege Charlie die Hand ins Kreuz und führe sie aus dem Haus. Als ich ihre Autotür öffne, kommt Oma nach draußen und brüllt: »Du bist um Mitternacht zu Hause, sonst peitsche ich euch beide aus.« Charlie windet sich, winkt ihrer Großmutter zu und steigt dann auf den Beifahrersitz. Ich schließe ihre Tür, jogge auf die andere Seite und steige ein. Als ich rückwärts auf die Straße setze, bemerke ich einen blauen Nissan, der vor ihrem Haus parkt. Er hat den Liebreiz eines Neunzigjährigen mit einem Heroin-Problem.

»Wem gehört der Wagen?«, frage ich.

Charlie zeigt mit dem Finger auf die Schrottkarre. »Das ist Blues Blauer. Wir nennen ihn Scrappy.«

Ich schließe daraus, dass er der Grund ist, warum Blue und Annabelle heute Morgen mit dem Bus zur ehrenamtlichen Tätigkeit gekommen sind. Im Vergleich zu diesem Ding wirkt ein Einrad wie ein verlässliches Transportmittel.

Charlie starrt mich an.

»Was?«, frage ich, ohne mich ihr zuzuwenden.

»Nichts«, antwortet sie. »Du siehst nur wirklich gut aus. Und ich freue mich wirklich, dass du mich zu dieser Party mitnimmst.«

»Tust du das? Ich dachte, dir wären vielleicht Zweifel gekommen.«

Sie schüttelt den Kopf und zupft am oberen Rand ihres Kleides, das plötzlich ein Problem damit hat, ihre Brust vollständig zu bedecken.

»Nun, das ist gut.« Ich starte Liz und fahre los. »Ich will, dass du heute Abend mal lockerlässt. Probier ein paar Dinge aus, die du normalerweise nicht ausprobieren würdest.«

»Was denn zum Beispiel?«, fragt sie.

»Nichts Verrücktes«, antworte ich. »Es ist einfach … hör mal, es gefällt dir nicht, wenn die Leute über dich und deine Freunde urteilen, oder?«

Sie schüttelt den Kopf.

»Dann versuch einfach, für alles offen zu sein und kein Urteil über die Leute bei dieser Party zu fällen. Man kann nie wissen, vielleicht amüsierst du dich ja sogar.« Ich greife nach vorn, um die Stereoanlage anzuschalten, dann stocke ich. Sie mag das Radio nicht, rufe ich mir ins Gedächtnis.

»Okay, ich werde offen sein«, verspricht sie.

»Ja?«

»Ja.«

Mit Charlie hier an meiner Seite begreife ich, dass es verrückt war zu denken, sie wisse, wozu sie in der Lage ist. Auf keinen Fall. Sie hat keine Ahnung, dass sie einen Vorrat glitzernder, rosafarbener Siegel in ihrem Körper trägt, und ich werde es ihr garantiert nicht verraten. Je weniger sie weiß, desto besser.

Ich drücke ihr Knie und konzentriere mich darauf, Taylors Haus zu finden. Den Rest der Fahrt legen wir schweigend zurück, und seltsamerweise fühlt sich das vollkommen normal an. Schließlich biegt Elizabeth Taylor in einen Feldweg ein, dem wir eine Viertelmeile folgen. Am

Ende der provisorischen Straße steht ein riesiges, zweistöckiges Farmhaus mit einer Rundumveranda im unteren und im oberen Stockwerk.

Musik plärrt uns entgegen, und ein Lächeln findet seinen Weg auf mein Gesicht. Ich parke den Wagen und öffne Charlies Tür. Sie beißt sich auf die Lippe, und ich sage ihr, dass schon alles gut gehen wird. Aber das ist nicht ganz die Wahrheit. Denn diese Party wird nicht gut werden.

Sie wird der Anfang von Charlies Ende.

11
Die Party

Ich klopfe einmal an, dann trete ich ein.

Charlie bleibt vor der Tür stehen. »Müssen wir nicht draußen warten?«

»Nein, Charlie. Wenn du zu einer Party eingeladen bist, gehst du einfach rein.« Ich werde heute Abend vorsichtig sein müssen. Sie ist nicht an Partys gewöhnt, und ich will, dass sie sich gut einfindet, damit sie nicht total moralinsauer wird.

Charlie zockelt hinter mir her, als erwarte sie, dass gleich eine Alarmanlage losheult.

Aus dem Kühlschrank greife ich mir ein Bier. »Was willst du trinken?«, frage ich, während ich den Verschluss aufreiße und einen Schluck nehme. Das Bier rauscht meine Kehle herunter, und ich schaudere, so verdammt gut fühlt es sich an.

»Oh, ich trinke nicht.« Charlie kaut an ihren Nägeln und schaut sich um. Die Küche ist leer. Tatsächlich ist das ganze Haus leer. Die Party muss im hinteren Teil stattfinden.

»Komm schon, Charlie. Wir haben das auf dem Weg hierher besprochen. Auf Partys wird getrunken. Du bist auf einer Party.« Ich trete auf sie zu und streiche über ihren Arm. »Dinge ausprobieren, erinnerst du dich?«

Sie schlingt die Arme um ihre Taille, dann lächelt sie und nickt.

»Braves Mädchen.« Ich schnappe mir eine Erdbeer-Kiwi-Weinschorle vom oberen Regal. Ich würde ihr am liebsten einen Tequila einflößen, aber ich schätze, ich lasse es mit ihr besser langsam angehen.

Ich schiebe die süße Schorle über die Küchentheke, und sie nimmt sie. Mehr Bier findet seinen Weg durch meinen Schlund, während Charlie den Deckel von ihrem Drink abschraubt. Sie nimmt einen kleinen Schluck.

»Nicht schlecht«, murmelt sie. Sie nimmt noch einen Schluck.

Gott sei Dank für kleine Wunder. »Vorgeglüht?«

»Was?«

»Hast du Lust, die Party zu feiern?«

»Oh ja«, sagt sie. »Wo stecken denn alle?«

»Wahrscheinlich hinten.« Ich folge dem Dröhnen des Basses, gehe quer durch das fremde Haus voran und finde eine gläserne Schiebetür im Wohnzimmer, die nach draußen führt. Als ich sie aufziehe, dröhnt die Musik mir entgegen wie eine Flutwelle.

Zwei Lautsprecher hängen über einer riesigen Terrasse, die sich bis in den Garten erstreckt. Ein Dutzend Leute sitzen auf Bänken. Und so, wie es sich anhört, sind noch mehr weiter hinten im Garten.

Ich nicke einigen Leuten ein ›Was geht‹ zu und schlendere weiter. Charlie hält sich dicht an mich, als wir eine hölzerne Treppe hinuntermarschieren, die von der Terrasse nach unten führt. Am Fuß der Treppe bleibt Charlie stehen und gibt einen überraschten Laut von sich.

Vor uns liegt eine Lichtung, die halb so groß ist wie ein Footballfeld. Dahinter stehen riesige Bäume, an deren Ästen weiße Papierlaternen hängen. Ich bin selbst ein wenig beeindruckt. Die Partys, die ich früher geschmissen habe, beschränkten sich auf Bier vom Fass und Lagerfeuer. Jungs sind nicht so gut mit Dekokram.

Obwohl diese Party total schickimicki ist, gibt es trotzdem Bierfässer, was ziemlich erfreulich ist, da ich mein Bier bereits erledigt habe. Ich zerquetsche die Dose und mache einen Weitwurf in den Mülleimer.

»Bereit für noch eins?« Ich drehe mich zu Charlie um, die immer noch neunundneunzig Hundertstel von ihrem Getränk übrig hat. »Charlie, du sollst dieses Ding nicht an deine Brust drücken. Du sollst es trinken.«

Sie reißt den Blick von den Laternen los und setzt ihren Drink an. Ich lege die Hand an den unteren Rand und sorge dafür, dass die Flasche viel länger gekippt bleibt, als sie beabsichtigt hatte.

»Siehst du«, sage ich, als sie die Flasche mit einem Ruck absetzt. Es wird mehr als eine Weinschorle diesen Weg gehen müssen, damit Charlie sich Siegel verdient. Aber ich weiß, wohin eine süße Schorle führen kann, und die Richtung stimmt. »Noch ein guter Schluck wie dieser, und wir können das Fass besuchen.«

»Ich wusste, dass du kommen würdest.«

Ich drehe mich um und sehe Taylor auf uns zukommen.

Hinter ihr entdecke ich einen Typen, der mit den Beinen in der Luft strampelt. Kopfstand-Trinkspiel auf dem Bierfass. Neidisch.

»Wie lange bist du schon hier?« Taylor legt mir die Arme um die Taille und zieht mich an sich. Ihre Möpse pressen sich gegen meinen Oberkörper, und ich frage mich kurz, ob sie heute Nacht noch komplett zum Vorschein kommen werden. Die leuchtend orangefarbene Bluse, die sie trägt, schiebt die Schätzchen hoch und über den Rand, und es fehlt eigentlich nicht mehr viel.

»Nicht lange«, antworte ich. »Gute Party.«

»Klar. Meine sind die besten. Komm, ich führ dich rum und stell dich vor.« Sie hakt mich unter und beginnt mich wegzuziehen.

»Moment.« Ich ziehe den Arm zurück. »Charlie, willst du mitkommen?«

Taylor bemerkt Charlie, und ihr Gesicht schwillt an wie ein Kugelfisch. »Ich wusste nicht, dass du ein Date mitgebracht hast.«

Ich zucke mit den Schultern, weil es keine gute Art gibt, das zu handhaben. Taylor zu vernaschen wird das Dessert des heutigen Abends, aber ich darf nicht zulassen, dass Charlie sich unwohl fühlt.

»Ist schon gut«, schaltet Charlie sich ein. »Ich denke, ich hänge vielleicht einfach auf der Terrasse rum.«

Taylor packt wieder meinen Arm, und wieder entziehe ich ihn ihr. »Ich lasse sie nicht stehen, Taylor.«

»In Ordnung. Gut.« Sie lächelt, als wäre es ihr egal. »Ich bin in der Nähe, falls du beschließt, gesellig zu werden.«

Ich drehe mich zu Charlie um, während Taylor auf eine kleine Gruppe von Mädchen zutänzelt. »Ja. Bevor du irgendetwas sagst, ja. Ich will mit dir abhängen. Nein, es ist nicht in Ordnung, dass ich dich stehen lasse. Wir sind zusammen gekommen, wir feiern zusammen.«

Charlie grinst. »Ich wollte gar nichts sagen. Aber danke.« Sie setzt ihre Weinschorle an und leert sie bis zum letzten Schluck. »Willst du immer noch zum Fass?«

»Verdammt, Mädchen. Du weißt ja doch, wie man Party macht.« Ich führe sie zum Fass und fülle einen roten Plastikbecher. »Bitte schön, Schätzchen.« Ich schnappe mir einen Becher für mich selbst, und wir setzen uns auf die Terrassenstufen. »Amüsierst du dich?« Was ich wissen will, ist: »Spürst du den Alk schon?«

»Wir sind erst seit, na, zehn Minuten hier«, sagt sie mit absolut nüchterner Stimme. »Aber ja, ich habe Spaß.«

»Cool. Wie wäre es, wenn wir dafür sorgen, dass es noch mehr Spaß macht?« Ich stehe auf und brülle über die Lichtung: »Was geht, Leute! Wer hat Lust auf ein Spiel?«

Mehrere Besoffene stoßen vor Aufregung ein Brüllen aus und heben ihre Plastikbecher.

»Auf der Terrasse. In fünf Minuten.«

Ich stupse Charlie an, und sie geht die Treppe hinauf und flüstert mir dabei zu: »Ich habe noch nie ein Trinkspiel gespielt, Dante.«

»Mach dir deswegen keine Sorgen«, sage ich ihr. »Man muss dafür nicht sehr sportlich sein.«

Die Leute umringen uns und warten auf den Trink-a-thon. Ich drängele mich durch die Menge und klettere auf eine Bank. Mein Herz schlägt schneller, mein Mund lächelt, und ich fühle mich, als würde ich hierhergehören.

»Alle bereit?«

Zombiemäßiges Gelalle.

»Okay. Das Spiel heißt: Noch Nie. Für die zwei von euch, die das Spiel nicht kennen, erkläre ich die Regeln. Ich brülle etwas, und wenn ihr das schon mal getan habt, müsst ihr trinken. Los geht's.« Ich hebe meinen Becher. Charlie beobachtet mich mit großen Augen und roten Wangen.

»Hmm. Mal sehen. Okay, ich bin noch nie auf die Centennial Highschool gegangen.« Die Leute grummeln und nehmen einen Schluck Bier. Ich auch. Und wichtiger noch, auch Charlie trinkt.

»Das Nächste. Ähm, lasst mich nachdenken.« Ich schaue zu Charlie hinüber und benehme mich, als wäre mir gerade etwas eingefallen, als hätte sie mich auf die Idee gebracht. »Ich habe noch nie ehrenamtlich gearbeitet.« Taylor trinkt demonstrativ und mit großem Gehabe, und mehrere andere tun das Gleiche. Ich wette, sie haben in ihrem ganzen Leben nicht einen Tag ehrenamtlich gearbeitet. Aber das Mädchen in dem roten Kleid hat es getan, weshalb sie den roten Becher an den Mund führt.

Charlie lächelt und schüttelt den Kopf, als flirtete ich. Taylor runzelt die Stirn, und sie flüstert dem Mädchen neben ihr etwas zu.

Ich beschließe, für ein paar Runden das Tempo zu drosseln, sonst wird Charlie wissen, dass ich es auf sie abgesehen habe.

»Ich habe mich noch nie geprügelt.« Ich nehme einen großen Schluck von meinem Bier und beobachte, wie mehrere andere Jungs und einige Mädels sich mir anschließen.

Noch eine weitere Gratisrunde, und es geht zurück zur Operation Charlie. »Ich hatte noch nie einen One-Night-Stand.« Die Leute lachen und trinken aus, und meine Augen fliegen mir fast aus dem Schädel, als ich Miss Charlie Cooper heimlich einen Schluck trinken sehe.

»Das war's. Danke fürs Mitspielen.« Ich springe von der Bank und beuge mich dicht zu Charlie vor. »Du hattest einen One-Night-Stand?«

Ihr Gesicht wechselt die Farbe. Stimmt genau, ich habe dich auffliegen lassen.

»Das war letzten Sommer. Es war nicht der Rede wert.«

»Wer war es?« Nicht dass es mich interessiert.

Sie zuckt mit den Schultern. »Irgendein Junge, den ich kennengelernt habe. Er wohnte im selben Hotel wie Oma und ich.«

Ich richte mich auf und fahre mir mit der Zunge über die Zähne. Charlie, die es mit einem x-beliebigen Jungen am Strand treibt? Wer hätte das gedacht. »Machst du das öfters, mit Fremden vögeln?«

»Wir haben nicht gevögelt. Wir haben uns nur geküsst und so. Nicht dass dich das was angehen würde.« Charlie dreht sich um und geht die Terrassenstufen hinunter zur Lichtung.

Ich laufe hinter ihr her und frage mich, ob sie begreift, dass ›küssen und so‹ eigentlich nicht als One-Night-Stand durchgeht. »Geht mich nichts an?«

Sie schüttelt den Kopf.

Das ist es. Sie spürt den Alkohol, das ist amtlich. Und heilige Scheiße, sie geht wieder zum Fass hinüber. »Willst du noch eins?«

»Ja. Bier ist ekelig, aber es ist gut für mein Gehirn. Mir gefällt die Art, wie es da drin sprudelt.«

Gut für mein Gehirn? Der Sammlerteil von mir grapscht sich ihren Becher und pumpt ihn mit mehr schaumiger, gelber Flüssigkeit voll. Aber der andere Teil von mir, der menschliche Teil, verspürt einen Stich tief in den Eingeweiden. Sie betrinkt sich meinetwegen. Diese Tatsache ist zu fünfundneunzig Prozent erfreulich und zu fünf Prozent … etwas anderes. Ich kann nicht über den etwas anderen Teil nachdenken. Vor allem da Charlie sich halb gehend, halb taumelnd einem Jungen nähert, der sie mit Sicherheit wegjagen wird.

»Hallo, Footballmann«, höre ich sie sagen.

»Lieber Gott«, denke ich.

Ich jogge hinter ihr her und packe sie an den Schultern. »Da bist du ja, Charlie. Lass uns zurück auf die Terrasse gehen und da abhängen, ja?«

»Dante, stopp.« Sie löst sich von mir und grinst zu dem zerzausten Typen auf, der dreimal so groß ist wie sie. »Ich will mit Vince Haggard reden.«

Vinces Gesicht leuchtet auf, und er schaut zu seinen Kumpeln hinüber. Zusammen lachen sie, als seien sie eine einzige Person, was sie irgendwie auch sind. Charlie begreift nicht, dass sie über sie lachen. Sie lacht mit ihnen und nuckelt liebevoll an ihrem Becher Bier. Ich muss dafür sorgen, dass sie das Tempo drosselt, bevor sie zur allgemeinen Zielscheibe wird.

»Hey, ich hole dir was Gemixtes, okay? Ich wette, im Haus gibt es gute Sachen.« Was ich damit meine, ist: »Ich wette, im Haus ist Cola, und du wirst nicht mitkriegen, dass sie bleifrei ist.«

»Ich habe meine Meinung geändert«, erklärt sie. »Bier schmeckt wie Goldnuggets und Kätzchenbabys. Weshalb ich gern noch eins möchte.« Charlie ext ihren Becher. Ich würde gern sagen, dass dabei Bier auf den Boden tropft. Aber das tut es nicht. Weil Charlie es verputzt hat. In, nun ja, zwei Sekunden.

Das wird langsam lächerlich. Wenn sie so weitermacht, wird sie in einer Stunde ohnmächtig sein, und ohnmächtige Leute tendieren nicht dazu zu sündigen. Ich brauche eine Ablenkung, damit sie etwas anderes macht als trinken.

Taylor ist ein paar Meter entfernt, und ich habe eine Idee.

»Hey, Taylor«, brülle ich. »Auf gute Zeiten.« Ich hebe mein Glas, und sie verzieht einen Mundwinkel zu einem halben Lächeln. »Wie wäre es mit einem neuen Spiel? Vielleicht ein spritfreies, damit die Leichtgewichte mithalten können.«

Sie sieht ihre Freunde an, und ihr halbes Lächeln wird breiter.

»Ja, ich habe ein Spiel, das wir spielen können«, antwortet sie. »Aber nur weil du gefragt hast.«

12
Versteckspiel

Alle versammeln sich, während Taylor das Spiel erklärt.

»Dieses Spiel geht wie Verstecken, aber mit einer schmutzigen kleinen Änderung.« Sie streicht sich das dunkle Haar von den Schultern und fährt fort: »Jungs, ihr stellt euch an die Terrassentreppe. Mädels, wenn die Jungs anfangen zu zählen, laufen wir in den Wald und verstecken uns.«

Ein Junge, der viel zu klein ist, um als männlich zu gelten, fragt: »Was bekommen wir, wenn wir euch finden?«

»Genau«, sagt sie. »Das ist die Änderung. Wenn ihr ein Mädchen findet, dürft ihr sie auf die Terrasse zurückbringen und küssen.«

Die Jungen johlen zustimmend, und ich sehe Charlie an. Das ist nicht so ganz das, was ich mir vorgestellt hatte, aber vielleicht erweist es sich als günstig. Vielleicht haben sie und irgendein Typ was miteinander. Wenn die beiden weit genug gehen und sich dabei schlecht genug behandeln, kriege ich ein paar Siegel verteilt.

Taylor hebt die Hand, damit die Jungs den Mund halten. »Das Spiel ist nach zehn Minuten zu Ende. Wenn mehr Mädchen auf der Terrasse sind als im Wald, gewinnen die Jungs. Sind mehr Mädchen im Wald, gewinnen wir.«

Die Mädchen und Jungen beginnen sich zu trennen. Die Mädchen bewegen sich zentimeterweise auf den Wald zu, bereit loszurennen, und die Jungen lungern in der Nähe der Treppe rum.

»Okay, Loser«, höhnt Taylor. »Dreht euch um und zählt bis fünfzig, damit wir euch eins auf den Sack geben können.«

Kurz bevor ich mich umdrehe, werfe ich einen verstohlenen letzten Blick auf Charlie. Sie wirkt entschlossen, zu rennen, als wäre dies der verdammte Boston-Marathon. Wenn sie keine Ohren hätte, würde sie im Kreis grinsen. Aus irgendeinem Grund finde ich es aufregend, Taylors blödes Spiel zu spielen. Ich will gerade mit dem Zählen beginnen, als ich bemerke, dass Taylor mir Blicke zuwirft. Sie zwinkert und formt mit den Lippen die Worte: »Finde mich«.

Vielleicht. Nicht die schlechteste Idee, die ich je gehört habe.

Ich drehe mich um und lausche, während so ein Depp zählt und die Mädchen wie ein Rudel wilder Hunde in den Wald rennen. Als der Kumpel endlich bei fünfzig ankommt, drehe ich mich um und beobachte, wie dreißig Jungen ihren Schwänzen hinterher auf den Wald zurennen.

Und ich? Ich gehe es gechillt an. Da draußen ist nichts, woran mir liegt.

Eine Minute später höre ich das erste Mädchen durch die Bäume hindurch quieken. Schritte ertönen in der Nähe, und ich sehe einen Typen, der ein Mädchen in Richtung

Terrasse schleift. Als er auf die Lichtung kommt, wirft er sie sich über die Schulter und rennt die Treppe hinauf. Dann presst er die Lippen auf ihre. Oder er verzehrt ihr Gesicht. Das lässt sich von hier aus nicht unterscheiden.

Das Ganze hat etwas Barbarisches, Steinzeitmäßiges, aber ich gebe zu, dass es ziemlich unterhaltsam zu beobachten ist.

Ich lehne an meinem Baum, während mehr und mehr Mädchen aus dem Wald gezogen werden. Taylor wartet zweifellos auf mich, also ist es nicht nötig, mich zu beeilen. Irgendwo in der Nähe der Terrasse brüllt der Anführer der Höhlenmenschen: »Fünf Minuten.«

Blätter knirschen unter meinen roten Chucks, als ich mich auf den Weg mache, um meine Belohnung zu holen. Ich frage mich, ob Taylor mir erlauben wird, sie an den Haaren aus dem Wald zu ziehen. Es ist ein verlockender Gedanke.

Ich komme keine zehn Schritte weit, bevor ich sehe, wie Taylor von Vince auf die Lichtung gezerrt wird. Sie entdeckt mich und feuert einige freundliche Todesstrahlen auf mich ab. »Dir auch, Schätzchen«, denke ich mir.

Tja. Das Spiel ist für mich vorüber, aber ich bin neugierig, wie Charlie sich gemacht hat. Oder mit wem sie es gemacht hat.

Als ich die Lichtung erreiche, lasse ich den Blick über die Terrasse wandern. Ich sehe Charlie nirgendwo. Vielleicht ist sie noch versteckt. Sie ist ein cleveres Mädchen. Ich würde es ihr durchaus zutrauen, dass sie eine der Siegerinnen ist.

Dann erstarre ich. Mir kommt ein schrecklicher Gedanke.

»Taylor«, frage ich. »Wie viel Zeit ist noch übrig?«

Sie lacht, aber das Lachen erreicht ihre Augen nicht. »Oh, keine Ahnung. Drei Minuten oder so.«

Ich sehe mich um und bemerke, dass keiner der Jungen aus dem Wald kommt. Oder wieder hineingeht.

Oh, Fuck.

»Da sind immer noch Mädchen draußen.« Ich kann das Flehen in meiner Stimme hören, und es weckt in mir den Wunsch, etwas zu töten. Irgendetwas.

»Keine, die zu finden sich lohnt«, brüllt jemand.

Alle lachen über die Bemerkung des Scheißkerls, aber statt ihm den Kiefer zu brechen, renne ich los.

Ich will gerade in den Wald stürmen, als Taylor ruft: »Zwei Minuten, Süßer.«

Zweige peitschen über mein Gesicht, und ich bleibe mit meinem Boss-Hemd irgendwo hängen, aber es ist mir egal. Charlie kann nicht das einzige Mädchen sein, das noch übrig ist.

»Charlie!«, brülle ich. »Wo bist du?« Wenn ich sie nicht rechtzeitig finden kann, soll sie zumindest wissen, dass jemand nach ihr sucht. »Ich finde dich!« Ich gebe mir Mühe, so zu klingen, als hätten wir Spaß, aber ich weiß, dass es nicht funktioniert.

Ich suche hinter Bäumen und wühle mich durch Büsche, aber ich kann sie nirgendwo finden. Dann höre ich ein Geräusch, das mir den Atem stocken lässt.

Hinter mir sehe ich Charlie zu einem Ball zusammengerollt. Sie lehnt an einem riesigen Baum und hat die Arme um die Knie geschlungen. »Das kriege ich hin«, denke ich. Aber dann hebt sie den Kopf … und ihr Gesicht ist mein Untergang.

Hinter ihren Brillengläsern sind ihre Augen geschwollen und rot und mit so viel Schmerz gefüllt, dass ich befürchte, ich könnte vielleicht tatsächlich jemanden ermorden. Dass ich jemandes Leben beenden werde.

Ihre Lippen teilen sich, und sie sagt nur: »Sie haben mich alle gesehen. Aber sie sind einfach weitergegangen.«

Sie beginnt von Neuem zu weinen, und ich denke nicht nach, ich bewege mich einfach. Ich nehme Charlie auf den Arm und trage sie zu der Lichtung. Sie bettet den Kopf an meine Brust, und ich weiß, dass ich irgendjemandem die Kehle rausreiße, wenn auch nur einer ein einziges Wort sagt.

Stille senkt sich über die Menge, als ich mit ihr in den Armen auftauche. Ich gehe mit ihr die Treppe hoch, als ich Charlie etwas murmeln höre.

»Nein«, sagt sie leise. Ich versuche, sie festzuhalten, aber sie drückt mich weg. »Nein«, wiederholt sie lauter. »Lass mich runter. Lass mich runter!« Überrascht stelle ich sie auf die Füße. Sie zieht ihr Kleid hoch und geht die Treppe hinauf, das Kinn hoch erhoben. Ich klettere hinter ihr her und frage mich, was los ist. Charlie macht den Rücken gerade und geht auf Taylor zu. »Du hast gewusst, dass das passieren würde.«

Taylor grinst.

»Hast du ihnen gesagt, dass sie mich dort draußen lassen sollen?«, fährt Charlie fort.

Taylor tut gekränkt. »Das würde ich niemals machen«, antwortet sie und schüttelt den Kopf. »Sie haben das ganz von allein getan. Was für Mistkerle, habe ich recht?«

Charlie zuckt zusammen. Vielleicht hat Taylor den Jungen nicht gesagt, dass sie sie links liegen lassen sollen, aber ich weiß, dass es das nur schlimmer macht. Ich schiebe die Glastür zur Taylors Haus auf. Wir gehen nach Hause. Ich bringe Charlie heim.

Wir sind fast drinnen, als ich Taylor kichern höre. Ich drehe mich um. Ich bin viel zu kampflustig, um das Geräusch zu ignorieren. »Hast du was zu sagen?« Charlie berührt mich am Arm, um mich zu beruhigen. Es funktioniert nicht.

»Nein, nichts«, lacht Taylor. »Mir ist nur aufgefallen, dass nicht einmal du sie küssen wolltest.«

Ich bin mit drei Schritten bei ihr und baue mich fünf Zentimeter vor ihrem Gesicht auf. »Ich würde aufpassen, was aus deiner dreckigen Fresse kommt.«

Taylor beugt sich noch näher und senkt die Stimme. »Ich sage und tue, was immer ich will, Arschloch. Und noch was, du bist in der Centennial besser vorsichtig, denn ich könnte dich und deine schafsgesichtige Freundin vernichten.«

Ich werfe den Kopf in den Nacken und lache laut. Dann beuge ich mich vor und flüstere ihr ins Ohr: »Du weißt nicht, wen du aufs Kreuz legen willst, Prinzessin. Ich bin ein wirklich übler Typ.«

13
Unschuld

Charlie schweigt während des Heimwegs. Ich frage sie einmal, ob sie darüber sprechen will, was passiert ist. Sie lächelt nur schwach und sagt, dass es ihr gut gehe. Also tue ich, was die meisten Männer tun – ich halte den Mund und hoffe, dass die Dinge von allein besser werden.

Bei dem Gedanken an Charlie, die im Wald zurückgelassen wird, umklammere ich das Lenkrad fester. Ich verspüre den plötzlichen, verrückten Drang, meine Windschutzscheibe zu zerschlagen. Ich weiß nicht, was es nutzen würde, aber ich stelle es mir trotzdem vor. Wenn Charlie tatsächlich die Fähigkeit hat, gute Siegel zu verteilen, sollte niemand auf dieser verdammten Party jemals eines bekommen, selbst wenn sie den Rest ihrer Tage wie Heilige leben.

Ich kann nichts tun, um sie vor ihren schmerzhaften Gefühlen zu beschützen. Außerdem ist es nicht mein Job, sie zu beschützen. Mein Job ist das genaue Gegenteil, und so ein Scheiß wie heute Abend macht es nicht leichter.

Der Seelenvertrag im Handschuhfach erinnert mich daran, dass ich eine Alternative habe. Aber so einfach ist es nicht. Ja, der Vertrag würde es beschleunigen. Aber ein Mädchen wie Charlie würde sich niemals auf die Bedingungen einlassen.

Neben mir eiert Charlies Kinn auf ihrer Brust hin und her. Sie ist irgendwo zwischen Schlaf und Wachsein. Alle paar Sekunden stößt sie einen winzigen, schnaubenden Schnarcher aus. Wie kann jemand zu dieser Kleinen gemein sein? Es ist, als wolle man Bambi verprügeln.

Ihre Wangen sind nicht länger scharlachrot, und in der Dunkelheit wirkt ihr Gesicht beinahe hübsch. Es ist unfair, dass Menschen wie Taylor mit gutem Aussehen geboren werden, während die Charlies dieser Welt ihr Leben ganz unten in der Nahrungskette fristen.

Für eine Sekunde gestatte ich mir, mir Taylors Gesicht vorzustellen, wenn Charlie plötzlich hübsch werden würde. Der Gedanke ist lustig.

Charlie ist gut und intelligent und sollte erfahren, wie es ist, richtig selbstbewusst zu sein. Nicht wie in ihrer Wohltätigkeitsorganisation oder wie das bisschen, was sie heute Abend hingekriegt hat, obwohl das vielversprechend war. Sondern so, dass sie Menschen dazu bringt, sie zu bemerken, wenn sie an ihnen vorbeigeht. Der große Boss hat sie ins Visier genommen, und davon wird ihn nichts abbringen. Aber sobald ich ihre Seele eingesammelt habe, werden ihr Körper und ihr Geist für den Rest ihres Lebens auf Erden bleiben.

Verdient sie nicht das Beste, solange sie lebt?

Es fühlt sich so an, als würde ich mich selbst dazu überreden, den Seelenvertrag zu benutzen. Aber ich kann nicht entscheiden, ob das dazu dient, es für mich leichter oder für sie besser zu machen. Ich weiß es nicht.

Charlie gibt einen weiteren schnaubenden Schnarcher von sich, und ich schaue zu ihr hinüber. Ihre Unterlippe hängt, und sie atmet tief und langsam. Ich bin mir sicher, dass sie vom Halbschlaf in komplette Bewusstlosigkeit gewechselt ist.

Als ich wieder auf die Straße schaue, spüre ich, dass jemand mitten auf der Fahrbahn steht. Scheiße! Vor Schreck erstarre ich und reiße dann das Lenkrad herum. Ich will der Statistik kein weiteres Opfer des Straßenverkehrs hinzufügen.

Charlie fährt hoch und hält die Hände vor sich. Ich werfe den Arm vor ihre Brust, wie meine Mutter es immer gemacht hat. Elizabeth Taylor kommt kreischend zum Stehen.

»Was!«, schreit Charlie. »Was ist los?«

Ich schaue mich wild in alle Richtungen um, suche nach der Person auf der Straße, aber es ist niemand zu sehen. Mein Herz rast so, dass es wehtut. Ich schätze, dass es Charlie genauso geht, denn sie atmet schwer.

»Hattest du was gesehen?«, fragt sie, als ich nichts sage.

Ich fahre mir mit den Händen durchs Haar und atme durch zusammengepresste Lippen aus. »Nein. Ich dachte, ich hätte ein Reh gesehen, aber es war nichts. Ich bin einfach müde.«

Charlie mustert mich lange, dann dreht sie sich wieder zur Straße. »Ich bleibe mit dir wach.«

»Cool«, sage ich. »Danke.«

Sie streckt die Hand nach der Stereoanlage aus. »Musik?« Ich nicke, und sie schaltet durch die Sender, bis sie einen Song von System of a Down findet. »Das magst du, oder?«

»Ja. Das wird gehen.«

Während der restlichen Fahrt unterhalten Charlie und ich uns nicht, was für mich okay ist. Ich bin zu sehr damit beschäftigt, in Gedanken Selbstgespräche zu führen. Ich weiß, was ich auf der Straße gespürt habe. Ich weiß nur nicht, wen ich gespürt habe. Der Sammler, der mich beobachtet, klebt mir zu dicht am Hintern. Es gibt keinen Grund, warum er vor meinem Auto auftauchen sollte, außer um mich durcheinanderzubringen. Ist ihm klar, was hätte passieren können, wenn ich die Kontrolle über den Wagen verloren hätte? Ich mag unsterblich sein, aber ich spüre trotzdem körperlichen Schmerz. Und was ist mit Charlie? Ist ihm klar, dass eine verletzte Charlie Krieg auf Erden bedeuten könnte?

Was mich am meisten stört, ist nicht die Frage, welcher der anderen fünf Sammler mich beobachtet, sondern wonach er sucht. Er muss von dem Auftrag wissen. Und vielleicht weiß er auch von dem Seelenvertrag und will herausfinden, ob ich ihn benutze. Aber warum nimmt er mich jetzt schon ins Visier?

Als ich vor Charlies Haus vorfahre, ist sie wieder eingeschlafen. So viel dazu, dass sie wach bleiben wollte. Ich stupse sie einige Male an, und sie öffnet die Augen und wischt sich Sabber vom Mund.

Reizend.

»Alles okay bei dir?«, frage ich.

»Natürlich. Warum auch nicht?«

Natürlich.

Ich lächele und sie schiebt sich aus ihrem Sitz, ein wenig unsicher auf den Beinen. Sie will die Tür schließen, hält aber inne. »Hey, Dante?«

»Was?«

»Danke, dass du mich zu der Party mitgenommen hast.«

»Ernsthaft?«

»Ja. Es ist nämlich so … es hat mich noch nie jemand zu einer Party eingeladen. Und die erste Hälfte hat schon Spaß gemacht.« Sie streckt Daumen und den kleinen Finger aus, und deutet an, etwas zu trinken. Ich bringe ein halbes Lachen zustande, bevor sie fortfährt: »Ich weiß, es ist nicht so toll gelaufen, aber es ist schön, Teil des Spaßes zu sein. Es gibt mir das Gefühl, dass ich am Leben bin. Kannst du das verstehen?«

Ich krümme mich innerlich. Ich kann nicht glauben, dass sie dankbar für die Erfahrung ist, nachdem alle sie heute Abend so beschissen behandelt haben. Zuerst kam Charlie mir so jung vor. Vielleicht ist es ihre Naivität, oder die Tatsache, dass sie bis Oberkante Unterlippe uncool ist. Aber während ich beobachte, wie sie mit der Hand leichte Kreise über ihre Hüfte zieht – diese kleine Kurve an ihrem Körper war mir bisher noch nie aufgefallen –, begreife ich, dass Charlie für den richtigen Menschen attraktiv sein könnte. Es ist die Art, wie sie die Welt sieht. Als hätte sie hundert Leben vor diesem gelebt und hätte jetzt alles geblickt. Obwohl sie in Wahrheit nur eine Siebzehnjährige ist.

Charlie Cooper ist etwas Schreckliches zugestoßen. Sie hat mit angesehen, wie ihre Eltern bei lebendigem Leib verbrannt sind. Jeder würde ihr zugestehen, dass sie ein Recht hat, wütend zu sein. Rücksichtslos zu sein. Sich in einem Netz von Sünden zu verstricken, eine schlimmer als die andere. Und doch schafft sie es irgendwie, diese … diese Unschuld zu bewahren.

Sie hätte jeden Grund, so zu sein wie ich.

Aber sie ist es nicht.

Für einen kleinen Moment beneide ich sie um ihr Leben. Ich kann nicht umhin, mich zu fragen, wie anders alles für mich gelaufen wäre, wenn ich so gelebt hätte, wie sie es tut. Es ist ein Gedanke, den ich mir normalerweise nicht gestatte. Aber bei ihr kann ich nicht anders.

Mir fehlen die Worte, um ihr zu sagen, wie viel Glück sie hat. Oder dass dieses Kleid jetzt, da ich darüber nachdenke, an ihr gar nicht so schrecklich aussieht. Also sage ich nur: »Gute Nacht, Charlie.«

Sie lächelt, und das Lächeln strahlt über ihr ganzes Gesicht. »Nacht.«

14
Entscheidungen

Ich liege in meinem Hotelzimmer. Die letzten drei Stunden habe ich mich wie ein Junkie in der Reha hin und her gewälzt. Der Seelenvertrag macht mich wahnsinnig.

Benutzen oder nicht benutzen: Das ist hier die Frage.

Ich muss vergessen, wie ich Charlie heute Abend gesehen habe, als mir ihre Unschuld förmlich ins Gesicht gesprungen ist. Und ich darf nicht daran denken, dass es mir … ein mieses Gefühl gibt, ihr das so oder anders anzutun. Der große Boss hat mir einen Job anvertraut, und wenn ich ihn nicht erledige, wird jemand anders es tun. Und dieser Jemand wird meine Beförderung bekommen, denn es ist so sicher wie Tod und Steuern, dass ihre Seele in einer Woche dem großen Boss gehört. Also muss ich eine Entscheidung treffen. Ich muss der Sammler sein, der zu sein ich hierhergeschickt wurde. Oder ich muss die Werkzeuge benutzen, die mir zur Verfügung stehen.

Ich bin Dante Walker.

Ich kenne kein Erbarmen.

Um den Seelenvertrag benutzen zu können, müsste ich sicher sein, dass sie mir absolut vertraut. Mehr noch, ich müsste mir sicher sein, dass ich die Sache komplett durchziehen kann. Denn sobald ein Seelenvertrag unterschrieben wäre, würde die Unterwelt von nichts anderem mehr reden.

Die andere Möglichkeit wäre es, Charlies Seele auf die altvertraute und bewährte Art und Weise einzusammeln. Aber das hat sich als ziemlich schwierig erwiesen.

So oder so, irgendetwas muss passieren. Ich kann sie nicht herumlaufen und unsere Arbeit mit ihren rosa Siegeln zerstören lassen.

Nachdem ich eine weitere halbe Stunde mit dieser Frage gerungen habe, fahre ich im Bett hoch und habe eine Entscheidung getroffen. Ich werde Charlies Seele ohne den Vertrag einsammeln. Wenn der Sammler, der mich beobachtet, sehen will, was ich drauf habe, werde ich ihm eine verflucht heiße Show liefern.

Ich hatte vor ein paar Tagen die richtige Idee, und jetzt ist es Zeit, sie in die Tat umzusetzen – wenn Charlie am verwundbarsten ist. Ich schwinge die Beine über die Bettkante und schmeiße mich in die Klamotten. Es ist zwei Uhr dreißig am Morgen, als ich die Hoteltür hinter mir schließe und zu meinem Escalade jogge.

Auf der Fahrt zu ihr gehe ich die Szene im Kopf durch. Ich werde Charlie heute Nacht verführen. Ich werde jeden Teil ihres Körpers zu meinem Eigentum machen, und morgen wird sie Wachs in meinen Händen sein. Wachs, das ich formen, kneten und verdrehen kann.

Als ich endlich ankomme, rast mein Herz, und ich weiß, dass es kein Zurück gibt. Ich klettere das Rankengitter zu ihrem Fenster hoch und klopfe leise an. Das

Letzte, was ich brauche, ist, dass Oma unser Zusammensein ruiniert.

Nach dem vierten Klopfen schiebt Charlie ihr Fenster auf, und ich klettere hinein.

»Dante?«, fragt sie mit vom Schlaf heiserer Stimme. »Was machst du denn hier? Es ist …« Sie schaut auf ihren Nachttisch. »Es ist fast drei Uhr morgens. Stimmt irgendetwas nicht?«

Ich gehe auf sie zu, um zu tun, weshalb ich hergekommen bin. Ihre Lippen öffnen sich, als ich sie an mich ziehe. Dann nehme ich ihr Gesicht in die Hände und starre auf sie hinab. Der Moment hängt zwischen uns. Sie muss denken, dies wäre Liebe. Sonst wird sie sich nicht fügen.

Ihre Augen öffnen sich weit, und ich sehe in ihnen etwas, was mir Übelkeit verursacht: Vertrauen. Sie wird alles tun, worum ich sie bitte, und ich weiß auch, warum. Ich bedeute ihr etwas. In nur zwei Tagen hat sie mir ihr Herz so geöffnet, wie ich es niemals könnte. Sie glaubt, ich wäre ihr Freund.

Ich.

Dante.

Ein Betrüger.

Ich lasse die Hände wieder sinken und trete zurück. Charlie stößt einen schnellen Atemzug aus. Ich frage mich, ob sie wusste, was geschehen würde. Sie muss es gewusst haben. Ich sehe sie an, obwohl ich kaum den Kopf heben kann. Sie trägt einen roten, seidenen Unterrock, der über dem Knie endet. Etwas, wovon ich nicht glauben kann, dass sie es besitzt. Und obwohl sie dieses

Ding trägt, das sagt ›Ich bin zu allem bereit‹, umgibt sie trotzdem diese *Reinheit.*

Ich will ihr nicht wehtun. Ich will es wirklich nicht. Aber ich werde meine Chance nicht verspielen – ich will raus aus der Hölle.

Ihr Haar, ihre Haut ... die Art, wie sie geht. Ihr Aussehen hindert die Menschen daran zu begreifen, wie umwerfend sie ist.

Aber nicht mehr lange.

Ich trete dicht vor sie hin und nehme ihre Hände.

»Charlie«, sage ich, »ich werde dich schön machen.«

15
Überraschung!

Ich ziehe Charlie aufs Bett und setze mich neben sie.

»Wovon redest du, Dante?« Charlie starrt auf ihre Füße. Ich weiß, dass ich ihr wehgetan habe, indem ich angedeutet habe, sie wäre nicht schön, aber wir müssen uns den Tatsachen stellen, um weiterzukommen.

»Es gibt ein paar Dinge, die du nicht über mich weißt«, antworte ich.

Die Erkenntnis, dass ich mich offenbaren werde, schlägt über mir zusammen. Meine Schultern sinken unter dem Gewicht nach unten. Das Ganze könnte auf so viele verschiedene Arten schiefgehen. Ich habe nicht wirklich darüber nachgedacht, wie ich es sagen würde, denn ich habe nie gedacht, dass ich das überhaupt tun würde.

»Ich bin mir sicher, dass es jede Menge Dinge gibt, die ich nicht über dich weiß. Wir kennen einander erst seit zwei Tagen.«

Ich verschaffe mir Aufschub, indem ich auf die Uhr zeige. »Eigentlich sind es schon drei.«

Sie wirkt verwirrt, dann dreht sie sich um, und schaut ebenfalls auf die Uhr. Ich erwarte, dass sie lacht, aber das tut sie nicht. »Okay, drei.«

Ich stehe vom Bett auf und verschränke die Hände hinterm Kopf. Dann schüttele ich die Arme aus und setze mich wieder hin.

»Was ist los?« Ihre Stimme ist voller Sorge, und ich fühle mich noch mieser wegen der Lügen, die ich ihr erzählt habe. Das ist genau der Grund, warum ich es hasse, wenn die Dinge persönlich werden.

»Ich will dir sagen, dass ich dir nicht die Wahrheit darüber erzählt habe, wer ich bin«, erkläre ich.

Sie lehnt sich zurück. Es ist kaum sichtbar, aber ich bemerke es trotzdem. »Nun, das scheint leicht zu sein. Sag mir einfach die Wahrheit. Wer bist du?«

»Ich bin ein Sammler aus der Hölle. Ausgesandt, um dich dazu zu bringen, so zu sündigen, dass ich deine Seele einsammeln kann«, denke ich.

Das scheint mir nicht die beste Art zu sein, anzufangen. Also sage ich stattdessen: »Ich bin nicht wegen des neuen Jobs meiner Mom nach Peachville gekommen. Ich bin deinetwegen hergekommen.«

Charlie schluckt. »Was soll das heißen, du bist meinetwegen hergekommen?«

Um den Eindruck zu erwecken, es läge mir etwas an ihr, lege ich meine Hand auf ihre. »Meine Mom wohnt gar nicht ein paar Straßen weiter. Und ich auch nicht. Ich bin im Wink Hotel in der Nähe der Plaza abgestiegen.« Ich drücke ihre Finger. »Charlie, mein Job war es, dich zu finden.«

Sie macht ihre Finger los. »Warum?«

Ich weiß nicht, was ich als Nächstes sagen soll, also

beschließe ich, einfach ins kalte Wasser zu springen. »Ich arbeite als Sammler.«

»Wie ein Briefmarkensammler?«

»Nein, Charlie.« Ich lasse die Knöchel knacken. Raus damit. »Ich arbeite als Seelensammler.«

Charlie beginnt zu lachen und steht vom Bett auf, dabei lehnt sie sich auf ihre gute Hüfte. »Meine Güte, Dante. Verdammt, es ist verflixt noch mal drei Uhr morgens. Wenn du mich veräppeln willst, warum hast du das nicht auf der Party getan?«

»Ich sage dir die Wahrheit.«

»Nein, du benimmst dich wie ein Blödmann. Und ich will, dass du gehst.«

»Charlie, hör zu.« Ich packe ihre Ellbogen. »Ich bin ein Sammler. Mein Job ist es, Siegel auf die Seelen von Menschen zu setzen.«

»Warum redest du mit mir, als wäre ich eine Idiotin?«

»Ich halte dich nicht für eine Idiotin«, antworte ich. »Ich schwöre, ich bin ...«

»Okay, schön. Sagen wir, du bist ein Seelensammler«, erwidert sie spöttisch. »Wie hast du den Job bekommen?«

»Ich wurde als der Beste für die Position erachtet.«

»Von wem?«

»Von Gott.«

Ich weiß nicht, warum ich das sage. Vielleicht weil ich ihr unmöglich erzählen kann, wer in Wahrheit mein Arbeitgeber ist. Aber jetzt, da ich es laut ausgesprochen habe, wird mir klar, dass die Idee brillant ist. Wenn ich sie davon überzeugen kann, dass ich für den Oberguru arbeite, wird sie dem Vertrag vielleicht zustimmen. Schließlich gibt es nichts im Kleingedruckten, das genau ausführt, wohin ihre Seele geht.

»Von Gott?« Charlies Augen werden schmal. »Und warum will Gott meine Seele?«

»Weil sie rein ist.« Obwohl ich lüge, fühlt sich dieser Teil irgendwie wahr an.

»Hast du irgendeinen Beweis dafür, dass du für Gott arbeitest?«

»Nein, habe ich nicht, aber ...« Ich breche ab. Einen Moment mal. Zum Kuckuck, doch, ich habe einen Beweis. »Okay, ich mache was, und du musst mir versprechen, nicht zu schreien oder so. Okay?«

Sie scheint unsicher, nickt aber trotzdem.

Ich presse die Lippen aufeinander und ziehe an meinem Schatten, sodass sie scheinbar allein im Raum ist.

Charlie stolpert rückwärts und stößt gegen ihre Kommode. Ein Dutzend Kristallfigürchen schwanken. »Dante?«, sagt sie, und ihre Stimme zittert. »Wo bist du?«

Ich entferne meinen Schatten und tauche wieder auf.

Ihre Hand fliegt zu ihrem Mund. »Du bist einfach verschwunden«, murmelt sie durch die Finger.

»Genau«, sage ich. »Man nennt es Schatten. Alle Sammler können das mithilfe eines dieser schlimmen Dinger.« Ich beuge mich vor, ziehe meine Jeans hoch und zeige auf meine goldene Fußfessel – meine Achillesferse. »Der Grund, warum ich niemals Shorts trage.«

»Was. Ist. Das?« Sie streicht mit den Händen über das glatte Metall.

»Es ist meine Fußfessel. Sie erlaubt es mir, Seelen zu sammeln, Schatten zu benutzen und nach meinem Tod auf Erden zu wandeln.«

Charlies Augen werden riesig. »Nach deinem *Tod?* Willst du mir sagen, dass du tot bist?«

»Ja. Und die Fußfessel hält mich am Leben. Ehrlich, Charlie. Sehe ich aus wie ein Typ, der so ein Ding zum Spaß tragen würde?«

»Nein. Aber du siehst auch nicht tot aus.« Sie beißt sich auf die Unterlippe und denkt nach. »Wenn du so tot bist ... wie bist du gestorben?«

Alle Muskeln in meinem Körper scheinen gleichzeitig zu schmerzen. Obwohl es eine vernünftige Frage ist, bin ich darauf nicht vorbereitet. Meine Kehle scheint unerträglich trocken, und ich bin mir nicht sicher, ob ich antworten kann. Es ist so lange her, seit ich es mir gestattet habe, an diese Nacht zu denken.

Charlie muss den Schmerz auf meinem Gesicht sehen, denn sie sagt: »Oje! Du meinst es vollkommen ernst. Du bist wirklich tot.«

Ich sehe zu Boden. Ich kann ihr nicht in die Augen sehen. Ich will nicht, dass sie diese Sachen über mich erfährt. Aber aus irgendeinem Grund kullern die Worte heraus. »Ja. Es war ein Autounfall.«

Charlie schlingt die Arme um meine Taille und zieht mich an sich. Ich vergrabe das Gesicht in ihrem Haar und schließe die Augen. »Mein Dad wollte zum Laden fahren, um eine Backmischung für Brownies zu kaufen, ausgerechnet. Er hat mich angefleht zu fahren, er meinte, er brauche Verstärkung.« Ich lasse den Kopf in den Nacken fallen. »So ein verdammtes Reh stand einfach auf der Straße.«

Ich scheine nicht aufhören zu können. Stopp!

»Er starb zuerst. Ich habe ihm zugesehen. Ich habe zugesehen, wie mein Dad starb. Danach habe ich einfach irgendwie losgelassen.«

Charlie lehnt sich zurück und drückt mein Kinn hoch, und in diesem Moment sehe ich etwas in ihren Augen, das mir zuvor nicht aufgefallen ist. Es ist Mitgefühl, ja, aber da ist noch etwas anderes. Obwohl wir uns vor fast drei Tagen kennengelernt haben, scheint es, als sähe sie mich zum ersten Mal. »Hey«, sagt sie sanft. »Es war ein Unfall.«

Ich nicke.

Ihre Arme um mich fühlen sich plötzlich weniger wie eine freundliche Umarmung an und mehr wie etwas ganz anderes. Da sie sich an meine Brust drückt, summen Charlies Worte nah an meiner Haut. Das Gefühl sendet einen Schauder über meinen Rücken, obwohl ich mir nicht vorstellen kann, warum. »Er wusste nicht, dass das passieren würde.«

Ich nicke wieder.

»Du und ich, wir sind gar nicht so verschieden«, fährt sie fort und reibt mit ihrer kleinen Hand meinen Arm. »Nur dass ich irgendwie überlebt habe.«

Überleben ist genau das, weshalb ich hier bin. Um einen zweiten Versuch auf ein Leben auf der Erde zu bekommen. Ich greife in meine Tasche und berühre meinen Penny, den mein Dad mir an meinem siebzehnten Geburtstag gegeben hat. Den, von dem ich ihm gesagt habe, er sei nicht mein Ding.

Ich reibe mir über das Gesicht und schiebe alle Gedanken an meinen Dad beiseite. Dieses ganze Gespräch ist viel zu gefühlsduselig geworden, und ich muss dem ein Ende machen. Wir sind beide in jener Nacht gestorben, aber er ist in die eine Richtung gegangen, und ich in die andere. Und jetzt bin ich hier.

»Hör zu, du erinnerst dich, dass ich dir gesagt habe, ich würde dich schön machen? Ich habe was für dich.« Ich ziehe den Vertrag aus meiner Gesäßtasche und halte ihn Charlie hin.

»Was ist das?« Sie nimmt den Vertrag entgegen und schaut mich erwartungsvoll an.

»Na ja, wie ich sagte, ich bin ein Sammler. Ich bin gekommen, um deine Seele einzusammeln.«

Sie zuckt zusammen, und all die Dinge, die ich gerade auf ihrem Gesicht gesehen habe, Dinge, die gezeigt haben, dass sie etwas in mir sieht – verschwinden. Ich versuche, meinen Vorstoß abzumildern.

»Ich weiß, das klingt schlimm, aber willst du da nicht hin, wenn du stirbst?«

»In den Himmel?«, fragt sie.

»Klar.«

»Ja. Klar. Aber ich bin noch nicht bereit zu sterben.« Ihre Augen weiten sich vor Angst. »Ich will noch was erleben. Und was ist mit meiner Oma? Sie hätte dann niemanden mehr.«

Ich sehe meine Chance, den Handel abzuschließen, und

ergreife sie. »Das ist das Beste daran. Du lebst weiter, selbst nachdem deine Seele eingesammelt wurde. Und in der Zwischenzeit geben wir dir alles, was du willst, als Gegenleistung.«

»Wie so was, wo man seine Seele verkauft?«, fragt sie.

Ich lächele. »Ja, genau. Alle haben was davon.«

»Ich weiß nicht. Das fühlt sich komisch an.«

»Da ist nichts, weswegen man sich komisch fühlen müsste. Betrachte es als Geschenk. Du willst ohnehin, dass wir deine Seele bekommen, und wir sind bereit, dafür zu bezahlen.«

»Ich weiß, aber es ist merkwürdig, mir vorzustellen, dass ich seelenlos herumspaziere.«

Ich kneife mir in den Nasenrücken. Ich bin so nah am Abschluss dran, dass ich es schmecken kann. Ich muss fertig werden, sonst werde ich wahnsinnig. »Charlie, es gibt Millionen Menschen, die für diese Chance jemanden umbringen würden.«

Sie geht durchs Zimmer und lässt sich auf ihr Bett fallen. »Das sind eine Menge Dinge, die ich um drei Uhr morgens verarbeiten muss.«

»Menschen sind um drei Uhr morgens offener für großartige Ideen«, erwidere ich. »Charlie, lass uns das einfach tun. Du kannst schön sein, und ich kann diesen Job abschließen.«

Aus ihrem Mund kommt ein eigenartiges Geräusch. Wenn ich es nicht besser wüsste, würde ich denken, es wäre ein Laut des Schmerzes. »Und wenn ich mich gar nicht ändern will?«, fragt sie mit leiser Stimme.

»Jeder will sich ändern.« Ich nehme die Papiere von ihr zurück und rolle sie auf ihrem Nachttisch aus. Ich weiß nicht, ob ich einen magischen Stift oder so etwas benutzen sollte, also ziehe ich einfach den heraus, den ich aus dem Wink Hotel mitgebracht habe, und hoffe, dass es funktioniert. »Hier. Ich habe dir einen schicken Stift mitgebracht und alles.«

Charlies Gesicht verzerrt sich zu einer undeutbaren Miene. »Du hast einen Stift mitgebracht?«

»Na ja, klar.«

Sie nimmt den Stift von mir entgegen und rollt ihn zwischen den Fingern. »Du warst dir sicher, dass ich das unterschreiben würde, stimmt's?«

»Nein«, sage ich. »Ich dachte mir nur ...«

»Dass ich allem zustimmen würde, worum du mich bittest?«

Alarmstufe Rot! Alarmstufe Rot! Zurückrudern!

»Charlie, ich mache das zu deinem Besten.«

»Zu meinem Besten? Weil ich so erbärmlich bin?« Obwohl sie leise spricht, schneiden ihre Worte mir durchs Herz.

»Das habe ich nicht gemeint. Aber ...«

»Aber?«

Ich spiele an meiner Gürtelschnalle herum. »Aber du könntest so anders aussehen.«

»Ich will, dass du gehst.«

»Charlie ...«

»Geh!«

Ich stolpere zurück. Ich hätte nie gedacht, dass Charlie brüllen würde. Es trifft mich bis ins Mark. Ich strecke die Hand nach ihr aus, aber sie tritt zurück und strafft die Schultern.

Ich stecke den Vertrag zurück in meine Tasche und halte neben Charlies Fenster inne.

»Es tut mir leid, Charlie«, flüstere ich. Ich weiß nicht, ob sie mich hört, und ich bin mir definitiv nicht sicher, ob ich es ernst meine, aber es fühlt sich so an, als wäre es richtig, das zu sagen.

Ich klettere das Rankengitter wieder hinunter, lasse mich in meinen Wagen fallen und starre zu ihrem Zimmer hinauf. Für einen Moment dachte ich wirklich, es würde klappen. Aber ich hätte wissen sollen, dass es nicht so einfach sein würde.

Während ich zum Hotel zurückfahre, begreife ich, wie übel ich das alles vermasselt habe. Sie weiß, wer ich bin. Sie wird nicht sündigen, wenn sie denkt, dass ich für den Oberguru arbeite. Und den Vertrag unterschreibt sie nie im Leben.

Ich werde vielleicht nicht in der Lage sein, diesen Job zu erledigen.

Und jetzt habe ich nur noch eins im Kopf: diese verdammten Konsequenzen.

16
Zornige Charlie

Am Montagmorgen suche ich überall nach Charlie. Ich bin gestern bei ihr zu Hause vorbeigegangen, aber ihre Großmutter sagte, sie sei nicht da.

Von wegen.

Ich hole sie in der ersten Stunde ein, in Biologie. Sie sieht, dass ich sie anstarre. Ich weiß, dass sie es sieht, aber sie nimmt mich nicht zur Kenntnis.

»Hey, Charlie, ignorierst du mich jetzt für immer?«, frage ich vom Pult neben ihrem.

Sie starrt finster auf die Tafel, als würde es mich nicht geben. Ich hätte nie geglaubt, dass ich es einmal erleben würde, von einem Mädchen wie Charlie gedisst zu werden.

»Ich weiß, dass du mich hörst. Würdest du bitte mit mir reden?«

Nichts.

»Pass auf ...« Ich schaue mich um, ob irgendjemand zuhört, und senke die Stimme. »Du weißt, dass ich es nicht böse gemeint habe. Ich finde dich großartig.« Ich kann mich nicht dazu überwinden zu sagen, dass sie schön ist, so wie sie ist. Sie ist es nicht. »Komm schon, lass uns diese Stunde blaumachen. Ich bringe dich ...«

»Dante, gibt es irgendetwas, was Sie der Klasse gern mitteilen würden?«

Ich funkele Mr Gordon böse an. Er hat eine Augenbraue hochgezogen, als würde mich das tangieren. Ich schüttele den Kopf und bedeute ihm mit einer Handbewegung fortzufahren.

»Freut mich, dass ich Ihre Erlaubnis habe.« Mr Gordon hebt den Arm zur Tafel, und während der nächsten sechzig Minuten schaue ich abwechselnd Charlie dabei zu, wie sie mich ignoriert, und bewundere die gelben Schweißflecken unter Mr Gordons Armen.

Als es läutet, versuche ich, cool zu tun, als hätte ich jedes Interesse an ihr verloren. Ich kenne die Übung – wenn Mädchen sauer sind, muss man sie zu sich kommen lassen. Deshalb vergleichen Leute Mädchen auch mit Katzen.

Nur dass meine Strategie versagt. Charlie schnappt sich ihren hellgrünen Rucksack und stürmt aus der Klasse, bevor ich eine Chance bekomme, ihr zu zeigen, wie sehr sie mich nicht interessiert. Stattdessen stelle ich fest, dass ich plötzlich neben ihr her jogge, um Schritt zu halten.

»Charlie, warte.«

Sie geht weiter und streckt ihre kurzen, kleinen Beine aus, um schneller zu sein als ich. Das ist doch nicht ihr Ernst. Ich habe dreißig Zentimeter längere Beine als sie.

Ich greife nach ihrem Arm und ziehe sie zu mir herum. »Bleibst du vielleicht mal stehen? Du benimmst dich wie eine totale Zicke.«

»Du meinst so ein Mädchen?«

Sie zeigt auf ein Mädchen mit langem, glänzendem Haar und noch längeren, glänzenderen Beinen. Heiße Scheiße!

»Ein *schönes* Mädchen?«, drängt Charlie weiter. Sie tritt auf mich zu. Ich weiß, dass sie einschüchternd wirken will, aber sie ist zu klein, um das durchzuziehen. Dummes Kind.

»Ja, genau«, antworte ich. »Du benimmst dich wie eine dieser seichten Tussen.«

»Warum? Weil es mir wichtig ist, wie ich aussehe? Mir ist schon klar, dass ich nicht hübsch bin. Aber das bedeutet nicht, dass ich möchte, dass du mich darauf hinweist.« Charlie wendet den Blick ab und knirscht mit den Zähnen. »Ich habe wohl gehofft, dass du vielleicht denkst … na ja …«

Ihre Stimme verliert sich, also öffne ich den Mund, um weiterzumachen. Ich muss sie davon überzeugen, den verdammten Vertrag zu unterschreiben. Aber ich muss sie außerdem dazu bringen aufzuhören, mich so anzusehen – als hätte ich sie tief verletzt. Bevor ich irgendetwas sagen kann, schrillt die Glocke.

»Ich muss in den Unterricht«, seufzt sie.

Ich lasse ihren Arm los. »Wo du hingehst, gehe ich auch hin, weißt du noch?«

Sie stürmt nicht davon, was ein kleines Wunder ist, das ich dankbar annehme. Wir gehen nebeneinanderher zu Geschichte, und sie beschwert sich nicht, als ich mich neben sie setze. Die Stunde fühlt sich noch länger an als die erste, und ich schwöre mir, nie wieder eine Highschool zu betreten, wenn meine zehn Tage hier um sind. Als es endlich läutet, stehe ich auf, um Charlie zum Mittagessen zu begleiten. Sie fängt meinen Blick auf, dann geht sie hinaus, bevor ich sie aufhalten kann.

Blöd. Ich dachte, wir hätten das hinter uns.

In der Cafeteria setzt Charlie sich an ihren gewohnten Tisch. Blue und Annabelle sind bereits da, und Blue spannt seinen Kiefer an, als ich näher komme.

»Charlie, können wir bitte reden?«, frage ich.

Annabelle hört auf, Trauben aus ihrer braunen Papiertüte zu ziehen, und ihre Augen weiten sich. »Was ist los?«, fragt sie.

»Nichts«, antworte ich.

Annabelle und Blue sehen Charlie an.

»Es ist nichts«, bestätigt sie.

Ich fahre mir durchs Haar und beschließe, dass ich ein Friedensangebot brauche. Aber das Einzige, was diese bescheuerte Cafeteria zu bieten hat, ist Essen aus der Retorte.

Aber es gibt einen Snackautomaten, und ich kenne etwas, was Miss Charlie liebt.

Ich schnappe mir mein Portemonnaie aus der Gesäßtasche und gehe auf den Apparat zu. Als ich vor dem riesigen Glaskasten stehe, nehme ich genug Geld heraus, um auch noch den letzten Beutel Skittles zu kaufen. Dann führe ich einen lustigen Tanz auf, indem ich einen Geldschein in die Maschine schiebe, und sie spuckt ihn wieder aus. Schein rein, Schein raus. Verdammt noch mal! Du willst das verflixte Geld doch auch.

Fünfzehneinhalb Jahre später habe ich alle Skittles aus der Maschine geholt und bringe meine Beute zurück zum Cafeteriatisch. Ich bin ziemlich stolz auf mich, bis ich bemerke, dass Charlie nicht mehr da ist.

»Wo ist sie hin?«, frage ich, meine Taschen und Hände voller glänzender, roter Tütchen.

»Wer?«, murmelt Blue.

»Sie ist mit Taylor weg«, antwortet Annabelle. Sie zeigt in einen der Flure, und ich will in diese Richtung. Aber Annabelle stoppt mich. »Warte. Dante.«

Ich drehe mich um, und eine der Tüten plumpst auf den Fliesenboden.

»Geh ihr nicht nach. Sie ist offensichtlich wegen irgendetwas sauer.« Annabelle hofft, dass ich sie aufkläre. Als ich nichts sage, fragt sie: »Ist auf der Party was passiert?«

»Du hast seit Samstagnacht nicht mit ihr geredet?«, frage ich zurück.

Sie steckt sich eine Traube in den Mund und schüttelt den Kopf.

»Ja«, gebe ich zu, »es ist was passiert.«

Immer noch beladen mit Süßigkeiten lasse ich mich auf einen Stuhl fallen. Annabelle bewirft Blue mit zuckerbestäubten Donuts, und diesmal schafft er es, sie aufzufangen.

»Mittagessen der Champions, hm?«, bemerke ich und versuche, Blue ins Gespräch zu ziehen. Das ist jedenfalls besser als das Anstarr-Duell, das er und ich momentan austragen.

Er wischt sich Zucker vom Mundwinkel und lasst sich

alle verflixte Zeit der Welt, bevor er antwortet: »So was in der Art.«

»Weißt du«, beginnt Annabelle, »Charlie mag dich wirklich sehr.«

»Ach ja?«, sage ich. Dies sind ihre Freunde. Ich muss so tun, als spiele es eine Rolle, was sie sagen.

»Mhm. Andererseits ist ihr fast jeder wichtig. Selbst Leute, die es nicht verdienen.«

Ich mustere sie eingehend, aber offenbar meint sie nicht mich.

»Aber du«, fährt sie fort, »du bist ihr wirklich unter die Haut gegangen. Und du bist erst seit, hm, drei Tagen hier.« Annabelle setzt ihren Milchkarton an den Mund, ohne mich aus den Augen zu lassen. Dann zerknüllt sie die leere Schachtel. »Was hast du noch mal gesagt, wo du herkommst?«

Moment mal? Versucht sie, mich einzuschüchtern? Denn wenn ja ... könnte es durchaus funktionieren. Die Alte ist heftig.

»Ich habe gar nichts gesagt«, antworte ich.

»Phoenix, oder?«

»Klar.«

Blue nimmt sich ein Beispiel an Annabelle und sieht mich starr an, während er langsam den Donut kaut.

»Warum ist Charlie mit Taylor mitgegangen?«, frage ich sie und ignoriere Blues unterirdischen Blick.

Annabelles Gesicht entspannt sich. »Keine Ahnung. Taylor sagte, sie wolle sich entschuldigen. Deshalb habe ich dich wegen der Party gefragt.«

Ich glaube nicht eine Sekunde, dass Taylor sich entschuldigen will. Es sei denn, sie profitiert irgendwie davon.

Blue bringt das Gespräch auf die New York Knicks, und er und Annabelle diskutieren die Grundlagen von *Run-and-Gun*-Basketball.

»Spielt ihr zwei eigentlich auch?«, unterbreche ich, erleichtert über den Themenwechsel.

»Spielen?«, wiederholt Annabelle und zieht ihre dunklen Augenbrauen hoch.

»Ja. Spielen. Wie: Spielt ihr Basketball?«

»Aber hallo spielen wir!«, sagt Annabelle genau in dem Moment, in dem Blue den Kopf schüttelt.

»Also, was nun?«, frage ich. »Spielt ihr oder spielt ihr nicht?«

Annabelle zerknüllt ihre Tüte und wirft sie Blue an den Kopf. »Ja, wir spielen. Er will dich nur nicht dabeihaben.«

»Wo spielt ihr denn?« Meine Beine zucken bei dem bloßen Gedanken daran, auf den Platz zu kommen. Oder auf das Feld. Oder die Bahn. Irgendetwas, wo ich gegen jemanden antreten kann. »Im Freizeitcenter. Es liegt im nördlichen Teil von Peachville.« Annabelle wirft einen verstohlenen Blick auf Blue, der stumm bleibt. Er ist kein Mann vieler Worte. Aber wenn er es wäre, könnte ich mir vorstellen, was er jetzt gleich sagen würde.

Ich beiße mir auf die Innenseite meiner Wange. Ich habe keine verdammte Ahnung, warum, aber mein Magen schlägt einen Purzelbaum. »Ich spiele mit.« Da. Es ist heraus. Kein großes Ding.

»Nein«, sagt Blue. Jetzt macht er den Mund auf? Anscheinend ist es schlimm, sich an Charlie ranzumachen, aber ihm das Spielfeld streitig zu machen, ist unerträglich.

»Nein, hm?«, sage ich.

»Nein.«

Blue steht auf, um zu gehen, aber ich hebe die Hand. »Spar dir die Mühe. Ich gehe.« Ich will nicht länger hier sitzen. Ich habe das Selbstbewusstsein eines Killerwals, aber von diesen Losern abgeschmettert zu werden, trifft mich.

Annabelle, die Fachfrau für Einschüchterungen, ruft mir nach. »Ach, komm schon, Dante. Du kannst mitspielen.« Aber der Schaden ist angerichtet. Also stolziere ich als beleidigte Leberwurst nach draußen. Elizabeth Taylor begrüßt mich mit einem breiten Chromgrinsen. Ich schlage ihr auf die Motorhaube und hüpfe hinein. »Lass uns was zu rauchen besorgen, Mädchen.«

Ich lasse ihren Motor aufheulen und fahre zur nächsten Tankstelle. Ich habe noch ein paar Minuten Mittagspause und weiß genau, wie ich sie verbringen will.

Der Typ hinter der Theke reicht mir ein Päckchen Marlboro Red und ein schwarzes Plastikfeuerzeug. Kaum aus der Tür, zünde ich mir eine Zigarette an. Das Essen kriegt Nikotin. Ich inhaliere und stoße zwei lange Züge aus, und es fühlt sich großartig an.

Ich habe nach meinem Tod mit dem Rauchen aufgehört, was ziemlich ironisch ist. Mir liegt zwar nichts daran, meinen toten Körper gesund zu erhalten, aber es fühlte sich wie der richtige Moment an, um aufzuhören.

Es ist vor allem der Gestank, der mich umbringt. Aber im Moment gibt es keinen besseren Duft auf Erden.

Ich habe das bohrende Gefühl, dass jemand neben mir steht und mich beobachtet. Und das ist langsam echt ein alter Hut. »Willst du eine?«, frage ich die unsichtbare Luft zu meiner Rechten. Ich strecke das Päckchen Zigaretten aus und frage mich, ob der Sammler sich endlich zeigen wird. Ich zähle drei Herzschläge, dann lasse ich den Arm sinken und trete meine Zigarette aus. »Feige Sau.«

Nachdem ich mich zum Gehen gewandt habe, trifft mich etwas hart im Rücken. Ich stolpere einige Schritte nach vorn und fahre herum. Hat mich da jemand gerade geschubst?

Mein Blick jagt umher, und ich suche die nähere Umgebung ab. Ich entdecke niemanden, doch es spielt keine Rolle. Ich weiß, wer es war. Der Sammler ist entweder versehentlich mit mir zusammengestoßen oder er hat einfach einen billigen Triumph genossen. Blut pocht in meinen Schläfen, und ich stelle mir vor, wie ich ihm den Kiefer breche, aber ich kann nichts tun, wenn er sich nicht zeigt. Heute ist Montag. Binnen sechs Tagen werde ich diesen Auftrag beenden.

Und dann werden der große Boss und ich gründlich ausmisten.

Als ich in die Schule zurückkomme, muss ich mich beeilen, um rechtzeitig im Unterricht zu sein. Mir ist nicht danach zumute, mich heute Nachmittag mit zornigen, verschwitzten Lehrern herumzuschlagen, also strenge ich mich an. Sobald ich im Klassenzimmer bin, sehe ich, dass Charlie nicht da ist. Hier stimmt etwas nicht. Sie würde keine Stunde versäumen, selbst wenn jemand ihr ein Messer an die Kehle hielte.

Ich stehe in der Tür des Klassenzimmers, ohne mich zu bewegen, und merke, dass die ganze Klasse mich dabei beobachtet, wie ich nichts tue. Irgendjemand räuspert sich, und ich schnalle den Wink mit dem Zaunpfahl, dass ich bitte aufhören soll, mich so seltsam zu benehmen. Wenigstens kann ich mich jetzt nach hinten setzen wie ein Mensch mit gesundem Sozialverhalten. Charlie ist ein Erste-Reihe-Typ.

Meine Mathelehrerin ist ein appetitlicher Anblick, also schau ich mir eine Weile ihren Vorbau an, dann lege ich mich zu einem Nickerchen auf mein Pult. Vielleicht ist der Unterricht vorbei, wenn ich aufwache, und ich kann endlich meinen Auftrag erledigen. Aber gerade als ich eindöse, während die Lehrerin über irgendein algorithmisches Sonstwas redet, höre ich Charlies Stimme.

Ich fahre hoch und sehe, dass sie aus einem Fernseher kommt. Wie bitte? Warum ist Charlie in diesem vorsintflutlichen Fernseher? Mir steht der Mund offen, als die Frau Lehrerin das Licht ausschaltet, und ich begreife, dass Charlie im Journalistik-Fachraum und auf Sendung ist.

Nein. Nein. Das ist nicht gut. Taylor würde ihren Platz im Rampenlicht niemals hergeben, es sei denn …

Oh, Scheiße.

17
Angepisster Dämon

Jeder Muskel in meinem Körper spannt sich an, und ich fahre von meinem Pult hoch.

»Mr Walker?«, fragt die Lehrerin.

Ich schaue sie an, dann sehe ich wieder zum Fernseher hinüber. Mein Bauchgefühl sagt mir, dass ich zum Journalistikraum gehen muss. Sofort.

»Mr Walker«, wiederholt die Lehrerin nachdrücklicher. »Stimmt irgendetwas nicht?«

Ich beobachte, wie Charlie einige Papiere vor sich ordnet. Sie lächelt, aber ihre Mundwinkel zucken wild.

»Alter, du versperrst mir die Aussicht.«

Ich drehe mich um und sehe einen Typ mit fettigem Haar Tortilla-Chips mampfen. Seine Augen sind glasig, er hat es sich offensichtlich mit Marihuana als Medikament gut gehen lassen. Er lacht, und seine blutunterlaufenen Augen werden klein. »Alter, was stimmt nicht mit dir?« Er lacht wieder.

Ich schnappe mir das offene Buch auf meinem Pult und mache Anstalten zu gehen. Aber Charlies Stimme hält mich zurück.

»Hallo, und guten Tag. Ich berichte live aus dem renommierten Journalistikzentrum der Centennial.« Sie betont das Wort renommiert, und einige Leute in der Klasse lachen. Ich habe den Raum, in dem sie sich befindet, mit eigenen Augen gesehen. Er hat vier Wände und es steht ein zerbeulter Tisch drin.

Sie hat einen Witz gemacht. Charlie Cooper hat tatsächlich einen Witz gemacht.

»Alter!«, sagt der Kiffer hinter mir.

Ich werfe ihm einen bösen Blick zu, dann lasse ich mich auf meinen Sitz sinken.

Charlie grinst in die Kamera, und ihre Stimme wird höher. »Diese Woche ist eine Menge los, also schnappt euch eure Notizbücher, zückt eure Stifte und macht euch bereit, satte zehn Minuten Unterrichtszeit zu verplempern.«

Jemand johlt neben mir, und ich muss eine Faust an den Mund heben, um das breite Grinsen in meinem Gesicht zu verbergen. *Gib's ihnen, Mädchen!*

Während der nächsten paar Minuten listet Charlie bevorstehende Footballspiele auf, Schülerratstreffen und etwas über Busfahrpläne – alles mit Witz und Charme.

Ich schaue mich immer wieder um, um zu prüfen, ob alle sehen, was ich sehe. Dies ist nicht dasselbe Mädchen, das ich seit vier Tagen kenne. Sie ist selbstbewusst. Sie ist beredt. Sie ist … nicht Charlie. Ich kneife die Augen zusammen und beuge mich vor. Ich bemerke, dass sie leicht nach links blickt.

Ah, Textkarten. Das erklärt es.

Charlie legt den letzten Bogen Papier nach rechts und

signalisiert, dass die Sendung zum Ende kommt. »Ich schließe mit dem aufregendsten Teil der heutigen Sendung, dem Halloweenball!«

Mehr Gejohle im Klassenzimmer.

»Wie ihr wisst, wird er in der Turnhalle stattfinden. Wir verkaufen die ganze Woche lang während der Mittagspausen Eintrittskarten. Also vergesst nicht, euch welche zu kaufen, sonst steht ihr ohne ein Date da, wie ich.«

Charlie hält inne. Ihr Lächeln stockt, aber sie erholt sich schnell. »Ich muss es ja wissen ... nur hässliche Loser ...« Sie hört auf, von der Karte abzulesen. Dann schaut sie direkt in die Kamera und erstarrt.

Einige Leute im Klassenzimmer lachen nervös.

Taylor. Sie hat die Textkarten geändert. Ich hätte es wissen sollen. Ich hätte es wissen sollen!

Ich springe auf und renne zur Tür.

Hinter mir höre ich die Lehrerin meinen Namen brüllen, aber diesmal hält mich das ganz bestimmt nicht auf. Meine Chucks trommeln über den Boden, als ich den Flur hinunterrenne, in die Cafeteria und dann einen anderen, längeren Korridor entlang. Ich bin auf dem Weg zum Journalistikraum, aber ich bleibe plötzlich stehen, als ich aus den nächstgelegenen Toiletten schnelle Schritte höre. Irgendwie weiß ich, dass sie das ist.

Das Mädchenklo hat keine Tür, nur einen Eingang, der eine scharfe Biegung macht, sodass man nicht hineinschauen kann. Ich checke nicht einmal aus, ob irgendjemand mich beobachtet. Ich gehe einfach halb hinein, klopfe an die Wand und sage: »Charlie? Bist du hier drin?«

Die Schritte halten kurz inne.

Ja. Das muss Charlie sein.

Ich gehe ganz hinein und sehe sie, wie sie vor den Toilettenkabinen auf und ab geht. Sie dreht mir den Rücken zu, als sie sagt: »Du kannst gehen, Dante. Mir geht es gut.« Aber als sie sich umdreht, um in die andere Richtung zu gehen, sehe ich die Wahrheit. Ihr Gesicht ist rosa und fleckig, und in ihren Augen liegt so viel Schmerz, dass es etwas in meiner Brust in Stücke reißt.

Ich balle die Fäuste und öffne sie wieder, balle sie erneut, und meine Atmung wird heftiger und schneller. Was glauben diese Leute, mit wem sie sich hier anlegen? Dieses Mädchen ist mir zugeteilt worden. Der große Boss will ihre Seele, was bedeutet, dass jeder, der sich mit ihr anlegt, sich mit mir anlegt. Und sie werden jetzt herausfinden, wie das ist.

Ich wende mich abrupt von Charlie ab und stürme in den Flur.

»Dante!«, sagt sie. Ihre Stimme wird drängend. »Dante, tu das nicht.«

Ich eile den Flur hinunter, werde schneller, bin unaufhaltsam.

Als ich um die Ecke komme, sehe ich Taylor und ihren Harem lachen. Sie amüsieren sich köstlich darüber, dass sie mein Mädchen lächerlich gemacht haben. Ein Junge sieht mich und zieht einen Mundwinkel nach oben. »Oh, hier kommt ihr Schatzi. Hast du unsere Show gesehen, Schatzi?«

Ich bleibe nicht stehen. Ich bewege mich auf ihn zu. Gerade steht er noch aufrecht, schon kracht meine Faust gegen sein Kinn. Er prallt mit einem harten Knall auf den Boden. Ich lande auf seiner Brust und schlage ihm meine Faust wieder und wieder ins Gesicht. Ich bin groß, keine Frage, aber ich bin vor allem ein verdammter Dämon. Und jetzt weiß der Junge unter mir, was es bedeutet, wenn er einem ans Bein pinkelt. Als ich das Weiße in seinen Augen sehe, stehe ich auf und wische mir Blut von den Knöcheln.

Dann sehe ich Taylor an.

Sie hat Angst. Ich gehe langsam auf sie zu. Sie weicht zurück, bis ihre Schulterblätter an die Schließfächer hinter ihr stoßen. »Dante, ich …«

Ich halte ihr den Mund zu. »Maul halten.«

Ich trete so nah an sie heran, dass ich fast spüren kann, wie ihr Herz schlägt. Die Hand, die ihren Mund nicht bedeckt, zuckt, und ihr Seelenlicht springt an. Genau wie ich erwartet habe, ist sie bedeckt mit Sündensiegeln. Was ich nicht erwartet habe, sind die beiden funkelnden rosa Siegel. Was zum Teufel? War das Charlie?

In diesem Moment ist es mir egal. Mich interessiert nur, das abzuliefern, was dieses Mädchen verdient. Normalerweise basiert die Größe des Siegels, das ich aufdrücke, auf der Schwere der Sünde. Aber dieses Mal – nur dieses eine Mal – werde ich mir eine kleine Freiheit erlauben.

Ich schließe die Augen und ziehe, so viel ich kann, aus

meinem Inneren, dann lasse ich los. Ein riesiges Siegel heftet sich an ihr Seelenlicht. Und, gnade mir Gott, ich kann erkennen, dass Taylor es spürt. Dass sie tatsächlich spürt, dass ich ihr gerade etwas Heiliges genommen habe.

Ich verziehe den Mund zu einem Lächeln.

»Peng, Schlampe.«

18
Ruhe nach dem Sturm

Als ich mich umdrehe, ist Charlie da. Sie steht mitten im Flur, die Arme starr an ihren Seiten.

Ich gehe zu ihr und umarme sie. Ich habe keine Ahnung, warum ich das tue, aber es kommt mir richtig vor. Sie bettet den Kopf für einen Moment an meine Brust, und dann nehme ich ihre Hand.

»Komm«, sage ich. »Ich bring dich nach Hause.«

Ich drücke ihr Kinn hoch, und als sie entschieden nickt, lege ich eine Hand um sie und führe sie zum Parkplatz. Sie schiebt sich auf den Beifahrersitz, und ich starte den Motor. Ich kann nicht aufhören, an die rosa Siegel auf Taylors Seele zu denken. Wie sie dort hingelangt sind und warum Charlie sie ihr gegeben hat. Es ergibt keinen Sinn. Ich weiß, dass sie nichts von ihrer Fähigkeit ahnt, aber vielleicht wäre es besser, wenn sie es wüsste. Das ist etwas, worüber ich nachdenken muss.

Ich sehe zu Charlie hinüber. Ihr Gesicht ist leer, ausdruckslos. »Willst du darüber reden?«

Sie schüttelt den Kopf und starrt zum Fenster hinaus. Aber nach einigen Sekunden dreht sie sich um und sieht mich an. »Ich bin okay, weißt du. Ich war okay.«

Mein Blick sagt ihr deutlich: »Das glaubst du doch selber nicht«. Dann wende ich mich wieder der Straße zu.

»Es war nicht so schlimm, wie es hätte sein können«, fährt sie fort.

»Haben sie die Karten ausgetauscht?« Ich bin mir sicher, dass ich recht habe, aber ich will, dass sie bestätigt, was ich bereits weiß.

Charlie seufzt. »Ja. Sie waren ziemlich schlimm. Ich habe Glück, dass mein Gehirn runtergefahren ist.« Sie lacht vor sich hin, obwohl ich weiß, dass sie es nicht komisch findet. »Es war eine kreative Art, mich zum Affen zu machen. Das muss ich ihr lassen.«

»Taylor bekommt, was sie verdient.«

Charlie rutscht auf ihrem Sitz hin und her. Sie schlingt die Arme um sich, dann schaut sie mich an. »Was hast du mit ihr gemacht?«

Ich weiß genau, wovon sie redet, aber ich entscheide mich dafür, mich dumm zu stellen. »Wovon redest du?«

»Ich meine, ich habe gesehen, wie sie aussah, als du ihr nahe gekommen bist. Hast du … etwas getan?«

Ich nehme die Schultern zurück. Dies ist gefährliches Fahrwasser. Je weniger Charlie weiß, desto besser. Lügen sind schlüpfrige kleine Biester. »Ich habe nur dafür gesorgt, dass sie dich nicht mehr schikaniert.«

»Wie?«, drängt sie weiter.

»Warum wolltest du diese Sendung überhaupt machen?«, weiche ich ihrer Frage aus. »Was ist das für eine fixe Idee, vor der Kamera zu stehen?«

Charlie kaut an den Fingerspitzen, und ich ziehe ihr die

Hand aus dem Mund. Es beginnt zu einem Spiel zu werden, das wir spielen.

»Ich mag Reporter«, sagt sie bloß.

»Wirklich? Warum?«

Sie macht Anstalten, die Finger wieder in den Mund zu nehmen, dann bremst sie sich. »Ich weiß es nicht.«

»Sicher weißt du es. Also, was ist es? Stehst du auf Anderson Cooper? Oder überhaupt auf Moderatoren?«

Sie lächelt. »Nein. Es ist einfach … ich weiß es nicht. In der Nacht des Brandes war alles so chaotisch. Meine Nachbarn weinten, und die Feuerwehrmänner baten mich, den Grundriss des Hauses zu beschreiben, und alles war so laut. Und in alledem erinnere ich mich an diese eine Frau. Sie hatte sich das Haar zu einem Knoten gebunden.« Charlie deutet auf ihr Haar. »Sie hat einfach … da gesessen und mich gehalten, so lange, dass es mir wie eine Ewigkeit vorkam. Schließlich kam dieser Typ mit einer Kamera zu ihr und fragte, ob sie bereit sei. Sie hat gefragt, ob es für mich in Ordnung sei, dann hat sie dem Kameramann zugenickt. Aber bevor sie aufgestanden ist, hat sie ein gelbes Jackett ausgezogen und mir angezogen. Sie hat meine Arme durch die Ärmel geschoben und alles. Dann hat der Mann herunter gezählt, und diese Frau ist einfach … lebendig geworden. Während ich zusah, stand sie da, ganz gelassen, und erzählte der Welt, was geschehen war. Und ich erinnere mich daran, wie ich gedacht habe: Ja, die Menschen sollten es wissen. Sie sollten von meinen Eltern wissen. Es ist wichtig.« Charlie sieht mich an. »Verstehst du? Es war wichtig, stimmt's?«

Ich nicke, und ausnahmsweise einmal drücke ich ihre Hand ohne einen Hintergedanken. »Ja, das war es.«

»Also, wie dem auch sei.« Sie schüttelt den Kopf hin und her, als wolle sie die Tragödie auslöschen. »Ich habe beschlossen, dass ich, wenn ich älter würde, so sein wollte wie diese Frau. Es allen erzählen, wenn wichtige Dinge geschehen. Jemand muss das tun. Andernfalls geraten Menschen einfach in Vergessenheit.«

Als wir vor Charlies Haus vorfahren, will ich den Motor abschalten, aber sie bremst mich. »Dante, ich will ein Weilchen allein sein. Okay?«

Mir bleiben noch sechs Tage, um den Deal abzuschließen, und ich kann es mir nicht leisten, Charlie Zeit für sich allein zu geben. Aber ich kann mich auch nicht dazu überwinden, sie zu bedrängen. Also frage ich einfach: »Willst du, dass ich heute Abend vorbeischaue? Abendessen oder so was?«

»Ich bin heute Abend mit Annabelle verabredet«, antwortet sie.

Sie ist lieber mit Annabelle zusammen als mit mir? Friert die Hölle zu?

»Schon in Ordnung«, sage ich. »Vielleicht können wir morgen vor der Schule frühstücken?«

»Wie wäre es, wenn ich dich anrufe?«, schlägt sie vor.

»Für den Fall, dass du es nicht bemerkt hast, ich bin unbewaffnet.«

Sie zieht die Nase kraus. »Du hast kein Handy?«

»Du hast auch keins.«

»Ja, aber du hast, na ja, massenhaft Knete oder so was.«

»Ich hasse Handys«, erwidere ich. »Ich hab das Gefühl ... wenn ich mit dir reden will, werde ich dich finden.«

»Nun, wenn ich morgen mit dir frühstücken will, dann werde ich hier sein. Wenn nicht ...« Sie zuckt mit den Schultern, dann lacht sie, und ich bin glücklich zu hören, dass ihr Lachen echt ist.

»Ich bin morgen um halb acht hier«, sage ich. »Vielleicht kommen wir ja zusammen.« In meinem Kopf hat sich das besser angehört. Aber keine Sorge. Es geht völlig an ihr vorbei.

Ich denke, wir sind an einem guten Punkt angelangt. Dass Charlie ihre gute, unbekümmerte Laune wieder hat. Aber während ich beobachte, wie sie den Gehweg entlanggeht, sehe ich, wie ihre Schultern heruntersacken. Annabelle kommt heute Abend nicht vorbei. Was bedeutet, dass Charlie allein in diesem verwünschten rosa Zimmer sitzen und grübeln wird.

Ich schaue auf mein Handschuhfach, wo der Seelenvertrag liegt, und weiß, dass es der perfekte Zeitpunkt ist, einen Volltreffer zu landen. Sie ist schwach und beeinflussbar. Ich sollte hineingehen und sie dazu bringen zu sehen, dass die Dinge für sie anders sein könnten. Stattdessen fahre ich zum Wink Hotel. Allein.

Als ich im Bett liege, wälze ich mich hin und her. Mir ist klar, dass ich das während der letzten drei Nächte oft getan habe. Vor allem, da ich mit diesem Auftrag nicht weiter bin als vor vier Tagen. Es sei denn, man zählt dieses eine magere Siegel mit, das Charlie für leichten Diebstahl empfangen hat.

Ich hoffe insgeheim, dass Max auftaucht und mir sagt, was ich tun soll. Obwohl ich ihn ausgebildet habe, brauche ich jetzt eine zweite Meinung. Wie bringt man ein Mädchen dazu, einen Seelenvertrag zu unterschreiben, wenn sie vollkommen zufrieden mit ihrem Leben ist?

Der stumm geschaltete Fernseher, der in der Ecke hängt, wirft ein blaugrünes Leuchten in den Raum. Ich schaue auf die Uhr – ein Uhr dreiundzwanzig. Irgendwie gefällt mir das, die Tatsache, dass die Zahlen aufeinander folgen – 1, 2, 3. Ich döse weg und denke an die anderen Zeiten, die ich mag – drei Uhr dreiunddreißig, weil da drei Dreien drin sind, und elf Uhr elf, weil da viermal dieselbe Zahl steht – und sogar die Eins. Während Miniaturuhren hinter meinen geschlossenen Augen herumschwirren, fährt die neben mir fort zu ticken, und schließlich übermannt mich der Schlaf.

»Dante«, höre ich jemanden sagen. »Dante, wach auf. Meine Güte, du schläfst ja wie ein Faultier.«

Hände schütteln mich, und ich fahre hoch. Charlie steht neben meinem Bett, in das Fernsehlicht getaucht. Sie bearbeitet ihre Unterlippe mit den Zähnen, und ihre Wangen sind knallrot.

»Charlie Cooper«, murmele ich und reibe mir das Gesicht, »was machst du hier? Du hast mir einen Mordsschrecken eingejagt.«

»Dante, der Sammler, erschrocken? Meinetwegen?« Sie neckt mich, aber ihr Gesicht ist voller Sorge.

»Wie bist du hier hereingekommen?« Ich werfe die Decken zurück, gehe durchs Zimmer und wühle in meiner Reisetasche nach Jeans und einem T-Shirt. Obwohl ich im Halbschlaf bin, frage ich mich, ob sie meinen Anblick in Boxershorts genießt. Andererseits, wer würde das nicht tun?

Ich sorge dafür, dass sie einen guten Blick auf meine Tätowierungen bekommt, während ich in meine Jeans steige: den Drachen, der meinen Rücken bedeckt, und den Baum, der aus meinem Ellbogen sprießt, über meinen Bizeps wächst und sich über meiner Schulter verzweigt. Der Baum ist kahl und total finster. Ich weiß das, weil ich dem Tätowierer ausdrücklich gesagt habe, dass er finster aussehen soll.

»Mr Stanley von der Rezeption hat mir einen Schlüssel gegeben«, antwortet Charlie. »Er ist mit meiner Oma befreundet.«

»Und deshalb hat er dir einfach meinen Schlüssel gegeben?« Ich ziehe mir ein Armani-T-Shirt über den Kopf. »Ich glaube nicht, dass sie dir auch nur sagen dürfen, in welchem Zimmer ich untergebracht bin.«

Sie verdreht die Augen. »Wir sind hier in Peachville, Dante. Nicht in Phoenix. Oder wo immer du herkommst.« Charlie setzt sich auf mein Bett und sinkt in einen Haufen zerwühlter Laken ein. Es ist seltsam, sie dort zu sehen. In meinem Bett. Wo ich gerade noch war.

Ich setze mich auf das Bett gegenüber, und mein Knie hibbelt auf und ab. »Also, was gibt es?«

Sie streicht sich über die Oberschenkel und starrt mich an. Ihre Augen sind groß und lebendig, und mir wird plötzlich klar, weshalb sie hier ist.

»Ich bin bereit«, sagt sie. »Ich will, dass du mich schön machst.«

VERÄNDERUNGEN

Die Schwester der Schönheit ist Eitelkeit
und ihre Tochter die Lust.
Unbekannt

19

Die gepunktete Linie

Einen Moment lang starre ich sie einfach nur an. Ich bin sprachlos. Nie hätte ich gedacht, diese Worte zu hören: Ich bin bereit. Aber Charlie hat während der letzten zwei Tage tüchtig eingesteckt, und was hat Max gestern Nacht noch gesagt?

Menschen verändern sich, wenn Scheiße passiert.

»Dante?«, fragt sie. »Hast du immer noch dieses Vertragsdings?«

Ich nicke.

»Kannst du mir noch einmal erklären, wie es funktioniert? Diesmal höre ich auch zu.«

Ich ziehe die Augenbrauen hoch und nicke abermals.

»Ist es hier irgendwo?« Jetzt ist sie diejenige, die mich anstarrt. Ich merke, dass ich ihr Angst mache, weil ich nicht antworte. Ich muss mich zusammenreißen, bevor sie zurückrudert.

»Ja«, antworte ich schließlich. »Ja, es ist im Wagen. Ich hole es.«

Sie legt sich aufs Bett, während ich in meine roten Chucks schlüpfe. Ich versuche, nicht zu bemerken, wie ihre Oberschenkel sich in die Matratze drücken.

»Bin gleich wieder da«, sage ich, aber sie erwidert nichts.

Ich jogge zum Wagen hinüber. In meinem Bauch habe ich dieses seltsame Gefühl. Als hätte mir ein sturzbesoffenes Mädchen gerade gesagt, ich solle Kondome holen. Und ich hätte zugestimmt.

Ich ziehe den Vertrag aus Elizabeth Taylors Handschuhfach und gehe wieder hinein. Weil ich den Schlüssel vergessen habe, muss ich anklopfen und draußen vor meinem Zimmer warten, bis Charlie die Tür öffnet. Ihr Blick fällt auf den Vertrag, als ich eintrete und mich aufs Bett setze.

»Also, wie läuft das?«, fragt sie. »Ich unterschreibe einfach ... und du machst mich hübsch?«

Ich rolle den Vertrag auseinander und versuche, nicht ahnungslos zu erscheinen – obwohl ich genau das bin. Ich habe in so etwas ebenso wenig Erfahrung wie sie.

In dem Vertrag sind Felder für unsere beiden Namen frei, und er macht ziemlich deutlich, dass sie für jede Bitte, die sie stellt, ein Stück ihrer Seele aufgibt. Okay, scheint einfach genug zu sein.

»Es sieht so aus, als würdest du einfach unterschreiben, und dann bittest du um was immer du haben willst.« Ich zucke mit den Schultern. »Und wir geben es dir dann wohl.«

»Das heißt, du bist dir nicht sicher?«, fragt sie.

Ich hebe die Stimme, straffe mich und hoffe, dass sie mir mein vorgetäuschtes Selbstbewusstsein abkauft. »Ich bin mir sicher. Es ist ganz einfach. Wir machen das ständig.«

»Wirklich?«

»Absolut.«

Sie streckt die Hand nach dem Vertrag aus, und ich gebe ihn ihr. Ihr Blick wandert über die Worte. »Da steht aber nicht besonders viel drin, wie? Man sollte meinen, dass bei etwas Derartigem jede Menge juristische Sachen drin sind.«

»Wir halten die Dinge gern unkompliziert.« Ich hoffe, dass das »wir« es irgendwie klingen lässt, als wüsste ich, was ich tue.

»Ich unterschreibe also nur und sage dann meine Wünsche? Und wenn ich all meine Wünsche oder was auch immer aufgebraucht habe, nimmst du meine Seele?«

»Genau.« Ich schmecke Säure in der Kehle.

Sie legt den Vertrag auf den Nachttisch zwischen uns und holt tief Luft. In diesem Moment schaue ich sie an: ihr krauses, blondes Haar, den mageren, kurvenlosen Körper und die schlechte Haut. Diese Dinge lassen sie bestenfalls durchschnittlich erscheinen. Aber es gibt andere Dinge, die mir zuvor nicht aufgefallen sind. Dinge, die ich einfach betrachten muss, jetzt, wo sie über das hier nachdenkt. Dinge wie ihre umwerfenden Wangenknochen, für die Models morden würden. Und ihr Hals, lang und anmutig, als wäre es ihr bestimmt, Ballettschuhe zu tragen. Und natürlich ihr Mund. Den fand ich immer schön.

Ich meine, passabel.

Das war unheimlich.

Ich verspanne mich bei dem Gedanken an diese ganze

Vertragsgeschichte. Charlie ist das einzige Mädchen, das mir je begegnet ist, das sein Leben liebt. Sie liebt es wirklich. Und jetzt wird sie es verändern. Und das alles, weil der große Boss ihre Seele will.

Und weil ich eine Beförderung will.

Ich will sie fragen, warum sie ihre Meinung geändert hat. Ich bin mir sicher, dass sie ihr Leben lang gehänselt wurde, also was ist jetzt anders? Aber ich habe Angst, in sie zu dringen. Angst, dass sie, wenn wir darüber reden, ihre Meinung ändert. Angst, dass sie sagen könnte, dass ich es bin.

Sie öffnet die Nachttischschublade und zieht einen Stift heraus. Ich will ihr sagen, wo sie unterschreiben muss, aber sie findet die Linie und setzt den Stift dort an. Sie zögert und schaut zu mir auf. Da ist etwas Seltsames an der Art, wie sie meinen Blick festhält, als hätte sie sich gerade daran erinnert, warum sie dies tut. Ich frage mich, ob sie erkennen kann, dass ich den Atem anhalte.

»Ich danke dir dafür, Dante«, sagt sie. »Es tut mir leid, dass ich vorhin wütend geworden bin.«

Ihre Freundlichkeit ist plötzlich zu viel. Ich mache Anstalten, ihr den Stift aus der Hand zu reißen, aber bevor ich das tun kann, unterschreibt sie auf der gepunkteten Linie mit ihrem Namen: Charlie Cooper.

Sie gibt mir den Vertrag und den Stift zurück, und ein Grinsen breitet sich von einem Ohr zum anderen auf ihrem Gesicht aus. »Du bist dran.«

Ich nehme ihr Vertrag und Stift ab, gehe durchs Zimmer und lege beides auf die Kommode. Sie kann den Ausdruck auf meinem Gesicht nicht sehen, den, den ich mir mit den Fingernägeln herunterreißen will. Es gibt keinen Grund für diese … Schuldgefühle. Ich bin ein Sammler. Das ist mein Job. Ich kenne nichts anderes.

Für eine Sekunde frage ich mich, ob ich es verhindern kann. Vielleicht würde es diese ganze Qual beenden, wenn ich nicht mit meinem eigenen Namen unterschreibe.

»Dante?«, fragt Charlie vom Bett aus. Ihre Stimme ist vor Sorge ganz belegt.

Ich drehe mich zu ihr um, und sie muss den Kampf auf meinem Gesicht bemerken, denn sie öffnet den Mund, und ihre Augen weiten sich.

»Was ist los?«, fragt sie. »Habe ich irgendetwas falsch gemacht?«

Ich kann den Klang ihrer Stimme nicht ertragen. Ich kann die Art nicht ertragen, wie sie mich anschaut. Und ich kann diesen Mist nicht ertragen, den ich ihretwegen fühle.

Ich lasse den Stift hinuntersausen und schreibe meinen Namen, bevor ich nachdenken kann.

Es ist vorbei.

Es ist geschehen.

Ich verziehe die Lippen zu einem halbherzigen Lächeln und sehe zu Charlie hinüber. Sie wartet darauf, dass ich ihr sage, dass alles in Ordnung ist. Also tue ich es.

»Du hast das Richtige getan.«

Sie nickt und lächelt, aber ihr Blick wandert zu Boden. Dann scheint ihr ein Gedanke zu kommen. Sie hüpft vom Bett und läuft ins Badezimmer, und weil sie humpelt, stößt sie auf dem Weg dorthin mit mir zusammen.

»Wohin gehst du?«, rufe ich ihr nach.

Ich suche den Raum ab und denke, mir wäre etwas entgangen, dann folge ich Charlie. Sie inspiziert sich im Spiegel, dreht das Gesicht von einer Seite zur anderen. Zuerst wirkt sie aufgeregt, aber dann ziehen sich ihre Mundwinkel nach unten.

Sie schaut mich im Spiegel an. »Es hat nicht funktioniert.«

Ich lecke mir die Lippen. »Ich denke, du musst tatsächlich darum bitten, dass es passiert.«

»Das habe ich doch getan.«

»Wann?«

»Als ich da drüben war«, antwortet sie. »Gleich nachdem du unterschrieben hast.«

Ich reibe mir den Hinterkopf. »Ich habe dich nichts sagen hören. Vielleicht musst du es lauter sagen.« Oder vielleicht musst du ein Fax schicken? Oder es per Meeresschildkröte versenden. Wer zum Kuckuck weiß das schon.

»Du meinst, ich muss laut sagen, was ich will?«, hakt sie nach. »Das ist irgendwie peinlich.«

»Du hast es nicht laut gesagt?«

»Nein, ich habe einfach ... darum gebetet. Zu Gott, du weißt schon.«

Oh nein.

»Ich denke«, beginne ich. Vorsicht, Dante. »Ich denke, du musst es laut sagen, damit es, na ja, einen Zeugen gibt. Deshalb mussten wir wahrscheinlich beide unterschreiben.«

Yo, das klang gut.

Sie stößt einen Hm-Laut aus, dann geht sie an mir vorbei ins Zimmer zurück. »Okay, also sage ich es einfach laut.«

»Gut.« Ich setze mich ihr gegenüber hin. Obwohl ich immer noch Gewissensbisse habe, bin ich aufgeregt, weil ich das hier miterlebe. Sie wird schön sein. Charlie Cooper wird schön sein.

Sie verschränkt die Hände auf dem Schoß, schließt die Augen und öffnet den Mund.

20

Ich will

»Ich will …«

Ich beuge mich vor und falle fast vom Bett. Ich kann es nicht erwarten, sie die Worte: »Ich will schön sein« sagen zu hören. »Ich will«, wiederholt sie.

Komm schon! Komm schon!

»Ich will schöne Haare.«

»Du willst was?«

»Schöne Haare«, wiederholt sie. »Ich will schöne Haare haben.« Sie hebt eine Locke krausen, blonden Haares hoch und schneidet eine Grimasse.

Ich gebe zu, bessere Haare könnten wahre Wunder für sie vollbringen, aber was ist mit dem Rest? Warum nicht die schlechte Haut oder die schiefen Zähne loswerden? Oder ihr Hinken, wenn wir schon dabei sind? »Willst du nicht einfach alles auf einmal abhaken?«, frage ich.

Sie schüttelt den Kopf. »Auf keinen Fall. Ich will nicht zu schnell vorgehen. Ich brauche Zeit, um darüber nachzudenken, was ich will.«

Na toll. Das Letzte, was ich brauchen kann, ist, dass sie im Schneckentempo vorgeht. »Vielleicht solltest du einfach darum bitten, schön zu sein, und die Dinge, die sich verändern müssen, werden sich verändern.«

Sie antwortet mir nicht. Stattdessen starrt sie auf ihre Haare. »Warum passiert nichts? Es sieht immer noch genauso aus wie vorher.«

Ich betrachte ihr Haar. Es sieht wirklich noch genauso aus wie vorher. »Vielleicht musst du es lauter sagen. Versuch es noch mal. Und wenn du schon dabei bist, tu dir keinen Zwang an und bitte noch um ein paar andere Sachen.«

Sie presst die Lippen aufeinander, dann holt sie Luft und schreit beinahe: »Ich will schöne Haare.«

Nichts passiert.

Ich seufze und lasse mich aufs Bett fallen. Warum kann bei diesem Auftrag nicht einfach mal etwas richtig laufen? »Warum willst du überhaupt schönere Haare?«, frage ich. »Warum nicht größere Möpse oder so was?«

»Dante!« Charlie wirft ein Kissen nach mir. Ich fange es mitten in der Luft auf und werfe es zurück. Sie lacht und lässt sich auf das andere Bett fallen. »Ich wollte wohl immer eins von diesen Mädchen sein, die das Haar zurückwerfen können.«

»Das Haar zurückwerfen?«

»Ja«, sagt sie. »Wenn ein Mädchen total kokett lächelt und sich dann das perfekte, glänzende Haar über die Schulter wirft. Das will ich.«

Ich schaue sie an. Mir stockt der Atem. Ihre Haare ... glühen. So gelassen ich kann, frage ich: »Warum willst du deine Haare noch verändern?«

»Ich weiß nicht«, sagt sie. »Ooh jaa, ich weiß es doch! Ich will all diese coolen Frisuren ausprobieren.«

Charlie richtet sich auf, und ihr Haar glüht heller. Sie bemerkt es nicht einmal. Sie ist jetzt in Fahrt gekommen, und ihre Wangen sind leuchtend rot.

»Ich will mir diese unordentlichen Hochsteckfrisuren machen und seitliche Pferdeschwänze und vielleicht süße, zur Seite gekämmte Ponyfransen haben.«

Heller und heller. Und jetzt … jetzt verändert sich ihr Haar. Wird länger und voller.

»Ich habe immer all diese Dinge tun wollen, aber mit Haaren wie meinen ist es sinnlos.« Sie nimmt eine Strähne ihres Haares in die Hand und betrachtet es. »Meine Haare sind immer einfach … einfach …«

Ich beginne zu lachen.

Ihre Augen werden groß, und dann rennt sie ins Badezimmer.

»Ahhhhhh!«, kreischt sie. »Meine Haare! Ach du meine Güte, meine Haare!«

Sie kommt ins Zimmer zurückgerast und wirbelt herum. Ihre Haare fächern sich um sie herum wie ein dicker, glänzender Vorhang aus. Die Farbe ist ein perfektes Blond, als wäre sie direkt zu Bergdorf Goodman marschiert und hätte um die beste Coloration gebeten, die sie haben.

Charlie streicht durch ihre Haare und lässt es sich in einer Welle über den Rücken fallen. »Es ist superschön«, haucht sie. »Findest du nicht auch?«

Für einen Moment vergesse ich den Vertrag vollkommen und genieße nur das Grinsen auf ihrem Gesicht. Obwohl ihr Lächeln nicht perfekt ist, macht es etwas mit mir, lässt meine Brust sich auf eine gute Weise zusammenschnüren. Es gibt mir das Gefühl, als hätte ich das Richtige getan. Dann springt ihr Seelenlicht an, und als hätte ich gar keine Wahl, schwebt ein Siegel von meiner Brust und auf ihr Licht. Es ist kleiner als das, das ich ihr in der Mall verpasst habe, und ich begreife in dem Moment, dass es eine Menge Schönheitswünsche bedürfen wird, um ihre Seele einzusammeln.

Aber nach der Freude zu urteilen, mit der sie durch das Zimmer tanzt, wird das kein Problem sein.

21
Glänzende, perfekte Haare

Am nächsten Morgen hole ich Charlie ab, und wir fahren zu unserem frühmorgendlichen Frühstück. Sie hat ihre Haare offen gelassen, und es ist einfach atemberaubend. Ich hätte nie gedacht, dass schöne Haare so viel für jemanden bewirken könnten. Ich schlage ihr vor, dass sie sich für Shampoo-Werbung bewirbt.

Sie lacht.

Ich lache nicht.

»Wohin fahren wir?«, frage ich.

»Du hast keine Reservierung für unser Date gemacht?«

Ich hätte meinen Kaffee ausgespuckt, wenn ich welchen im Mund gehabt hätte. Ein Date? Verdammt, Prinzessin Cooper ist über Nacht selbstbewusst geworden. Als ich sie anschaue, sehe ich, dass sie lächelt. Ich entspanne mich.

»Ich dachte, du wüsstest den besten Platz«, antworte ich. »Ich bin im Grunde ein Tourist.«

»Dann eben Metro Diner«, sagt sie.

»Metro wie U-Bahn? Eine sehr weit gefasste Verwendung dieses Wortes.«

Charlie kichert und wirft sich die Haarsträhnen über die Schulter.

Jesus, Maria und Josef. Sie hat gerade ausprobiert, wie es ist, das Haar zurückzuwerfen.

Im Metro Diner nehmen wir einen Tisch im hinteren Teil des Raums. Eine Kellnerin, die offensichtlich einen Wasserbüffel gefrühstückt hat, watschelt an unseren Tisch. »Bitte?«, sagt sie.

Ich öffne den Mund, um zu antworten, aber Charlie kommt mir zuvor. »Zwei griechische Omeletts mit extra Feta und Salsa. Und zwei große Orangensäfte.«

Die dicke Bertha kritzelt die Bestellung auf ihren Block und wendet sich zum Gehen.

Ich halte sie am Arm fest. »Einen Moment, Schätzchen. Ich bin mir sicher, dass die Omeletts und der Orangensaft der Hammer sind. Aber ich brauche außerdem schwarzen Kaffee und zwei Scheiben Speck.«

Sie starrt mich an, als wäre ich das Uninteressanteste, was sie je gesehen hat, abgesehen von sportlicher Betätigung.

»Sie haben doch Speck, oder?«, frage ich ihren leeren Blick.

Sie nickt und watschelt davon.

»Das Essen hier ist ziemlich gesund, was?«, frage ich Charlie.

»Als würde dich das interessieren.« Sie schnaubt. »Wie viel Speck isst du denn so?«

»Genug, dass deine Skittles-Sucht daneben kümmerlich wirkt.«

Der Speck kommt verbrannt aus der Küche, und der Kaffee schmeckt verboten, aber das griechische Omelett ist wirklich umwerfend. Wir essen unser Frühstück, und Charlie wirft am Ende jedes Satzes ihr Haar zurück. Und das heißt ziemlich oft.

Irgendwann hört sie auf zu essen und starrt mich an.

»Was?«, frage ich.

»Es ist nur … du kannst essen und so was?«

»Ja, und?«

Sie schaut sich um und beugt sich zu mir vor, wobei ihre Brüste sich gegen den Tisch drücken. »Aber du bist tot.«

»Verdammt richtig.«

»Wie kannst du dann essen?«

Ich wische mir mit der Papierserviette den Mund ab. »Mein Körper wurde gereinigt, bevor ich anfangen konnte zu … ähm …«

»Verwesen?«, ergänzt sie und rümpft die Nase.

»Ja, genau. Dann haben sie mir diese Fußfessel um den Knöchel gelegt, und ich war wieder im Geschäft.«

Sie schaut zum Fenster hinaus und denkt nach. »Also bist du wie ein lebender Mensch? Mit fließendem Blut? Pumpendem Herzen?«

Ich nicke. »Jepp. Ich war während der Trauerfeier und der Beerdigung für einige Tage aus dem Verkehr gezogen. Das Nächste, was ich mitgekriegt habe, war, dass ich plötzlich nach Luft geschnappt habe.«

»Du warst wieder lebendig«, fasst sie zusammen.

»Ich würde nicht gerade lebendig sagen.«

Sie fährt sich mit der Zunge über die Innenseite ihrer Wange. »Aber du bist lebendig.«

»Nein, Charlie. Bin ich nicht. Ich bin tot. All dies ...« Ich schlage mir auf die Brust. »... ist nicht echt.«

Sie nimmt einen kleinen Bissen von ihrem Omelett und versucht, das Thema zu wechseln. Ich bin froh, dass sie ihre Fragen gestellt hat und dass ich sie beantwortet habe, ohne es zu vermasseln – ohne preiszugeben, für wen ich wirklich arbeite. Ich beobachte, wie sie das Omelett mit radioaktivem Orangensaft herunterspült, und begreife, dass sie immer noch nichts von ihrer Fähigkeit weiß. Dass sie meine Siegel mit ihren verflixten rosafarbenen aufheben kann. Ich habe selbst Fragen. Fragen, auf die ich Antworten haben will. Aber die werden nicht von ihr kommen. Und dafür bin ich dankbar.

Nach dem Frühstück fahre ich Charlie zur Schule und durchleide drei Stunden todlangweiligen Unterricht vor dem Mittagessen. Als es läutet, folge ich ihr aus Wirtschaftskunde in die Cafeteria. Wir haben Annabelle und Blue nicht gesehen, als wir heute Morgen in die Schule gekommen sind, und selbst ich bin ein wenig gespannt, ihre Reaktion zu beobachten – zu gucken, ob sie es überhaupt mitkriegen.

Blues Gesicht verändert sich, kaum dass er sie sieht. Seine Augen werden schmal, dann weiten sie sich, und seine Lippen teilen sich.

Schätze, er hat es mitgekriegt.

Charlie wirft das Haar über die Schulter, und er verzieht den Mund zu einem Lächeln.

»Hey, Charlie«, murmelt er. »Hast du ... irgendetwas gemacht?«

Sie lässt sich langsam auf dem Stuhl ihm gegenüber nieder und zieht ein Bein unter sich. Es ist saukomisch, wie Charlie versucht, anmutig zu sein, aber ich klopfe ihr in Gedanken für das dazu nötige Selbstbewusstsein auf die Schulter. Wenn sie nur wüsste, wie sehr dasselbe Selbstbewusstsein ihr Aussehen verbessern könnte.

»Was meinst du?«, fragt Charlie und tut schüchtern. »Ich habe gar nichts gemacht.«

Annabelle schaut von einer Zeitschrift auf, und ihr klappt der Unterkiefer herunter. »Heilige Mutter Gottes, was hast du mit deinem Haar angestellt?«

Charlie lacht, aber es klingt nervös. Sie weiß offenbar nicht, wie sie reagieren soll.

»Eine Freundin von mir ist aus L. A. gekommen, um Verwandte zu besuchen«, springe ich ein. »Sie ist Stylistin.«

Charlie fällt mit ein. »Jepp, und sie hat mir die Haare gemacht.«

Annabelle steht vom Tisch auf und kommt auf unsere Seite. Sie fährt mit den Fingern durch Charlies Haar, und ihre Augen werden ganz irre, als würde sie gleich die Kettensäge rausholen. »Was hat sie da hineingetan? Nein. Nein. Es ist mir egal. Nur ... woher kriege ich das auch?« Annabelle fixiert mich. »Du wirst es mir sagen.«

»Keine Ahnung. Sie ist total komisch mit ihren Geschäftsgeheimnissen.«

»Das ist okay«, sagt sie. »Ich brauche es nicht zu wissen. Sag mir nur, dass ich als Nächste dran bin.«

»Sorry«, erwidere ich und hebe die Hände. »Sie fliegt heute Nachmittag zurück.«

Annabelle benimmt sich, als hätte ich gerade ihre Katze überfahren – was ich tun würde, wenn ich ihr begegnen würde. Sie hält sich Charlies Haare an die Nase und atmet ein.

»Okay, nun ist es genug.« Ich ziehe Charlies Haare aus Annabelles Hand und zeige auf ihren Stuhl.

Annabelle stampft zu ihrem Stuhl zurück, als zöge sie es ernsthaft in Erwägung, irgendjemandem einen Schlag in die Nieren zu verpassen oder die Schule niederzubrennen. Irgendetwas.

»Anna, deine Haare sind schön, so wie sie sind«, sagt Charlie.

Annabelle zeigt mit ihrer Plastikgabel auf Charlie. »Du wirst nicht mit mir sprechen.«

Charlie beugt sich vor, ganz Stirnrunzeln. »Ist das dein Ernst?«

Annabelle verdreht die Augen. »Nein. Aber du rufst mich das nächste Mal besser an, wenn Jesus nach Peachville kommt.«

Charlie lacht, doch gleichzeitig wirft sie mir aus dem Augenwinkel einen Blick zu – als teilten wir das Geheimnis, dass Jesus wirklich in dieses Kuhkaff gekommen ist.

»Was liest du da?«, frage ich, um das Thema zu wechseln.

Annabelle hält ein *First Shot Magazine* hoch. »Die haben eine ganze Ausgabe über Schwarz-Weiß-Filme gemacht. Ich wollte sehen, um welche es geht.«

»Du stehst auf diese alten Filme, hm?«

»Das ist mein Lieblingsding neben Basketball. Apropos, wir spielen heute nach der Schule. Bist du dabei?« Annabelle grinst, dann jault sie auf und funkelt Blue an. »Geht's noch? Das hat wehgetan.«

»Nee«, antworte ich. »Ich habe was zu erledigen.«

»Zu schade«, sagt Blue leise.

Ich lasse die Fingerknöchel knacken und schaue auf seinen murmelnden Mund. Ich hab diesen Scheiß so was von über. »Weißt du was, ich habe meine Meinung geändert. Ich hätte nichts dagegen, heute jemanden fertigzumachen.«

»Ja.« Annabelle nickt. »So gefällst du mir. Charlie, willst du mitkommen? Er braucht eine Wegbeschreibung zu seiner letzten Ruhestätte.«

Charlie wirft mir einen Blick zu, zweifellos erschrocken über die letzte Ruhestätte. »Klingt gut«, sagt sie. »Wie viel Uhr?«

»Sieben.«

Blue starrt Charlie an. »Du kommst mit?«

Sie zuckt mit den Schultern. »Sicher, wird auch Zeit, dass ich euch beide mal gründlich unter die Lupe nehme.«

Es überrascht mich, dass Charlie nicht schon früher mitgegangen ist. Andererseits macht es wohl nicht viel Spaß, wenn man keine Chance hat zu spielen. Mit ihrem Hinken bezweifle ich, dass irgendjemand sie auch nur in die Nähe eines Spielfelds lassen würde.

Als die Mittagspause sich ihrem Ende nähert, entdecke ich eine Schönheitskönigin, die auf unseren Tisch zustolziert kommt. Sie wirft ihr Haar über die Schulter, und mir wird klar, dass Charlie noch ein Anfänger ist.

»Hey«, sagt Hottie zu Charlie.

Charlie schaut zu ihr auf. »Hi.«

Hottie tritt für eine Sekunde von einem Fuß auf den anderen, als täte es ihr weh, dort zu stehen. »Meine Freundinnen und ich haben uns gerade gefragt, ob du dir die Haare hast machen lassen oder so was.«

Charlies Augen leuchten. »Ja, habe ich. Schön, dass es dir aufgefallen ist.«

»Mhm«, sagt Hottie. »Bei wem warst du?«

Charlie deutet auf mich. »Eine Freundin von ihm war auf der Durchreise und hat sie gemacht.«

Das Mädchen schüttelt den Kopf. »Tragisch. Ich kann in diesem Drecksloch ums Verrecken keinen anständigen Haarstylisten finden.« Sie seufzt. »Trotzdem danke.«

Als das Mädchen zu ihrem Tisch zurückgeht, dreht Charlie sich zu uns um. Ihre Augen haben die Größe von Wassermelonen.

Teufel noch eins, denke ich. Das war perfekt.

22
Basketball oder Blamage

Als Charlie und ich auf dem Sportplatz des Freizeitcenters ankommen, sind Blue und Annabelle bereits auf dem Feld. Es überrascht mich zu sehen, dass niemand sonst darauf wartet zu spielen. Die Bürger von Peachville stehen wohl nicht allzu sehr auf Fitness. Was die Frage aufwirft, worauf sie überhaupt stehen – vielleicht Vieh hüten. Oder Schweine züchten. Irgendetwas tiefschürfend Intellektuelles.

Annabelle versucht, den Basketball auf der Fingerspitze kreisen zu lassen, und macht das ziemlich gut. Er dreht sich mehrmals um die eigene Achse, bevor er kippt und auf den Boden plumpst. Sie jagt hinterher und bemerkt uns erst, als wir auf sie zukommen.

»Hallo!«, ruft sie. »Sieh mal an, wer sich hergetraut hat. Bist du bereit, dich in Grund und Boden stampfen zu lassen?«

Sie redet Müll, und ich liebe es. Meiner Meinung nach gehört das alles mit dazu. Ich spiele nicht nett.

Sie wirft mir den Ball zu, und ich fange ihn mit einer Hand. Basketball ist eine der vielen Sportarten, bei denen es hilft, Pfoten wie Bratpfannen zu haben. Ich nehme den

Ball, dribbele ihn hinter dem Rücken und versenke ihn dann mit einem umgekehrten Korbleger.

Annabelle lacht. »Oh, du hältst dich für total heiß, was?«

»Mädchen, mein Swag reicht für ein paar Jahre.«

Charlie klatscht, als amüsiere sie sich köstlich, und setzt sich auf den Boden an der Wand. Dann macht sie sich daran, ihre glänzenden, neuen Haarsträhnen zu zwirbeln und wieder zu entzwirbeln, als könnte sie gar nicht glücklicher sein.

»Wie spielt ihr?«, frage ich. »Einer gegen einen?«

»Ja«, bestätigt Annabelle. »Blue und ich spielen zuerst, dann du gegen den Gewinner. Wir spielen bis fünfzehn. Cool?«

»Geht klar.« Ich begebe mich zu Charlie und lehne mich an die Wand.

Annabelle nimmt den Ball zur Dreipunktelinie mit. Blue steht einige Schritte entfernt, bereit, sie zu blocken. Sie lächelt ihren Gegner an, macht eine Finte nach links und geht schnurstracks auf den Korb zu. Sie dribbelt den Ball über den Boden. Dann hebt sie ihn glatt in die Luft, und er rauscht durchs Netz. Sie wirft die Arme hoch und johlt. Dann hebt sie einen Finger und sagt zu Blue: »Einer für mich, Freundchen.«

Annabelle wirft Blue den Ball zu, und er geht damit ganz nach hinten in die Verteidigungszone. Ich denke schmerzerfüllt daran, wie brutal sie sein Spiel gleich beenden wird, aber bevor ich mir noch seine rudernden Grundgriffe vorstellen kann, zieht er den Ball über den Kopf und wirft ihn gelassen durch die Luft.

Und trifft das Netz.

Aus sieben Metern Entfernung.

Verdammt noch mal!

Annabelle höhnt: »Das hätte ich ja nie kommen sehen.«

Während der nächsten paar Minuten beobachte ich, wie sich das Spiel entfaltet. Ihre Stärken sind leicht zu erkennen. Annabelle ist eine Meisterin des Inside-Spiels, und Blue hat eine hohe Zielgenauigkeit von hinter der Dreipunktelinie. Es ist klar, dass Blue die Grundlagen besser beherrscht, aber er verliert an Boden, weil er nicht aggressiv genug ist.

Obwohl er Angst davor hat, sich aufzuspielen, schafft er es, das Spiel mit ein paar Punkten Vorsprung zu gewinnen. Annabelle schimpft, dass er gemogelt habe, und wirft sich neben Charlie auf den Boden.

Sie beäugt mich und winkt mit einer verschwitzten Hand in Richtung des Spielfelds. »Du bist dran, Großer. Tut mir leid, dass ich nicht diejenige bin, die dich plattmacht.«

Ich springe auf, scharf darauf zu zeigen, was ich drauf habe. Es ist zu lange her, seit ich meinen roten Chucks das letzte Mal Bewegung verschafft habe.

Blue weigert sich, mir in die Augen zu sehen. Er wirft mir den Ball zu, als wolle er sagen: Lass es an ihm aus.

Ich schnappe mir den Ball, wirbele Blue herum wie ein Drehkreuz und lege das Ding ohne Widerstand in den Korb. Blue versucht nicht einmal, mich aufzuhalten. Als er den Ball hat, wirft er sofort, und wieder versenkt er ihn.

Er kann was.

Déjà-vu – ich greife an, renne aufs Ziel zu und haue den Ball rein, als wäre das nichts. Blue nimmt den Ball, aber diesmal baue ich mich direkt vor ihm auf, eine Hand vor seinem Gesicht. Ich fordere ihn heraus, zum Korb zu spielen. Stattdessen versucht er es wieder mit einem Sprungwurf. Ich hechte direkt hoch und schlage den Ball weg.

»Kann mal jemand den Müll hier rausbringen?«, rufe ich, als ich mir den Ball zurückhole.

Mit einem Blick über meine Schulter sehe ich, dass Blue die Zähne zusammenbeißt. Gut, vielleicht hat mein Blocken ihm Feuer unter dem Hintern gemacht.

Ich bringe den Ball wieder zu einem unangefochtenen Korbleger nach vorn, dann drehe ich mich zu Blue um. »Was zum Teufel tust du? Warum spielst du nicht?«

»Ich spiele ja«, murmelt er.

»Nein. Nein, tust du nicht.« Ich trete auf ihn zu. »Warum machst du keine Abwehr? Wovor hast du Angst?«

Blue kaut auf seiner Lippe, und sein Gesicht wird rot. Er ist sauer.

»Du hast offensichtlich absurd gute Wurffähigkeiten, also, warum spielst du nicht ein wenig Abwehr?« Ich stoße ihm den Ball gegen die Brust. »Sei nicht so eine Pussy.«

Blue bereitet den nächsten Weitwurf vor, also hechte ich hoch und kann kaum glauben, wie berechenbar mein Gegner ist. Aber dann schwenkt er in letzter Sekunde nach links und befördert den Ball mitten hinein in den verdammten Korb.

»Verflucht, Junge«, sage ich.

Ich lache, und überraschenderweise lacht er auch. Blue

und ich haben eine seltsame Beziehung, wenn man es überhaupt so nennen kann. Zunächst mal hasse ich es, dass er meinem Auftrag in die Quere kommt. Und er kann es nicht ertragen, wie viel Zeit ich mit Charlie verbringe. Aber wenn man Charlie aus der Gleichung herausnähme, fühlt es sich beinahe so an, als könnten wir vielleicht – und ich meine wirklich vielleicht – Freunde sein. Aber wie die Dinge liegen, wird das niemals passieren.

Im Rest des Spiels setzt Blue seine versteckten Aggressionen frei und sein Spiel verbessert sich dramatisch. Ab und zu stehle ich den Ball oder blocke seinen Schuss. Einige Male schafft er das Gleiche bei mir. Am Ende gewinne ich. Aber alles andere als deutlich. Und ich kann mir kaum vorstellen, wie sehr er sich nach einigen Wochen mit diesem Training verbessern würde.

Charlie grinst, als wir auf sie zu gehen. Ihr Gesicht leuchtet, als hätte sie seit Jahren nicht mehr so viel Spaß gehabt. Ich frage mich, wie lange es her ist, seit sie das letzte Mal Basketball oder überhaupt irgendetwas gespielt hat. Wahrscheinlich war das letzte Mal vor dem Brand … und damals war sie ein kleines Mädchen. Mein Herz pocht. »Weißt du was, Charlie? Du bist dran. Komm aufs Feld, Mädchen.«

»Was? Nein.« Sie lacht. »Ich passe, aber vielen Dank.«

Sie weist mich ab, weil sie Angst hat. Weil sie so daran gewöhnt ist, Nein zu sagen, dass sie es sich nicht vorstellen kann, Ja zu sagen.

Also lasse ich ihr keine Wahl.

Ich werfe mir das winzige Mädchen über die Schulter

und höre sie schreien, als ich sie zur Freiwurflinie trage. Dann schnappe ich mir den Basketball und drücke ihn ihr in die Hände. »Wirf ein einziges Mal, und ich lasse dich gehen.«

Sie sieht zu Annabelle und Blue hinüber, dann wieder zu mir. »Ich kann nicht.«

»Quatsch.«

Sie versucht, an mir vorbeizuhinken, aber ich trete ihr in den Weg. »Wirf einfach, Charlie. Es ist keine große Sache.«

Sie lässt den Ball fallen. »Ich will nicht.«

Blue macht Anstalten, aufs Spielfeld zu kommen, aber Annabelle stoppt ihn.

Ich hebe den Ball auf und drücke ihn ihr wieder in die Hände. »Sicher willst du. Jeder will spielen. Die Leute haben nur Angst, dumm auszusehen.« Ich streiche ihr das volle, blonde Haar aus den Augen. »Aber weißt du, was dumm ist? Es nicht zu versuchen. Also versuch es einfach.«

Sie verdreht die Augen. »Du lässt mich in Ruhe, wenn ich einmal danebenwerfe?«

»Wenn du treffen willst. Ich lasse dich in Ruhe, wenn du einmal richtig wirfst.«

Ihr Mund verzieht sich zu einem Lächeln.

Da ist es.

Charlie lässt den Basketball ein paar Mal auf den Boden springen, und es ist das Erbärmlichste, was ich je gesehen habe. Er schafft es kaum bis zurück zu ihrer Taille.

»Richtig werfen, wie?«, fragt sie und beäugt mich.

Ich nicke und trete zurück.

Sie schaut auf den Korbrand, holt tief Luft, zieht den Ball hoch – und wirft.

Es ist der schlechteste Wurf der Welt. Der allerschlechteste. Aber er macht mich so verdammt stolz, dass ich schreien könnte.

»Hast du dich dumm gefühlt?«, frage ich.

»Ja«, lacht sie.

»Ist gar nicht so schlimm, oder?«

Sie schüttelt den Kopf, und ich deute auf ihre Freunde, als stünde es ihr frei zu gehen.

»Gib mir den verdammten Ball«, verlangt sie und schiebt sich ihre Brille höher auf die Nase.

Ich ziehe eine Augenbraue hoch, und das Grinsen auf meinem Gesicht ist so breit, dass es tatsächlich wehtut.

Ich reiche ihr den Ball. Sie wirft wieder, und diesmal kommt sie näher dran. Im letzten Augenblick stolpert sie in Richtung ihrer schlechten Hüfte, und ich packe sie, bis sie wieder fest auf den Beinen steht. Ich bemerke ganz sicher nicht, wie gut es sich anfühlt, wenn sich ihre weiche Brust gegen meine drückt.

»Geht's?«, frage ich.

»Ball«, verlangt sie.

»Ja, zum Teufel«, sage ich zu laut. Ich laufe hinter dem Ball her und bringe ihn ihr.

Charlie macht sechs weitere Würfe und wird mit jedem Mal besser. Sie beginnt, sich nach rechts zu lehnen, bevor sie wirft, um ihre verletzte Hüfte auszugleichen.

Sie lässt den Ball dreimal springen und zielt dann auf den Korb.

Komm schon, Mädchen.

Ich kann fast hören, wie Annabelle und Blue die Luft anhalten, und mein Herz hämmert so heftig, dass ich es in den Händen spüren kann. Es ist albern, wie mein Körper reagiert.

Charlie leckt sich die Lippen, hebt den Ball ... und wirft.

Wusch!

Wir bleiben alle still, als sie sich umdreht.

»Kinderspiel«, erklärt sie.

Blue läuft aufs Spielfeld und zieht sie an sich. Sein Selbstbewusstsein vom Spielfeld hat wohl überlebt. Mein Mund wird zu einer schmalen Linie, obwohl ich keine Ahnung habe, warum.

»Wenn das nicht nach Pizza schreit«, sagt Annabelle.

»Pizza!«, brüllt Charlie.

»Hast du nichts gegessen, bevor ich dich abgeholt habe?«, frage ich. »Ich hätte irgendwo mit dir hingehen können.«

Blue kneift die Augen zusammen. Unsere Zeit der Verbrüderung scheint vorbei zu sein.

»Doch, habe ich«, antworte sie. Sie sagt sonst nichts mehr, als wäre sie sich nicht sicher, warum das wichtig ist. Ehrlich gesagt, könnte ich auch schon wieder was vertragen.

»Wollt ihr alle mit zu mir nach Hause kommen?« Charlie sieht uns drei an, und ich habe dieses seltsame, schwebende Gefühl, weil ich einfach so dabei bin. Weil wir vier jetzt eine Gruppe sind.

Annabelle hebt den Arm. »Bin dabei.«

Blue nickt.

Alle sehen mich an.

»Ja, cool«, sage ich.

Ich versuche, mein Lächeln zu verbergen.

23
Mitgefühl

Ich schlage auf die silberne Glocke, um die Aufmerksamkeit des Pizzatypen zu erregen. Neben der Glocke steht ein geschnitzter Halloweenkürbis, und ich bin mir hundertprozentig sicher, dass der sich schneller bewegen könnte als der Junge hinter dem Tresen. Nach einer schnellen Dusche in meinem Hotel ist mir klargeworden, dass ich nicht nur etwas zu essen vertragen könnte – ich bin ausgehungert. Und sobald der langsamste Mensch der Welt sich endlich bewegt, werde ich über unsere Pizza herfallen wie ein Ameisenbär über eine Termitenkolonie.

Zehn Jahrhunderte später lasse ich zwei fettige, braune Kartons auf den Sitz neben mir fallen und fahre zu Charlie.

Nachdem ich angeklopft habe, öffnet Annabelle die Tür und reißt mir die Pizzen aus der Hand. Ihr schwarzes Haar ist nass, und ich kann noch immer die Kammlinien darin sehen. »Hast du was davon gegessen?« Sie beäugt mich argwöhnisch und hebt den Deckel des Kartons an.

»Ich habe alles aufgegessen.« Ich gehe ins Wohnzimmer und werfe mich neben Charlie auf die Couch.

»Dachte ich mir.« Annabelle trägt die Pizzen in die

Küche und kommt mit Papptellern und Servietten zurück. Sie setzt sich neben mich und macht mich zum Sandwich-Belag zwischen ihr und Charlie.

»Wo ist Blue?«, frage ich.

Charlie nimmt ein Stück Käsepizza aus der Schachtel. »Oben bei Oma. Er wollte nach ihr sehen, weil sie sich nicht gut fühlt.«

Mir wird mulmig. Charlie ist sich offenbar nicht bewusst, wie viele Medikamente ihre Oma schluckt und was das bedeutet. »Was ist denn los mit ihr?«, wage ich zu fragen.

»Sie hat nur eine Erkältung oder so was, aber ich mache mir trotzdem Sorgen«, antwortet Charlie. »Ich habe ihr angeboten, ihr etwas Pizza raufzubringen, wenn du kommst, aber sie wollte keine.«

Ich schaue auf meine Hände, dann zu Charlie. »Eine Erkältung im Oktober? Ganz schön früh.«

Sie runzelt die Stirn, als denke sie darüber nach. »Ja«, sagt sie. »Ich schätze, schon.«

Ich forciere das Thema nicht. Ich bin mir nicht sicher, ob ich will, dass Charlie durch den Zustand ihrer Großmutter abgelenkt wird. Was immer sie auch hat.

»Was ist das denn hier für ein Mist?«, bricht Annabelle das unbehagliche Schweigen. Sie starrt auf eine der Pizzen. Insbesondere auf die Hälfte, die ich für mich reserviert habe. Die mit dem kanadischen Speck. »Wer hat Schwein auf die Pizza getan?«

Charlie beugt sich vor, sieht den Speck und lacht. Sie zeigt auf mich. »Das war dann wohl der Neue.«

»Krank«, sagt Annabelle. »Du bist erbärmlich.«

»Dein Spiel ist erbärmlich«, erwidere ich und lehne mich zurück.

»Wenn du Streit suchst, bist du hier an der richtigen Adresse.«

Unsere Blicke treffen sich, und wir versuchen, nicht zu lachen, bevor wir genau im selben Moment einen Bissen von unserer Pizza nehmen.

»Ihr seid beide blöd«, sagt Charlie. Dann landet ihr Blick auf der Treppe. »Blue, alles okay?«

Annabelle und ich drehen uns zu Blue um. Er versucht zu lächeln, versucht, Charlie zu beruhigen, dass alles in Ordnung ist. Aber das Lächeln erreicht seine Augen nicht.

»Ja«, antwortet er. »Ich bin nur müde von der ganzen Verteidigung heute.«

Gut, denke ich. Mach einen Scherz, damit sie nicht weiß, wie krank ihre Oma wirklich ist.

Mir fällt auf, wie seltsam es ist, dass er anscheinend weiß, dass etwas nicht stimmt, während Charlie das nicht weiß, aber dann drehe ich mich um und sehe Charlies Blick – und die Wahrheit. Sie weiß es, begreife ich. Sie will nur nicht, dass die anderen sich Sorgen machen.

Ich werde die Beziehungen, die Charlie hat, niemals verstehen. Freundschaften, für die man weder Geld noch Affären braucht und auch nicht das Richtige sagen muss, um dazuzugehören. Charlies Freundschaft ist anders. Sie versucht, ihre Leute zu beschützen, und die beschützen sie. Sie akzeptieren die Unvollkommenheiten des anderen und unterstützen einander. Meine Freunde waren anders als ihre Freunde, was die Frage aufwirft, ob ich überhaupt jemals Freunde hatte.

Ich beobachte, wie Charlie mit Annabelle lacht, während Blue die Treppe hinunterkommt. Ich kann nicht aufhören zu denken, dass ihre Freunde sehen müssen, was ich in ihr sehe, was mein Boss sieht. Ihre Unschuld, ihre Reinheit.

Dieser saubere Lebensstil scheint sie glücklich zu machen.

Und ich frage mich, ob es mich hätte glücklich machen können, mehr zu sein wie sie.

Annabelle reicht mir einen Teller mit vier Stücken Pizza und bedeutet mir mit einem Nicken, ihn weiterzureichen. Er wechselt den Besitzer und endet auf Blues Schoß. Blue greift nach dem ersten Stück und vernichtet mit einem einzigen Bissen die Hälfte davon.

»Film?«, fragt Charlie.

Annabelle springt auf, läuft in die Küche und kommt mit zwei DVD-Hüllen zurück. Sie hebt sie hoch. »*Frühstück bei Tiffany* oder *Ist das Leben nicht schön?*«

Alle murren.

Sie wirft sie auf den Couchtisch und lässt sich aufs Sofa sinken. »Ihr habt überhaupt keinen Geschmack.«

»Trägst du diese Dinger immer mit dir rum?«, fragt Blue.

»Das sind keine Dinger«, sagt sie. »Das sind Klassiker. Und ich habe sie geholt, als du mich nach Hause gebracht hast, damit ich mich umziehen kann.«

Charlie hebt die Fernbedienung auf. »Fernseher?«

»Ja«, sagen Blue und ich zusammen.

»Tut mir leid, Süße«, sagt Charlie zu Annabelle. »Ich schau sie mir am Wochenende mit dir an, wenn du willst.«

»Hmpf«, murmelt Annabelle.

Charlie schaltet den Fernseher ein, und letztendlich sehen wir uns eine Wiederholung der *MTV Movie Awards* an. Als die Sendung einige Minuten läuft, schlägt meine Neugier zu. Ich sehe zu Annabelle und Blue rüber.

Ich frage mich …

Es war mir bisher immer ziemlich egal, und ich mache es mir nicht zur Gewohnheit, neugierig zu sein, es sei denn, ich verteile Siegel, aber ich kann einfach nicht anders.

Sofort flammen ihre Seelenlichter auf. So wie es aussieht, leben Blue und Annabelle ein langweiliges, hygienisches Leben, obwohl sie nicht ganz so sauber ist wie er. Ich gähne. Was für eine Verschwendung.

Eine Stunde später stehen Annabelle und Blue auf, um zu gehen. Ich bleibe zurück, was Blue nicht allzu glücklich macht.

»Du kommst nicht mit?«, fragt er mich.

»Nö, ich bleibe noch ein Weilchen.«

Er sieht Charlie an, dann mich. Seine Arme fallen schlaff herunter, und ich erkenne, dass er verletzt ist. Er hat wohl nicht gedacht, dass sie und ich nach der Party noch allein abhängen würden. Aber er irrt sich. Wir fangen gerade erst an.

Die beiden fahren in Blues Wagen, Scrappy, davon, und ich drehe mich zu Charlie um. »Willst du ein bisschen in deinem Zimmer chillen?«

Sie lächelt und nickt, und ich folge ihr nach oben.

Basketball zu spielen hat Spaß gemacht, aber jetzt muss ich arbeiten. Ich muss Charlie davon überzeugen, dass sie ihre Wünsche schneller äußert, damit der Vertrag endlich erfüllt wird. Mehr tun, weniger denken – das sollte mein Mantra sein.

Wir gehen in ihr Zimmer, und sie schließt leise die Tür hinter uns. Ich setze mich auf ihr Bett. »Charlie, hast du noch mal darüber nachgedacht ...«

»Ich bin bereit, mir mehr zu wünschen«, unterbricht sie mich.

»Was?«, frage ich. »Ich meine, bist du das wirklich?«

Sie zuckt mit den Schultern und nickt.

Ich reibe mir die Hände. »Ja, das wollte ich fragen. Also, was willst du tun?«

Sie greift nach einer Kristallfigur und lehnt sich an ihre Kommode. »Trommelwirbel.«

Ich tue so, als würde ich trommeln, und grinse.

»Ich will die Brille loswerden.« Sie nimmt sie ab und streckt sie mir hin. »Beweisstück A.«

»In Ordnung, ja«, antworte ich. Obwohl ich mich frage, warum sie dafür den Seelenvertrag braucht. Kann sie nicht einfach die Augen gelasert kriegen? Oder Kontaktlinsen? Aber wenn Oma es sich nicht leisten kann, Charlie ein Auto zu kaufen, kann sie ihr wahrscheinlich auch diese Dinge nicht kaufen. Als ich Charlie jetzt ansehe, bin ich mir trotzdem nicht sicher, warum sie die Brille loswerden muss. Sie ist gar nicht so schlecht. Tatsächlich passt sie irgendwie zu ihr. Sie sollte sie nur etwas stylischer machen, vielleicht ein Versace-Gestell oder so was. Dann könnte sie Charlie mit Stil sein. Statt Charlie, die zu etwas wird, was sie nicht ist.

Aber es ist nicht mein Job, Fragen zu stellen.

Mein Job ist es, sie zu bedrängen.

Mehr tun, weniger denken.

Charlie stellt ihr Figürchen hin und legt ihre Brille auf die Kommode. »Wie soll ich es machen?«

Ich verschränke die Arme vor der Brust. »Ich denke, so, wie du es gestern Abend gemacht hast.«

»Was habe ich denn gemacht?«

»Na ja«, erwidere ich und denke nach, »zuerst hast du es laut gesagt. Dann hast du angefangen, Gründe aufzuzählen, warum du es wolltest. Vielleicht versuchst du das einfach wieder.«

Sie lacht ein wenig. »Ich kann dich kaum sehen.«

»Ich sehe gerade wirklich heiß aus.«

Sie lacht lauter und bindet sich das Haar zu einem Pferdeschwanz, als würde das bei der Magie helfen oder was auch immer. Ihre Lippen öffnen sich, und mein Herz hämmert so stark, dass ich es nicht ertragen kann. »Ich will schöne, perfekte Augen haben«, sagt sie.

Ich will sie aufhalten und vorschlagen, dass sie lieber genauer sein und normale Sehstärke wünschen soll, aber sie prescht weiter vor.

»Ich habe mir immer gewünscht, die schwärzeste aller pechschwarzen Mascaras zu tragen und mir einen dieser Kästen mit Lidschatten in Tausenden von Farbtönen zu kaufen. Aber welchen Sinn hat das mit diesem Ding?«

Sie stupst die Brille auf der Kommode an. »Es ist so, als wäre ich immer nachlässig gekleidet, egal was ich trage. Oh! Und ich will mit den Wimpern klimpern, falls mal ein Junge mit mir flirtet.«

Falls? Falls mal ein Junge mit mir flirtet?

»Ich will, dass die Leute wenigstens ein Mal meine Augenfarbe bemerken.« Sie starrt mich an und fügt leise hinzu: »Ich wette, du weißt nicht, welche Farbe sie haben, oder?«

Ich bin froh, dass sie mein Gesicht nicht sehen kann, sonst wüsste sie die Antwort. Ich betrachte ihr blondes Haar und die helle Haut. »Blau«, spekuliere ich drauflos.

Sie zupft sich am Ohrläppchen und lächelt. »Das hast du bloß geraten. Aber das ist okay.« Sie stemmt die Hände in die Hüften und wiederholt: »Ich will schöne, perfekte Augen.«

Sie schließt die Augen und atmet gleichmäßig. Ihre Hände fallen herunter, und sie ballt sie zu Fäusten, als wolle sie mit Gewalt dafür sorgen, dass es geschieht. Sie macht einen letzten, langen Atemzug und öffnet die Augen.

Dann rast sie zum Bett und springt hinauf. Sie hüpft auf der Matratze. Rauf und runter. Rauf und runter. »Ich kann sehen! Ich kann richtig sehen!«, sagt sie mit einem Schreiflüstern, damit ihre Oma nicht aufwacht. »Ach du meine Güte.« Sie hört auf zu hüpfen. »Es hat wirklich funktioniert.«

Ich gehe zur Kommode und schnappe mir Charlies Brille. Dann öffne ich das Fenster und tue so, als würde ich sie hinauswerfen. Sie springt vom Bett, rast durchs Zimmer, reißt sie mir weg und wirft sie selbst aus dem Fenster.

»Charlie!«, lache ich. »Du hast sie tatsächlich aus dem Fenster geworfen.«

»Ach, das hast du gesehen?« Sie hält zwei Finger hoch und zeigt auf ihre Augen. »Verrückt, ich hab es auch gesehen!«

Sie steht so nah neben mir, dass ich die Aufregung fast schmecken kann, die sie verströmt. Charlie schaut nach draußen, dann sieht sie zu mir auf. Ihre Augen sind blau. Kein Blaugrau, sondern eine reinere Blauschattierung. Ein strahlendes Kinderblau aus dem Wachsmalstiftekasten.

Sie sind weit offen, und ich kann nicht anders ...

Langsam strecke ich die Hand aus und streiche mit den Daumen über ihre Augen. Sie schließen sich unter meiner Berührung. Charlie öffnet sie nicht, als ich mich zurückziehe. Sie steht nur da, und ihre Brust hebt und senkt sich.

Binnen einer Sekunde flammt ihr Seelenlicht auf. Ich hätte das Siegel fast vergessen, aber anscheinend übersieht der Vertrag nichts. Aus den Tiefen meiner Brust erscheint ein rotes Siegel und schwebt zu ihr hinüber. Es heftet sich an ihr Licht und klebt dort fest. Als ich sehe, was ich getan habe, balle ich die Fäuste.

»Gute Nacht, Charlie«, sage ich sanft.

Sie lächelt mit immer noch geschlossenen Augen und nickt.

Ich gehe und ziehe die Tür hinter mir zu. Draußen vor ihrem Zimmer grabe ich in meiner Tasche, bis meine Finger das kühle Kupfer finden. Ich versuche, mich auf das verschwommene Liberty zu konzentrieren, das auf die eine Seite der Münze gepresst ist. Dann schaue ich zu meiner Fußfessel, und für einen winzigen Moment bin ich davon angewidert, woher sie stammt – davon, wie der große Boss diese Dinger gemacht hat. Ich frage mich, was Charlie denken würde, wenn sie von dem Geheimnis erführe, das ich kenne. Und das ich niemandem erzählen kann.

Ich kneife die Augen zusammen.

Dies ist ein Auftrag. Sie ist ein Auftrag.

Ich höre sie auf der anderen Seite der Tür, wie sie sich durchs Zimmer bewegt. Sie geht wahrscheinlich ins Bett. Plötzlich stelle ich mir vor, was sie anhat – ob es dasselbe rotseidene Ding ist – und ob sie bereits unter der Decke ist. Ich wette, sie ist noch engelhafter, wenn sie träumt. Mir kocht das Blut in den Adern. Und in meiner Magengrube verursacht mir eine Mischung aus Zorn und Schuldgefühlen Übelkeit.

Denn es spielt keine Rolle. Am Ende werde ich, was ich auch immer von dem Mädchen denke, das in diesem Bett schläft, nicht auf meine Beförderung verzichten. Ich werde nicht in die Hölle zurückkehren.

Ich werde ihr Leben nicht über meines stellen.

Die oberste Treppenstufe knarrt, als ich darauf trete, aber irgendetwas lässt mich innehalten. Omas Tür steht einen Spaltbreit offen, und ich höre, wie sie sich die Lunge aus dem Leib hustet. Ein Schauder läuft mir über den Rücken, und das Einzige, was ich denken kann ist: verdammt widerlich.

Ich gehe zwei weitere Stufen hinunter, dann höre ich wieder Husten. Oma hustet so heftig und so lange, dass ich mir sicher bin, dass es das letzte Geräusch ist, das sie jemals von sich geben wird. Dann hört sie auf und ringt um Luft. Ich kneife die Augen zusammen, atme tief ein und gehe auf ihre Tür zu. Leise öffne ich sie und entdecke Oma in einem Doppelbett liegend. Durch ein Fenster in ihrer Nähe wirft der Mond Schatten über ihre purpurfarbene, seidene Bettdecke.

Ich mache einige leise Schritte ins Zimmer und bleibe stehen, als sie sich umdreht. Sie scheint nicht überrascht zu sein, mich zu sehen. Als wüsste sie, dass ich genau in diesem Moment hier sein würde.

Oma öffnet den Mund und hustet abermals, und ich kämpfe gegen den Drang, mich aus dem Staub zu machen. Auf ihrem Nachttisch, gerade außerhalb ihrer Reichweite, steht ein Glas Wasser. Ich gehe durchs Zimmer, lege einen Finger an das Glas und schiebe es ihr hin.

Dann mache ich mich doch aus dem Staub.

Ich schüttele meinen ganzen Körper aus und rolle den Nacken wie ein Boxer, als ich versuche, die Angst loszuwerden.

»Dante«, krächzt Oma.

Ich erstarre.

»Danke«, fügt sie hinzu.

Ein winziges Lächeln berührt meine Lippen, als ich die Treppe hinuntergehe und das Haus verlasse.

24
Ideen brodeln

Mittwochmorgen schrecke ich aus dem Schlaf hoch. Meine zehn Tage sind halb rum. Ich habe nicht viel vorzuweisen. Ich muss die Dinge beschleunigen. Das Problem ist, ich erkenne, dass ich das Ganze in die Länge ziehe.

Obwohl ich nicht zugeben werde, warum.

Als ich zu Charlie komme, öffnet Oma die Tür. Sie trägt ihren Seidenkimono und benimmt sich, als wäre gestern Abend nichts gewesen. Als hätte sie nicht fast den Löffel abgegeben.

»Hey«, begrüßt sie mich. »Charlie ist mit Blue zur Schule gefahren.«

Ich verschränke die Arme vor der Brust. »Ach ja?«

Sie nickt.

»Tja«, sage ich.

Mr. Peinlichkeit kommt dazu, zündet sich eine Zigarette an und macht es sich gemütlich. Das ist derselbe Bastard, der auftaucht, nachdem man mit einem fremden Menschen Sex gehabt hat.

Oma löst die Anspannung, indem sie lächelt. Sie schlägt mir auf die Schulter. »Keine Sorge, Junge. Ich werde niemandem erzählen, dass du ein Herz hast.«

Ich versuche, ihr Lächeln nachzuahmen, aber mein Mund weigert sich zu kooperieren. Stattdessen sage ich. »Was ist los mit Ihnen?«

Sie holt tief Luft und schaut über meine Schulter in den Wald. »Lebensmittelvergiftung.«

»Mhm.« Ich fahre mir durchs Haar. »Wann werden Sie Charlie von dieser Lebensmittelvergiftung erzählen? Sodass es sie nicht ... na ja, so aus heiterem Himmel umhaut.«

Der Blick ihrer blaugrauen Augen heftet sich auf mein Gesicht. »Das Mädchen hat schon genug durchgemacht.«

Ich halte ihrem Blick stand. Charlie hat genug durchgemacht. Sie weiß, dass mit Oma etwas nicht stimmt, doch sie weiß nicht alles. Obwohl sie es verdient hätte. Aber ich beschließe, dass das nicht meine Aufgabe ist.

Oma funkelt mich immer noch an, daher nicke ich. »Sie haben wohl recht. Man sieht sich.«

Ihr Ausdruck wird herzlich. »Man sieht sich, mein Hübscher.«

Die Unterrichtsstunden schleppen sich dahin, und ich finde keine freie Sekunde, um mit Charlie zu reden. Die Zeit zwischen den Stunden scheint irgendwie kürzer zu sein, und zum hundertsten Mal verfluche ich es, überhaupt zur Schule gehen zu müssen.

Als das Mittagessen – und die süße Freizeit – endlich da sind, finde ich Charlie und ihren Clan an ihrem gewohnten Tisch. Charlies Wimpern sind lang von schwarzer Mascara, und eine glänzende, bräunlich goldene Farbe auf ihren Lidern verteilt. Es ist das erste Mal, dass ich einen Anflug von Make-up bei ihr sehe.

Es sieht gut aus.

Sie sieht gut aus.

Aber ich bin mir immer noch nicht sicher, ob es notwendig war.

In der Cafeteria herrscht Aufruhr und die lauten, erregten Stimmen quälen meine Trommelfelle. Es ist der verdammte Halloweenball. Es war schon die ganze Woche so, geile Jungs und ahnungslose Mädchen, die sich in ihrer kostbaren freien Stunde abmühen, Dates zu finden und die Eintrittskarten kaufen.

Könnte mich bitte jemand bewusstlos schlagen?

»Du ziehst ja ein schreckliches Gesicht.« Annabelle zeichnet einen Kreis als Abbild meines Gesichtes in die Luft. »Wo liegt das Problem? Du siehst aus, als würdest du dir gleich in die Windel machen.«

Ich lasse mich neben Charlie fallen und sage: »Das da.« Ich zeige auf den in Schwarz und Orange gehüllten Eintrittskartentisch.

»Gehst du nicht auf Bälle?«, fragt Annabelle. »Liegt es daran, dass du nicht tanzen kannst?«

Ich beuge mich vor. »Glaub mir, ich kann ...«

»Ist schon okay.« Sie deutet mit dem Kopf auf Blue. »Blue kann ums Verrecken nicht tanzen.«

Ich mustere Blue, aber er zuckt nur mit den Schultern und arbeitet sich durch sein Erdnussbutter-Marmeladen-Sandwich.

»Annabelle, wenn ich loslege, gehst du vor Dankbarkeit auf die Knie«, sage ich. »Ich hasse lediglich schulische Festivitäten.«

Ich stupse Charlie an, um von ihr Unterstützung zu kriegen. Sie vergräbt die Hand in ihrer Tasche und wirft sich Skittles in den Mund. Sie bleibt still.

»Charlie? Du magst solche Sachen? Bälle? Schulmist, der geschaffen wurde, weil er eine ›ungefährliche Alternative für unsere Kinder‹ ist?« Ich beende meinen Satz mit Anführungszeichen in der Luft.

»Sie ist ein Mädchen«, wirft Annabelle ein. »Wir Mädchen sind so verdrahtet, dass wir Sachen mögen, unter denen ihr leidet.«

Das ist nicht gut. Ich werde nicht – ich wiederhole: nicht – zu diesem verdammten Ball gehen. Andererseits weiß ich nicht, warum ich mir Sorgen mache. Der Ball ist in drei Tagen. Bis dahin werde ich Charlies Seele eingewickelt und mit einer fetten, roten Schleife versehen haben. Ich muss ihr nur einen Grund geben, weitere Schönheitsveränderungen zu erbitten.

»Wenn ihr eine Party wollt, warum gehen wir dann nicht heute Abend aus? Warum müssen wir bis Samstag warten?«

Annabelle sieht Blue an, dann mich. »An was denkst du so?«

Mist. An was denke ich so?

»Etwas Tolles«, schinde ich Zeit. »Wie wäre es, wenn ich euch nach der Schule vorne abholen würde?«

Charlie grinst und Blue nickt, aber Annabelle ist nicht überzeugt – was mich überrascht.

»Warum sollten wir mit dir irgendwo hingehen?«, fragt sie.

»Wow. Okay. Habe ich irgendetwas getan?«

»Es ist das, was du nicht getan hast.« Sie deutet mit dem Kopf auf Charlie.

Ich mustere Charlie, aber ich habe keine Ahnung, wovon Annabelle redet.

»Ihre Brille«, sagt Blue. »Sie trägt keine Brille mehr.«

Oh. Richtig. Ich sollte überrascht sein. Ich sollte sagen: Charlie, wo ist deine Brille? Du siehst toll aus!

Ich betrachte Charlie und heuchele Überraschung. »Oh, wow. Wo ist deine Brille? Du siehst toll aus!«

Sie bedenkt mich mit einem wissenden Lächeln und sagt: »Ich habe heute Morgen als frühes Halloweengeschenk von Oma Kontaktlinsen bekommen.«

»Halloweengeschenk?«, wiederhole ich. »Macht man das jetzt?«

»Absolut«, antwortet Charlie.

»Überhaupt nicht«, sagen Annabelle und Blue.

Ich konzentriere mich auf Annabelle. »Sind wir uns einig? Bist du dabei?«

Sie legt den Kopf schief, als denke sie darüber nach. Dann grinst sie und sagt: »Ist der Papst katholisch?«

Als das Mittagessen vorbei ist, dreht Charlie sich zu mir um, in der Erwartung, dass ich sie wie gewöhnlich zum Unterricht begleite. Ich lege ihr eine Hand auf die Taille, überrascht über die kleine Rundung, die ich fühle. »Ich muss mich um ein paar Sachen kümmern. Ich sehe dich nach der Schule draußen. Okay?«

»Du schwänzt?«, fragt sie.

»Kommt das so überraschend?«

Sie lacht und schüttelt den Kopf. »Ich schätze, wenn man tot ist, hat man vor den Prüfungen keine Angst mehr.«

»Nein, Süße, die habe ich nicht.« Ich lasse sie los und gehe nach draußen. Ich habe vier Stunden, um mir etwas auszudenken, damit Charlie darum bettelt, diesen Vertrag in Anspruch nehmen zu dürfen. Und in mir brodelt bereits eine verdammt gute Idee.

25
Los geht's

Als die letzte Glocke ertönt, warte ich auf dem Parkplatz. Ich sehe die drei auf den Wagen zuschlendern, wegen der Kälte gehen sie eng beieinander. Charlie deutet auf Elizabeth Taylor, und einige Sekunden später steigen die drei in mein Auto. Annabelle und Blue kriechen in die beiden Ehrensitze hinten und Charlie steigt auf den Beifahrersitz.

Eine Minute lang sagt niemand etwas. Dann bricht Annabelle das Schweigen. »Soo ... wohin fahren wir?«

Ich öffne das Handschuhfach, ziehe vier Flugtickets heraus und breite sie wie einen Fächer aus. »Vegas, Baby.«

Niemand sagt etwas, und das ist gut so. Überrumpelung ist alles.

»Hört mal alle genau zu.« Ich halte inne, um sicherzugehen, dass ich ihre Aufmerksamkeit habe. »Zuerst holt eure Handys raus.«

Blue öffnet den Mund. »Das wird nicht ...«

»Ich sagte, holt eure Handys raus.« Ich winke. »Los, los. Bewegt eure faulen Ärsche.«

Annabelle grinst und zieht ihr Handy aus der Tasche. Blue folgt ihrem Beispiel. Charlie hat kein Handy, aber das ist kein Ding. Sie kann das ihrer Freundin benutzen. Dadurch läuft es sogar besser.

Ich zeige auf Annabelle. »Ruf deine Mom an und sag ihr, dass du bei Charlie übernachtest.« Dann zeige ich auf Charlie. »Ruf Oma von Annabelles Telefon aus an und erzähl ihr, dass du bei Annabelle schläfst.« Blue ist an der Reihe. »Blue, ruf deine Mommy an. Du verbringst die Nacht bei Dante Walker. Ich bin der Neue, und du hast Mitleid mit mir.«

Sie denken darüber nach, was ich gesagt habe, und langsam beginnen alle drei zu lächeln.

Ich nicke Annabelle zu. »Du zuerst.«

Alle machen ihre Anrufe, und einige Minuten später klappt Blue sein Handy zu.

»Sie war also einverstanden?«, fragt Annabelle ihn.

»Ja,verdammt.« Er grinst. »Ich kann es noch gar nicht glauben. Sie lässt mich während der Woche nie woanders übernachten. Aber sie war total mitleidig.«

»Warte«, meldet Charlie sich zu Wort. »Schaffen wir es morgen rechtzeitig zur Schule zurück?«

»Nein.« Ich reiche ihnen drei Zettel von ihren *Eltern,* die der Schule erklären, dass ihre Kinder krank sind. »Eure gewissenhafte Anwesenheit zahlt sich endlich aus. Niemand an dieser Schule wird denken, dass ihr Goldkinder blaumacht.«

Die drei nehmen die Zettel von mir entgegen und mustern sie.

»Sie wirken glaubwürdig«, verkündet Annabelle. »Respekt.«

Charlie sieht mich an. »Na denn«, sagt sie. »Worauf warten wir?«

Auf dem Weg zum Flughafen von Birmingham ist die Aufregung mit Händen greifbar. Eminems alte Hits dröhnen aus den Lautsprechern des Wagens. Annabelle wirft den Kopf hin und her, und ihr kurzes, schwarzes Haar fliegt durch die Gegend. Blue schiebt sie immer wieder beiseite, wenn sie ihm zu nahe kommt, aber selbst er lacht. Und zum ersten Mal scheint Charlie im Rhythmus der Musik zu schwelgen, während sie sich auf dem Sitz wiegt.

Dies ist bisher meine beste Idee.

Wir erreichen den Flughafen, parken, gehen hinein und warten darauf, an Bord zu gehen. Alle paar Minuten schallen monotone Ankündigungen aus den Lautsprechern. Ich hoffe immer wieder, dass es diesmal unsere monotone Ankündigung ist, die uns sagt, dass es Zeit ist.

»Bist du immer noch aufgeregt?«, frage ich Charlie, deren Bein hektisch auf und ab hibbelt.

Sie hört auf, ihr Bein zu bewegen, und zieht eine schlanke Schulter hoch. »Nee, so was mach ich doch jeden Tag.«

»Ist das so?«

Ihr Blick findet meinen, und ich bin verblüfft darüber, wie blau ihre Augen sind. Sie sagen alles, was sie nicht sagt. Sie ist begeistert. Sie ist lebendig.

Sie fragt sich, worauf zum Teufel sie sich da eingelassen hat.

Ich will den Arm um ihre Schultern legen, aber die Ansagestimme verkündet, dass es Zeit sei, an Bord zu gehen. Wir schnappen uns unsere Rucksäcke und wandern die lange Fluggastbrücke zum Flugzeug entlang. Als wir den Eingang erreichen, läuft meine Truppe weiter, als sie soll. Ich strecke die Hand aus und greife nach Blues Schulter.

»Wir bleiben hier«, sage ich.

Er schüttelt meine Hand ab. »Das ist die erste Klasse.«

»Genau«, antworte ich. »Economy mach ich nicht.« Blue kann die Aufregung in seinem Gesicht nicht verbergen, obwohl ich weiß, dass er es schrecklich gern täte.

»Wieso hast du so viel Knete?«, fragt Annabelle, als sie herausfindet, wo wir sitzen werden. »Ist dein Dad ein Mafiosi, oder was?«

Ich winde mich. »Etwas in der Art.«

Sie muss den Ausdruck auf meinem Gesicht bemerkt haben, denn sie lässt das Thema fallen.

Charlie und ich sitzen zusammen, und Annabelle und Blue setzen sich auf die andere Seite des Gangs. Der Pilot heißt uns willkommen und sagt, wie lange es dauern wird, bis wir Sin City erreichen. Fünfzehn Minuten später rollt das Flugzeug sanft die Startbahn hinunter.

Dann rast es los.

Charlie presst das Gesicht ans Fenster, und gerade als die Räder des Flugzeugs den Boden verlassen, tastet sie unbeholfen nach meiner Hand und drückt sie. Ich betrachte ihre Finger in meinen und mir stockt der Atem. Ich erwidere den Druck. Händchen halten ist eine so intime Geste. Eine, über die ich bis zu diesem Moment nie wirklich nachgedacht habe. Ich strecke die Finger aus und wickele sie fester um ihre kühle Haut. Sie wendet den Blick keine Sekunde vom Fenster ab.

Das macht es okay.

Blue und Annabelle bestellen zu essen und zu trinken und so ziemlich alles, was die Flugbegleiterin ihnen anbietet, während Charlie weiter in die Wolken starrt.

Ich beuge mich zu ihr vor. »Ist es nicht wunderschön?«

Ihr Kopf fährt herum, und eine Sekunde lang sind unsere Gesichter sich viel zu nah. Ich ziehe mich schnell zurück.

»Ich bin noch nie geflogen«, sagt sie.

Ich lege den Kopf schief. »Wirklich? Ihr seid nie in die Ferien gefahren?«

»Doch, sind wir. Wir haben nur immer das Auto genommen.«

»Gefällt es dir?«, frage ich.

»Ob mir was gefällt?«

»Das Fliegen.«

Sie dreht sich um und schaut wieder aus dem Fenster. »Ja, es gefällt mir.«

26
Sin City

Als wir in Las Vegas landen, schläft Charlie tief und fest. Ihr Kopf ruht am Fenster, das Haar fällt ihr übers Gesicht. Ich strecke die Hand aus und schiebe es zur Seite. Sie fühlt nichts. Es ist nichts Schlimmes passiert.

Der Pilot schaltet sich über den Lautsprecher wieder ein, und sie schreckt aus dem Schlaf hoch.

»Heiliger Bimbam«, murmelt sie. »Ich bin eingeschlafen. Sind wir schon da?«

Ich nicke, und sie beugt sich vor, um Blue zuzuwinken. Annabelle schläft ebenfalls, aber im Gegensatz zu Charlie ist ihr Schlaf weniger ... gesegnet. Sie schnarcht und schmatzt, und Blue hat ihr Papierschnipselchen in den Mund geschoben.

Blue weckt sie grob.

Annabelle schluckt sofort, und weg ist das Papier.

»Das war so gemein«, murmelt Charlie mit schläfriger Stimme.

Annabelle hustet und funkelt Blue an. »Was hast du getan? Habe ich gerade was verschluckt?«

Blue nimmt sie in die Arme. »Du bist meine allerbeste Freundin.«

»Runter von mir, du Blutsauger.« Sie lächelt.

Wir steigen aus dem Flugzeug und schlendern durchs Terminal. Draußen winke ich ein Taxi heran. In der Ferne erkenne ich die bekannte Pyramidenform und das Licht, das von der Spitze aufblitzt. Es ist eine Skyline, die ich schon viele Male gesehen habe. Eine Kindheit und Jugend mit einem Vater, der immer weg war, und mit einer liberalen, freigeistigen Mutter haben es mir leicht gemacht, zu tun, was mir gefällt. Und da ich mehr Geld zur Verfügung hatte, als irgendein Kind haben sollte, waren meine Möglichkeiten endlos. Wenn ich an mein Leben zurückdenke, ist es ein Wunder, dass ich ausgerechnet auf diese Weise gestorben bin. Es war … enttäuschend.

»Ich kann gar nicht glauben, dass wir hier sind«, sagt Charlie. Sie starrt aus dem Fenster auf die Skyline, als wir losfahren. »Unfassbar.«

»Aus der Nähe ist es noch besser«, erwidere ich.

»Ich kann gar nicht glauben, dass wir tatsächlich in Vegas sind«, haucht Annabelle. »Ich meine, wirklich.«

»Ich weiß«, sagt Blue. Er sieht Charlie an, doch mir ist klar, dass er mit mir redet. »Ich bin froh, dass wir mitkommen durften.«

Ich lächele. »Wartet nur, bis wir im Hotel sind.«

Zwanzig Minuten später hält der Taxifahrer vor dem V-Hotel, Vegas' neuestem Juwel. Ich bezahle den Fahrer, und wir schnappen uns unsere Rucksäcke und gehen hinein. Das Klingeln der Spielautomaten schlägt uns entgegen, und kaum, dass wir einen Fuß in die Lobby setzen, streckt Charlie die Hand aus und zeigt auf alles.

Sie starrt die Wände an, die alle paar Sekunden die Farben wechseln. Und den aus Uhren gemachten Kronleuchter. Sie streicht über die kleinen, strategisch platzierten Betten, die an alle möglichen unanständigen Sachen denken lassen. Und schließlich strahlt sie den Mann hinter der Rezeption an. Er ist von Kopf bis Fuß in Leder gekleidet und reicht mir unsere Zimmerschlüssel. Ich würde gern glauben, dass seine Kluft etwas mit Halloween am nächsten Sonntag zu tun hat, aber irgendwie bezweifle ich es.

Ich gebe jedem der drei seinen eigenen Schlüssel, und Annabelle springt auf und ab.

»Unsere eigenen Zimmer?«, fragt sie. »Gibt's. Doch. Nicht.«

»Oh doch.«

Wir gehen den Flur entlang, und Charlie wiegt die Hüften zu der treibenden, pulsierenden Musik. Die Wände sind mit rotem Samt bezogen, und der Boden ist mit schwarzen und weißen Fliesen bedeckt. Über uns baumeln alte Schallplatten in einem chaotischen Muster von der Decke. Der ganze Laden ist für Partys gebaut, und das ist genau der Grund, warum ich ihn ausgesucht habe.

Blue und ich gehen nebeneinander her. Wann immer eine Frau vorbeikommt, springen ihm die Augen fast aus dem Kopf.

Ich beuge mich zu ihm vor und flüstere: »Die spielen hier in einer anderen Liga, was?«

Er richtet sich auf, und sein Gesicht rötet sich, aber er tut, als wisse er nicht, wovon ich rede.

In einem Glasaufzug drücke ich auf den Knopf für den dreißigsten Stock, und wir schießen in die Höhe. Wann immer wir ein neues Stockwerk passieren, verändert der Aufzug die Farben. Annabelle und Charlie beginnen die Farben auszurufen, als könnten wir sie selbst nicht sehen.

Als wir unser Stockwerk erreichen, stürmen die Mädchen davon, um sich ihre Zimmer anzusehen. Ich weise Blue in die richtige Richtung, und er wirft mir einen Blick zu, als sei ihm meine Hilfe unangenehm. Ich weiß nicht, was ich tun muss, um ihn für mich zu gewinnen.

Nicht, dass es mir wichtig wäre.

Annabelle und Charlie verschwinden für ungefähr sechzig Sekunden in ihren Zimmern. Dann kommen sie herausgeschossen und rennen in die Zimmer der jeweils anderen, um zu sehen, ob irgendetwas anders ist. Das ist es. Jedes Zimmer hat eine einzigartige Einrichtung, obwohl das Thema des ganzen Stockwerks *Eitelkeit* ist.

Ich weiß gar nicht, warum wir gerade auf diesem Stockwerk gelandet sind.

Oh, Moment, ich weiß es doch.

Ich spähe in Charlies Zimmer, und natürlich hüpft sie auf ihrem Bett herum. Die Wand hinter dem Kopfbrett ist ganz aus Glas gemacht, und dahinter glitzert die Stadt. Jedes Mal, wenn sie hochspringt, scheint die Stadt sie dort festzuhalten. Als wäre sie eines der Gebäude. Als wäre sie eine funkelnde, neue Attraktion.

Annabelle kommt hereingerauscht, aber ich bremse sie an der Tür.

»Hey«, sage ich. »Hast du was dagegen, wenn ich kurz mit Charlie rede?«

Etwas von der Aufregung verschwindet aus ihrem Gesicht, aber sie nickt. »He, Charlie«, ruft sie über mich hinweg. »Klopf bei mir an, wenn ihr mit Reden fertig seid.«

»Anna, würdest du bitte dafür sorgen, dass alle in zwei Stunden in meinem Zimmer sind?«, frage ich sie.

»Zwei Stunden? Es ist, ähm, jetzt neun Uhr. Wir tun bis elf Uhr gar nichts?«

»Richtig. Die coolen Kids tauchen spät auf. So funktioniert das.« Ich zwinkere ihr zu und schließe die Tür.

Charlie lässt sich aufs Bett fallen. Sie wirkt verwirrt, bis ich die Tür vor Annabelle schließe und mich ihr gegenüber auf ein himmelblaues kleines Sofa setze. Der riesige, superschicke Raum ist mit Spiegeln ausstaffiert. Sie bedecken die drei Wände, die nicht aus Glas sind, und selbst der Kronleuchter besteht aus winzigen, runden, verspiegelten Plättchen. An den Spiegelwänden verstreut hängen Fotos von berühmten Personen, die ihre Spiegelbilder betrachten. Auf dem schwarz gefliesten Boden liegt ein riesiger, weißer Zottelteppich, und draußen ist ein Balkon mit durchsichtigem Boden.

Wenn dieser Ort in ihr nicht den Wunsch weckt, schön zu sein, dann weiß ich auch nicht weiter.

Charlie schlägt die Beine seitlich unter und sieht mich erwartungsvoll an. So als wisse sie, worum es bei alledem geht.

»Gefällt es dir?«, frage ich. Ich greife nach einem Miniaturkürbis in der Nähe des Sofas, der zweifellos als Dekoration für den Oktober hinzugefügt wurde.

Sie mustert den Raum. »Es ist so … na ja, total übertrieben.«

»Ja, nicht wahr?«

Schweigen hängt zwischen uns. Ich will, dass sie um mehr Schönheit bittet. Ich will sie nicht bedrängen, wenn ich es vermeiden kann. Dann kann ich meinen Auftrag mit einem guten Gewissen abschließen.

Also warte ich.

Ihre leuchtend blauen Augen ziehen meinen Blick an. »Dante«, fragt sie zögernd, »warum hast du uns hier hergebracht?«

Ich drücke die Zunge gegen die Zähne und denke darüber nach, wie ich antworten soll. Ich entscheide mich für die Wahrheit.

»Peachville hat mich erdrückt. Ich musste für eine Weile weg. Und da wollte ich auch meine Freunde mitnehmen, verstehst du?«

Okay, die halbe Wahrheit.

Sie streicht sich unsichtbare Krümel vom Shirt. »Es lag nicht daran, dass … du gedacht hast, ich würde um mehr bitten, wenn du mich hierher bringst?«

Ich heuchele Unwissenheit. »Mehr was?«

Sie zieht einen Mundwinkel hoch und kneift die Augen zusammen. Sie kauft es mir nicht ab.

»Oh, mehr Vertragssachen«, sage ich. »Nein, habe ich nicht. Ich wollte mich nur amüsieren.«

Nichts sonst. Sag nichts mehr.

Charlie kaut auf der Lippe, dann lächelt sie und nickt. »Okay.«

Und einfach so glaubt sie mir. Es haut mich komplett um, wie vertrauensvoll sie ist. Ich beschließe, ein Risiko einzugehen. »Warum? Wolltest du um mehr bitten?«

Sie geht durchs Zimmer und öffnet die Tür zum Balkon. Geräusche von der Straße fluten herein: hupende Autos, brüllende Leute, wummernde Musik. Sie kehrt mir den Rücken zu, als sie fragt: »Ich weiß nicht. Was meinst du?«

Ich stütze die Ellbogen auf die Knie und beuge mich vor, versuche, beiläufig zu klingen. »Na ja, ich schätze, wenn du ohnehin mehr erbitten willst, warum nicht hier, richtig?«

Es sieht so aus, als spanne sie die Schultern an. Aber ich beschließe, dass ich mir das nur einbilde.

Sie dreht sich um und hat ein Lächeln auf dem Gesicht. »Vielleicht mache ich das. Warum nicht?«

»Cool! Gut.« Ich stehe auf und gehe auf sie zu. Ich lege ihr die Hände auf die Schultern. »Man lebt nur einmal, Charlie. Du und ich, wir wissen das am besten.«

Schmerz blitzt in ihren Augen auf, und meine Brust schnürt sich zu. Ich schüttele sie sachte an den Schultern. »Hey, du weißt, ich hab mir nichts dabei gedacht.«

»Ja, ich weiß.« Sie nickt, obwohl sie den Blick zu Boden senkt. »Man lebt nur einmal.«

»Genau. Wie wäre es damit? Du ziehst dich um, und ich gehe mit dir und deinen Freunden heute Abend aus. Ich zeige euch, wie man richtig feiert.«

»Ich habe nichts anzuziehen.«

Ich betrachte ihr zerknittertes T-Shirt, die Jeans und ihre abgelatschten Sneakers. Sie hat nicht unrecht.

Ich hebe ihr Kinn an, bis sie mir in die Augen schaut. »Zerbrich dir darüber nicht den Kopf«, sage ich. »Ich hab was für dich.«

27
Ruft die Kavallerie

Als ich wieder in meinem Zimmer bin, rufe ich bei der Rezeption an. Irgendein Typ geht beim ersten Klingeln dran.

»Concierge. Wie kann ich Ihnen heute Abend helfen, Mr Walker?«

»Also, es müssen einige Dinge an die Zimmer meiner Gäste geliefert werden.«

»Selbstverständlich, Mr Walker.«

Ich reibe mir die Stirn und denke nach. »Ich brauche jemanden, der Make-up macht, und noch jemanden für die Haare. Oh, und vielleicht jemanden, der die Nägel aufhübscht.«

»Ja, Sir, eine Nagelstylistin.« Ich höre ihn durch das Telefon lächeln. »Wir haben eine in unserem Team.«

»Ja, genau. Außerdem brauche ich eine Stylistin für Klamotten. Sie muss meine Gäste anrufen, um die Größen zu erfahren, und ihnen dann Klamotten bringen, mit denen man in den Club gehen kann.«

»Haben Sie sonst noch einen Wunsch?«

Ich schaue mich im Raum um. »Ja, ich brauche zwei Flaschen Dom Pérignon und den größten, fettesten Cheeseburger mit Speck, den Sie haben.«

»Soll ich das auf Ihre Zimmerrechnung setzen, Sir?«

»Ja, setzen Sie es mit auf meine Amex.«

»Danke. Die Stylistin wird Ihre Gäste sofort anrufen. Möchten Sie, dass sie auch bei Ihnen vorbeikommt?«

Ich schaue auf meine rote Weste hinab, auf das dunkelblaue Hemd, die dunklen Jeans und den Louis-V-Gürtel. Na ja.

»Klar«, antworte ich. »Schicken Sie sie zu mir.«

»Sie werden alle in Kürze oben sein.«

Ich lege auf und gehe zu meinem Bett. Es ist groß genug für mich und sechs Girls. Irgendwie schade. Nachdem ich ein Pandora-Radio an der Wand entdeckt habe, klicke ich mich durch die Kanäle, bis ich bei Korn lande. Die Musik dröhnt aus den Lautsprechern, und Minuten später klopft jemand an meine Tür. Es ist der Sprit. Wurde auch Zeit.

Der Typ, der ihn hereinbringt, wartet verlegen an der Tür, bis ich die Quittung unterzeichne und ihm einen Zwanziger in die Hand drücke. Dann schütte ich meinen alten Freund Dom in eine Kristallflöte und kippe ihn herunter. Champagner ist zum Nippen gemacht. Aber ich bin fürs Kippen gemacht, also runter damit.

Die Stylistin kommt vorbei und bringt später ein graues Sakko und ein rotes Hemd mit V-Ausschnitt. Ich betrachte ihre Auswahl.

»Haben Sie gut gemacht«, sage ich.

Sie schenkt mir ein gepresstes Lächeln, dann eilt sie davon, um sich um die anderen drei zu kümmern.

Ich schaue in den Spiegel. Überraschung – ich sehe zum Anbeißen aus. Und das ist wichtig, denn ich will gleich

Charlie besuchen. Wenn ich sie nicht dazu bringen kann, sich weitere Dinge zu wünschen, kann ich zumindest dafür sorgen, dass sie heute Nacht ein paar zusätzliche Siegel einsammelt. Das wird viel einfacher sein, wenn ich zeige, was ich drauf habe. Hässliche Menschen haben einiges, aber sie haben kein Charisma. Ich schnappe mir ein Glas Champagner, zerzause mir das Haar und fahre den Schlafzimmerblick hoch.

Die Uhr sagt zweiundzwanzig fünfundvierzig. Gut. Mehr Zeit brauche ich nicht, um Charlie in die richtige Stimmung zu bringen. Ich öffne die Tür meines Hotelzimmers, gehe über den Flur und klopfe bei ihr.

Ein Mann Anfang dreißig öffnet die Tür. »Was wollen Sie? Ich bin beschäftigt.«

»Wer zum Teufel sind Sie?«, frage ich.

Er stemmt eine Hand in die Hüfte. »Wer zum Teufel sind *Sie?*«

»Ich bin der Typ, der dieses Zimmer bezahlt.«

Seine Hand fällt seitlich herab. »Oh. Nun, ich bin engagiert worden, um dieses Mädchen ausgehfertig zu machen.«

»Ja, ich weiß. Ich bin derjenige, der Sie bestellt hat.«

»Mm-hmm. Mm-hmm.« Er schüttelt den Kopf als wolle er sagen: Und? Dann schaut er hinter sich. »Hören Sie, wir haben noch eine Menge zu tun. Ich kann nicht mittendrin aufhören. Können Sie später wiederkommen?«

»Alter, Platz da.«

Ich drücke die Tür auf. Im Raum herrscht absolutes Chaos. Überall sind Lockenstäbe und Make-up-Kästchen und Kleiderstangen mit kurzen Kleidchen und glänzenden Blusen. In der Nähe der geschlossenen Badezimmertür liegen weggeworfene weiße Bademäntel und rosa Push-up-BHs und auf dem Bett sind mehr Kosmetikprodukte verstreut, als ich je in meinem ganzen Leben gesehen habe.

Ich drehe mich zu dem Mann um. »Was ist denn hier passiert?«

»Zauberei«, sagt er. »Und denken Sie nicht, Zauberei könne Wunder bewirken, denn das kann sie nicht. Also zügeln Sie Ihre Erwartungen.«

Ich verspüre den plötzlichen Drang, diesem Typen ins Gesicht zu schlagen. Stattdessen fege ich mit dem Arm übers Bett und setze mich, während irgendwelcher Mist auf den Boden scheppert. Der Mann wendet sich ab und geht zum Badezimmer. Er klopft – oder hämmert vielmehr – an die Tür.

»Das reicht jetzt«, brüllt er. »Ich muss ihr Haar machen.«

»Verpiss dich«, brüllt irgendein Mädel, das nicht Charlie ist, zurück.

Der Mann sieht mich an, als könne er nicht glauben, dass sie das gerade gesagt hat, als teilten wir die Frustration. Er wendet sich wieder zur Tür um und spricht in den Spalt, der offen steht.

»Hör zu, du Miststück. Mach diese verdammte Tür auf, bevor …«

Das Miststück reißt die Tür auf, legt ihm die Hand ans Gesicht und schubst. »Aus. Dem. Weg.«

Er zuckt, als wolle er sie schlagen, aber sie tänzelt einfach an ihm vorbei ins Zimmer. »Kommen Sie, Charlie.«

Sie zieht einen dick gepolsterten, weißen Sessel vor einen Spiegel. »Setzen Sie sich hierhin.«

Ich spähe dem Mann über die Schulter. Ich bin neugierig, was sie mit ihr gemacht haben – ob sie überhaupt noch menschlich aussieht. Der Geruch von Parfüm und Puder weht mir entgegen und lässt meine Nase wie verrückt jucken.

Und dann erscheint sie.

In mir stockt etwas.

Sie ist nicht schön, das nicht. Aber sie sieht ... sie sieht ... nett aus. Vielleicht weil ich an ihr Gesicht gewöhnt bin, an die Art, wie ihre Wangen leuchten, wenn sie aufgeregt ist, oder an die Wölbung ihres Mundes, wenn sie lächelt. Es ist ihr Gesicht – Charlies Gesicht – und auf eine seltsame Art gefällt es mir so, wie es jetzt ist. Ohne irgendwelche Veränderungen.

Meine Beine werden unruhig, und ich muss vom Bett aufstehen. Ich bewege mich auf Charlie zu, ohne nachzudenken. Die Stylistin plappert die ganze Zeit weiter, also zeige ich auf sie und sage: »Maul.«

Sie verzieht angewidert das Gesicht und wirft einen verärgerten Blick auf den anderen Typen, aber der zeigt ihr bloß den Mittelfinger.

Charlie erstarrt. Ihr Mund zittert, als wolle sie lächeln, sei sich aber nicht ganz sicher, wie sie reagieren soll.

Niemand spricht, während ich bis auf einige Zentimeter an sie herantrete. Sie trägt eine transparente, langärmelige Bluse. Darunter kann ich gerade noch ihren schwarzen BH erkennen. Die Bluse hängt lose über hautengen Lederhosen, die sich um ihre Knöchel schmiegen. Mir fällt außerdem auf, dass sie schwankt, weil sie auf schwarzen Louboutins mit roten Sohlen stakst. Ihr Haar fällt ihr über die Schultern, noch unberührt.

Nichts davon ist mir neu.

Aber ihre Haut überrascht mich.

Sie ist ... makellos.

Die roten Flecken sind verschwunden. Die Pickel sind weg. Zurückgeblieben ist glatte Porzellanhaut, die darum bettelt, berührt zu werden. Und warum sollte ich nicht?

Ich streiche mit dem Handrücken über ihre Haut. Sie schließt die Augen und atmet ein. Ich würde gern sagen, dass es dumm ist, den Atem so anzuhalten. Aber mein Atem ist ebenfalls futsch – verloren an diesen Moment und das Mädchen mit den Wangen aus Porzellan.

Gerade als ich über das Siegel nachgrübele, das mit dieser Bitte verbunden ist, springt ihr Seelenlicht an. Bevor ich begreife, was geschieht, erscheint ein Siegel vor meiner Brust und heftet sich an ihr Licht. Es ist immer noch jede Menge Licht übrig, aber zum ersten Mal kann ich sehen, dass es einen Fortschritt gibt, dass das Licht viel schwächer ist als vor fünf Tagen, als ich sie kennengelernt habe. Bei dem Anblick krampft sich mein Magen zusammen.

Der Friseurtyp tötet den Moment, indem er Charlies Arm packt. »Tut mir leid, Schätzchen, aber ich brauche sie jetzt.«

Ich stehe wie gebannt da und beobachte, wie der Mann ihr langes, blondes Haar in der Mitte scheitelt. Dann lockt er einige Strähnen mit einem Lockenstab und schüttelt ihr Haar zwischen den Fingern aus. »Der Trick ist, nicht zu übertreiben«, sagt er zu niemand Bestimmtem. »Sonst wirkt man schnell älter statt schöner.«

Die Stylistin rauscht heran und legt letzte Hand an Charlies Make-up. »Voilà!«

Das Duo führt Charlie zu einem Spiegel, und sie betrachtet sich. Sie fährt sich mit den Händen über die Seidenbluse, über ihr weiches Haar und über die goldene Kette um ihren Hals. Aber sie lässt ihr Gesicht nicht aus den Augen. Ich frage mich, ob sie es getan hat, als ich ihr Zimmer gerade verlassen hatte. So muss es sein, oder das Styling-Duo würde wissen, dass etwas nicht stimmt.

Selbst die Haut an ihrem Hals ist klarer, und es verleiht ihrem ganzen Gesicht eine Art von Strahlen, das sonst nur Schwangere haben.

»Bist du glücklich?«, frage ich sie. Ich stehe immer noch in der Nähe des Badezimmers. Ich habe die Kontrolle über meine Beine noch nicht zurückgewonnen.

»Aber hallo ist sie glücklich«, sagt Haartyp. »Wir haben Aschenputtel gerade für den Tanz mit ihrem Prinzen hergerichtet.«

Ich habe genug von dem Personal, also stecke ich Bargeld in ihre verschwitzten Hände und winke sie zur Tür. Als ich mich zu Charlie umdrehe, strahlt sie.

»Es ist gut, oder?«, sagt sie.

Ich lache. »Es ist gut. Du hast also darum gebeten …?«

»Bessere Haut zu haben«, beendet sie meinen Satz. »Ich dachte mir, zum Kuckuck. Wie oft werde ich mit meinen besten Freunden in Las Vegas sein?«

»Da gebe ich dir recht«, antworte ich, obwohl ich mir nicht sicher bin, ob ich das wirklich tue. Es ist mein Job, dafür zu sorgen, dass sie den Vertrag in Anspruch nimmt, aber brauchte sie das wirklich? Sie wäre aus ihrer schlechten Haut herausgewachsen, und sie war nicht einmal so schlimm. Jedenfalls nicht, wenn sie gelächelt hat. Denn wenn Charlie lächelt, fällt einem nichts mehr auf.

Ich gehe in einem engen Kreis um sie herum und inspiziere die Veränderung. Aus der Nähe betrachtet weiß ich, dass sie schon bald, auf herkömmliche Weise schön sein wird, aber ein Teil von mir sehnt sich schmerzlich nach ihrem früheren Aussehen. Werde ich sie jemals mit diesen neuen, glatteren Wangen vor Aufregung erröten sehen wie eine Erdbeere?

Ich will mir gerade eine weitere Kostprobe abholen, als jemand an die Tür klopft. Charlie macht einen schnellen Schritt rückwärts, und etwas in ihren Augen sagt, dass sie über die Störung enttäuscht ist. Zwei Sekunden später klopft es wieder. Meine Haut rötet sich vor Ärger.

»Seid Ihr da drin?«, höre ich Annabelle rufen.

Ich lächele und lege einen Finger an die Lippen. Charlie hält sich den Mund zu, aber ihr Lachen durchbricht die Sperre.

»Hey, ich kann euch lachen hören«, sagt Annabelle. »Lasst uns verdammt noch mal rein. Ich dachte, wir treffen uns in Dantes Zimmer. Wir haben zehn Jahre davor gestanden und geklopft.«

Ich gehe hin und reiße die Tür auf. »Zehn Jahre, sagst du?«

»Vielleicht nicht ganz so lang.« Sie schreitet an mir vorbei, in einem engen, schwarzen Kleid und scharlachroten High Heels. Ihr Haar ist zu einem Bob im *Pulp Fiction*-Stil frisiert, und sie trägt lange, goldene Ohrringe, die ihre Schultern streifen.

»Annabelle, du siehst super aus.« Ich kann nicht glauben, dass ich das sage, aber es ist die Wahrheit. Sie ist ein großes Mädchen, aber in diesem eng am Körper anliegenden Kleid zeigt sich, dass sie an all den richtigen Stellen extragroß ist. Es ist mir noch nie aufgefallen, aber mit ein bisschen Anstrengung könnte sie ein ziemlicher Feger werden.

Annabelle kreischt zwei Sekunden lang, als sie ihre Freundin total aufgebrezelt sieht, dann rennt sie in Charlies Badezimmer, um in dem Make-up herumzuwühlen, das die Stylisten zurückgelassen haben.

Mit einem Blick hinter mich entdecke ich Blue im Flur. Er wartet darauf, hereingebeten zu werden. Er fummelt an seinen Manschetten herum, um Blickkontakt zu vermeiden. Die Stylistin hat ihn mit einem schwarzen Hemd ausstaffiert, außerdem mit dunklen Jeans und braunen Cowboystiefeln. Ein sehr städtischer Cowboy. Es steht ihm.

Ich schlage seine Hände herunter und ziehe seinen Kopf hoch. »Kopf hoch, mein Freund. Du bist heute Nacht auf dem Cover der *GQ*, also benimm dich auch so.«

Er beißt sich in die Innenseite seiner Wange, um nicht zu lächeln.

Und dann sieht er Charlie.

28
Vorglühen

Blues ganzes Gesicht öffnet sich wie ein Löwenmaul. Er betrachtet sie – die engen Hosen, die losen, blonden Wellen. Und natürlich ihre Haut.

Charlie sieht ihn und lächelt sofort. In ihrem Lächeln ist keine Zurückhaltung; in seiner Nähe fühlt sie sich wohl. »Hey!« Sie dreht sich für Blue im Kreis herum. »Wie findest du es?«

Er sagt nichts, aber er kommt näher und stellt sich vor sie. »Du siehst anders aus«, sagt er leise, als wäre seine Bemerkung nur für ihre Ohren bestimmt.

Ihr Gesicht wird ernst, und sie spielt an der goldenen Halskette auf ihrer Brust.

»Nicht schlecht«, fügt er hastig hinzu. »Aber definitiv anders. Sehr.«

»Die Make-up-Leute haben ihre Sache wahnsinnig gut gemacht.« Charlie wendet sich von Blue ab, aber er dreht sich mit, hinter ihr her, und umkreist ihren Körper mit seinem.

»Das ist nicht alles.« Er nimmt ihr Gesicht in beide Hände. Seine Daumen zeichnen die Linie ihres Kinns nach. »Deine Haut«, fügt er hinzu. »Sie ist perfekt.« Blues Augen blitzen in meine Richtung. Ganz kurz nur, aber lang genug, dass ich mich unbehaglich fühle. Warum sieht er mich an? Er kann unmöglich wissen, dass etwas im Busch ist.

Aber was ich wirklich denke, ist, dass er Abstand halten sollte. Blue ist ein guter Kerl, und er hat ehrlich gesagt, was er denkt. Das ist bewundernswert, aber Charlie ist mein Auftrag. Und wenn er nicht aufpasst, werde ich ihm das unmissverständlich klarmachen.

Annabelle kommt aus dem Badezimmer, die Arme voller Fläschchen und Make-up-Tuben. »Was ist denn hier los? Warum sind alle so still?« Sie tritt neben die beiden. Diesmal betrachtet sie Charlies Gesicht genau. »Okay, was machst du hinter meinem Rücken? Warum siehst du jedes Mal heißer aus, wenn ich dich sehe? Und was ist mit deiner Haut los? Sie ist babypopoweich.«

»Ich habe mich einer Behandlung unterzogen, die die Stylisten mir empfohlen haben«, antwortet sie. Annabelle öffnet den Mund, als wolle sie dieselbe Behandlung verlangen, aber Charlie fällt ihr ins Wort. »Allerdings hat es furchtbar wehgetan.«

»Echt?«, fragt Annabelle.

Blue macht einen kleinen Schritt rückwärts, als täte ihr erfundener Schmerz auch ihm weh.

Charlie nickt. »Furchtbar. Sie haben gesagt, ich müsse mit Schmerzen rechnen, aber ich hatte keine Ahnung, dass es so schlimm sein würde.«

»Tut es immer noch weh?«, fragt Annabelle.

Charlie windet sich, als schmerze es, wenn sie nur darüber nachdenkt.

Ich unterdrücke ein Lachen. Mein Auftrag wird mit ihrer ganzen Lügerei immer besser. Trotzdem sollte ich das hier beenden, bevor weitere Fragen gestellt werden.

»Warum gehen wir nicht in mein Zimmer und glühen ein bisschen vor?« Ich packe Annabelle um die Taille und führe sie zur Tür. Den ganzen Weg dorthin starrt sie über ihre Schulter zu Charlie zurück.

»Vielleicht könnte ich es ertragen«, murmelt Annabelle.

»Nein, könntest du nicht«, schieße ich zurück.

Blue und Charlie folgen uns in mein Zimmer, wo aus dem Radio immer noch Party-Musik dröhnt. Annabelle vergisst Charlies neue, makellose Haut, sobald sie den Champagner sieht. Sie rast zu dem Wagen und zieht die Flasche hoch.

»Wie bist du da rangekommen?« Sie schaut mir ins Gesicht, und hinter ihren dunklen Augen wirbeln Aufregung und Furcht.

Ich nehme ihr die Flasche ab und schenke ihr ein Glas ein. »Ich habe unten angerufen und sie bestellt.«

»Und sie haben keinen Ausweis von dir verlangt? Oder doch? Hattest du einen gefälschten oder so was?«

»Ich habe keinen gefälschten Ausweis«, sage ich. »Ich habe eine Kreditkarte.« Ich halte ihr das Champagnerglas hin. Sie starrt auf das glänzende Kristallglas, als wäre Batteriesäure darin, dann überlegt sie es sich anders und grapscht es mir aus der Hand.

»Annabelle, du trinkst?«, fragt Charlie.

Annabelle zuckt mit den Schultern und führt das Glas an die Lippen. »Man muss mit den Wölfen heulen, oder?«

Blue legt den Kopf schief, dann nähert er sich dem Tablett mit dem Eiskübel. Er schenkt sich ein Ich-versuche-Charlie-zu-beeindrucken-großes Glas Dom ein und prostet Annabelle mit seiner Flöte zu.

Gott sei Dank gibt es Freunde. Sie machen meinen Job heute Abend viel leichter.

Ich schenke zwei weitere Gläser ein und reiche eins an Charlie weiter. Sie nimmt den Champagner ohne Umschweife entgegen, und wir vier heben unsere Gläser. »Auf diese Nacht«, sage ich.

»Hört, hört«, sagt Annabelle, als die Flöten gegeneinander klirren. Dann stößt sie mit ihrer Hüfte gegen Blues Hintern, und er stößt sie lachend weg. »Und danke an Dante, der uns mitgeschleppt hat: Flugtickets erster Klasse nach Vegas, unsere eigenen Zimmer, Stylisten, Champagner. Daran könnte sich ein Mädchen gewöhnen.«

»Kein Problem«, erwidere ich. »Freut mich, dass ihr mitkommen konntet.« Es ist verrückt, aber meine Worte sind nichts als die Wahrheit. Es fühlt sich an, als wäre eine Ewigkeit vergangen, seit ich das letzte Mal in Vegas war. Und Annabelle, Blue und Charlie – sie sind alle so dankbar für die Reise. Sie sind völlig anders als meine alten Freunde.

Wir gehen auf den Balkon hinaus und beobachten die Autos, die unter uns vorbeihuschen. Die Lichter der Stadt sind aus dieser Höhe überwältigend. Es ist, als wäre die Stadt überall und alles. Und wir alle sind jetzt ein Teil davon.

Ich beobachte Charlies Gesicht, als sie sich über das Geländer beugt und erst hinab und dann zum Himmel schaut. Sie lächelt nicht, wie ich erwartet hätte – sie ist eher neugierig. Sie ertappt mich dabei, dass ich sie anstarre, und hebt den Champagner an die Lippen. Als sie das Glas sinken lässt, kichert sie. Champagner wirkt schnell.

Die Musik im Raum wechselt zu einem lahmen, langsamen Song, und Annabelle und Blue stöhnen.

»Das ist unser Stichwort«, sage ich.

»Wohin gehen wir?«, fragt Blue.

»An einen Ort, der euch Kleingeister bekehrt.« Ich sammele ihre Gläser ein und stelle sie auf die Kommode. Dann gehe ich zur Tür und halte sie auf. »Los geht's.«

Annabelle und Charlie haken einander unter und rennen vor uns her. Sie bleiben stehen und schneiden in den Spiegeln im Flur Grimassen. Charlie hält länger inne als Annabelle, zweifellos um ihre Haut zu inspizieren. Ihre Freundin muss sie immer wieder weiterzerren.

Unten in der Lobby deutet Blue mit dem Kopf auf das Kasino. »Kannst du uns da irgendwie reinbringen?«

»Wahrscheinlich. Aber dort, wo wir hingehen, ist es viel besser.«

Blues Blick verweilt auf den blitzenden Lichtern und klirrenden Glöckchen des Kasinos, während wir durch die Schiebetüren hinaus in die Nacht gehen. Charlie zieht sich einen leichten Versace-Mantel enger um ihre Taille, während ich ein Taxi heranwinke.

Der Taxifahrer fragt durch das offene Fenster: »Wohin?«

Ich beuge mich vor, lege die Hände an den Fensterrahmen und antworte: »Holy Hell.«

29
Holy Hell

Annabelle und Charlie singen, als wir vor dem Holy Hell vorfahren, und machen einen schlechten Song noch schlimmer.

»Da wären wir.« Der Taxifahrer beäugt mich erwartungsvoll, als wisse er irgendwie, dass ich der Typ bin, der zahlt. Er streicht das Bargeld von meiner Hand und dreht sich zu der belebten Straße um.

Charlie und Annabelle sind bereits aus dem Wagen gestiegen, und Blue versucht, auf der anderen Seite hinauszuklettern. Er wird fast überfahren.

Ich frage mich flüchtig, ob mich das schert.

Wahrscheinlich wäre es scheiße. Ein klein wenig.

Der Club, Holy Hell, ist eine fünf Stockwerke hohe Pracht. Um das Gebäude zieht sich eine lange Schlange von Leuten, die hineinwollen, aber da stelle ich mich auf keinen Fall an. Ich bezweifle, dass diese Schlange sich jemals bewegt. Das ist nur der Ort, an den sie Leute stecken, die sie nicht drinnen haben wollen. Die Abgemeldeten und die niemals Angemeldeten von Vegas.

Als Blue sich endlich zu uns schleicht, frage ich ihn:

»Weißt du, wie man jemandem was zusteckt?« Er sieht mich an und versucht zu begreifen, was ich da frage.

»Hier, schau mal.« Ich ziehe einen Hunderter aus meiner Brieftasche und falte ihn, bis er kaum noch zu sehen ist. Dann stecke ich eine Ecke zwischen meinen Ring- und meinen Mittelfinger und behalte den Rest in meiner Handfläche. »Was geht, Mann?«, sage ich zu Blue und strecke die Hand aus.

Er schaut auf meine Hand hinab, und dann schüttelt er sie.

Ich spreize meine Finger leicht, und der Geldschein fällt in seine Hand. Als er sie zurückzieht, sieht er, dass er den Schein hat.

»Kapiert?«, frage ich ihn.

Er nickt.

»Okay, du bist dran. Versuch es bei mir. Lass den Geldschein nicht fallen. Wenn er herunterfällt, sind wir am Arsch.« Er nickt wieder, aber nur für den Fall, dass er nicht versteht, warum ich ihm das zeige, sage ich: »Du musst lernen, wie man das macht. Ich will keine Probleme, weil Leute wegen deinem präpubertären Hintern nach deinem Alter fragen. Alles klar?«

Seine Nasenflügel beben. Er steckt den Geldschein zwischen die Finger und hält mir die Hand hin. »Was läuft, Alter?«, fragt er zwischen den Zähnen hindurch.

Ich schüttele ihm die Hand.

Seine Technik ist perfekt.

»Das war schrecklich«, sage ich. »Aber es muss genügen.«

Ich zücke einen weiteren Geldschein und lege den Arm um Charlie. Im Zurückschauen sehe ich, dass Blue das Gleiche mit Annabelle macht, aber er nimmt den Blick keine Sekunde lang von dem Arm, den ich um Charlies Taille liegen habe. Ich grinse innerlich, dann gehe ich auf den Rausschmeißer zu und schüttele ihm die Hand.

Der Rausschmeißer hebt energisch das Kinn und zieht das rote Samtseil zurück. Leute in der Schlange rufen Beleidigungen. Blue schafft die Übergabe ebenfalls, und der Rausschmeißer zieht das Seil hinter uns vieren zu.

»Gut gemacht, Blue«, sage ich.

»Als gäbe ich einen Scheiß darauf, was du denkst«, antwortet er.

Ich werfe den Kopf in den Nacken und lache. »Junge, häng noch länger mit mir ab, und du fängst bald Streit mit Kampfsportlern an.«

Er stößt die Hände in die Taschen, aber sein Lach-Grübchen kommen zum Vorschein. Unsere rührende Hassliebe schlägt wieder zu. Tränendrüse.

Im Club bleiben wir an einem kleinen Tisch stehen, und ich bezahle den Typen, der die Hände stempelt. Blue zückt seine Brieftasche, aber ich winke ab und ziehe im Geiste meinen Hut vor ihm und seinem Angebot.

Der Warteraum, in dem wir uns befinden, ist winzig, vielleicht gut drei mal drei Meter. Rechts steht der Mann, den ich gerade bezahlt habe, und links ist ein Aufzug. Glücklicherweise sind wir die Einzigen, die davor warten. Charlie wirft mir einen nervösen Blick zu, und ich salutiere wie ein Soldat.

Nach einigen Sekunden des Wartens bimmelt die Glocke des Aufzugs. Wir vier marschieren hinein, und Charlie sieht mich an. »Welches Stockwerk?«

Ich zucke mit den Schultern. Ich will, dass sie aussucht. Ich bin neugierig.

Sie beugt sich zu den Knöpfen vor. Es gibt vier Stockwerke über uns und einen Keller, sechs Stockwerke insgesamt. Neben den Knöpfen hängt ein goldenes Schild mit einer Aufschrift in dunklen Blockbuchstaben: WÄHLE DEIN VERDERBEN.

Annabelle stupst sie an. »Such ein Stockwerk aus, Mädchen. Ich will tanzen.«

Charlie wedelt mit den Fingern vor den Knöpfen, dann drückt sie auf fünf.

Ich stöhne.

»Was ist?«, fragt sie. »Habe ich das Falsche genommen?«

»Nein. Du hast genauso gewählt, wie ich es von dir erwartet habe.« Und ich werde die nächste Stunde an einem Ort verbringen, an den ich nicht gehöre. Ironie ist ein Arschloch.

Der Aufzug rast nach oben, und als die Türen aufgleiten, japst Charlie.

Wir betreten den obersten Stock des Holy Hell. Leuchtend weiße Baumwolle schwebt wie Schäfchenwolken unter der Decke, und darunter baumeln kleine Kristalle. Die weißen Fliesen sind makellos und bedeckt mit Federn, und die Wände erstrahlen in einem zarten Blau. Vor uns funkeln winzige Lichter auf einer Theke, und jeder Stuhl, jedes Sofa und jeder Hocker ist mit strahlend weißem Leder überzogen.

Man fühlt sich wie im Himmel auf Erden.

Ich bin hier falsch.

Die Mädchen kreischen und laufen zur Mitte des Raums, wo Leute zu Oldies tanzen und an schaumigen, weißen Drinks nippen. Die einzige versöhnende Ausstattung sind die vereinzelten Podeste, auf denen Mädchen in dürftigen Engels-Outfits verführerisch tanzen.

Ich boxe gegen Blues Schulter. »Willst du einen Drink?«

Er nickt, ohne zu zögern.

Aber hallo.

Statt zur Haupttheke zu gehen, führe ich Blue zu einem massiven Eisblock hinüber. Darüber wartet ein Engelsmädchen. Ich reiche ihr Geld nach oben, und sie mixt zwei weiße Drinks und schüttet sie durch die obere Seite des Eisblocks. Die Flüssigkeit rauscht durch winzige Rillen wie ein Bergstrom und ergießt sich dann in zwei geeiste Gläser.

Blues Augen weiten sich. »Krass.«

»Allerdings.« Ich reiche ihm seinen Drink, und wir machen uns auf die Suche nach den Mädchen, die, wie wir sehen, bereits wie betrunkene Idioten tanzen. Sie reiben die Hüften aneinander, und ich frage mich, warum ein winziger Schluck Sprit jede Frau in eine Schlampe verwandelt.

»Amüsierst du dich?«, überschreie ich die Musik in Charlies Ohr. Sie tanzt trotz ihrer Gehbehinderung ziemlich gut.

»Ooh.« Sie nimmt mir das Glas ab. »Das sieht lecker aus.«

Das war eigentlich mein Drink, aber in ihrer Kehle ist er wahrscheinlich besser aufgehoben als in meiner. Trotzdem sollte ich sie wohl im Auge behalten. Ich erinnere mich, wie hinüber sie bei Taylors Party nach zwei Gläsern Bier war. Wenn sie sich zudröhnt, wird sie mir nachher noch ohnmächtig, statt dass sie die köstlichen Sünden des Abends genießt. Nicht gut.

Blue kommt auf Charlie zu, um mit ihr zu tanzen, aber ich trete rechtzeitig dazwischen, schlinge die Arme um ihre Taille und lege ihre um meinen Hals. Sie bettet den Kopf an meiner Brust und meidet meinen Blick. Ich muss leise lächeln.

Ich frage mich, ob sie je zuvor geküsst worden ist. Und zwar nicht irgendein Rumknutschen wie der Mist, den sie bei Taylors Party erwähnt hat. Ich meine, wirklich geküsst.

Auf keinen Fall.

Was bedeutet, dass es irgendwie ihr erstes Mal wäre, wenn ich sie küsste. Oh Mann. Was bedeutet, dass sie noch eine Menge anderer erster Male zu erleben hat. Der Gedanke an Charlie, die total abgeht, bringt mich zum Lachen, aber als sie zu mir aufsieht, höre ich auf. Ein warmes Gefühl breitet sich zwischen meinen Schulterblättern aus, als ich sie mir wirklich im Bett mit irgendeinem Typen vorstelle. Das ist nicht komisch. Ganz und gar nicht.

»Was ist los?«, fragt sie.

Ich lege ihren Kopf wieder auf meine Brust. »Nichts«, antworte ich. »Lass uns einfach tanzen.«

Hinter mir wirft Blue mir tödliche Blicke zu, während er mit Annabelle tanzt.

Ich weiß, Alter. In der einen Sekunde denkst du, ich wäre gar nicht so übel, und in der nächsten willst du mich kastrieren. Touché.

Wir tanzen eine halbe Stunde lang, bevor ich die glückliche, vergnügte Musik nicht länger ertragen kann. Ich greife nach Charlies Hand und klopfe Annabelle auf die Schulter. Sie fährt herum und zieht Blue mit sich. Blues Blick fällt auf Charlies Hand in meiner. Er verzieht das Gesicht.

»Sehen wir uns einige der anderen Räume an«, schlage ich vor.

»Ja!«, schreit Annabelle zu laut. Ihre Augen sind rund und glasig. Ich brauche nicht zu raten, warum das so ist. Sie hat die Eisbar häufiger besucht, als ich mitzählen wollte. »Was ist in den anderen Stockwerken?«

»Ich zeige es euch.«

Charlie sträubt sich. »Ooch, ich will nicht gehen. Ich liebe diesen Raum.«

Im Laufe der letzten fünf Tage habe ich sie nicht oft um etwas bitten hören. Dass sie es jetzt tut, macht es schwer, ihr zu widerstehen. Aber ich fühle mich unwohl hier, fehl am Platze. Meine Haut juckt, und ein kalter Schauder überläuft mich, weil ich umringt bin von diesen falschen Engeln, egal wie kitschig sie wirken.

»Ja, es ist ziemlich cool«, gebe ich zu. »Aber die anderen Räume sind lustiger.«

Sie zieht den einen Mundwinkel hoch, während sie darüber nachdenkt. Ich greife nach ihrer Hand, und als unsere Blicke sich treffen, schenke ich ihr ein wohlgeübtes Augenzwinkern.

Sie schmilzt dahin.

»Okay.« Charlie zieht einen Schmollmund, und ich muss mich daran hindern, auf ihre Lippen zu starren. »Gehen wir.«

Wir drängeln uns in den Aufzug, und Annabelle greift über mich hinweg und drückt die Knöpfe für jedes Stockwerk außer dem, in dem wir uns gerade befinden.

»Ernsthaft?« Ich sehe sie an, und sie klatscht in die Hände. Charlie klatscht mit.

»Wir wollen sehen, was auf all den verschiedenen Stockwerken ist«, sagt Annabelle.

»Na schön, aber unser letztes Ziel ist der Keller.« Ich schüttele den Kopf, lächele jedoch, sobald ich mich zu den Aufzugtüren umdrehe. Ich würde auch den ganzen Club sehen wollen, wenn dies mein erster Besuch wäre.

Der Aufzug öffnet sich im vierten Stock, und Charlie und ihre beiden Freunde drängen mich nach hinten, damit sie hinausschauen können. Sie steigen nicht aus, sondern recken nur ihre Straußenhälse, um besser sehen zu können. Der vierte Stock ist wie der fünfte, aber nicht ganz so übertrieben himmlisch. Der dritte Stock hat die Atmosphäre einer Dance Show aus den siebziger Jahren mit blitzenden Lichtern und psychedelischer Musik. Menschen bewegen sich durch trägen Nebel, und die Barkeeper sind als Geister verkleidet.

Charlie wirft einen Blick in meine Richtung.

»Fegefeuer«, sage ich.

Sie verzieht den Mund zu einem Lächeln, aber dann verzerrt sich ihr Gesicht. Das Begreifen erreicht ihre Augen. Sie weiß, was kommt.

Stockwerk Nummer zwei ist deutlich dunkler. Der Raum ist in verschiedenen Lilatönen gehalten, und die Musik klingt unheilvoll. Annabelle schlingt die Arme um sich. »Oh, Mann«, murmelt sie. »Das wird noch unheimlicher, oder?«

Der Aufzug hat beidseitig Türen, und die hinter mir öffnen sich. Wir befinden uns im Erdgeschoss, und die Wartenden in der Lobby funkeln uns an, als seien wir der Grund, warum es eine Ewigkeit gedauert hat, bis der Aufzug gekommen ist – und das stimmt ja auch.

»Mit uns geht's abwärts«, sage ich.

Ein Mädchen, das von Kopf bis Fuß in Weiß gekleidet ist, beschwert sich. Als die Türen sich wieder schließen, zeigt sie uns den Finger. Ich möchte ihr zurufen, dass sie über ihr Ziel noch einmal nachdenken sollte, dass sie sich vielleicht dort wohler fühlen würde, wohin wir unterwegs sind.

Als der Aufzug wieder anhält, kann ich nicht umhin, einen verstohlenen Blick auf Charlie zu werfen. Sie versteckt sich im hinteren Teil des Aufzugs, steht aber auf den Zehenspitzen, um über Annabelles Schulter hinwegblicken zu können. Ich kann ihre Aufregung beinahe riechen. Sie ist durchmischt mit Furcht und passt zu meinem eigenen Gefühl. Ein Teil von mir will sie trösten, will ihr sagen, es sei nur ein Club und nicht mehr. Aber ein anderer Teil, ein verbogener, tief verwurzelter Teil, der mein Herz heftiger schlagen und mein Blut schneller fließen lässt, genießt ihre Angst. Ich will, dass sie Ehrfurcht verspürt. Ich will, dass sie den Rausch des Entsetzens erlebt.

Ich hungere danach, dass sie weiß, dass ich hierhergehöre.

Und dass sie mich trotzdem akzeptiert.

Die Türen öffnen sich, und ich beuge mich zwischen Blue und Annabelle vor und greife nach Charlies Hand.

»Willkommen in der Hölle, Süße.«

30
Feuertanz

Ich ziehe Charlie hinter mir her, und Blue und Annabelle folgen uns schnell. Die Musik ist so laut, dass ich sie in den Knochen und in den Zähnen spüre. Sie treibt mit einem schweren Bass voran und lässt dich vergessen, wer du bist. Mit anderen Worten, es ist eine Wonne für meine Ohren.

Der Boden ist bedeckt mit schwarzen Fliesen, und die Wände sind in einem dunklen Rot gestrichen. Im Raum verteilt sind sechs zylindrische Röhren vom Boden bis zur Decke. Schlitze sind in den Stahl geschnitten, und darin lecken und züngeln Flammen. Obwohl die Klimaanlage hochgedreht ist, um dagegen anzukühlen, kribbelt Schweiß auf meiner Haut. Die Barkeeper sind wie Dämonen gekleidet, und am Boden sind Menschen angekettet, die in chaotischen, hypnotischen Mustern tanzen. Ich atme den kräftigen Geruch von Rauch ein, und als eine Kellnerin vorbeikommt, nehme ich einen scharlachroten Drink, der in meiner Hand dampft.

Charlie lehnt sich dicht an mich, und ich stelle mir vor, wie sie diesen Ort sieht – als einen dunklen, finsteren Kerker, den sie nie wiedersehen wird. Wenn sie nur wüsste, wie übel die Hölle wirklich ist. Dieser Ort, dieser kleine Raum in einem angesagten Club, ist eine winzige Kostprobe. Aber er ist nichts im Vergleich. Die Dinge, die ich Menschen in diesem Raum habe tun sehen, unterscheiden sich kaum von den Dingen, die ich im Leben getan habe. Und auf eine seltsame Weise will ich, obwohl mir von diesem Raum entsetzlich übel wird, dass Charlie das hier sieht. Vielleicht hoffe ich, dass sie meine Fassade irgendwie durchschauen und sich selbst retten wird.

Denn ich werde es nicht für sie tun.

Ich drehe mich zu der Truppe um. Blue scheint argwöhnisch zu sein, was unsere Umgebung betrifft, aber Annabelle hat sich bereits akklimatisiert. Sie hält einen roten Drink ähnlich wie meinen, und ihr Lächeln glüht im Schein der Flammen.

»Hier unten ist es höllisch heiß«, bemerkt sie, als sie meinen Blick auffängt und einen Scherz versucht – erfolglos.

»Lahm«, sage ich.

Sie lacht und ergreift Charlies Hand. »Alter, lass uns tanzen.«

Nebel driftet nah am Boden umher, pulsiert im Stroboskoplicht, und Annabelle und Charlie verschwinden darin. Blue wirft mir einen Blick zu, den ich nicht ganz deuten kann, und folgt ihnen. Bevor ich michs versehe, sind die drei vollkommen verschwunden – verschmolzen mit der tanzenden Masse, die wie eine einzige Person wirkt.

Tische im hinteren Bereich bieten Abgeschiedenheit von den aufgeheizten Körpern, und obwohl ich normalerweise der Mittelpunkt der Party bin, gehe ich dorthin. Ich brauche Zeit, um eine Strategie zu entwerfen.

Eine Kellnerin reicht mir ein weiteres Glas roter Herrlichkeit. Ich bezahle sie und kippe den Drink herunter. In einigen Minuten werde ich vorschlagen, dass Charlie und ich etwas Verrücktes tun. Vielleicht jemandem die Brieftasche klauen oder einen Kampf anzetteln. Irgendetwas, was sie niemals nüchtern oder außerhalb dieses Raums tun würde, was ihr aber dennoch ein Sündensiegel einbringen wird.

Charlie hat ihre Sache gut gemacht, indem sie um Schönheit gebeten hat. Aber dieser Auftrag belastet mich. Je schneller ich ihre Seele siegeln kann, desto schneller kann ich in mein normales Leben zurück.

Ich lasse den Kopf nach hinten fallen und denke über ihre Seele nach. Wie hell sie leuchtet – ich habe noch nie eine Seele gesehen, die so unbesudelt war. Sie ist ein gutes Mädchen. Sie verdient ein langes und glückliches Leben.

Und ein Leben nach dem Tod.

Ich schüttele den Kopf und kämme mit den Fingern durch mein Haar. Es gibt nichts, was ich tun kann. Ich kann es nicht mit der gesamten Unterwelt aufnehmen, um sie zu retten. Ich bin mir nicht einmal sicher, warum ich darüber nachdenke. Es ist sinnlos.

Auf der anderen Seite des Raums entdecke ich Charlie. Sie tanzt. Sie hat die Arme über den Kopf gerissen, und Blue hebt sie an der Taille in die Luft. Als ich sehe, wie er sie so festhält, beiße ich die Zähne zusammen. Er ist leichtsinnig. Sie könnte fallen und sich verletzen. Oder seine Hand könnte versehentlich die weiche Haut ihres Bauches berühren. Mein eigener Bauch krampft sich zusammen. Ich gehe hinüber, um etwas zu sagen, halte aber inne, als mir auffällt, dass sie lacht. Dieses Lachen. Ich erinnere mich an dieses Lachen am ersten Tag, als ich sie kennengelernt habe, während wir zur Schule gegangen sind. Ich konnte mir damals nicht vorstellen, jemals so zu lachen, und ich kann es mir jetzt nicht vorstellen. Es gibt mir einen Stich. Ich begreife sofort, was es ist.

Neid.

Ich nehme noch einen Schluck von meinem roten Drink und betäube den Gedanken auf die beste Art, die ich kenne. Als ich wieder hinschaue, sehe ich Charlie nicht. Es macht mich verrückt, sie aus den Augen verloren zu haben. Ob es daran liegt, dass sie mein Auftrag ist, oder an etwas anderem, weiß ich nicht. Es ist ein Kampf, mit dem ich mich seit der Nacht nach Taylors Party herumschlage.

Ich haue mit der Faust auf den Tisch und schiebe meinen Drink weg. Ich brauche diesen Alkohol heute Nacht nicht. Er bringt meinen Kopf durcheinander. Es gibt nichts, was ich tun kann. Nichts. *Nichts.*

Der große Boss hat sie ins Visier genommen, und wenn sie diejenige ist, die unsere Siegel zerstört, dann hat er guten Grund dazu.

Weiter links erregt etwas meine Aufmerksamkeit. Oder vielmehr erregt jemand meine Aufmerksamkeit. Ich drehe mich um und schaue, wer da kommt, dann erstarre ich.

Das volle, rote Haar fällt ihr in lockeren Wellen über die Schultern, und ihre Haut ist glatt wie Seide. Sie lächelt, als sie sieht, dass sie meine Aufmerksamkeit hat, und ihre rot bemalten Lippen verziehen sich kokett. Und ihr Körper. Er würde jedem Mann den Kopf verdrehen. Sie sieht aus wie ein *Playboy*-Model aus den fünfziger Jahren, mit genug Kurven, um einem alten Mann einen Herzinfarkt zu bescheren. Und vielleicht auch einem jungen Mann.

Sie schreitet auf meinen Tisch zu, und ihre Hüften wiegen sich von rechts nach links. Alles, was ich denken kann, ist: Bumm-badabumm-badabumm!

»Ist dieser Stuhl frei?« Ihre Stimme ist weich wie Butter. Bevor ich antworten kann, lässt sie sich nieder und schlägt ihre langen Beine übereinander. Ihre hautenge, grüne Bluse fällt so, dass ich mich zwingen muss, nicht nachzuschauen, was sie entblößt. Dann frage ich mich, warum ich mich zwinge. »Ich bin Valerie.«

Sie greift in ihre goldene Gucci-Tasche und zieht Zigaretten heraus und – oh, nein, nicht auch noch das – eine dieser langen Zigarettenspitzen. Sie schiebt ihre Zigarette in den Halter und zündet sie sich an. Als sie eine Rauchwolke über ihren Kopf bläst, frage ich: »Und warum sitzt du an meinem Tisch?«

Sie lächelt in meine Richtung, vollkommen ungerührt. »Schätzchen, mich willst du an deinem Tisch haben. Vertrau mir.«

Ich verdrehe die Augen. Ich stehe nicht auf Menschen mit dinosauriergroßem Selbstbewusstsein. Davon habe ich selbst genug. »Hör mal, ich bin mit jemandem hier.«

»Und jetzt bist du hier mit mir.« Eine weitere Rauchwolke umschwebt sie.

Mein Blick wandert von ihren himmelhohen Absätzen an ihrem Körper – der einem geradezu den Verstand raubt – hinauf und landet in ihren sanften, blauen Augen. Sie ist wahrscheinlich um die fünf Jahre älter als ich, und ich frage mich, wie viel Erfahrung sie in dieser Zeit gesammelt hat. Aber ich muss mich auf meinen Job konzentrieren. Ich bin zu weit gekommen, um diesen Abend zu vermasseln. »Jede andere Nacht würde ich dich mit Haut und Haaren auffressen, Süße. Aber ich muss wirklich …«

Jemand prallt gegen ihren Stuhl und verschüttet seinen Drink über ihren Rücken. Sie macht einen Buckel wie eine erschrockene Katze, und ihr Mund öffnet sich zu einem perfekten, roten O. Der Betrunkene stolpert davon, ohne anzuhalten und den Schaden zu begutachten, aber ein anderer Typ eilt herbei, um zu helfen. Er versucht zuerst, die Schweinerei mit Servietten zu säubern, und als das nicht funktioniert, zieht er sich das Hemd über den Kopf und tupft die Flüssigkeit auf, die ihre Kleidung durchweicht.

Valerie nimmt ihm das Hemd ab und prüft das Etikett. »Teuer.«

»Kein Problem«, sagt der Mann. »Ich helfe gern. Wollen Sie, dass ich diesem Kerl den Hintern versohle?«

»Nein, danke«, antwortet sie mit beeindruckender Haltung. »Sie waren sehr nett. Gehen Sie weiter.«

Der Mann starrt sie für eine Sekunde wie gebannt an, dann murmelt er etwas über einen Tanz später und geht davon, vollkommen unberührt von der Tatsache, dass er jetzt ohne Hemd durch den Laden läuft.

Valerie nimmt ihre höllenfeuerroten Nägel hoch und schnippt in seine Richtung. Das Seelenlicht des Mannes springt an, und während mir der Unterkiefer herunterklappt, lässt sie ein glitzerndes rosa Siegel los.

Ich springe vom Tisch auf und deute anklagend mit einem Finger auf sie. »Du!«

Valerie inspiziert ihre Fingernägel mit offensichtlichem Desinteresse. »Dante Preston Walker, setz dich bitte hin.«

31
Glitzernde rosa Siegel

»Du hast die ganze Zeit meine Arbeit zerstört«, brülle ich.

»Korrekt.«

»Wie? Ich meine, warum? Nein, die erste Frage ... wie?«

»Ja, wie denn wohl.«

»Redest du mit mir oder starrst du die ganze Nacht deine falschen Scheiß-Fingernägel an?«

Sie reißt den Blick zu meinem Gesicht hoch. »Meine Nägel sind echt. Wenn du dich jetzt bitte hinsetzen würdest, statt hier eine Szene zu machen?«

Ich setze mich langsam und halte den Blick fest auf ihr Gesicht gerichtet, als könne sie gleich eine Chamäleonzunge ausfahren und mich verschlucken. »Wer bist du?«

»Ich habe es dir bereits gesagt, mein Name ist Valerie.«

»Ja, das habe ich mitbekommen.« Ich beuge mich vor. »Wie hast du das gemacht?«

»Was gemacht?«

»Hör auf, meinen Fragen auszuweichen.« Ich stoße einen frustrierten Seufzer aus. »Wie kommt es, dass du Siegel hast?«

Valerie hebt ihre in High Heels steckenden Füße und

legt sie mit einem Klirren auf den Tisch. Dann zieht sie anmutig ihre schwarzen Hosen hoch und entblößt eine goldene Fußfessel, genau wie meine. In dem Moment, wo ich sie sehe, spüre ich auch, dass sie ebenfalls eine Sammlerin ist. Ich habe es wohl vorher nicht mitgekriegt, weil ich es nicht erwartet habe. Ich beuge mich vor, um ihre Fußfessel zu berühren.

Sie schlägt meine Hand weg. »Fass niemals ohne Erlaubnis die Fußfessel einer Dame an.«

»Du bist eine Sammlerin«, hauche ich.

»Natürlich.« Valerie nimmt die Füße vom Tisch und schlägt erneut die Beine übereinander, dann lehnt sie sich auf ihrem Stuhl zurück und inspiziert den Raum. Sie wedelt mit ihrer leeren Hand – der ohne die Zigarette – zu den tanzenden Menschen. »Interessante Clubwahl. Nicht, dass ich überrascht wäre.«

»Du bist neu.« Ich formuliere es als Feststellung statt als Frage. Aus irgendeinem Grund will ich nicht, dass sie weiß, wie ahnungslos ich bin.

Sie nickt, ohne mich anzuschauen. Dann hellt sich ihre Miene auf, als wäre ihr gerade eine Idee gekommen. »Hey«, sagt sie. »Wollen wir tanzen?«

»Nein, ich will verdammt noch mal nicht tanzen. Ich will, dass du mir sagst, seit wann du Sammlerin bist und wen du ersetzt hast und wer zum Teufel dich ausgebildet hat – schließlich sollte das mein Job sein.«

Sie macht ein langes Gesicht und hebt eine Hand an ihr unmöglich rotes Haar. »Du langweilst mich.«

»So, meine liebe …«

»Nein!« Valerie zeigt mit einem schlanken Finger auf meine Brust. »Ich bin nicht lieb. Ich bin eine Frau.«

Ich unterdrücke ein Lachen und frage mich, seit wann lieb eine Beleidigung ist. »Na schön, Frau ...« Valerie lächelt und nickt. »Beantworte mir einfach meine Fragen. Ich weiß, dass du es tun wirst, sonst wärst du nicht mitten in meinen Auftrag hereingeplatzt.«

»Du meinst Charlie?«

Die Härchen in meinem Nacken stellen sich auf. Langsam dämmert es mir. Wenn ein neuer Sammler engagiert worden wäre, hätte Max es mir sofort erzählt. Und kein Unterweltsammler würde rosa Siegel benutzen. »Valerie.«

Sie sieht mich an.

»Für wen arbeitest du?«

Valerie nimmt einen langen Zug von ihrer Zigarette und bläst den Rauch über ihre Schulter. Dann hebt sie einen roten Fingernagel und zeigt direkt nach oben.

Ich schüttele den Kopf und breche in meinem Stuhl zusammen. »Eine verdammte, vom Himmel gesandte Sammlerin. Ich dachte, der Oberguru steht über so etwas Billigem wie dem Einsatz von Sammlern. Ich dachte, er steht auf freien Willen und diesen Mist.«

Ein steroidgepimpter Typ kommt vorbei und begutachtet in aller Ruhe Valeries Vorbau. Sie lächelt ihn an, dann dreht sie sich wieder zu mir um. »Tut er auch. Es hat sich nichts geändert. Und wir heißen *Befreier*, nicht Sammler. Gleicher Job, besserer Chef.«

»Schön. Warum zum Teufel hat er eine Sammlerin – äh – Befreierin geschickt?«, frage ich mit zusammengebissenen Zähnen. »Denn wenn du denkst, du und deine verdammten rosa Siegel würden mir diesen Auftrag vermasseln, bist du total schief gewickelt.«

»Ich bin nicht hier, um mich einzumischen«, antwortet sie. »Ich mache nur meinen Job. Genau wie du.«

»Also, was? Du verteilst einfach Siegel, wenn Leute was Gutes tun?«

»Das bringt es auf den Punkt.«

Ich falte die Hände auf dem Schoß. »Und du funkst mir bei Charlie nicht dazwischen?«

»Nein.« Valerie leckt sich die Lippen. »Aber wenn ich könnte, würde ich dich kaltmachen, wie du es verdienst, du Ratte. Ich weiß nicht, warum ihr Typen nicht fair spielen könnt. Lass sie doch einfach wie alle anderen zum Jüngsten Gericht gehen. Dieses Mädchen hat eine fast perfekte Seele. Sie würde ein wunderschönes, ehrliches Leben leben, wenn du dich bloß verpissen würdest.«

Ich lache laut auf. »Du hast gerade geflucht. Und offensichtlich rauchst du. Solltest du nicht leben wie eine Heilige?«

Valerie schnaubt. »Wohl kaum.«

Ich schaue nach rechts, um festzustellen, ob ich Charlie entdecken kann, aber sie ist nirgends zu sehen. Doch das wird nicht ewig so bleiben. Ich muss diese Befreierin loswerden. »Hör mal, wenn du nicht hier bist, um mir alles zu vermasseln, warum zeigst du dich dann überhaupt?«

»Weil du nicht alles über Charlie weißt. Ich dachte, ich versuche mal, dich zur Vernunft zu bringen.«

»Keine Chance.« Ich verschränke die Arme vor der

Brust. Also kann Charlie keine Siegel verteilen, die unsere eigenen zerstören. Das bedeutet, es gibt einen anderen Grund, warum der große Boss sie will. Und mir ist gerade etwas klar geworden – ich will gar nicht wissen, warum. Je weniger ich weiß, desto besser. Es wird mir helfen, während dieses Auftrags einen klaren Kopf zu bewahren und ein reines, na ja, kein allzu schmutziges Gewissen. »Könntest du dich jetzt freundlicherweise vom Acker machen und wieder Befreierin spielen?«

Valerie presst die Lippen zusammen. »Na schön, ich gehe. Aber denk daran, ich werde ganz in der Nähe sein. Und ich beobachte alles, was du tust.«

Sie macht Anstalten aufzustehen, aber ich halte sie am Handgelenk fest. »Du warst das. Du bist mir dauernd gefolgt, ohne dich zu zeigen.«

Sie wedelt mit einer Hand, als wolle sie sagen: »Ja. Na und?«

»Das muss ganz schön langweilig sein«, spotte ich. »Draußen vor Charlies Haus zu stehen oder mitten auf irgendeiner Straße oder vor Tankstellen in der Provinz.«

Valerie schaut kurz verwirrt. Dann lächelt sie so breit, dass es ihr ganzes Gesicht einnimmt. »Klingt so, als wäre ich nicht die Einzige, die dich im Auge behält.«

Ich begreife sofort, dass es nicht sie war, die ich gespürt habe. Erleichterung und Furcht stürzen im selben Moment über mir zusammen. Ich bin froh, dass der Obergur mich nicht so genau beobachtet, wie ich gedacht habe. Aber das bedeutet andererseits, dass einer von unseren Leuten es immer noch tut.

Valerie kommt auf meine Seite des Tisches und beugt sich dicht über mich. Ihre gewaltige Brust streift meine Schulter. »Du bist so besitzergreifend wegen deines Auftrags, und du weißt nicht einmal, wo sie genau … jetzt … ist.«

Ich schaue zu Valerie auf, dann sehe ich mich fieberhaft nach Charlie um. Ich entdecke sie nirgends. Das hat mich vorher nicht gestört. Aber etwas an der Art, wie Valerie das gerade gesagt hat, verrät mir, dass sie weiß, dass etwas im Gange ist. Ich stehe so hastig vom Tisch auf, dass der Stuhl hinter mir über den Boden kratzt.

Meine Beine können sich gar nicht schnell genug zur Tanzfläche bewegen. Ich schiebe Körper zur Seite und versuche, mich tiefer in die Menge hineinzudrängen, in der Hoffnung, sie zu finden. »Charlie«, brülle ich, obwohl es sinnlos ist. Die Musik ist direkt über der Tanzfläche so laut, dass sie mich auf keinen Fall hören kann.

Ich entdecke Annabelle, die mit Blue tanzt, und drängele mich zu ihnen durch.

»Wo ist Charlie?«, frage ich.

Annabelle schaut sich um, dann zeigt sie hinter sich. »Sie ist da rübergegangen.«

Ich schaue in die Richtung, in die sie deutet, aber ich entdecke Charlie nicht. »Wie lange ist das her?«

Blue schaut auf seine Plastikarmbanduhr – etwas, worum sich die Stylistin wirklich hätte kümmern sollen. »Vor zehn Minuten.« Als er das sagt, huscht Sorge über seine Züge, als wäre ihm nicht klar gewesen, wie viel Zeit vergangen ist. Er macht Anstalten, in die Richtung zu gehen, wo er sie das letzte Mal gesehen haben muss, aber ich halte ihn auf.

»Bleibt einfach hier.«

Ich renne in die Richtung, in die Annabelle gedeutet hat, und als ich mich umdrehe, sehe ich, dass Blue mir auf den Fersen ist. Ich verdrehe die Augen und laufe weiter. Ein Aufblitzen von blondem Haar an der Theke lässt mich innehalten. Es ist der Schulterwurf. Die Frage ist: Für wen zum Teufel macht sie ihn?

Ich dränge mich an Menschen vorbei und komme bis auf drei Meter an sie heran. In dem Moment sehe ich den hochgewachsenen, drahtigen Typ, der sich mit einem unangenehmen Lächeln auf dem Gesicht über sie beugt. Er trägt ein glänzendes Prollhemd, und seine Prollhand liegt auf Charlies Hüfte. Sie lächelt und schwankt heftig, während er ihr ein Schnapsglas reicht, das bis zum Rand mit schwarzer Flüssigkeit gefüllt ist. Der Bursche führt ihr die Hand mit dem Glas praktisch zum Mund.

»Charlie!«, brülle ich.

Zu spät. Sie kippt das schwarze Zeug runter.

32
Ich sehe dich

Ich bin mit zwei Schritten bei ihr und schlage die Hand des lachenden Typen von ihrer Hüfte. Dann reiße ich Charlie das leere Glas aus den Fingern. »Was zum Teufel soll das werden?«, frage ich sie.

»Ich mach doch nix«, lallt sie.

Ich drehe mich um und baue mich vor dem Typen neben ihr auf. »Wieso füllst du sie mit Shots ab? Sie ist offensichtlich schon hinüber.«

Der Mann macht einen kleinen Schritt rückwärts, aber seine Kumpel stoßen ihn wieder in meine Richtung. Er schaut zu ihnen, erinnert sich, dass sie zusehen, und funkelt mich mit wiedergewonnenem Selbstbewusstsein an. »Was geht das dich an? Bist du ihr Freund oder so was?«

Hinter mir ruft Blue Charlie zu: »Wie viel hast du getrunken?«

Charlie murmelt etwas von Arnold Schwarzenegger.

»Du warst nur zehn Minuten weg«, fügt Blue hinzu.

Der Typ vor mir gibt mir einen Stoß gegen die Schulter. »Hast du mich gehört? Ich habe gesagt, was geht es ...«

»Ich habe dich verstanden. Sieh bloß zu, dass du verdammt noch mal von diesem Mädchen wegbleibst.« Ich zeige ruckartig mit dem Daumen hinter mich.

»Ja«, fällt Blue ein, der dicht hinter mir steht. »Mach, dass du hier wegkommst.«

Der Mann hebt die Hände. »Ihr macht aus einer Mücke einen Elefanten. Aber ihr habt offensichtlich eine Art Dreier am Laufen, also lass ich euch damit mal weitermachen.« Er macht Anstalten wegzugehen, kann sich aber eine letzte Bemerkung nicht verkneifen: »Das Mädchen ist eh hässlich.«

Ich versuche, den Typen zu packen, aber bevor ich das kann, landet er auf dem Boden. Blue steht über ihm, und sein Gesicht flackert im Widerschein eines der Feuer. Mein Mund öffnet sich keuchend. Blue wiegt vielleicht fünfzehn Kilo, aber anscheinend weiß er genau, wie er jedes einzelne Gramm davon einsetzen muss, wenn er sauer ist.

Ich packe Charlies Arm und ziehe sie weg, während Blue sich vorbeugt und seine Hände in das Hemd des Mannes krallt. Er reißt ihn hoch, sodass ihre Gesichter nur Zentimeter voneinander entfernt sind. Dann sagt Blue leise etwas. Die Augen des Mannes weiten sich, und er weicht auf dem Boden zurück, bis er aufstehen kann. Blues Hand zuckt, als lasse er ihn los, und der Bursche rappelt sich auf und sucht mit seinen Freunden das Weite.

Blue. Ist. Gangsta.

Obwohl es mich in den Fingern gejuckt hat, den Mistkerl selbst zu Boden zu befördern, fühle ich mich wie ein stolzer Vater bei der Abschlussfeier der Schule, während ich Blue beobachte.

Ich lege ihm meine Hand auf die Schulter und versuche, ihn so zu rütteln, dass der irre Blick aus seinen Augen verschwindet. Er streift meine Hand ab, hält inne, um Charlie zu inspizieren, versichert sich, dass sie okay ist, und stürmt dann auf die Tanzfläche zurück. Ich weiß nicht, was in ihn gefahren ist, aber es gefällt mir.

Ich konzentriere mich auf Charlie. Sie kann kaum aufrecht stehen und schenkt mir ein träges Grinsen. Ich sollte glücklich sein, dass sie so dicht ist. Es wird ihre Urteilskraft beeinträchtigen und sie dazu bringen, Dinge zu tun, die sie sonst nicht tun würde. Aber mir geht nur durch den Kopf, dass ich sie ins Hotel zurückbringen will, wo sie sicher ist. Das hier war eine schreckliche Idee. Der Besuch in Vegas hat sie dazu gebracht, mehr Schönheit zu erbitten, aber wir hätten genauso gut im Hotel bleiben und dort abhängen können. Ich muss mich daran halten, dass der Vertrag in Anspruch genommen wird, statt sie dazu zu bringen, auf die traditionelle Weise zu sündigen. So etwas wie heute Nacht ist zu riskant.

»Warum ist es riskant? Dein Ziel ist es, sie in Schwierigkeiten zu bringen. Nicht sie davor zu bewahren.«

Ich schüttele den Gedanken ab und schleppe Charlie zur anderen Seite des Raums. Ich weiß nicht, warum, aber ich habe das Gefühl, als müsste ich sie im Moment für mich allein haben. Um zu gucken, ob sie okay ist, obwohl es mir eigentlich egal sein sollte.

Und es ist mir egal.

Oder?

Ich schiebe Charlie in eine dunkle Ecke und schaue

mich um, ob irgendjemand uns beobachtet. Dann halte ich mein Gesicht dicht vor ihres und atme nur. Ihr Atem vermischt sich mit meinem, und ich rieche einen Anflug von Zimt. Diese Shots müssen beim Schlucken gebrannt haben.

Ich lege die Hände an ihre Wangen. Ihr Gesicht unter meinen Fingern ist warm. Sie schließt ihre blauen Augen und lächelt.

»Charlie«, sage ich und senke den Kopf. Ich presse den Mund auf ihren Kopf. Nicht in einem Kuss, nur um ihn dort ruhen zu lassen, obwohl ich, sobald mein Mund und meine Nase in der Nähe ihres blonden Haares sind, nicht umhin kann, den Duft ihres Shampoos einzuatmen. Ich presse die Augen zu und flüstere: »Warum tust du das?«

»Mmm?«

Ich drehe den Kopf zur Seite und bette die Wange auf ihrem Kopf. »Warum, Charlie? Warum kannst du nicht einfach so bleiben?«

Sie antwortet nicht, und ich weiß plötzlich, was ich wirklich frage: Warum konnte *ich* nicht einfach so bleiben? Ich wurde als unschuldiges Kind geboren. Wann hat sich alles geändert? Was hat mich zu der Person gemacht, die ich war, als ich starb? War es einfach ein Fehler nach dem anderen? Eine falsche Entscheidung, der Schlimmeres folgte?

Vielleicht war es mir bestimmt, ein selbstsüchtiger Versager zu sein.

Vielleicht wurde ich als Monster geboren.

Unter mir regt sich mein absolutes Gegenstück. Sie

schaut auf, und ich bemerke, dass die schwarze Mascara unter ihren Augen verschmiert ist. Ich versuche, sie mit dem Daumen unter ihren auf Halbmast hängenden Lidern wegzuwischen, aber das macht es nur schlimmer.

»Charlie.« Ich spreche mit mir selbst und hoffe, dass sie zu weit hinüber ist, um zu begreifen, was ich sage – was ich fühle. »Bleib.«

Sie lächelt nur und schmiegt sich an meine Brust. Sie wird schwerer in meinen Armen, als würde sie im Stehen einschlafen. Während ich sie aufrecht halte, fühle ich mich nicht wie ihr Zerstörer. Ich fühle mich wie ein Beschützer. Aber das ist nicht wahr, oder? Ich bin nicht die Person, für die sie mich hält. Ich bin nicht wie sie. Ich bin nicht gut.

Aber Charlie – sie ist es. Warum sonst würde sie es sich zum Lebensziel machen, anderen zu helfen, obwohl sie so ein beschissenes Pech hatte? Und warum sonst sollte der Oberguru seine eigenen Regeln brechen und Valerie ausschicken, um auf sie aufzupassen?

»Dante«, sagt Charlie unter mir. Da ist Überraschung in ihrer Stimme, als hätte sie vergessen, wo wir sind.

»Ich bin hier.«

Ich ziehe sie näher heran, und sie hebt den Kopf.

»Verlass mich nicht, okay?«, sagt sie.

Ich schaue ihr in die Augen, sage aber nichts. Ich kann nicht.

»Ich verrate dir was, Dante.« Charlie spricht immer noch mit schwerer Zunge, aber es schwingt ein dringlicher Unterton darin mit. Als müsse sie, was immer sie zu sagen hat, jetzt sagen, sonst wäre es für immer verloren. Sie nimmt mein Gesicht in ihre Hände. Meine Haut brennt unter ihrer Berührung. »Ich finde, dass du wunderschön bist.«

Ich lächele und denke, dass sie fertig ist. Aber sie lässt mein Gesicht los und legt die Hände auf meine Brust, direkt über meinem Herzen.

»Genau hier bist du wunderschön«, fährt sie fort.

Ich schließe die Augen, und alle Luft weicht aus meinen Lungen.

»Ich sehe das Gute in dir, Dante«, spricht Charlie weiter, und die Worte rollen ihr von der Zunge. »Selbst wenn du es nicht tust, ich tue es. Du hast ein gutes Herz. Weißt du, woher ich das weiß?«

Ich öffne die Augen. Sie sieht mich an, als existiere nichts anderes auf der Welt. Als seien der ganze Planet und die ganze Menschheit einfach verschwunden. Langsam nimmt sie meine Hände in ihre, so gut sie kann, und legt sie auf ihre Brust. »Weil ich es hier fühle.« Sie klopft mit unseren Händen auf ihr Herz. »Ich weiß, dass du gut bist, Dante. Weil ich es in mir fühle.«

Ich umarme sie und drücke ihren Kopf an meine Brust. Meine Lungen wollen nicht funktionieren. Mein Mund kann nicht antworten.

Aber die Tränen.

Sie kommen.

Meine Augen brennen zum ersten Mal seit dem Tod meines Vaters, und eine Träne rinnt mir über die Wange und fällt in Charlies Haar. Ihre Worte rauschen in meinem Körper hin und her. Es ist genau das, was ich in den letzten zwei Jahren hören wollte, seit ich zu diesem wandelnden Albtraum geworden bin. Und es ist das, was zu glauben ich mir nie gestattet habe. Ich will gut sein. Aber wie kann ich gut sein, wenn alles, was ich tue, alles, wofür ich jetzt stehe, das Gegenteil beweist? Für mich gab es nie eine zweite Chance. Aber Charlie hat mir gerade eine gegeben. Sie hat gerade etwas in mir gesehen.

Und vielleicht kann ich das sein, was sie sieht.

33
Lippen

»Bringen wir dich zurück ins Hotel.« Ich reibe mir schnell die Augen, wie Männer das tun. Sie darf mich nicht so sehen, darf nicht wissen, dass sie so eine Wirkung auf mich hat. Ich wünschte, ich selbst könnte das vergessen.

Charlie nickt an meiner Brust, daher nehme ich ihre Hand und führe sie weg. Wir gehen in Richtung Tanzfläche, und mir wird bewusst, dass ich sie näher an mich ziehe, als es sein muss. Ich schaue mich etliche Male um, ob sie okay ist, und sie lächelt.

Mein Herz hämmert.

Nach ein paar Minuten laufen wir Annabelle über den Weg, die mit jemandem tanzt, der doppelt so alt ist wie sie. Ich zerre sie weg, und sie ist nicht allzu glücklich darüber. Der Typ ist es auch nicht, aber ich habe nicht die Energie, mich mit ihm zu beschäftigen.

»Wo ist Blue?«, frage ich Annabelle.

Sie zuckt mit den Schultern und schiebt die Unterlippe vor, als wäre ich ihr verdammter Dad und hätte ihr gerade Stubenarrest gegeben. Ich sehe ihr scharf in die Augen. Sie sind rot und rollen herum, ohne dass sie irgendetwas wirklich anschaut.

Ich stöhne und nehme ihre Hand in meine freie Hand. »Meine Güte, ich nehme euch Mädchen mit, damit ihr ein wenig Spaß habt ...« Mit anderen Worten: damit ihr in Schwierigkeiten geratet. »... und was tut ihr? Ihr trinkt mehr Alkohol, als ihr wiegt, und treibt euch mit irgendwelchen Arschlöchern herum.«

Annabelle hält sich den Mund zu und kichert wie eine Irre.

»Ja, zum Schreien komisch«, sage ich.

Wir drängen uns durch die Masse an Leibern, bis ich Blue sehe. Wo er tanzt, sind noch mehr Leute, genug, um es uns dreien schwer zu machen, ihn zu erreichen. Ich drehe mich zu den Mädchen um. »Keinen. Schritt.«

Annabelle legt die Arme um eine torkelnde Charlie. Sie nickt mit ernstem Gesicht, dann bricht sie in schallendes Gelächter aus.

Ich verdrehe die Augen und gehe zu Blue hinüber. Als ich näher komme, muss ich mir auf die Knöchel beißen, um nicht zu schreien. Blue drückt seinen Unterleib so fest gegen eine Frau, dass ich halb erwarte, Kleidung zu ihren Füßen liegen zu sehen. Aber was mich sauer macht, ist etwas anderes.

Leute beschweren sich, als ich sie aus dem Weg schiebe und Valerie von Blue wegzerre. »Geh und mach jemand anderen verrückt, Red.«

»Alter«, murmelt Blue gedehnt.

Ich drehe mich zu ihm und seinem trunkenen Schwanken um. »Das ist nicht dein Ernst, Blue. Du warst vor einer Viertelstunde noch nüchtern.«

»Hat mich irgendwie erwischt«, erwidert er lachend. Dann versucht er, sich an mir vorbeizuschieben, um an Valerie heranzukommen, die damit beschäftigt ist, ihr Top wieder in Ordnung zu bringen.

»Red, schwirr ab«, sage ich. »Blue, du kommst mit mir.«

Blues halb geschlossene Augen öffnen sich weit. »Wusste ich doch, dass du das gesagt hast.« Er zeigt auf Valerie. »Du bist Red … und ich bin Blue. Wir sind beide im Farbkreis.« Er brüllt vor Lachen.

»Okay, das ist großartig.« Ich packe seine Schultern und schaffe es, ihn zu Annabelle und Charlie zu bugsieren, obwohl er sich wehrt und nach seiner geliebten Red schreit.

Draußen vor dem Club winke ich ein Taxi heran und schaffe es, die drei Saufnasen hineinzuverfrachten. Sie sitzen Schulter an Schulter auf der Rückbank, und ich nehme den Beifahrersitz. Auf der Rückfahrt ins Hotel reden sie abwechselnd entweder alle gleichzeitig oder schweigen.

»Charlie, Charlie«, lallt Blue. »Es tut mir leid, dass ich diesen Burschen gestoßen habe. Du weißt, es liegt nur daran, dass du mir was bedeutest. Es liegt daran …«

Annabelle lehnt sich in ihrem Sitz vor. »Was ist mit mir? Würdest du das für mich auch tun? Ich bedeute dir nichts. Ich bin dir egal.«

»Mir bedeutest du was«, sagt Charlie mit fest geschlossenen Augen.

»Mir bedeutetest du auch was, Annabelle«, ruft Blue. »Wirklich. Du weißt es nicht mal. Es würde dich umhauen.« Er macht eine Pantomime, als würde ihn etwas umhauen, und Annabelle fällt lachend über seinen Schoß.

»Dante«, sagt Blue, als hätte er eine brillante Idee, »lass uns Pommes holen. Haben die hier Pommes?«

»Pommes!« Charlie boxt den Arm in die Luft und trifft das Dach des Taxis.

Der Taxifahrer sieht mich mit tiefer Resignation an, als hätte er so etwas schon eine Million Mal gesehen und sich zu guter Letzt in sein Schicksal ergeben.

»Alle Mann, Ruhe«, befehle ich.

Annabelle hält sich den Mund zu, um nicht zu lachen, dann lehnt sie sich an Blues Schulter. Er seinerseits lehnt sich gegen das Fenster, und Charlie lehnt sich an Annabelles Schulter. Sie sehen aus wie umgefallene Dominosteine. Oder gefallene Soldaten. Oder wie Schnapsdrosseln. Der Reihe nach schließen sie die Augen und verlieren das Bewusstsein.

Sechs barmherzige Minuten lang fahren wir schweigend, bevor Charlie aufwacht. »Wo sind wir?«

Ich drehe mich auf meinem Sitz um und lege einen Finger an die Lippen, aber es ist zu spät. Annabelle hebt den Kopf. »Oh, mein Gott. Die Lichter sind so hübsch.«

»Ich finde sie hässlich«, sagt Blue, ohne die Augen zu öffnen.

Annabelle verzieht das Gesicht, als würde sie gleich weinen, und Charlie nimmt sie in den Arm.

Ich hole tief Luft und schaue zum Taxifahrer hinüber. »Ich zahle Ihnen das Doppelte, wenn Sie uns in zwei Minuten da haben.«

Er nickt und tritt aufs Gas. Ich bin mir sicher, dass er uns genauso gern aus diesem Taxi raushaben möchte wie ich. Exakt zwei Minuten später fahren wir vor dem V-Hotel vor. Blue und Annabelle singen während der ganzen Fahrt im Aufzug aus Leibeskräften, und weiter den ganzen Weg den Flur entlang zu ihren Zimmern. Andere Hotelgäste strecken die Köpfe in den Flur und schütteln die Fäuste, obwohl ich keine Ahnung habe, warum. Um Himmels willen, dies ist Las Vegas. Also tue ich, was jeder anständige Mensch tun würde, und zeige ihnen zwei Mittelfinger. Meine bescheidene Gabe an diese herrliche Nacht.

Nachdem ich Annabelle und Blue zum hundertsten Mal gesagt habe, dass wir den lustigen Abend auf keinen Fall im Kasino beenden, und sie sicher in ihre Zimmer gebracht habe, richte ich meine Aufmerksamkeit auf Charlie. Sie lehnt an der Wand und legt den Kopf gegen einen schwarz gerahmten Spiegel.

»Ich bin müde«, sagt sie. »Ich will nicht ins Kasino.«

Ich beiße mir auf die Unterlippe, um nicht zu lachen, und gehe auf sie zu. »Ich weiß, dass du das nicht willst, Süße. Bringen wir dich ins Bett.«

Sie nickt, als ob ihr Hals aus Gelee statt aus Haut und Knochen bestünde. Ich lege ihr einen Arm um die Taille und halte sie aufrecht, während ich ihre Tür aufschließe. Sobald sie aufschwingt, rast Charlie hinein und springt mit dem Gesicht voran aufs Bett. Ihr Kopf trifft mit einem Wums einen Haufen Kissen.

»So. Gut«, sagt sie in die Kissen, ihre Stimme gedämpft. Ich ziehe ihr die High Heels von den Füßen. Dann nehme ich ihr die Ohrringe ab, wobei ich darauf achtgebe, ihr nicht wehzutun. Dies ist das erste Mal, dass ich ein Mädchen ausziehe, ohne dass ich was von ihr will.

»Charlie«, murmele ich, »du musst dich auf den Rücken drehen.«

»Warum?« Ihr Gesicht ist immer noch in die Kissen gedrückt, und ich kann sie kaum verstehen.

»Weil du sonst ohnmächtig wirst und erstickst.« Ich schiebe die Hände unter sie und wiege sie in den Armen. Nur für einen Moment halte ich sie so gegen mich gedrückt, ihr Kopf auf meiner Brust. Charlie stöhnt, und ich lege sie auf den Rücken. Sie rollt sich auf der Seite zu einem Ball zusammen. Ich schnappe mir die flauschige, weiße Decke vom Fußende des Bettes und decke sie zu. Dann hole ich ein Glas Wasser aus dem Badezimmer und stelle es auf den Nachttisch.

Und dann starre ich sie an.

Wie ein totaler Spanner stehe ich nur da und starre sie an.

Ihre Atmung hat sich bereits verlangsamt, und alle paar Sekunden arbeitet ihr Mund, als rede sie in ihren Träumen. Wie ich Charlie kenne, tut sie das wahrscheinlich auch. Und die Person, mit der sie spricht, hat keine Chance, zu Wort zu kommen.

Eine Haarlocke fällt ihr ins Gesicht, und ich schiebe sie zurück. Als meine Hand die geglättete Wange streift, schlägt sie die Augen auf. Sie schlingt die Finger um mein Handgelenk, und ihre großen, blauen Augen heften sich auf mein Gesicht.

»Dante?« Sie sagt meinen Namen so leise, dass ich ihn beinahe nicht verstehe.

Ich sitze auf der Bettkante und warte darauf, dass sie weiterspricht.

Ihr Mund öffnet sich, aber sie schließt ihre Augen fest. »Du darfst mich küssen, wenn du willst.«

Jeder Muskel in meinem Körper spannt sich an. Ich bin zu verblüfft, um etwas zu sagen. Ich kann nicht glauben, was sie gerade gesagt hat, aber vielleicht sollte ich es glauben. Es ist nicht so, als hätte sie mich während der letzten paar Tage weggestoßen, und im Club hat sie mir erzählt, dass sie denkt, ich hätte ein gutes Herz. Aber irgendwie fühlt es sich trotzdem unwirklich an. Ich hätte die Zeichen erkennen sollen. Ich hätte wissen sollen, dass dies geschehen würde. Charlies Augen bleiben geschlossen, und ich weiß nicht, ob sie eingeschlafen ist oder auf eine Antwort von mir wartet.

Oder ob sie darauf wartet, dass ich sie küsse.

Ich betrachte ihren Mund, ihr Sahnestück. Er ist voll und rosig, und ich frage mich für einen winzigen Moment, wie es sich anfühlen würde, meine Lippen auf ihre zu pressen. Aber ich kann es nicht tun. Ich will es nicht tun. Sie ist betrunken, und sie ist mein Auftrag ... und sie wird bis morgen früh alles vergessen haben. Trotzdem – was wäre, wenn ich nicht für die Unterwelt arbeiten würde? Wenn ich einfach ein Junge wäre und sie einfach ein Mädchen, das ich in Peachville, Alabama, kennengelernt habe?

Ich atme durch die Nase aus und drücke die Lippen auf

ihre Stirn. Unter mir gibt Charlie einen kleinen Laut von sich, aber ich habe keine Ahnung, ob er vom Schlaf oder von etwas anderem herrührt.

»Gute Nacht, Süße.«

Ich stehe vom Bett auf und gehe zur Tür. In der Nähe der Tür bleibe ich stehen und starre sie an. Sie sieht friedlich aus, eingewickelt in die weiße Decke, während sie langsam und gleichmäßig atmet. Ich schiebe die Zunge in die Wange, dann schalte ich das Licht aus und verlasse den Raum.

Sofort sehe ich sie auf der anderen Seite des Flurs vor meinem Zimmer warten.

Valerie.

34
Trelvator

»Was willst du, Red?«, frage ich ungeduldig.

»Was hast du da drin gemacht?« Valeries Züge sind angespannt, als erwarte sie das Schlimmste.

»Wenn du dir solche Sorgen gemacht hast, warum hast du nicht geklopft?«, schieße ich zurück.

Sie legt eine Hand auf ihre wohlgeformte Hüfte. »Stellen wir uns jetzt die ganze Nacht gegenseitig Fragen?«

»Keine Ahnung, wollen wir?« Ich schiebe meine Plastikkarte in den Schlitz, und meine Tür klickt auf. »Bitte, komm doch herein und mach mir den Rest der Nacht zur Hölle. Ist ja nicht so, als bräuchte ich Schlaf oder so was.«

Valerie tänzelt an mir vorbei in den Raum. »So ein Klugscheißer.« Sobald wir im Zimmer sind, zündet sie sich eine Zigarette an und bläst den Rauch in kleinen Ringen über ihren Kopf.

Ich schiebe die Balkontür auf und Valerie setzt sich auf das kleine rote Ledersofa.

»Diese Zigaretten sehen himmlisch aus. Gibst du mir eine ab?«

Sie stöbert in ihrer Handtasche nach dem Päckchen und wirft es in meine Richtung. Ich ziehe eine Zigarette heraus und deute auf das Feuerzeug. Sie wirft mir auch das zu.

»Also, lass uns loslegen. Was ist dein Anliegen, Rotpelzchen?« Ich zünde meine Zigarette an, lasse mich aufs Bett fallen und schlage meine roten Chucks an den Knöcheln übereinander. »Du hast offensichtlich noch etwas mehr auf dem Herzen als nur billiges Silikon.«

Valerie bedeckt unbewusst ihre Brüste. »Meine Süßen sind echt.«

»Niemals würdest du die vergrößern. Dann würden die Männer ja um dich herumscharwenzeln.«

Sie richtet sich auf. »Ich brauche keine Aufmerksamkeit von Männern.«

»Na komm. Das Schlimmste am Sterben war für dich doch sicher, dass du deine drei Liebhaber zurücklassen musstest.«

In ihren Augen lodert ein so helles Feuer auf, dass mein Blut stockt. Jeder Muskel in ihrem Körper ist angespannt, und sie beißt die Zähne so fest zusammen, dass ich befürchte, sie könnte sich ihre eigene Zunge abbeißen.

»Dante Walker, wir werden nie wieder über meine Beziehung aus der Zeit, als ich noch lebte, sprechen. Aber eines sage ich dir: Ich habe meinen Verlobten mit einer Inbrunst geliebt, die du garantiert für niemanden empfindest.«

»Wie du meinst.« Ich versuche, es runterzuspielen, nehme mir aber vor, nie wieder über ihren Verlobten zu reden, damit sie mich nicht im Schlaf erwürgt. Ich nehme einen Zug von meiner Zigarette und starre aus meiner beträchtlichen Höhe auf Valerie herunter. Sie funkelt mich böse an, daher lasse ich mein schönstes Leck-mich-Grinsen aufblitzen.

»Du bist ein Schwein.« Valerie rümpft die Nase und macht grunzende Geräusche. Alles an ihr ist auf Hochglanz poliert, und ich muss darüber lachen, wie sehr ich sie getroffen habe. Gut. Nachdem sie mir meine Erfolgsquoten versaut hat, hat sie das verdient. Trotzdem – es ist schon spät, und ich muss dringend an der Matratze horchen. Und ich gebe gern zu, dass ich brennend neugierig darauf bin, warum sie hier auf der Erde ist und Charlie beobachtet.

»Genug«, sage ich. »Es wird langsam ermüdend. Fang an zu reden.«

Valerie schaut sich um, wo sie ihre Zigarettenasche loswerden könnte, und entscheidet sich für den Fußboden. Nett.

»Ich bin hier, um Charlie zu beobachten«, antwortet sie. »Das weißt du. Was du nicht weißt, ist warum.«

»Nein. Und du kannst gleich wieder aufhören.« Ich setze mich im Bett auf. »Ich will es gar nicht wissen. Ich habe einen Job zu erledigen, Red, und ich habe vor, ihn zu Ende zu bringen. Es hat nichts damit zu tun, ob ich das will oder nicht. Es ist entweder ihr Arsch oder meiner. Und dreimal darfst du raten – ich habe meinen gewählt. Auch wenn du mir jetzt erzählst, was ich dabei zerstöre, wird das die Dinge nicht aufhalten, capisce?«

Valerie lächelt. »Klingt so, als würdest du so was wie ein Gewissen bekommen.«

Ich werfe die Hände in die Luft. »Das ist das genaue

Gegenteil von dem, was ich gerade gesagt habe. Es. Ist. Mir. Egal.«

»Und deshalb behandelst du sie, als wäre sie aus Glas, und greifst jeden an, der versucht, sie zu zerbrechen.«

Ich denke über das nach, was sie gerade gesagt hat. Sie muss gesehen haben, wie ich diesem Typen im Club den Arsch versohlt und Taylor an der Centennial High bedroht habe. Ich fahre mir mit der Zunge über die Zähne. Vorsicht mit dem, was du sagst. Denk daran, auf welcher Seite du stehst – auf der Seite, auf der niemand entkommt.

Valerie schlägt die Beine übereinander und stellt sie wieder gerade hin, dann wiederholt sie die Prozedur, während sie darauf wartet, dass ich antworte. »Ich habe die ganze Nacht Zeit.«

Ich schlucke, dann lächele ich, als stünde ich im Begriff, ihr ein wunderbares Geheimnis anzuvertrauen. »Weißt du, warum ich der beste Sammler bin? Weil ich weiß, wie man das Spiel spielt. Ich spiele, um zu gewinnen. Verstanden? Ich tue, was ich muss.« Ich beuge mich vor. »Und zwar alles.« Dann lache ich, als wäre es das Komischste, was ich je gesagt habe. Ich weiß, dass es helfen wird, sie die Riesenlüge schlucken zu lassen, die ich ihr gerade auftische.

Valerie starrt mich an und versucht zu entscheiden, ob ich die Wahrheit sage. »So gut bist du nicht, Dante.«

»Bin ich nicht?«

Sie nimmt einen langen Zug und schnippt die Zigarette auf den Balkon. Von dort, wo sie sitzt, ist das tatsächlich ziemlich beeindruckend. »Du denkst, du kennst dieses Mädchen?« Ihre Augen verengen sich. »Du weißt nichts von ihr. Du hast keine Ahnung, wozu sie fähig ist, nicht wahr?«

»Ich habe dir gerade erklärt, dass es mir …«

»Aber es ist dir nicht egal, Dante. Ich sehe es daran, wie du sie ansiehst. Du bist kein Schauspieler. Du bist nur ein abgehalfterter Sammler, der schreckliche Angst davor hat, seinen Boss zu verärgern. Also tust du, was du am besten kannst, und nimmst dich vor Nummer eins in Acht. Es läuft alles auf deine Beförderung hinaus, nicht wahr? Auf dein Ticket aus der Hölle?«

Mein Kiefer klappt zu und das klickende Geräusch verrät mich.

Valerie schüttelt den Kopf. »Nicht einmal Luzifers bester Mann will was mit ihm zu tun haben. Und warum solltest du? Wer würde irgendetwas mit diesem Ort zu tun haben wollen?« Sie runzelt die Stirn. »Ich hoffe einfach, dass es schlimm genug ist, um zu rechtfertigen, was du opferst.«

»Du. Hast. Keine. Ahnung.« Meine Worte marschieren wie Zinnsoldaten. »Du weißt nicht, wie es da unten ist.«

»Nein, tue ich nicht«, stimmt sie zu. »Und du weißt nicht, was du zerstörst, wenn du diesen Auftrag erfüllst.«

Ich will Valerie beweisen, dass es mir egal ist. Es spielt keine Rolle, was Charlie ist oder nicht ist, weil ich mich immer für ein Leben jenseits der Hölle entscheiden werde. Aber es gibt einen Teil von mir, der wissen will, wer Charlie ist und wozu sie fähig ist. Denn in Wahrheit will ich sie kennenlernen. Ich kann auf das schlechte Gewissen verzichten, das dieses Wissen vielleicht mit sich bringt, aber ich will sie ganz und gar kennenlernen. Also sehe ich Valerie in die Augen und warte darauf, dass sie es mir sagt. Ich werde nicht um diese Information bitten, aber ich weiß, sie wird sie mir freiwillig liefern, wenn ich schweige. Und so schweige ich.

Valerie erhebt sich vom Sofa und schaut durch die offene Balkontür. »Charlie ist was Besonderes.«

»Das habe ich mitgekriegt.«

Sie wirft mir einen Blick zu, der sagt, dass sie nur einen Zentimeter davon entfernt ist, mich tätlich anzugreifen. So komisch es wäre zu sehen, wie sie das versucht, halte ich lieber den Mund und lasse sie ausreden.

»Ihre Geburt war kein Zufall. Sie war geplant. Nicht in der Art, dass zwei Menschen heiraten, ein Haus kaufen und planen, ein Baby zu bekommen. Ihre Geburt war vorherbestimmt von ...« Sie bricht ab und zeigt nach oben. Anscheinend ist der Oberguru zu dem neuen Voldemort geworden, Er-dessen-Name-nicht-genannt-werden-darf.

Valerie wendet sich wieder der kühlen Nacht von Las Vegas zu. »Charlie wird das Leben der Menschen verändern, Dante. Sie wird die Art verändern, wie sie über sich selbst denken, wie sie über ihre Nachbarn denken. Sie wird ... ein Werkzeug in Seinem Plan sein.«

»Ein Werkzeug?« Ich stehe vom Bett auf. »So nach dem Motto: Wenn wir sie nicht kriegen, dann kriegt Er sie? Und dann benutzt er sie wie eine Schachfigur, die nach seiner Pfeife tanzt? Nein. Das wird nicht passieren. Zumindest werde ich, wenn ich es auf meine Art tue, frei sein, und sie wird den Rest ihres Lebens für sich selbst haben.«

Valerie fährt herum und rast wie ein Blitz durch das Zimmer. Die Worte schießen aus ihrem Mund. »Du Idiot! Du dummer, egoistischer Arsch. Verstehst du denn nicht? Es ist bereits geschehen. Vor siebzehn Jahren hat ihre Geburt Sein Gebot erfüllt.« Sie legt mir eine Hand mitten auf die Brust, und ein warmes Gefühl strömt von dieser Stelle aus. »Vor drei Jahren hat Charlie eine Organisation gegründet. Diese Organisation wird weiter wachsen und gedeihen, und mit der Zeit wird sie das Antlitz der Menschheit verändern. Sie wird die Menschen daran erinnern, wie man einander liebt. Sie wird ihnen beibringen, wieder füreinander zu sorgen.«

»Ihr Ehrenamtsverein?«, frage ich ungläubig. »Darum soll es gehen? Wenn ja, dann irrst du dich. Ich habe es gesehen. Das sind ein paar gelangweilte Leute, die Gefälligkeiten tauschen. Das ist nichts.«

»Es ist *alles*. Es ist der Anfang vom Ende.«

»Das Ende wovon?«

»Das Ende von Hass. Von Eifersucht. Von Egoismus. Ihre Arbeit, ihr Leben – sie wird eine Ära des Hasses beenden und Trelvator einläuten.«

Ich schiebe ihre Hand von meiner Brust. »Jetzt erfindest du Worte.«

»Trelvator bedeutet eine Ära des Friedens, die hundert Jahre währt.«

»Du spinnst ja komplett, Mädel. Du bist reif für die Geschlossene«, sage ich. »Die Menschheit könnte nicht mal zwei Wochen lang friedlich sein, geschweige denn hundert Jahre lang.«

Valerie ignoriert mich. »Ihre Arbeit wird genug Menschen berühren, um etwas Neues auszulösen. Es wird sich anfühlen wie ... Weihnachten: ein Tag, an dem Menschen netter und großzügiger sind. Nur dass dieser Tag ein Jahr währen wird und dieses Jahr ein Jahrhundert.«

»Irgendetwas wird passieren. Ein Krieg wird beginnen, ein politischer Streit wird ausbrechen. Irgendetwas.«

»Dinge werden geschehen, aber sie werden nicht genug Schaden anrichten, um Trelvator zu beenden. Nicht für hu–«

»Hundert Jahre. Verstanden.« Ich lehne mich auf dem Bett zurück und reibe mir das Kinn. Wenn es möglich ist, dass Charlie eine Ära des Friedens einläutet, ist das nicht ein Grund mehr für mich, auf der Erde zu bleiben? Warum sollte ich lieber in die Hölle gehen, als Friede, Freude, Eierkuchen zu kriegen? Ich sehe Valerie an. »Warum hat das etwas mit ihrer Seele zu tun? Wenn ich ihre Seele einsammele, wird sie weiterleben. Sie kann die Welt immer noch verändern und all das bewirken.«

Valerie wendet sich ab, aber ich kann trotzdem sehen, dass sie auf ihrer Unterlippe kaut.

»Oh, Mist! Du weißt es nicht«, sage ich. »Die ach so weise Dame hat keinen Schimmer, was Charlies Seele mit alledem zu tun hat.«

Sie geht zum Sofa, greift nach ihrer Tasche und hängt sie sich über die Armbeuge. Dann wendet sie sich mir zu. »Du hast recht. Wir wissen nicht, was Er mit ihrer Seele vorhat. Aber eins weiß ich. Etwas Großes wird passieren. Etwas, was größer ist als du und ich und all die anderen Sammler und Befreier. Charlie wurde geboren, um dabei zu helfen, dieser Welt Frieden zu bringen, und dein Boss versucht, das zu zerstören. Denk daran, wenn du eine Seite wählst, Dante. Denk daran, dass es hier nicht nur um dich und um sie geht. Es geht um das Schicksal der Menschheit für die nächsten hundert Jahre.«

Valerie geht zur Tür, und mir dreht sich der Magen um, bis ich mich kaum mehr bewegen kann.

»Ich habe keine Wahl, Red.« Meine Stimme klingt ernst, selbst in meinen eigenen Ohren. »Mein Vorgesetzter ... löst so was anders.«

Sie bleibt stehen, dreht sich aber nicht um. »Etwas ist im Anmarsch, Dante. Und du solltest dir sicher sein, dass du auf der richtigen Seite stehst.«

Dann geht sie, und obwohl ich es erwartet habe, zucke ich zusammen, als die Tür hinter ihr zuschlägt.

ENTSCHEIDUNGEN

»Die Hölle ist leer, alle Teufel sind hier!«
William Shakespeare

35
Rückkehr

Ich liege im Bett und tue alles, nur nicht schlafen. Was Valerie gesagt hat, spult sich in meinem Kopf immer wieder ab, wie ein Film. Charlie wird die Welt verändern. Charlie. Das Mädchen, das nur wenige Türen weiter schläft, eingewickelt in eine weiße Decke, das wahrscheinlich schnarcht, und wahrscheinlich auf ihr Kissen sabbert. Und sie wird die Welt verändern.

Mit meinem Penny in der Faust stehe ich vom Bett auf und gehe im Zimmer auf und ab. Dann schalte ich den Fernseher ein, zappe durch die Kanäle und suche nach Normalität. Nichts läuft und nichts hilft.

Charlie sollte nicht in dieser Position sein. Sie sollte nicht das Mädchen sein, an dem Himmel und Hölle zerren. Aber sie ist es. Und Valerie hat recht, ich muss eine Entscheidung treffen.

Und ich muss dafür sorgen, dass ich die richtige treffe.

Um das tun zu können, muss ich mich um ein paar Dinge kümmern. Ich greife nach dem cremefarbenen Telefon am Bett. Es klingelt zweimal, bevor jemand am anderen Ende drangeht.

»Concierge. Was kann ich für Sie tun, Mr Walker?«

»Ich muss einige Veränderungen bei meinen gebuchten Flügen vornehmen«, sage ich.

»Selbstverständlich. Ich werde jemanden hinaufschicken, der die Tickets holt und Ihre Änderungswünsche notiert. Wäre das in Ordnung?«

Ich stütze den Kopf auf die Faust. »Ja. Das wird gehen. Wie lange?«

»In zehn Minuten sollte jemand bei Ihnen sein.«

»Perfekt. Danke.«

Ich lege auf und setze meinen überaus hilfreichen Marsch durchs Zimmer fort. Dann mache ich mein Bett. Zwei Minuten später zerwühle ich es wieder. Als der Hotelangestellte anklopft, warte ich keine fünfzehn Zentimeter von der Tür entfernt. Meine Muskeln spannen sich bei dem Geräusch an. Dann greife ich nach der Klinke, um den Angestellten hereinzulassen. Ein Mann von vierhundertachtzig Jahren steht in der Tür.

Na, prima. Sie haben eine vom Aussterben bedrohte Art geschickt, um meine Flugbuchung zu ändern.

»Ich glaube, ich habe es mir anders überlegt. Ich bleibe doch«, sage ich. Auf keinen Fall werde ich einem Mann vertrauen, der wahrscheinlich bei der Fahrt im Aufzug nach oben seinen eigenen Namen vergessen hat. Wenn er das regelt, werden wir am Ende Economy nach Saudi-Arabien fliegen. »Also, ähm, Sie können wieder gehen.«

Der Mann starrt mich mit purpur geränderten Augen an. Die Altersflecken auf seiner Stirn wachsen bereits zusammen, und ich stelle mir vor, wie in den Mustern versteckte Nachrichten geschrieben stehen. »Liegt es daran, dass ich alt bin?«, fragt er mit überraschend hoher Stimme.

»Was?« Ich heuchele Schock. »Ich weiß nicht, wovon Sie reden. Wie viel Uhr ist es? Ich muss ins Bett. Gute Nacht.«

Ich mache Anstalten, die Tür zu schließen, aber er hält sie mit seinem Altmännerfuß auf. »Alle schicken mich weg. Niemand will seine Taschen getragen haben. Niemand braucht jemanden, der ihm das Badezimmerlicht repariert. Und Sie …« Er zeigt mit einem Finger auf mich, von dem ich mir sicher bin, dass er abbrechen wird. »Jetzt wollen Sie Ihren Flug nicht mehr umbuchen.«

Der alte Knacker macht sich schlurfend auf den Weg, den Flur entlang.

Ich stoße einen Seufzer aus und verdrehe die Augen. »Hey, warten Sie«, sage ich. »Ich habe beschlossen, nach Hause zu fliegen. Also brauche ich wohl Ihre Hilfe.«

Der Mann dreht sich um, aber jetzt setzt er einen Dackelblick auf. »Es liegt an dem, was ich gesagt habe. Sie haben Mitleid mit mir.«

»Nein, es liegt daran, dass Sie mir Angst machen und dass ich so weit wie möglich von Ihnen wegkommen will.« Seine Mundwinkel zucken nach oben, und er stellt stolz die wenigen Zähne zur Schau, die er noch hat. Ich verspüre den plötzlichen Drang, ihm einen Apfel zu schenken. »Also, helfen Sie mir?«

»Ja«, antwortet er. »Ich helfe Ihnen.«

Der Mann nimmt meine Flugtickets und schreibt mit beeindruckender Genauigkeit meine Änderungswünsche auf. Dann geht er. Eine halbe Stunde später ruft er an, um die Änderungen zu bestätigen, die er vorgenommen hat. Ich habe keine Ahnung, warum ein Haus wie das V-Hotel diesem Mann eine Chance gibt, aber offensichtlich wussten sie, was sie taten.

»Können Sie mir ein Taxi rufen?«, frage ich. Ich hatte bisher kein Problem, eins zu finden, aber immerhin ist es drei Uhr morgens, da könnten die Dinge anders liegen.

»Sofort, Mr Walker.«

»Dante«, sage ich. »Für Sie Dante.«

Ich lege auf und gehe durch den Flur. In ihren Zimmern träumen Charlie und ihre Freunde süße Träume, aber es ist Zeit, sie zu wecken und zu beten, dass sie nüchtern sind. Ich klopfe an ihre Türen, da sie nur wenige Schritte voneinander entfernt sind.

Blue streckt als Erster den Kopf heraus. »Warst du das?«, fragt er.

»Ja.«

»Was zum Teufel machst du hier?«

»Euch wecken.«

Er reibt sich sekundenlang das Gesicht, dann macht er eine Bewegung, als wolle er die Tür schließen. »Gib mir nur noch ein paar Minuten«, murmelt er. Er ist desorientiert vom Schlaf und vom Alkohol, und unter anderen Umständen wäre es lustig.

»Nein. Blue, du musst aufwachen. Wir müssen ein Flugzeug erwischen.«

Er drückt die Tür wieder ganz auf. »Verarschst du mich?«

Auf der anderen Seite des Flurs höre ich eine weitere Tür aufgehen. Es ist Annabelle.

»Was zum Henker ist hier los?«, fragt sie.

»Dante sagt, dass wir nach Hause fliegen«, antwortet Blue.

Annabelle kämmt sich mit den Fingern ihr dunkles, strubbeliges Haar. »Jetzt sofort?«

»Ja, jetzt sofort.« Ich gehe zu Charlies Tür. »Ihr zwei zieht euch an, okay? Ich wecke Dornröschen. Oh, und ihr könnt die Klamotten und die anderen Sachen von gestern Nacht behalten.«

Annabelle kreischt, und Blues Tür schlägt zu.

Ich klopfe wieder an Charlies Tür und warte. Als sie aufmacht, verspüre ich einen unglaublichen Drang, sie an mich zu ziehen. Ihr Haar fällt in schlafzerwühlten Wellen herab, und ihre Haut leuchtet immer noch. Als sie sieht, dass ich es bin, lächelt sie. Ich denke, dass sie die einzige Person ist, die ich um drei Uhr morgens wecken kann und die immer noch ein Lächeln für übrig mich hat. Aber kaum ist das Lächeln erschienen, da ist es auch schon wieder verschwunden – und ich frage mich, warum es so jung gestorben ist.

Es ist gar nicht eigenartig, sie jetzt zu sehen, selbst mit dem, was ich nun über sie weiß. Ich hatte gedacht, es wäre vielleicht komisch, aber das ist es nicht. Für mich ist sie immer noch einfach Charlie – Liebhaberin von Skittles, Betthüpfen und ungezogenen Waschbären.

»Hey«, sage ich leise. »Es wird Zeit, unseren Flieger nach Hause zu erwischen.«

Sie legt ihre Hand auf meine Brust, als müsse sie mich einfach berühren. Dann nimmt sie sie wieder weg und zieht sich in die schwarze Nacht ihres Zimmers zurück.

Erinnert sie sich daran, worum sie mich gebeten hat? Weiß sie das noch?

Ich folge ihr ins Zimmer und schalte die Nachttischlampe ein. Charlie sieht sich um, als wisse sie nicht, was sie tun soll.

»Du hast nur deinen Rucksack mitgebracht, oder?«, frage ich.

Sie nickt, und ich überlege, warum sie nicht spricht. Mein Nacken verspannt sich, und ich muss ihn massieren, um die Muskeln zu lockern.

»Also ... kommst du?«

Charlie stellt Blickkontakt her, bricht ihn aber fast sofort wieder ab. Dann bewegt sie sich von mir weg und geht ins Badezimmer. »Gib mir nur eine Minute, ich komme dann in den Flur.«

Sie fertigt mich einfach knallhart ab, was bedeutet ...

Sie erinnert sich.

Ich gehe in den Flur und finde Annabelle vor ihrer geschlossenen Tür vor. Sie sieht aus, als wäre sie von einem Sattelschlepper überfahren worden, und fühlt sich wahrscheinlich auch so.

»Hast du deine Tasche?«, frage ich.

Sie dreht sich um, damit ich sie auf ihrem Rücken sehen kann. Dann antwortet sie: »Was ist mit Charlie?«

Die hasst mich wie die Pest, für etwas, was ich getan

habe, obwohl es wahrscheinlich die erste gute Tat meines ganzen Lebens war, denke ich.

»Sie packt ihre Sachen zusammen«, erwidere ich. »Sie wird gleich draußen sein.« Meine Gedanken wandern zu Charlie zurück, und ich frage mich, was sie denkt und wie lange sie sich in ihrem Zimmer verstecken wird. Aber das Geräusch von Blue, der in den Flur geschlittert kommt, lenkt mich ab.

»Wo ist Charlie?«, erkundigt er sich.

Annabelle und ich zeigen auf die geschlossene Tür.

Blues Locken sind zu einem Afro aufgebauscht. Er fährt mit den Händen darüber und versucht, sie in die richtige Form zu zerren. »Warum brechen wir mitten in der Nacht auf? Ich dachte, du hättest uns Entschuldigungen für den Unterricht gegeben, damit wir blaumachen können, und, du weißt schon, schlafen.«

»Planänderung. Wenn wir jetzt aufbrechen, könnt ihr bis zur zweiten Stunde zurück sein«, antworte ich, als Charlies Tür einen Spaltbreit geöffnet wird.

Sie schaut mich an, aber dann wendet sie sich stattdessen ihren Freunden zu. Den Menschen, die sie versteht. »Tut mir leid. Ich wusste nicht, dass ich euch alle aufhalte. Ich habe nur meine Sachen zusammengesucht.«

»Nein, ist schon in Ordnung«, sage ich schnell und frage mich, warum ich überhaupt irgendetwas sagen muss. Ich gehe zu ihr und versuche, ihr den hellgrünen Rucksack von den Schultern zu nehmen. Sie hält ihn fest.

»Alles klar«, erklärt sie.

Ich beiße mir auf die Oberlippe und gehe ohne ein weiteres Wort zum Aufzug. Wir fahren schweigend hinunter, und es fühlt sich an wie jedes Mal, wenn ich Las Vegas verlassen habe – das Gewicht von Scham und Schuld auf den Schultern.

Der alte Mann begrüßt mich in der Lobby. »Mr Walker – ähm, Dante –, Ihr Taxi wartet auf Sie und Ihre Begleiter.« Er wedelt mit einem Arm zu den gläsernen Schiebetüren.

»Danke für Ihre Hilfe«, sage ich. »Ich werde nie wieder an den Fähigkeiten älterer Mitbürger zweifeln.«

Er schenkt mir ein zahnfleischiges Lächeln, und ich drücke ihm ein Bündel Geldscheine in die Hand. Er öffnet die Finger und starrt das Geld für eine unbehaglich lange Zeit an, dann schaut er zu mir auf, und seine Augen tränen.

»Kaufen Sie sich eine stylishe Tüte Backpflaumen.« Ich schlage ihm auf die Schulter und gehe zur Tür hinaus.

Während der nächsten zwanzig Minuten reden Blue und Annabelle über die vergangene Nacht, als läge sie drei Jahre zurück statt drei Stunden. Nach ihrem Gerede zu urteilen sind sie immer noch betrunken. Das Duo versucht, Charlie ins Gespräch zu ziehen, aber sie sagt nicht viel. Als ihnen klar wird, dass sie verstimmt ist, werden ihre Freunde still.

Dann starren sie mich argwöhnisch an.

Als wir vor dem Flughafen vorfahren, bezahle ich den Taxifahrer, und wir gehen zum Check-in. Die Bodenstewardess setzt ein falsches Lächeln auf, als ich an die Reihe komme.

»Wohin soll es denn heute gehen?«, fragt sie.

»Birmingham, Alabama.« Ich deute mit dem Daumen hinter mich. »Ich checke die drei dort ein.«

Ich bedeute Blue, Annabelle und Charlie, ihre Ausweise vorzulegen. Ich reiche sie der Bodenstewardess, die auf der Tastatur herumklappert und es schafft, dabei jeden einzelnen Zahn in ihrem Mund zur Schau zu stellen.

Charlie streift meinen Arm, und ich sehe sie an. Ich streiche ihr eine verirrte Haarsträhne hinters Ohr, dann reiße ich die Hand zurück. Der Zwang, sie zu berühren, gerät außer Kontrolle. Ich bin wie ein Dreijähriger, der die Hände nicht bei sich behalten kann.

»Und du?«, fragt sie beinahe ihm Flüsterton. »Kommst du nicht mit?« Ihre Augen schwimmen vor Sorge, als sie sich einen Arm über den Bauch legt und sich am Ellbogen festhält.

»Charlie«, beginne ich.

»Ist schon in Ordnung«, fällt sie mir ins Wort. Es ist, als hätte sie sich bereits das Schlimmste ausgemalt. »Du brauchst nicht mit uns zurückzukommen.«

Hinter ihr greift Blue nach ihrem Gürtel und zieht sie rückwärts. Es ist der schlechtestmögliche Zeitpunkt, und obwohl ich den Jungen ganz gut leiden kann, würde ich ihm jetzt am liebsten die Lippe blutig schlagen, ihm ein Bein brechen und ihn leiden sehen. Ich starre ihn finster an, aber er lässt sie nicht los.

Als ich wieder spreche, knurre ich. Mein Blick ruht weiterhin auf Blue, obwohl ich offensichtlich mit Charlie spreche. »Ich muss ein paar Dinge erledigen. Aber vertrau mir, ich komme zurück.«

»Egal«, erwidert Charlie. »Es spielt keine Rolle.«

Mein Blick schnellt jäh von Blue zu Charlie, und – echt jetzt? –, mein Herz schmerzt. Es tut bei ihren Worten wirklich weh.

Ich schlucke meinen Stolz herunter und versuche, rational zu denken. Eins ist klar: irgendetwas, was ich getan habe, macht sie fertig. Ob es daher kommt, dass ich sie in einen Vertrag gedrängt habe, dass ich sie davon überzeugt habe, dass sie schöner werden muss, oder dass ich gestern Nacht ihr Angebot abgelehnt habe – ich weiß es nicht. Aber die Tatsache, dass ich eine ganze Liste von Gründen habe, aus der ich wählen kann, ist besorgniserregend. So schrecklich das ist, so bin ich doch auch irgendwie aufgekratzt, weil sie traurig ist. Es zeigt, dass ich ihr nicht gleichgültig bin, oder? Aber es bedeutet auch, dass sie sich von mir entfernt, was für sie besser ist, als sie jemals wissen wird. Nur mir tut es ganz furchtbar weh.

Annabelle nimmt Charlie in einer Geste der Zuneigung ihre Tasche ab, und Charlie legt ihrer Freundin ihrerseits einen Arm um die Taille. Blue hat sie gar nicht erst losgelassen, und zu dritt starren sie mich nieder. Ihre Freunde wissen nicht, was ich falsch gemacht habe. Sie wissen nur, dass Charlie sauer ist, also sind sie um ihretwillen ebenfalls sauer.

Zum zweiten Mal an diesem Morgen pocht mein Herz.

Ich würde für solche Freunde morden.

»Hört mal«, sage ich und reiche ihnen ihre Bordkarten. »Ihr müsst zu Gate zwölf.« Ich tue so, als spräche ich mit der ganzen Gruppe, aber jetzt sehe ich Charlie direkt an.

»Ich komme bald nach. Ich bin wieder zurück, bevor ihr es überhaupt mitkriegt.« Ich schaue Blue und Annabelle an, dann wieder Charlie. Mein Magen krampft sich zusammen, und ich füge hinzu: »Ich verspreche es.«

Charlie stößt einen schweren Seufzer aus und zuckt mit den Schultern. Als spielte ich gar keine Rolle. Wenn sie sich zwischen mir und der Pest entscheiden müsste, würde sie die Pest wählen.

Blue führt sie zum Sicherheitsgate, und Charlie schaut nicht zurück, obwohl ich dastehe und sie so lange beobachte, dass die Leute hinter mir sich aufregen. Aber Annabelle – ich hab dich echt lieb, Süße – dreht sich um. Sie winkt mir kurz zu und bedenkt mich mit einem Irgendwie-tust-du-mir-leid-Blick. Ich lächele so angestrengt, dass ich denke, mein Gesicht geht vielleicht kaputt. Neben mir höre ich, wie die Bodenstewardess auf den Tisch haut.

Ich drehe mich zu ihr um.

Sie atmet volle zehn Sekunden lang aus und verdreht so oft die Augen, dass ich annehme, sie habe einen epileptischen Anfall. Ich überlege, um Hilfe zu rufen, dann beschließe ich, den Dingen ihren Lauf zu lassen.

»Sir, bit-te. Zum dritten Mal. Hinter Ihnen warten Leute.« Sie funkelt mich an und wartet auf meine Reaktion.

Ich gebe ihr keine.

Sie beugt sich zu mir vor. »Wollen Sie ebenfalls einchecken?«

Ich nicke und reiche ihr meinen Ausweis.

Sie reißt ihn mir aus der Hand, kneift die Augen zusammen und tippt meine Daten in den Computer. Dann schaut sie auf: »Chicago?«

Sobald sie es laut ausspricht, rast ein Frösteln über meinen Rücken. Was tue ich? Was zum Teufel tue ich?

Wieder nicke ich.

Ich bin taub. Ich bin stumm. Ich verliere den Verstand.

Die Bodenstewardess hat mich fertig eingecheckt und reicht mir meinen Ausweis und meine Bordkarte. »Gate sieben«, sagt sie.

Ich stecke die Bordkarte in meine Gesäßtasche, beiße die Zähne zusammen und gehe zu Gate sieben, wo ich ins Flugzeug steigen werde.

Ich werde quer übers Land fliegen.

Ich werde in Chicago landen.

Ich werde ein Taxi in die Rosemarie Street 344 nehmen.

Und ich stelle mich zum ersten Mal seit zwei Jahren endlich meiner Mutter.

36
Chicago

Während des Fluges nach Chicago muss ich ständig daran denken, wie Charlie mich auf dem Flughafen angesehen hat. Sie muss glauben, dass ich ihr nach der schroffen Abfuhr mit dem Kuss aus dem Weg gehe. Aber nichts könnte von der Wahrheit weiter entfernt sein. Ich hasse es schon jetzt, nicht bei ihr zu sein. Irgendwie und irgendwo entlang des Weges habe ich mich verändert.

Die Welt hat mir immer zu Füßen gelegen. Nichts zählte außer mir selbst und meinen Wünschen. Mein Vater hatte nie genug Zeit für mich, und meiner Mom war es immer zu anstrengend. Ich dachte, das liefere mir den perfekten Vorwand, um zu tun, was immer ich wollte. Als ich starb, hatte ich eine Wahl: rund um die Uhr in der Hölle festzusitzen oder ein Sammler zu werden und andere mit mir herunterzuziehen. Ich habe mich für Letzteres entschieden, denn das ist es, was ich tue. Ich entscheide mich für mich. Ich entscheide mich für die mühelose Sünde statt für Mühsal.

Aber jetzt ist Charlie da. Nachdem ihre Eltern gestorben sind und sie zum Pflegekind geworden war, hatte sie allen Grund, gehässig und sündig zu werden ... genau wie ich. Aber stattdessen hat sie eine Katastrophe in etwas Gutes verwandelt.

Charlie bietet mir etwas, dem ich nacheifern kann, und sie sieht etwas in mir, was ich nie gesehen habe. Und zum ersten Mal in meinem Leben frage ich mich, ob ich diese Person sein kann – jemand, dem andere Menschen etwas bedeuten, jemand, der den richtigen und ehrenhaften Weg wählt.

Valerie hat recht.

Ich muss mich entscheiden.

Als ich über den Lake Michigan fliege, sehe ich nach unten. Die Gebäude von Chicago erheben sich wie graue, gezackte Zähne aus der Erde. Zwischen diesen Zähnen, versteckt in einem eleganten Stadthaus, lebt meine Mutter. Sie ist der Grund für diese Reise. Nur so kann ich mich entscheiden und mir der Entscheidung sicher sein. Wenn ich auch nur daran denke, gegen die Befehle vom großen Boss zu verstoßen, muss ich den Einsatz kennen.

Ich muss genau sehen, was ich zu verlieren habe. Als das Flugzeug den O'Hare Airport erreicht, krallen meine Hände sich an meinen Knien fest. Die Frau neben mir schaut herüber.

»Alles in Ordnung, mein Junge?«, fragt sie.

»Mein Junge« verblüfft mich. Ich war seit zwei Jahren niemandes Junge mehr. Aber als ich hinausschaue und die sich schnell nähernde Landebahn sehe, wird mir bewusst, dass ich niemals aufgehört habe, der Sohn meiner Mutter zu sein, wie sehr ich auch versuche, so zu tun. Ich lasse meine Knie los und starre geradeaus. »Nein, mir geht es nicht gut.«

Die Dame streckt zaghaft die Hand aus, als wolle sie mir auf die Schulter klopfen, aber dann erlischt mit einem Klingeln das Sicherheitsgurtschild und ich springe auf.

»Wird schon gehen«, erkläre ich ihr, obwohl ich nicht weiß, warum ich mir die Mühe mache. Ich werde sie nie wiedersehen.

Die Sonne geht auf, als ich nach draußen gehe und ein Taxi heranwinke. Ich senke den Arm, als ein weinroter Kombi vor mir anhält. Nachdem ich eingestiegen bin, setze ich die Baseballmütze der Chicago Cubs auf, die ich im Geschenkeladen des Flughafens gekauft habe. Ich bin seit einer ganzen Weile nicht mehr zu Hause gewesen, aber ich weiß noch immer, wo meine Loyalitäten liegen.

Ein Typ mit einem Bart, der ihm bis zum Bauchnabel reicht, beobachtet mich im Rückspiegel. »Wo wollen Sie hin?«, fragt er mit tiefer, kratziger Stimme.

Ich schlucke so heftig, dass ich denke, mir kommt vielleicht die Zunge abhanden. »Rosemarie Street 344.«

Der Taxifahrer tippt die Adresse in sein Navi ein, und ich finde, dass er mogelt. Als Taxifahrer ist es sein Job, jeden Winkel der Stadt zu kennen. Sollte das nicht eine Frage der Taxifahrerehre sein? Ich finde, das sollte es.

Während wir uns dem Haus meiner Mutter nähern, schnürt sich mir die Brust zu. Ich muss mir immer wieder ins Gedächtnis rufen, mich zu entspannen, damit ich atmen kann. Schmerz pocht in meiner Hand, und ich schaue hinab. Ohne es überhaupt bemerkt zu haben, habe ich meinen Penny herausgeholt und ihn gedrückt wie ein Irrer.

Ich rolle die Münze zwischen den Fingern hin und her und beobachte, wie Mister Lincoln sich in das Mister-Lincoln-Denkmal verwandelt. Mit geschlossenen Augen frage ich mich, was ich tun müsste, um ein eigenes Denkmal zu bekommen. Ich glaube, der alte Abe hatte etwas damit zu tun, die Sklaven nach Generationen der Gefangenschaft zu befreien und das Land während des Bürgerkrieges ganz allein zusammenzuhalten – was ich ganz sicher toppen könnte.

Ich höre ein verrücktes Hämmern und reiße die Augen auf. Der Bärtige starrt mich an, und seine Nasenflügel beben vor Ärger. Er hat offensichtlich gerade auf das Plastik-Schiebedings zwischen uns gehauen. Ein »Hey, Mann« hätte es auch getan.

Ich deute auf seinen krausen Bart. »Bewahren Sie da was drin auf?«

Er antwortet nicht.

»Süßigkeiten oder Küken?«

Sein Kiefer spannt sich an.

»Denken Sie mal darüber nach.« Ich grabe meine Geldbörse aus und bezahle den Typen. Dann drehe ich mich um und betrachte das, was ich bislang gemieden habe – mein Zuhause. Mein Herz setzt einen Schlag aus. Ich hole schnell Luft, um es wieder in Gang zu bringen. Dann öffne ich die Autotür und steige aus. Hinter mir rast der Taxifahrer zu seinem nächsten Kunden, den er mit seinem Navi um eine authentische Taxi-Erfahrung bringen wird.

Ich sehe dem weinroten Kombi nach, der in eine Nebenstraße einbiegt, und wende mich dann dem Haus vor mir zu. Es ist dreigeschossig, hat einen kleinen Balkon im Obergeschoss und eine gemauerte Treppe, die zum Eingang führt. Neben der untersten Stufe steht ein Keramikkürbis. Das ganze Haus ist cremeweiß verklinkert und steht zwischen zwei anderen Häusern. Obwohl sie Anfang des zwanzigsten Jahrhunderts gebaut worden sind, haben all diese Häuser ebenso viele plastische Operationen hinter sich wie ihre großspurigen Besitzer.

Mir wird bewusst, dass ich für aller Augen sichtbar dastehe, meine Mutter mich also leicht entdecken könnte. Also mache ich kehrt, schleppe meinen Hintern über die Straße und finde einige Meter weiter eine Bank, die von geparkten Autos verdeckt wird. Dann schaue ich mich um, und als ich mir sicher bin, dass niemand hinsieht, lasse ich mich von meinem Schatten verschlucken.

Stunden verstreichen, und ich bemühe mich, nicht einzuschlafen. Ich habe ihre Tür den ganzen Morgen lang beobachtet und mich immer wieder gefragt, was zum Teufel ich hier mache. Es fühlt sich an, als wäre ich durch das halbe Land geflogen, um meine eigene Mutter zu stalken. Ich hoffe anscheinend, dass es mir irgendwie helfen wird, meine Entscheidung zu verstehen, wenn ich sie sehe.

Valeries Worte gehen mir noch einmal durch den Kopf: »Etwas ist im Anmarsch, Dante. Und du solltest dir sicher sein, dass du auf der richtigen Seite stehst.«

Ich habe meine Mutter seit zwei Jahren nicht gesehen. Als ich sie das letzte Mal gesehen habe, hat sie nach dem

Abendessen aufgeräumt. Aufräumen ist wahrscheinlich das falsche Wort. »Unser Dienstmädchen instruieren« trifft es wahrscheinlich eher.

Sie hat mich auf den Kopf geküsst, ohne mich anzusehen. Jedenfalls nicht richtig. Dann ist sie ins Bett gegangen, während mein Dad und ich bis spät in die Nacht aufgeblieben sind – lange genug, dass er plötzlich unbedingt Brownies wollte.

Erinnerungen an diese Nacht überwältigen mich. Rapmusik, die aus den Lautsprechern seines Flitzers kam. Die Art, wie er unmelodisch zu Jay-Z mitsang, um mir zu zeigen, dass er es immer noch draufhatte. Dann das Kreischen der Reifen, als das Reh auf die Straße trat. Das Rütteln meines Schädels, als der Wagen sich zweimal überschlug und schlitternd zum Stehen kam.

Und schließlich die Worte, die er geflüstert hat, während er hinüberglitt: »Ich liebe dich, D.«

Ich schlage mir mit der Faust aufs Bein. Dann wieder. Und wieder. Der körperliche Schmerz fühlt sich gut an. Besser als der, den ich in der Brust verspüre, der, der droht, mich ganz auszufüllen. Aus diesem Grund wollte ich nicht zurückkommen. Zu viele Erinnerungen, die ich nicht vergessen kann. Aber letzten Endes sind sie mir wohl auch so gefolgt. Es vergeht kein Tag, an dem ich nicht an den Vater denke, neben dem ich gestorben bin, und an die Frau, die wir beide zurückgelassen haben.

Meine Mutter. Sie mag nicht die beste Mutter der Welt gewesen sein, aber sie ist meine Mutter, verdammt. Und ich liebe sie ziemlich heftig.

Wie viele Male habe ich überlegt, hierher zurückzukommen, um sie zu beobachten, um sie noch ein Mal zu sehen? Aber warum sollte ich das tun, wenn ich am nächsten Tag für wer weiß wie lange in die Hölle zurückgeschleppt werden könnte? Die Beförderung, der ich seit zwei Jahren hinterherjage – sie bedeutet vieles. Dem Schlund der Hölle zu entkommen, ja. Aber noch mehr bedeutet sie, dass ich meine Mutter jeden Tag sehen würde. Nie mehr Angst haben würde, dass ich plötzlich weggerissen werde. Ich könnte hier in der Nähe eine Eigentumswohnung kaufen und sie sehen, wann immer ich wollte. Meine Sammler könnten sich in meiner Wohnung treffen. Es wäre eine Art Hauptquartier. Und nichts würde mir jemals wieder meine Familie nehmen.

Ich starre gedankenverloren auf den Bürgersteig, als ein Klicken meine Aufmerksamkeit erregt. Als ich den Kopf hochreiße, zerrt die plötzliche Bewegung einen Muskel in meinem Hals. Ich beginne ihn zu reiben, erstarre aber.

Sie ist es.

Meine Mutter kommt aus der Tür und auf den obersten Treppenabsatz, während sie sich noch ihren Pelzmantel überzieht. »Es ist zu warm für Pelz«, will ich ihr sagen, aber das kann ich natürlich nicht.

Ihr dunkles Haar hat sie zu einem tief sitzenden Pferdeschwanz gebunden, und ihr Pony fällt ihr in die Stirn, von der sie sich immer beklagt hat, sie sei zu breit – woraufhin mein Vater erwiderte, sie sei perfekt, um sie zu küssen. Ich erhasche einen Blick auf ihre gelbe Bluse und die weiße Hose, bevor sie unter dem Nerz begraben werden. Ihre Lippen sind leuchtend rot geschminkt, aber davon abgesehen trägt sie kein Make-up. Sie scheint … sie wirkt … irgendwie glücklich, als wäre dies womöglich nicht der schlimmste Tag ihres Lebens. Es zerreißt mir das Herz. Ich will, dass sie unglücklich ist, weil ich fort bin – aber dann auch wieder nicht.

Mein Gehirn sendet ein Signal an meinen Körper und sagt ihm, dass er sich verstecken soll. »Sie darf dich nicht sehen«, befiehlt es. Mein Herz dagegen sagt meinem Gehirn, dass es sich verpissen soll. Es schreit mir zu, über die Straße zu laufen, mit den Armen zu fuchteln und zu brüllen: »Mom, schau her! Ich bin hier! Ich habe dich nicht verlassen!«

Meine Mutter zieht ihre vertraute Prada-Tasche über die Schulter. Sie kommt die Treppe hinunter und geht den Bürgersteig entlang, als wäre sie auf dem Weg zu einem frühen Mittagessen. Ich sitze für einen Moment benommen da und frage mich, was sie tut. Sie sollte sich ein Taxi rufen. Meine Mutter ist in ihrem ganzen Leben niemals irgendwohin zu Fuß gegangen. Tatsächlich bin ich mir ziemlich sicher, dass sie selektiv gehbehindert ist.

Ich stehe auf und folge ihr. Sie hat lange Beine und geht schnell. Aber ich halte mühelos Schritt. Nach zehn Minuten biegt sie in eine Straße ein, in der es viele kleine familiengeführte Restaurants gibt. Die Art Restaurant, die sie nicht besucht, die Art mit weniger als fünf Sternen.

Sie überquert die Straße, und mir fällt auf, dass ihre Schritte leichter und eiliger werden, als könne sie es nicht erwarten, ihr Ziel zu erreichen. Vor ihr hängt eine rote

Markise mit der Aufschrift *Capellos* in weißen Kursivbuchstaben über dem Gehweg. Sie tritt darunter ... und in dem Moment sehe ich ihn.

Ein Mann, der viel größer ist als meine Mutter, zieht sie in eine Umarmung. Er küsst sie auf die Wange. Es ist kein schneller Kuss. Schnell würde Zwanglosigkeit bedeuten, möglicherweise zwischen alten Freunden. Aber seine Lippen beeilen sich nicht – sie verweilen.

Und ich habe eine plötzliche, lebhafte Vision davon, wie ich ihm einen Sprungtritt in seinen aufdringlichen Arsch verpasse.

37
Erwachen

Meine Mom und der Arsch gehen zum Empfangstresen gleich am Eingang. Es werden Worte gewechselt, und meine Mutter zeigt auf einen Tisch im Freien. Der Arsch nickt. Er kennt sie wohl noch nicht gut, sonst hätte er das bereits vorhergesehen. Es könnte minus zehn Grad haben und Eingeweide regnen, meine Mutter würde immer noch darauf bestehen, dass sie draußen sitzen.

»Damit wir Leute beobachten können.«

Nein, Mom, damit Leute dich beobachten können.

Das Duo setzt sich an einen runden Tisch mit einer roten, karierten Tischdecke und einer peinlichen Tischdekoration aus Schleierkraut, dem Abschaum der Blumenwelt. Der Arsch beugt sich über den Tisch und ergreift die Hand meiner Mom. Er streicht mit dem Daumen über ihre Knöchel, und sie legt den Kopf schief und lächelt. Es ist ein hübsches Lächeln, und ich kaufe ihr beinahe ab, dass sie glücklich ist. Aber irgendetwas stimmt nicht. Es vereinnahmt ihr Gesicht nicht so wie das Lächeln, das sie für meinen Vater reserviert hatte. Mir wird plötzlich klar: Sie mag diesen Mann ... aber nicht so, wie sie Dad gemocht hat.

Die Erkenntnis führt dazu, dass sich mein Brustkorb zum ersten Mal entspannt, seit ich nach Chicago gekommen bin.

Mom hat einen festen Freund, den ich verabscheue.

Aber sie liebt ihn nicht.

Ich bleibe in der Nähe und beobachte, wie Mom und Trottel sich Bruschetta und Spaghetti teilen. Ich kann nicht umhin mich zu fragen, wann Mom begonnen hat, Kohlenhydrate zu essen. Das Letzte, woran ich mich erinnern kann, ist, dass die für sie in die gleiche Kategorie gehörten wie Kunstleder und Vergewaltiger.

Als die Rechnung kommt, zahlt der Arsch, und Mom tut total dankbar – als hätte sie ihn nicht mit einem Fußtritt abserviert, wenn er es nicht getan hätte. Der Mann erhebt sich und hilft ihr beim Aufstehen, und ich kann einen guten Blick auf ihn erhaschen. Er ist genauso groß wie ich, aber deutlich dünner. Seine Augen liegen eine Spur zu weit auseinander, und sein dunkles Haar ist bis auf die Kopfhaut kurzgeschoren. Alles an ihm schreit Militär – von der Starrheit, mit der er sich bewegt, bis zu seinem akkurat gebügelten Anzug. Ich schätze, er war Kommandant oder Sergeant oder einer dieser anderen Titel, die bedeuten, dass man Schreier ist und nicht Angeschriener.

Zusammen kommen sie über die Straße in meine Richtung. Ich weiche zurück und lasse sie passieren, dann folge ich dichtauf. Es sieht aus, als seien sie auf dem Weg zurück in die Wohnung meiner Mom. Ich habe keinen Schimmer, wesw…

Oh, nein. Nein.

Er geht mitten am Tag mit zu ihrer Wohnung zurück.

Er wird versuchen zu ... zu ...

Ein Würgereiz befällt mich. Man sieht die Sonne langsam untergehen und erschrickt doch, wenn es plötzlich dunkel ist.

Als würde ich auf einen Unfall warten, verfolge ich sie weiter, passe mich Schritt für Schritt ihrem Tempo an. Der Arsch und Mom bleiben draußen vor ihrem Haus stehen, und ich spreche ein stummes Gebet an einen lang vergessenen Gott.

»Lass ihn nicht mit reinkommen, Mom. Tu das ja nicht.«

Durch irgendein Wunder küsst der Typ sie und wendet sich zum Gehen. Nach seinem schnellen Tempo und seinem steifen Stock-im-Arsch-Anzug zu urteilen, geht er wahrscheinlich zurück an die Arbeit. Ich lache vor Erleichterung und beobachte, wie meine Mom wieder die Treppe hinaufgeht. An der Tür bleibt sie stehen und dreht sich um. Sie schaut ihm mit einem benommenen Lächeln nach. Aber dann verändert sich etwas. Ihr Blick wandert zu ihren Füßen, als denke sie nach. Und das Lächeln verschwindet. Es verschwindet nicht nur, es zerfällt – als wüsste sie nicht, wie es überhaupt dorthin gekommen war.

In diesem Moment weiß ich, dass sie uns vermisst.

Ich sehe es an den Linien auf ihrem Gesicht, denen, die nicht einmal Botox auslöschen kann. Ich sehe es an der Art, wie ihre Schultern zusammensacken und ihr Rücken sich krümmt. Sie schlingt die Arme um die Taille – dann lässt sie sie sinken, schließt die Tür auf und geht hinein.

Ich habe alles gesehen, was ich sehen wollte. Meine Mutter ist hier, genau dort, wo ich sie brauche. Sie vermisst uns, aber sie versucht, ihr Leben weiterzuleben. Und obwohl der Typ, mit dem sie zusammen war, aussieht wie ein echter Korinthenkacker, könnte er das sein, was sie braucht, um weiterzumachen – jemand, der beharrlich und verantwortungsbewusst ist.

Da ich nicht mehr weiß, was ich noch hier soll, entferne ich mich vom Haus meiner Mutter. Von meinem Zuhause. In dem ich aufgewachsen bin. Ich weiß, dass ich nicht lange bleiben kann, aber ich kann mich nicht dazu überwinden, Chicago jetzt schon zu verlassen. Meine Entscheidung ist noch nicht getroffen. Und mein Herzschlag steigt dramatisch an, wenn ich daran denke, zwischen welchen beiden Dingen ich wählen muss: meine Mutter jeden Tag zu sehen oder Charlie zu beschützen. Ich kann nicht beides tun.

Wenn ich darüber nachdenke, gegen meine Befehle zu verstoßen – und ich sage nicht, dass ich das tue –, dann werde ich die Ewigkeit damit verbringen, vor Sammlern davonzulaufen. Und wenn ich geschnappt werde …

Ein Schauder läuft mir den Rücken hinunter, als ich an die Hölle und ihre vielen Foltergeräte denke. Alle Sammler fürchten den neunten Kreis der Hölle mehr als irgendetwas sonst. Er ist für Verräter reserviert, und es ist der Kreis, der dem großen Boss am nächsten ist – ein gewaltiges Gebiet des Schmerzes und des Leides unter Zuhilfenahme von eisigem Schrecken.

Ich habe mal geglaubt, in Eis begraben oder eingeschlossen zu sein wäre nicht so schlimm, verglichen mit einigem anderen Scheiß da unten. Dann hat Max mich scherzhaft herausgefordert, zwei Schalen mit Eis zu füllen, in jede eine Hand zu stecken und dann die Würfel festzuhalten, solange ich konnte.

Ich wollte wirklich beweisen, dass ich es verkraften konnte, aber nach sechzig Sekunden haben meine Hände sich selbst herausgerissen, als hätten sie einen eigenen Willen. Max hat sich den Arsch abgelacht und mich eine Pussy genannt. Dieser Schmerz hat mich bis heute verfolgt.

Als ich jetzt daran denke, kann ich nicht verstehen, was dies überhaupt für eine Wahl sein soll. Auf der einen Seite kann ich Charlies Seele kassieren, zum Seelendirektor befördert werden und meine Tage auf Erden damit verbringen, meine Mutter – und selbst Charlie – jeden Tag ihres Lebens zu sehen. Auf der anderen Seite verstoße ich gegen Befehle, werde von Sammlern aufgespürt und unterliege schließlich, und während der Rest der Welt Frieden und Ruhe genießt, werde ich zu einem menschlichen Eiszapfen.

Jemand wie Charlie ist mir noch nie begegnet. So schwer es mir fällt, das zuzugeben, mir liegt an ihr. Aber ich finde nicht, dass ich es riskieren kann, für Charlies Seele meine Mom zu verlieren und ewigen Schmerz zu erleiden. Trotzdem – die Tatsache, dass ich es überhaupt in Erwägung ziehe, haut mich von den Socken. Charlie hat mich ganz schön auf den Kopf gestellt.

Ich fahre mir mit beiden Händen durchs Haar und beschließe, einen Spaziergang zu machen. Ich gehe um den

Block und schlage auf der Magnificent Mile auf, um richtig shoppen zu gehen – vergesst das Einkaufszentrum in Peachville. Obwohl ich weiß, dass ich das Unausweichliche hinauszögere – eine Entscheidung zu treffen –, ist es das Einzige, was ich tun kann, um nicht den Verstand zu verlieren. Also gehe ich einige Straßen weiter, und als ich mir sicher bin, dass niemand hinschaut, schüttele ich meinen Schatten ab.

Schon bald begrüßen mich Glasfenster, spindeldürre Schaufensterpuppen und auserlesene Markennamen. Ach, Michigan Avenue, wo jeder einkauft, der wer ist. Ich marschiere den Gehweg entlang, die Hände in den Taschen. Obwohl es Donnerstagnachmittag ist, sind überall Leute, die sich in Läden hinein oder aus ihnen heraus schieben, Taxen rufen oder einander anrempeln, um Raum zum Atmen zu haben. Ich atme ein und rieche den Duft von teurem Parfum. Seine Besitzerin könnte jede dieser Oberklassebräute sein, die mit ihren Dolce-Handtaschen und Jimmy-Choo-Schuhen vorbeigehen.

Vor mir entdecke ich einen Armani-Laden und beschließe, dass es Zeit wird, mich selbst zu verwöhnen. Es geht doch nichts darüber, Geld auszugeben, um sich von Situationen abzulenken, in denen es um Leben und Tod geht. Ich gehe hinein und werde mit dem frischen, sauberen Geruch von Optimismus bombardiert. Ein hochgewachsenes Mädchen mit weißblondem Haar und großen, braunen Augen kommt herangeklappert und lächelt wie bekifft.

»Geschäft oder Vergnügen?«, neckt sie mich.

»Vergnügen. Immer.«

Sie nickt, und ihr Lächeln wird breiter. »Was kann ich für Sie tun?«

Ich schaue mich um. »Wissen Sie, ich wollte eigentlich nur ein wenig stöbern. Ich rufe Sie, wenn ich etwas sehe, was mir gefällt.«

Sie öffnet die Arme weit, als wolle sie andeuten, dass der Laden mir gehöre, dann geht sie davon.

Einige Minuten später bin ich im Ankleideraum und ziehe ein graues Jackett über. Es sieht über diesem schlumpfblauen T-Shirt verdammt gut aus. Ich drehe mich hin und her und versuche zu vergessen, was in meinem Kopf los ist. Mich darauf zu konzentrieren, was im Spiegel ist. Das gelingt mir ziemlich gut, als ich plötzlich ein Mädchen weinen höre.

Mit schief gelegtem Kopf lausche ich. Jepp, definitiv weinen. Ich ziehe meine eigenen Kleider wieder an und verlasse den Ankleideraum. Vier Armani-Verkäufer stehen nicht weit vom Hinterausgang an einer Öffnung in einem Vorhang. Ich gehe schnell zu ihnen hinüber, die Neugier hat die Oberhand gewonnen. Als ich näher komme, bemerke ich, dass der Vorhang der improvisierte Eingang zu etwas ist, was ich für den Pausenraum halte. Die Verkäufer scharen sich zusammen, spähen hinein und beobachten das weinende Mädchen, das mit einem ans Ohr gepressten Telefon auf und ab geht.

»Was ist los?«, frage ich einen Typen Anfang zwanzig.

Er wendet sich von dem Mädchen ab, und sein Gesicht entspannt sich mit falschem Optimismus. »Oh, nichts.

Bitte entschuldigen Sie. Wie waren die ausgesuchten Kleidungsstücke? Haben Sie etwas gefunden, was Ihnen gefallen hat?«

Ich spähe über die Schulter des Typen zu dem Mädchen hinüber, das jetzt hyperventiliert. Eine andere Verkäuferin eilt zu ihr und nimmt sie in die Arme. »Es ist okay«, sagt sie zu dem Mädchen. »Ich bin mir sicher, es geht ihm gut.«

Das weinende Mädchen reißt sich los und starrt auf etwas in der Ecke.

Eine Explosion erschüttert den Raum, und das Mädchen schluchzt lauter. Die Verkäufer drängen in den Raum hinein, und ich folge ihnen und frage mich, was zum Teufel hier los ist.

Aller Augen ruhen jetzt auf dem Fernseher, der in der Ecke hängt. Es ist eine Nachrichtensendung. In London ist irgendetwas passiert. Ich lese den Nachrichtenticker unten auf dem Bildschirm. Ein Terroranschlag. Der Sender spielt die Explosion in einer Endlosschleife, und wir beobachten, wie immer wieder dieselben Leute mit angstverzerrten Gesichtern über den Bildschirm laufen. Es sind die letzten paar Sekunden, die mich schier umbringen. Die, in denen ich ein Kind entdecke, das allein dasteht und nach einer Mutter greift, die nicht da ist.

Das weinende Mädchen drückt auf die Tasten an ihrem Telefon und läuft auf und ab, während sie versucht, irgendjemanden zu erreichen. Sie hebt den Blick und sieht mich zum ersten Mal. Ich erstarre.

Der Mann, der einen Moment zuvor mit mir gesprochen hat, erinnert sich daran, dass ich hier bin, und greift nach meinem Ellbogen. »Sir, es tut mir leid, aber ich muss Sie bitten, nach draußen zu gehen. Ich kann Ihnen bei allem helfen, was Sie brauchen.«

Ich ziehe den Arm weg und möchte dem Mädchen dringend helfen. Ihr den Schmerz nehmen und ihn zu meinem eigenen machen, obwohl ich ihr noch nie zuvor begegnet bin. »In Ordnung«, sage ich ihm. »Ich wollte gerade gehen.«

Er begleitet mich wortlos nach vorn, aber als ich die Glastür berühre, murmelt er: »Das tut mir wirklich leid.« Er schluckt. »Ihr Bruder ist in London.«

»Ist schon gut«, erwidere ich. »Es ist nicht das erste Mal, dass ich so etwas im Fernsehen gesehen habe.«

»Ja, das kommt vor.« Er schüttelt den Kopf. »Aber es ist komisch, jemanden zu kennen, der jemanden kennt, verstehen Sie?«

Ich verstehe es nicht, aber ich nicke trotzdem. Dann drehe ich mich um und gehe zur Tür hinaus.

Benommen beobachte ich die Autos, die die Straße entlangrasen. Es ist verrückt, dass jeder einfach sein Leben weiterlebt, obwohl am anderen Ende der Welt Menschen gestorben sind. Aber vielleicht ist es nicht *so* verrückt, denn bisher war ich auch immer in der Lage, Tragödien zu ignorieren.

Ich schaue in den Himmel und denke an das, was gerade geschehen ist. Der Anblick dieses völlig entsetzten Mädchens hat etwas in mir angestoßen. Ich frage mich, wie es wäre, wenn weniger Menschen so weinen müssten. Wenn Charlie sie alle retten würde. Dort drüben im Laden konnte ich diesem Mädchen den Schmerz nicht nehmen, aber ich könnte verhindern, dass es jemand anderem passiert.

Ich könnte der Auslöser sein, der die Veränderung in Gang setzt.

In meinem Leben habe ich schreckliche, egoistische Dinge getan. Dinge, die ich niemals zurücknehmen kann. Aber ich könnte jemand anderes werden als die Person, die ich jetzt bin, oder? Charlie hat gesagt, sie sehe das Gute in mir. Ich frage mich, ob sie recht hat. Ob es wirklich da ist.

Die Sonne hat ihren Zenit bereits überschritten und ist auf ihrem Weg nach unten – und da wird es mir bewusst. Es ist Donnerstag, was bedeutet, dass mir nur noch drei Tage bleiben, um entweder Charlies Seele einzusammeln oder meine Flucht vorzubereiten. Als ich wieder auf die Straße schaue, entdecke ich einen weißen SUV und bewundere die Chromfelgen. Ich betrachte sie genauer, als ich plötzlich ein Kribbeln spüre.

Er ist hier.

Der Sammler.

Ich will mich umdrehen, als sich mir ein Paar Hände heftig in den Rücken stemmen. Bevor ich nachdenken kann, fliege ich auf die Straße, und der weiße SUV kommt auf mich zugerast.

Für einen schrecklichen Moment weiß ich, dass er mich überfahren wird.

Ich werde platt gefahren, und der Schmerz wird meinen Arsch für Wochen aus dem Verkehr ziehen. Mein Gehirn schreit mir zu, dass ich mich bewegen soll, dass ich irgendetwas tun soll, aber meine Muskeln sperren sich.

Dann denke ich an Charlie. Die Art, wie sie lächelt und vorbehaltlos lacht. Das Leben in ihren Augen, wenn sie mich anschaut. Das schöne, reine Licht ihrer Seele. Und ihr Mund.

Ihr Mund.

Die Person, die den SUV fährt, drückt auf die Hupe, und der Wagen kreischt, Bremsen fassen – aber nicht schnell genug. Ich springe vom Asphalt und renne, ohne nachzudenken, weiter auf die Straße. Der SUV rauscht vorbei, aber jetzt kommt aus der entgegengesetzten Richtung ein Bus auf mich zu. Ich beiße die Zähne zusammen und renne. Ich renne so schnell, dass ich mir sicher bin, dass mein Herz explodieren wird.

Als der Bus hinter mir vorbeirauscht, springe ich auf den Gehsteig. Menschen schreien und fragen, ob ich okay sei. Ich schüttele sie ab und suche sofort nach dem Sammler, der mich auf die Straße gestoßen hat. Es ist niemand da, nur besorgte Gesichter.

Ich weiß, dass ich nicht sterben kann, es sei denn, meine Fußfessel wird entfernt, aber mein Körper braucht trotzdem Zeit, um sich von Verletzungen zu erholen. Und Schmerz – den gibt es auch in meiner Welt zur Genüge.

Dieser verdammte Sammler ist mir nach Chicago gefolgt, und er versucht entweder, mich für eine Weile aus dem Verkehr zu ziehen, oder mir eine sehr unhöflich formulierte Botschaft zu vermitteln.

Ich kann ihn immer noch spüren – kann seine Fußfessel spüren. Ich drehe mich in die Richtung, von der ich weiß, dass er dort verschwunden ist. »Du willst dich mit mir anlegen?«, brülle ich und schlage mir auf die Brust. »Komm her, ich bin hier, zeig dich.«

Die Menschen in meiner Nähe entfernen sich von mir, weil sie vermuten, ich wäre verrückt.

Ich deute ruckartig mit dem Finger auf die andere Straßenseite. »Dachte ich mir. Du traust dich nur feige und von hinten an mich ran, stimmt's?«

Er entfernt seinen Schatten nicht, und das überrascht mich nicht. Ich warte noch einige Minuten, und die Menschen beginnen, sich zu entfernen und ihr Leben weiterzuleben. Sie haben beinahe erlebt, wie ich vor ihren Augen überfahren worden wäre, aber es stellt sich heraus, dass ich okay bin, also verliere ich schnell an Reiz.

Nach einigen Sekunden schwindet das Gefühl, dass er in der Nähe ist. Der Kerl muss weitergezogen sein. In der Nähe entdecke ich einen Starbucks und renne hinein. Ich dränge mich an der Schlange von Menschen vorbei, die auf ihren Koffeinkick warten, und suche nach den Toiletten. Ich weiß nicht genau, was ich hier tue, aber ich brauche einen Ort zum Nachdenken. In der nur für eine Person ausgestatteten Toilette schließe ich die Tür ab und gehe in dem kleinen Raum auf und ab.

Zuerst habe ich gedacht, der Sammler folge mir, um sicherzustellen, dass mein Auftrag erledigt wird. Jetzt denke ich, dass mehr dahintersteckt. Er überwacht mich nicht, er versucht, mir zu schaden. Aber warum?

Ich bleibe stehen. Weiß er, dass ich gerade versuche, mich zu entscheiden?

Mist. Ich hätte niemals hierherkommen sollen.

Mir kommt ein weiterer Gedanke. Wenn dieser Sammler mir so etwas antut, was hat er dann für Charlie geplant?

Mein Auftrag.

Mein Mädchen.

Sammlern ist es nicht gestattet, Menschen zu verletzen, aber es ist ihnen auch nicht gestattet, einander zu verletzen, und das hat ihn auch nicht beeindruckt. Dieser Typ ist eine tickende Zeitbombe, und er muss aufgehalten werden. Ich erwäge, sofort ein Stockwerk nach unten zu fahren und ihn dem großen Boss zu melden, damit er dieses Ungeziefer ausmerzt. Aber ich kann nicht, denn sobald ich dort bin, könnte er mir befehlen zu bleiben und an meiner Stelle jemand anderen schicken. Es ist unwahrscheinlich, aber es könnte passieren. Und ich weiß nicht, ob ich das tun will, weiß nicht, ob ich bereit bin, hundert Jahre lang danebenzustehen und zuzusehen, wie Menschen einander verletzen.

Denn wenn ich das nächste Mal miterlebe, dass jemandem wehgetan wurde, werde ich wissen, dass ich es hätte verhindern können.

Was ist, wenn die nächste Person, die von diesem Hass verletzt wird, Charlie ist? Ich stelle mir das vor. Stelle mir vor zu wissen, dass es meine Schuld ist, dass sie Angst hat. Wie ihr Gesicht sich voller Entsetzen verzerren würde.

Und plötzlich haut es mir meine Entscheidung über den

Kopf, und sie zerspringt in eine Million Stücke. Sie zerfetzt mir die Brust und reißt mir mein schlagendes Herz aus dem Leib. Charlie muss helfen, Menschen vor diesem Schmerz zu beschützen. Und ich muss sie beschützen.

Meine Gedanken rasen, als mir klar wird, was ich da in Erwägung ziehe.

Der große Boss hat sich auf mich als seine rechte Hand verlassen, hat mir immer vertraut.

Und jetzt werde ich ihn verraten.

38
Fotos

Obwohl ich die Entscheidung gerade erst getroffen habe, fühlt sie sich endgültig an. Ich mache keine halben Sachen, und ich werde nicht ausgerechnet jetzt damit anfangen.

Mit zugeschnürter Brust versuche ich, meine nächsten Schritte zu planen.

Charlie könnte für hundert Jahre Frieden bringen. Ich weiß verdammt gut, dass der große Boss das nicht will. Er ist gierig nach Seelen, und ihr Leben wird ihm definitiv seine nächste Inventur vermiesen. Trotzdem würde er keinen Sammler ausschicken, um ihr körperlich zu schaden. Wenn er einen Menschen verletzt, riskiert er es, den Oberguru zu verärgern und einen Krieg auszulösen. Aber da so außergewöhnlich viel auf dem Spiel steht, spüre ich einen Stich des Zweifels – was wird der große Boss zulassen?

Fürs Erste muss ich mit dem Seelenvertrag beginnen. Charlie hat ihn bereits unterschrieben, und obwohl es unmöglich ist, das zurückzunehmen, muss ich sie aufhalten, bevor sie um mehr bittet. Wenn sie ihn nicht weiter in Anspruch nimmt, verschafft uns das ein wenig Zeit.

Vielleicht könnten wir diese ganzen Bitten um Schönheit für unbegrenzte Zeit auf Eis legen.

Obwohl ich es irgendwie bezweifle.

Ich muss nach Peachville zurückkehren. Ich muss herausfinden, warum der große Boss Charlies Seele will. Wir mögen beide wissen, wozu sie fähig ist, aber das erklärt nicht, warum er sie *jetzt* kassiert haben will. Was könnte passieren, wenn sie einfach weiterlebt? Ich muss außerdem herausfinden, wie ich sie beschützen kann, ohne mein eigenes Schicksal zu besiegeln.

Aber bevor ich irgendetwas von alledem tue, muss ich meiner Mutter Lebewohl sagen.

Ich klopfe meine Jeans ab und gehe die wenigen Häuserblocks zurück zu ihrem Haus. Es ist ein Weilchen her, seit ich fortgegangen bin, und ich frage mich, ob sie immer noch zu Hause ist. Einige Meter vom Haus entfernt schaue ich mich um und ziehe meinen Schatten hervor. Dann überquere ich die Straße und finde dieselbe Bank, auf der ich zuvor gesessen habe. Eine Stunde verstreicht, und ich zappele wie ein Cracksüchtiger. Zu viel Mist geht mir im Moment durch den Kopf, aber ich muss meine Mutter noch einmal sehen, bevor ich Chicago verlasse. Nur noch ein Mal.

Zwanzig Minuten später beschließe ich, ein Risiko einzugehen. Wer weiß, ob sie heute überhaupt noch mal herauskommen wird? Ich stehe auf und gehe zum Haus. Ich weiß, dass sie mich nicht sehen kann, aber die Nähe zu meinem Zuhause macht mich ganz schwummerig.

Ich schleiche mich die Treppe hinauf und schaue durch

das Fenster, aber ich sehe sie nirgends. Sie ist definitiv nicht unten. Ich senke den Blick und frage mich, ob es sein kann …

Ich laufe die Treppe hinunter und sehe mir den Eckstein der letzten Stufe an. Seinerzeit habe ich meine Nächte damit verbracht, bis in die Puppen Partys zu feiern. Irgendwann hat Dad mir meinen Schlüssel weggenommen, damit ich mich nicht nach dem Zapfenstreich ins Haus schleichen konnte. Danach musste ich buchstäblich jedes Mal anklopfen, wenn ich nach Hause kam, damit meine Eltern mich hereinließen. Natürlich war das bei meinem Lebensstil inakzeptabel. Also habe ich den Schlüssel meiner Mutter nachmachen lassen und ihn unter dem losen Stein versteckt. Ich bin mir ziemlich sicher, dass Mom wusste, dass ich mir noch einen Schlüssel unter den Nagel gerissen hatte. Aber da Dad die meiste Zeit fort war und Mom nie viel dafür übrig hatte aufzuwachen, um mir die Tür aufzumachen, hat sie ein Auge zugedrückt.

Ich wackle an dem Ziegelstein. Zuerst denke ich, dass sie ihn hat reparieren lassen. Aber dann löst er sich, und darunter sehe ich einen silbernen Schlüssel im Sonnenlicht glänzen. Treffer!

Ich schnappe mir den Schlüssel, renne die Treppe hinauf, werfe einen letzten Blick durchs Fenster und schiebe den Schlüssel ins Schloss. Das Schloss klickt, ich öffne die Tür und trete ein, wobei ich den Atem anhalte, als spiele das eine Rolle. Ich greife hinter mich und ziehe die Tür sanft zu.

Ein Anfall von Sehnsucht formt sich in meiner Brust

wie eine Faust. Als ich mich umschaue, ist es, als hätte sich nichts verändert. Ich gehe durch das Foyer und in unser Wohnzimmer. Der Boden ist mit weißen, französischen Fliesen bedeckt, und die Wände sind eierschalenblau gestrichen. Ein silberner Kronleuchter hängt von der Decke, und das weiße Sofa und die mit Hussen bezogenen Sessel verleihen dem Raum etwas Heiteres. An den Wänden hängen englische Gemälde in kunstvollen Silberrahmen, und über dem Kamin hängen, wie ich weiß …

Meine Augen bleiben starr auf dem Kaminsims hängen.

Ich sehe überall mein Gesicht, genau wie in meiner Kindheit und Jugend. Ich beim Fußballspielen, als ich elf war, den Arm um einen anderen Jungen gelegt. Meine Mutter und ich beim Frühstück in einem Hotel in Aspen. Ich als Baby, eingehüllt in eine rote Decke. Da sind mindestens ein Dutzend Bilder von mir, wie ich mit verschiedenen Menschen verschiedene Dinge tue. Aber irgendetwas fehlt oder vielmehr irgendjemand.

Früher standen dort auch Bilder meines Vaters. Ich erinnere mich besonders an ihr Hochzeitsfoto vorn in der Mitte. Ich streiche über das kühle Holz, von dem aus mich früher die blaugrauen Augen meines Vaters angesehen haben. Nachdem ich mich umgeschaut habe, voller Angst, dass meine Mutter plötzlich auftaucht, gehe ich in die Küche. Sie ist ein Paradies aus Stahl und Granit, aber über der Küchenspüle bemerke ich, dass weitere Fotos von meinem Vater fehlen. Er ist weg. Als hätte meine Mutter ihn ausradiert.

Ich verstehe sofort, warum sie das getan hat. An meiner Erinnerung hält sie fest. Mein Tod ist etwas, was sie niemals vergessen wird, und sie will es auch nicht vergessen. Aber mein Vater ... sein Gesicht ist ein Hindernis, wenn sie ihr Leben weiterleben will. Wie kann sie wieder Ehefrau sein, wenn er überall ist? Ich stelle mir vor, dass sie irgendwo in ihrem Zimmer einen Karton mit all seinen Fotos versteckt hat. Vielleicht nimmt sie ihn jedes Wochenende heraus, geht die Fotos durch und weint. Ich halte mich an diesem Gedanken fest, denn ich könnte es nicht ertragen, wenn das nicht die Wahrheit wäre.

Zwischen der Küche und dem Wohnzimmer führt eine Holztreppe nach oben. Ich gehe darauf zu. Oben ist etwas, was ich sehen muss. Es ist weder mein Schlafzimmer noch mein Kinderzimmer. Es ist das Zimmer meiner Mutter. Ich muss ihren Schmuck sehen und ihr Parfum und ihre Kleidung. Vielleicht finde ich da irgendwo ein Foto von ihr, das ich mitnehmen kann. Es wird mir in den kommenden Jahren genügen müssen.

Ich nähere mich dem Fuß der Treppe, greife nach dem Geländer – und schaue auf.

Meine Mutter starrt mich an.

Jeder Muskel in meinem Körper, jeder Knochen, versteift sich. Sie starrt mich an, als könne sie mich tatsächlich sehen, obwohl ich weiß, dass das unmöglich ist. Ich mache einen kleinen, lautlosen Schritt rückwärts, und sie folgt der Bewegung mit den Augen.

Ich muss hier raus. Sofort. Ich weiche weiter zurück und versuche, zur Tür zu gehen. Mit jedem Schritt, den ich mache, kommt meine Mutter einen Schritt weiter die Treppe herunter. Es ist, als ... spüre sie mich.

Ich höre ein plötzliches Poltern und begreife, dass sie die Treppe herunterläuft. Meine Hände rudern und suchen nach etwas, obwohl ich keine Ahnung habe, was das sein könnte. Am Fuß der Treppe bleibt sie stehen und sieht sich suchend um.

Sucht nach mir.

Ihre Brust hebt und senkt sich schnell, und Schmerz breitet sich auf ihrem Gesicht aus. Sie lässt den Blick durch den Raum schweifen und bleibt an nichts Bestimmtem hängen. Dann schaut sie auf den Boden. Sie atmet tief ein und fährt sich mit den Fingern durchs Haar, das ihr jetzt auf die Schultern fällt. Als sie den Kopf wieder hebt, hat sie Tränen in den Augen.

Langsam geht sie durchs Zimmer zum Kaminsims. Sie schließt die Hand um das Foto von mir und ihr im Hotel. Sie hält es so fest, dass ihre Knöchel weiß werden, und ich kämpfe gegen den Drang an zu schluchzen. Ich will die Arme um sie schlingen – will meine Mom umarmen und will von ihr umarmt werden. Ich will nach oben in mein Zimmer gehen und den Rest meines Lebens für sie sorgen und wieder ein Sohn sein.

Aber ich werde mich nicht zeigen.

Ich kann nicht.

Sie hat bereits so viel durchgemacht. Ich muss sie genug lieben, um Lebewohl zu sagen.

Meine Mutter steht einen Moment lang da und presst sich das Foto an die Brust. Dann dreht sie sich um und schlurft die Treppe hinauf wie eine Frau, die doppelt so alt ist wie sie. Ich entspanne mich und stoße einen Seufzer aus. Dann werfe ich einen letzten Blick durch das Haus und gehe zur Tür.

Mit der Hand auf dem Türgriff halte ich inne. Ich will nicht fortgehen. Nicht ohne vorher etwas getan zu haben. Ich wühle in meiner Tasche und hole meinen Glückspenny heraus. Dann öffne ich die Hand und starre auf den verschwommenen Druck. Ich habe diese Münze seit zwei Jahren bei mir. Mit ihr hatte ich das Gefühl, als wäre mein Vater niemals fortgegangen. Jedenfalls nicht für immer. Aber ich weiß, dass ich alles verlieren könnte. Mir droht Entsetzliches. Ich will immer wissen, wo mein Vater ist. Selbst wenn ich in ewigem Schmerz gefangen bin, will ich wissen, wo ein kleiner Teil von ihm liegt. Und mit dem Verschwinden seiner Fotos vom Kaminsims meiner Mutter wünsche ich mir noch mehr, dass die Münze hier ist, bei ihr.

Ich gehe schnell zum Kamin und behalte dabei die Treppe im Auge. Dann schiebe ich den Penny hinter eins meiner Fotos, sodass er versteckt an der Rückseite lehnt.

So. Jetzt bin ich mir sicher, dass mein Vater immer hier bei meiner Mutter sein wird, genau da, wo er sein sollte. Plötzlich trifft mich eine Woge von Gefühlen, während ich mich an meinen Dad erinnere. Ich denke oft, dass er sich geopfert hätte, um die Welt für meine Mutter und mich besser zu machen. Deshalb weiß ich, dass er mich verstehen würde. Vielleicht wäre er sogar stolz auf die Entscheidung, die ich treffe.

Ich gehe durchs Zimmer, öffne die Tür und verlasse unbemerkt das Haus. Als ich die Treppe hinuntergehe, fällt mir auf, wie hässlich Chicago aussieht. Blätter lösen sich von den Bäumen, tot. Gras, das seiner üppigen, grünen Farbe beraubt ist. Selbst der Himmel sieht unscheinbar aus. Ich kneife die Augen zu, dann halte ich mir die Ohren zu … und drücke fest.

Ich will nichts sehen. Ich will nichts hören. Aber vor allem will ich nicht denken. Ich lasse die Hände sinken und öffne die Augen wieder, dann gehe ich den Bürgersteig entlang, halte mich aber vor der Welt versteckt. Wenn die Menschen mich nicht sehen, dann bin ich vielleicht nicht hier … dann existiere ich vielleicht gar nicht.

Ich bin irgendwo anders, bin irgendjemand anders. Aber das wird nicht passieren, oder? Ich kann nicht vor mir selbst oder den Dingen fliehen, die ich getan habe. Wenn die meisten Menschen sterben, dürfen sie vergessen, wer sie waren. Aber ich, ich werde mich immer daran erinnern, was ich war.

Ich war das Zentrum des Universums.

Ich war der König der Welt.

Ich war der Sohn, der seinen Vater sterben sah.

Ich war es, der ihn getötet hat.

Ich war der Fahrer dieses verdammten Autos.

39
Rückflug zu Charlie

Ich steige in das Flugzeug und stoße einen frustrierten Seufzer aus, als die Stewardess eine Zehnjährige neben mir deponiert. Dies ist immerhin die erste Klasse. Warum eine Zehnjährige? Sie trägt einen blauen Jeansrock, ein weißes Tanktop und so viele dünne, silberne Armreifen, dass ich Kopfschmerzen kriege, wenn sie sich bewegt. In ihrem kurzen, braunen Haar trägt sie ein weißes Schweißband.

Sobald das Mädchen sich hinsetzt, lehnt sie sich über mich hinweg, um aus dem Fenster zu schauen. Ihre Augen sind so groß wie Suppenteller, und sie wirkt so verängstigt, als hätte jemand den Sicherungsstift einer Handgranate abgebissen und sie ihr auf den Schoß geworfen.

Als das Flugzeug rollt und dann rast, wird sie vollkommen besessen, schwingt den Kopf hin und her und redet in Zungen. Nach einigen Minuten beruhigt sie sich. Aber als milde Turbulenzen uns auf halbem Wege durchrütteln, fließen Tränen.

Ich bemerke gar nicht, dass sie weint, bis ich mich vorbeuge, um meinen Drink von der Stewardess entgegenzunehmen. Aber sobald ich begreife, dass die Wangen des

Mädchens nass sind und ihr Brustkorb sich stoßweise hebt und senkt, bekomme ich es nicht mehr aus dem Kopf. Normalerweise würde ich mich jetzt dumm stellen. So tun, als wüsste ich nicht, dass das Kind neben mir einen Nervenzusammenbruch hat. Aber ich kann nicht. Und ich weiß verdammt gut, warum nicht. Es ist Charlie. Dieses Mädchen ist in mein Gehirn eingedrungen und hat darin herumgewühlt. Sie hat das eine Bröckchen Gutes darin gefunden, es ans Licht gehalten und gesagt: »Siehst du? Siehst du das? Schau nur, wie es funkelt! Lassen wir es wachsen.«

Ich stelle meinen Drink beiseite, drehe mich zu dem Kind um und frage: »Angst?«

Zuerst scheint sie überrascht zu sein, dass ich mit ihr spreche. Aber dann schluckt sie und nickt.

»Soll ich dir was sagen? Ich hatte bei meinem ersten Flug total Angst.«

»Wirklich?«, fragt sie.

Nein. Eigentlich nicht. Ich kann mich nicht daran erinnern, vor irgendetwas Angst gehabt zu haben, als ich noch gelebt habe.

»Total«, antworte ich. »Aber weißt du was? Die Leute, die diese Flugzeuge fliegen? Das sind superschlaue Genies. Du bist in guten Händen.«

Das Mädchen schaut zum Cockpit und lächelt schwach, aber sie ist nicht überzeugt.

Ich versuche, mir etwas auszudenken, um sie von dem Flug abzulenken. Ihr Schweißband fällt mir auf. »Warum trägst du ein Schweißband? Machen das alle Kids heutzutage?«

Sie lacht und greift sich an die Stirn. »LeBron James trägt eins. Er spielt heute Abend, also will ich ... du weißt schon ...«

»Ihm zeigen, dass du ihn unterstützt«, beende ich ihren Satz.

Sie nickt.

»Willst du was Cooles sehen?« Ich ziehe den Fuß hoch und klappe die Lasche meines roten Chucks um.

Ihre Augen treten hervor. »Das ist ja wohl nicht das, wofür ich es halte?«

»Wenn du denken würdest, es wäre Dwayne Wades Autogramm, hättest du recht.«

»Alter«, sagt sie.

»Alter«, sage auch ich.

»Die würde ich so was von niemals ausziehen.« Das Mädchen lehnt sich in seinem Sitz zurück und entspannt sich sichtlich.

Ich stelle den Fuß wieder auf den Boden. »Tue ich auch nicht.«

Sie zieht einen Mundwinkel hoch, als denke sie nach. »Was ist, wenn du auch LeBrons Autogramm bekommen hättest?«

»Also bitte«, sage ich. »Ich habe das Einzige, das ich haben wollte.«

Sie wird ganz aufgeregt, als hätte sie tausend Argumente zu dem Thema auf Lager, wer Miamis bester Spieler ist. Wie sich herausstellt, sind es eher noch ein paar mehr. Als wir Birmingham anfliegen, verteidigt sie noch immer ihren Standpunkt. Ich hebe eine Hand, um sie zu bremsen, und zeige aus dem Fenster. Sie sieht die Stadt und guckt ganz verwirrt, als wisse sie nicht, was ich andeuten will.

»Wir sind da«, erkläre ich.

Sie schaut vom Fenster zu mir. Ein riesiges Lächeln breitet sich auf ihrem Gesicht aus, und sie wirft mir ihre dünnen Arme um den Hals. Das Gefühl berührt etwas in mir. Etwas, was ich seit sehr langer Zeit nicht mehr gespürt habe.

Mir wird warm und kuschelig ums Herz. Oder so.

Als ich nach Peachville komme, ist es spät, aber ich muss Charlie sofort sehen. Obwohl ich nicht weiß, ob ich das schaffen kann, muss ich versuchen, sie daran zu hindern, noch mehr von dem Vertrag in Anspruch zu nehmen. Auch wenn ich Angst davor habe, wohin sich dieses Gespräch entwickeln könnte. Meine größte Angst ist, dass sie mein Geheimnis aufdeckt. Dass ich nicht für den Oberguru arbeite. Ich denke an die Art, wie sie mich ansehen würde, wenn sie es wüsste – mit Furcht und Abscheu und so, als hätte ich sie verraten. Ich verkrampfe mich und muss mehrmals die Schultern kreisen lassen, um sie zu lockern.

Ich frage mich, ob sie enttäuscht darüber sein wird, dass nicht alle Schönheitswünsche wie erwartet erfüllt werden. Aber ich bin mir sicher, dass ich sie zur Vernunft bringen kann. Ich werde ihr einfach die Wahrheit sagen – dass fünfundsiebzig Prozent der Anziehungskraft von dem Selbstbewusstsein kommen, das man ausstrahlt.

Ich werde ihr beibringen, wie man einen Raum betritt, wie sie das Kinn vorrecken muss, um Menschen glauben zu machen, sie wäre zu gut für sie. Ich werde sie vor einen Spiegel stellen und ihr die Dinge zeigen, die ich sehe. Den eleganten Schwung ihres Schlüsselbeines, die weiche, flache Ebene ihres Bauches, die Art, wie sich ihre Augenwinkel in Falten legen, wenn sie lacht. Es gibt tausend kleine Gründe, warum sich jemand in Charlie verlieben könnte; ich brauche ihr nur diese Dinge ins Bewusstsein zu rufen. Ich brauche nur zu sagen: Du bist schön. Wenn du es glaubst, werden sie es auch glauben.

Ich fahre bei ihr vor und gehe direkt zu der leuchtend roten Tür. Nachdem ich die Hand schon erhoben habe, um zu klopfen, zögere ich. Sie war verstimmt, als ich sie das letzte Mal gesehen habe. Wird sie es heute Abend immer noch sein?

Ich lasse die Hand sinken. Dieser Kuss. Ich hätte ihn nicht nehmen können. Es fühlte sich falsch an. Ich hatte noch nie Probleme damit, jemanden anzulügen, aber bei ihr – ich weiß nicht. Ich konnte es einfach nicht. Vielleicht eines Tages, falls ich einen Weg finde, ihre Seele zu retten, dann können wir …

Aber noch während ich diesem Gedanken nachhänge, wird mir klar, dass das niemals passieren wird. Charlie ist für große Dinge bestimmt. Ich dagegen versuche nur, vor meiner Vergangenheit zu fliehen.

Ich beiße mir in die Innenseite meiner Wange, und diesmal schaffe ich es anzuklopfen, ohne zu zögern. Oma öffnet die Tür. Sie scheint überrascht zu sein, dass so spät noch jemand hier ist, aber als sie sieht, dass ich es bin, verändert sich ihr Gesichtsausdruck. Zorn blitzt in ihren Augen auf.

»So, mein Sohn«, sagt sie und stemmt eine Hand in die Hüfte.

»Kann ich mit Charlie reden?«

Sie lächelt, aber es ist ein Lächeln ohne Zähne, also nicht vielversprechend. »Nein, kannst du nicht. Als sie heute von der Schule nach Hause kam, war sie ziemlich außer sich.«

Ich lehne mich gegen den Türrahmen und frage mich, ob Oma von Las Vegas weiß. »Sie hat gestern Nacht bei Annabelle geschlafen«, sage ich. »Vielleicht sollten Sie ihr in Zukunft nicht mehr erlauben, dort zu übernachten.«

»Ich glaube nicht, dass das das Problem ist.«

Sie beäugt mich, also beäuge ich sie meinerseits.

»Hören Sie, ich muss wirklich mit ihr reden«, verkünde ich in meiner besten Gentleman-Stimme. »Es ist wichtig.«

Oma schüttelt den Kopf. »Das ist bedauerlich.«

Ich habe die Nase voll von Oma. Ich drängele mich an ihr vorbei, während sie mir zubrüllt, dass ich stehen bleiben solle, dass sie mich zerquetschen werde wie ein Insekt. Aber etwas anderes als Omas leere Drohungen lässt mich innehalten.

Charlie.

Sie steht oben an der Treppe und schaut herunter. Sie wirkt erschöpft, als hätte sie die ganze Nacht einen Kampf ausgefochten.

»Charlie«, beginne ich, »ich muss mit dir reden.«

»Es ist schon spät, Dante. Wir sehen uns morgen.«

»Charlie ...« Meine Stimme hat einen flehenden Ton, aber es ist mir egal. Jetzt, wo ich sie so vor mir sehe, kann ich nicht glauben, dass ich jemals daran gedacht habe, sie nicht zu retten. Ich kann nicht glauben, dass ich sie bis zu diesem Moment niemals wirklich *gesehen* habe. Dass ich nicht gesehen habe, wie schön ihre Seele ist. Dass das Leben, das sie führt, eins ist, das ich mir immer gewünscht habe, aber nie den Mumm hatte, zu führen. Mein Herz pocht, und ich weiß, dass für mich alles vorbei ist. Ich bin erledigt. Wachs in ihren Händen.

Sie dreht sich um und geht zurück in ihr Zimmer. Über ihre Schulter sagt sie mit zittriger Stimme: »Bitte. Geh nach Hause.«

Ich bin zu erschrocken, um mich zu bewegen. Ich wusste, dass sie sauer war, aber ich hätte nicht gedacht, dass sie mich rauswerfen würde. Oma greift nach meinem Arm und zieht sanft daran. Der Ärger ist aus ihrem Gesicht gewichen. Stattdessen sieht sie mich mitleidig an. Ich reiße den Arm weg und funkele sie an, weil ich von niemandem Mitleid brauche. Niemals.

»Mir geht es gut«, blaffe ich.

»Weiß ich doch«, erwidert sie.

Ich marschiere an ihr vorbei zur Tür hinaus. Hinter mir höre ich das Klicken des Schlosses, das zufällt, und einen Moment später wird das Licht auf der vorderen Veranda ausgeschaltet. Ich stehe allein in der Dunkelheit und schaue zu Charlies Fenster hinauf. Ein warmes Licht leuchtet hinter ihren durchsichtigen Vorhängen, und meine Nerven spielen verrückt. Vielleicht sollte ich hinaufklettern und mit ihr reden. Aber Sekunden später erlischt das Licht.

Mit hängendem Kopf gehe ich zurück zu Elizabeth Taylor. Charlie ist wirklich außer sich, und ich weiß jetzt, dass es nicht nur um den Kuss geht. Hier ist etwas Größeres im Gange. Ich denke an all die Male zurück, als sie um Schönheit gebeten hat. Ich erinnere mich daran, wie sie mich sofort nach meiner Meinung zu ihrem blonderen, leuchtenderen Haar gefragt hat. Und wie sie wissen wollte, ob ich eine Ahnung hätte, welche Farbe ihre Augen hatten, bevor sie auch die veränderte. Und schließlich in Las Vegas, als sie wissen wollte, ob ich fände, dass sie um mehr Schönheit bitten sollte.

In jedem einzelnen Fall habe ich sie praktisch angefleht, den Vertrag in Anspruch zu nehmen. Und warum auch nicht? Zu der Zeit habe ich mich nur dafür interessiert, den Job zu erledigen und meine Beförderung zu bekommen. Aber jetzt empfinde ich nur Scham, wenn ich an diese letzten Tage denke.

Kurz probiere ich eine Methode, von der ich gehört habe – mich in jemand anderen hineinzuversetzen. Ich frage mich, wie ich mich fühlen würde, wenn jemand vorgeschlagen hätte, dass ich mein Aussehen verändern sollte. Mein Gesicht verzieht sich, und ich winde mich. Ich würde diesem Jemand erzählen, wo er sich seinen Vorschlag hinstecken kann. Aber mit der Wucht einer plötzlichen Ohrfeige begreife ich, dass ich auch gekränkt wäre.

Ich lasse den Motor an und fahre von Charlies Haus weg in Richtung Wink Hotel. Ich habe nicht ausgecheckt, und allein der Gedanke an das Bett macht mich schläfrig. In diesem Moment müsste ich eigentlich umdrehen, das Rankengitter vor ihrem Fenster erklimmen und verlangen, dass sie mit mir redet. Aber vielleicht hat sie recht. Es ist spät. Und tatsächlich bleiben mir immer noch drei Tage, um diesen Auftrag zu erledigen. Mit dem Wissen darum, wie schnell der Sonntag hier sein wird, wird mir ganz schlecht.

Müdigkeit überwältigt Angst, als ich vor dem Wink Hotel parke und dann in mein Zimmer gehe. Ich habe keine Ahnung, was ich tun kann, um sie zu beschützen. Ich weiß nicht, wie ich verhindern soll, dass sie herausfindet, wer ich wirklich bin. Ich habe absolut keine Ahnung, wie ich beides bewerkstelligen kann, ohne in den neunten Kreis der Hölle geworfen zu werden.

Diese und ähnlich entzückende Gedanken sind das Letzte, woran ich mich erinnere, während ich einnicke.

Ich fahre im Bett hoch und lausche. Ich habe etwas gehört. Tatsächlich habe ich es wohl schon seit einer ganzen Weile gehört und begreife es erst jetzt.

Mit schief gelegtem Kopf lausche ich auf was immer mich geweckt hat. Ich will gerade akzeptieren, dass ich mir Dinge einbilde, als es draußen an meiner Tür viermal klopft. Ich schaue mich im Zimmer um und versuche, den Schlaf endgültig hinter mir zu lassen und nicht in Panik zu geraten. Es könnte irgendjemand sein. Nur weil jemand draußen vor meiner Tür steht, bedeutet das nicht, dass die Kacke am Dampfen ist.

Ich schwinge mich aus dem Bett und gehe mit angehaltenem Atem zur Tür.

»Dante, Alter, ich bin es. Mach auf. Ich weiß, dass du da drin bist.« Max' Worte klingen gedämpft durch die Stahltür, aber ich bin ziemlich sicher, dass er es ist.

Ich stoße die Tür auf, und er schlendert an mir vorbei ins Zimmer.

»Wo bist du gewesen?«, fragt er. »Ich konnte dich während der letzten vierundzwanzig Stunden nirgendwo spüren. Ich dachte, du wärst durchgedreht und hättest deine Fußfessel geschrottet oder so was. Hättest Dämonenselbstmord begangen.«

Ich schalte das Licht ein, und Max zieht sich auf die Kommode hoch, um sich hinzusetzen.

»Ich musste mich um ein paar Sachen kümmern.«

»Das möchte ich wetten.« Max tut so, als klatsche er jemandem auf den Hintern und kneife dann hinein.

Ich fahre mir durchs Haar und erwidere: »Max, ich muss schlafen.«

»Das möchte ich wetten.«

»Lass das. Ich bin echt erschöpft.«

Max runzelt die Stirn. »Wegen diesem Mädchen, dieser Charlie. Die hat dich total unter der Fuchtel. Du ziehst wirklich alle Register, um sie abzuliefern. Gehst mit ihr auf Partys. Fliegst mit ihr durch die Gegend.«

Ich erstarre, dann werfe ich Max einen kalten Blick zu. Die Erinnerung an den Sammler, der mich beobachtet hat, durchströmt mich wie Lava. Hitze kribbelt auf meiner Haut, als ich begreife, dass jeder dieser Sammler sein könnte. Sehr langsam frage ich: »Woher weißt du, dass wir Peachville verlassen haben?«

Er zeigt auf mich. »Erwischt! Wusste ich es doch.«

Während ich ihn genau beobachte, warte ich darauf, was er sonst noch sagen wird.

»Reg dich ab, Mann.« Er hebt die Hände. »Wie gesagt, ich wusste, dass du fort warst, weil ich dich nicht mehr spüren konnte. Du weißt, dass wir, wenn wir nicht unten sind, uns ziemlich nah sein müssen, um die Fußfessel zu spüren. Ich wusste, dass du in Peachville warst, weil alle gesagt haben, dass dort ein Auftrag sei, und als ich dich nicht mehr spüren konnte, wusste ich, dass du die Stadt verlassen hattest. Dachte mir, du hättest einen Ausflug mit deiner Kleinen gemacht.«

Was er sagt, ergibt Sinn, aber plötzlich kann ich die Paranoia nicht abschütteln. Was, wenn er es ist? Was, wenn er mich beobachtet? Die meisten Sammler würden alles tun, um die Beförderung zu bekommen, die mir bevorsteht. Kann ich Max jetzt wirklich vertrauen?

Ich deute mit dem Kopf auf die Tür. »Ich denke, du solltest gehen.«

»Dante …«, sagt er, und es klingt genauso, wie ich vorhin Charlies Namen gesagt habe.

»Max, verschwinde hier, bevor ich dich rauswerfe. Ich habe noch drei Tage, um Charlie abzuliefern. Und wie du gesagt hast, ich will nicht, dass mich irgendeine dieser nervigen Konsequenzen befällt, weil ich nicht liefere. Ich bin mir sicher, du verstehst das.«

Seine Züge verzerren sich gekränkt, aber ich kenne Max seit zwei Jahren, und ich weiß, wenn er wollte, könnte er einen Oscar als bester Schauspieler kriegen.

Max reißt ungläubig die Augen auf und lässt dann den Kopf sinken. Dann nimmt er Haltung an und schaut auf. »Ja. Na schön. Egal.«

Ich verschränke die Arme vor der Brust, als Max sich zum Gehen wendet, und kämpfe gegen die Versuchung an, ihn aufzuhalten. Er ist ein guter Freund. Nein, ein großartiger. Ich kann selbst nicht glauben, dass dieser Auftrag mich zu jemandem gemacht hat, der seinem besten Freund nicht trauen kann.

Die Tür schließt sich hinter Max, und ich setze mich aufs Bett. Sekundenlang starre ich auf den braunschwarzen Teppich und fühle mich, als hätte ich gerade die einzige Person verloren, die mich wirklich kennt.

Ein scharfes, hohes Geräusch erschreckt mich. Ich springe auf und hoffe halb, dass es irgendwie Max ist. Wenn er es ist, kann ich ihn jetzt mit Sicherheit nicht mehr wegschicken.

Als ich die Tür öffne, höre ich, dass der Lärm aus dem Treppenhaus kommt. Es klingt wie eine kreischende Frau. Ich gehe, dann renne ich auf das Geräusch zu. Ich jogge die Treppe hinunter und frage mich, was ich mache, warum ich wegen einer schreienden Dame einfach loslaufe.

Als ich sie dort stehen sehe, greife ich nach ihrem Arm.

»Hey, was ist los …«

Ich halte inne.

Max sitzt zusammengesunken auf dem Boden und hält sich den Kopf. Blut läuft ihm dunkel und dick zwischen den Fingern hindurch übers Gesicht. Neben ihm liegt ein Feuerlöscher, der an einem Ende mit Blut bespritzt ist.

40
Geheimnisse

Mein Herz tut einen Satz, als ich an der Frau vorbeieile und Max hochziehe.

»Alles in Ordnung. Er ist hingefallen«, erkläre ich ihr. »Gehen Sie wieder in Ihr Zimmer.«

»Aber …«, beginnt sie.

»Gehen Sie wieder in Ihr Zimmer«, sage ich, diesmal lauter.

Ich lege Max einen Arm um die Schultern und helfe ihm zurück zu meinem Zimmer. Als er stöhnt und über mörderische Kopfschmerzen klagt, weiß ich, dass er wieder in Ordnung kommen wird. Wir sind zwar unsterblich, aber es dauert trotzdem seine Zeit, um zu heilen.

In meinem Badezimmer setze ich ihn auf den Toilettendeckel, mache ein Handtuch nass und drücke es ihm in die Hand. Er presst es sich an den Kopf.

»Bist du okay?«, frage ich.

Er nickt, dann lächelt er. »Siehst du, wie viel Angst du hast? Du liebst mich total.«

Ich schüttele den Kopf, aber er hat recht. Ihn am Boden zu sehen, hat mir eine Scheißangst eingejagt. »Was ist passiert?«

Er zieht das Handtuch weg, inspiziert es und drückt es sich dann wieder an den Kopf. »Keine Ahnung. Ich bin einfach niedergeschlagen worden.«

»Mit einem Feuerlöscher?« Ich befeuchte ein weiteres Handtuch und reiche es ihm, aber er schiebt es weg.

»Ich schätze, ja. Vielleicht habe ich was mit der Freundin irgendeines Typen angefangen oder so was.«

Ich beiße die Zähne aufeinander. »Wer hat dich ins Wink verfolgt?« Ich halte inne, um ihn zu beobachten. »Spürst du ... spürst du jetzt noch einen anderen Sammler außer mir?«

Er wirft mir einen überraschten Blick zu, dann kneift er konzentriert die Augen zu einem Schlitz zusammen. »Nein«, erklärt er schließlich. »Du denkst, das war einer von unseren eigenen Leuten?«

Ich zögere, dann nicke ich.

Max zieht das Handtuch weg, und ich betrachte seinen Kopf. Die Wunde hat bereits aufgehört zu bluten.

Ich lehne mich an die Tür, hole tief Luft und setze Max über alles ins Bild. Die Befreierin des Obergurus. Trelvator. Den Sammler, der mir gefolgt ist. Ich lasse den Teil aus, dass ich mich in Charlie verliebt habe und dass ich plane, gegen die Befehle zu verstoßen.

Als ich fertig bin, stößt Max einen Pfiff aus. »Verdammt.«

»Richtig.«

»Also denkst du, dass dieser Mistkerl von einem Sammler mir heute Nacht eins übergezogen hat, weil ich dein Kumpel bin?«

Ich zucke mit den Schultern. »Vielleicht. Ich verstehe nicht wirklich, was der für ein Ding laufen hat. Ich weiß nur, dass es schlimmer wird.«

Max legt nachdenklich den Kopf schief. »Ich habe wohl wirklich einen Sammler gespürt, als ich im Treppenhaus war, aber ich dachte, du wärest das, weil ich immer noch ganz in der Nähe deines Zimmers war. Du weißt, dass wir nicht wirklich erkennen können, wie viele Sammler in der Nähe sind.«

»Also fällt dir niemand aus unserem Team ein, der mich verfolgen würde?«

Er schüttelt seinen blutverkrusteten Kopf. »Niemand. Ich meine, unten beten dich alle an. Du bist *numero uno* vom großen Boss. Aber wer sollte es sonst sein?« Max legt den Knöchel über sein anderes Knie, und sein Blick fällt auf seine Fußfessel. »Manchmal hasse ich dieses Ding wirklich.«

Ich erwäge, Max zu erzählen, was ich weiß. Mir wird klar, dass ich an diesem Punkt nichts mehr zu verlieren habe. »Max«, sage ich, »ich weiß, wie wir diese Fußfesseln bekommen haben.«

Die Augen treten ihm aus den Höhlen. »Wovon redest du? Niemand weiß, woher diese Dinger stammen.«

»Der große Boss hat es mir erklärt, als er mich für meine neue Position als Seelendirektor ausgebildet hat.«

Ich bedeute Max, mir aus dem Badezimmer zu folgen. Wir gehen ins Schlafzimmer, und er setzt sich mir gegenüber auf das andere Bett. Ich falte die Hände und versuche, die Geschichte so zu erzählen, wie ich sie gehört habe. »Hast du gewusst, dass der große Boss damals beim Oberguru ein hochrangiger Engel war?«

Max lacht ein schnelles, trockenes Lachen.

»Ich schätze, du warst auch kein Kirchgänger, bevor du gestorben bist.«

»Ähm, nein. Das ist einer der Gründe, warum ich diesen Job gekriegt habe.«

»Stimmt«, erwidere ich. »Okay, der große Boss hat also früher für den Oberguru gearbeitet. Aber eines Tages beschließt er, dass ihm die Aufmerksamkeit, die der Oberguru der Menschheit schenkt, nicht passt. Der große Boss findet, dass diese Aufmerksamkeit ihm gelten soll. Also beschließt er in einem Anfall von Eifersucht, den Oberguru zu stürzen, weil er meint, dass er auf Obergurus Thron ziemlich geil aussehen würde. Also tut er sich mit anderen Engeln auf der Erde zusammen, wo sie ungestört ihre Verschwörung planen können, um den Oberguru zu stürzen.«

»Ohne Scheiß?«, unterbricht Max mich.

Ich nicke. »Also, während der große Boss Ränke schmiedet, bittet er einen seiner Kameraden, ihm eine Krone zu machen. Die will er tragen, sobald er Herrscher ist. Aber er will nicht nur irgendeine Krone, er will eine, die es mit der vom Oberguru aufnehmen kann. Also verbringt sein Kamerad Tage damit, nach diesen speziellen Goldplatten zu suchen, die unter den Engeln als Dargon bekannt sind. Es heißt, es gebe überhaupt nur zwei Platten Dargon und dass der Oberguru sie geschaffen habe, als er die Welt erschuf. Sie waren dazu bestimmt, Krone und Thron für den zukünftigen Sohn zu werden, von dem der Oberguru wusste, dass er ihn haben würde. Irgendwann bekommt also der Kamerad vom großen Boss eine der Goldplatten in die Hände, aber bevor er sie zu einer Krone machen kann, erfährt der Oberguru von dem Plan unseres großen Bosses und schmeißt ihn und die anderen Engel in die Hölle.«

»Also hat der große Boss seine Krone nie bekommen«, wiederholt Max.

»Nein, er hat seine Krone nicht bekommen. Aber er hat es geschafft, mit einem gestohlenen Stück Dargon abzuhauen.«

»Und ... was bedeutet das?«

»Na ja, nachdem der Oberguru erfahren hatte, dass seine Engel sich gegen ihn verschworen haben, zieht er jeden einzelnen von ihnen von der Erde ab und holt ihn zurück in den Himmel. Er beschließt, dass das einzige Wesen, das einen Fuß auf die Erde setzen darf, sein Sohn ist – die Person, die die Krone trägt.«

»Ich ahne, worauf das hinausläuft«, bemerkt Max und verzieht ehrfurchtsvoll das Gesicht.

»Ja. Genau. Weil der große Boss eine Platte Dargon gestohlen hatte, konnte auch er auf Erden wandeln. Aber der große Boss war total rachsüchtig, er wollte unbedingt Vergeltung. Also hat er sein Dargon genommen, hat daraus sechs Fußfesseln gemacht und sechs Sammler ausgewählt, die dem Oberguru Seelen stehlen sollten – er dachte sich, er könnte auf diese Weise mehr Schaden anrichten.

Heute stellt der große Boss einfach nur sicher, dass er die Fußfesseln immer seinen besten sechs Leuten gibt. Denjenigen, die auf Erden besondere Fähigkeiten hatten.« Ich schüttele den Kopf. »Ich weiß nicht, was besser ist – die Arbeit als Sammler oder der Ruhestand in der Hölle.«

Max schaut auf den Boden zwischen seinen Schuhen. »Warum wollen sie nicht, dass wir davon wissen?«

»Ich denke …«, beginne ich. »Ich denke, weil der große Boss seinen Sammlern gegenüber nicht schwach erscheinen will. Er will nicht, dass wir wissen, dass der Oberguru ihn mit einem Arschtritt rausgeschmissen hat.«

»Glaubst du, dass der Oberguru von uns weiß?«, fragt Max.

Ich grübele eine Sekunde lang nach. »Ja, er weiß es. Ich vermute, er hat es die ganze Zeit gewusst. Aber jetzt erschafft er seine eigenen Sammler – die Befreier. Und ich denke, der große Boss weiß, dass der Oberguru ihn auf dem Radar hat. Deshalb dürfen wir den Menschen nichts tun, weil der Oberguru sonst einen Krieg anfangen würde, und der große Boss ist nicht stark genug, um es mit ihm aufzunehmen.«

Max greift sich an den Kopf und schaut seine Hand an, um festzustellen, ob da Blut ist. »Die Fußfesseln. Ihretwegen können andere Sammler und der große Boss spüren, wo wir sind, wenn wir in der Nähe sind, richtig?«

Ich nicke.

»Und ihretwegen können wir auch die Schatten benutzen?«

Ich fahre mir mit der Zunge über die Zähne. »Ja, ich

denke, so ist es. Ich habe mich oft gefragt, ob … du weißt schon … wir noch andere Dinge tun können, von denen wir keine Ahnung haben.«

»Alter«, sagt Max. »Ich auch. Ich habe immer das Gefühl, als stecke Großes in mir, weißt du?«

»Ja.«

Max stößt einen langen Seufzer aus, und sein Gesicht verzieht sich, als wäre ihm gerade etwas eingefallen. »Warum, glaubst du, will der große Boss Charlie so unbedingt haben? Ich meine, abgesehen davon, dass er die ganze Frieden-auf-Erden-Geschichte vermeiden will.«

Ich zucke mit den Schultern die Achseln. »Ich habe keine Ahnung.«

Er schaut mich an. »Hast du von den Seelenwaagen gehört?«

»Diese Messgeschichte?« Ich trommle mit einem Finger auf mein Bein.

»Ja. Diese Geschichte: Wenn eine Seite viel mehr Seelen kriegt als die andere, öffnen sich Himmel oder Hölle und alle Engel oder Dämonen strömen auf die Erde?«

Ich stehe auf. »Heilige Scheiße. Charlie. Sie wird auf der Waage den Ausschlag geben. Max, du bist ein Genie.«

»Ja«, erwidert er. »Ja, das ist genau das, worauf ich damit hinauswollte.«

Das ergibt Sinn. Wenn Charlie wirklich hundert Jahre Frieden bringen kann, könnte es das Blatt zugunsten des Himmels wenden. Aber könnte sie das nicht auch ohne Seele durch ihre Wohltätigkeitsorganisation bewerkstelligen? Und das bedeutet, dass der große Boss vielleicht versucht, sich ihre Seele zu schnappen, bevor er noch extremere Maßnahmen ergreift. Vielleicht ist das Einsammeln ihrer Seele nur der erste Schritt.

»Aber warum sollte der Oberguru das überhaupt wollen?«, fragt Max. »Er will doch keine Engel mehr auf Erden haben.«

»Nein«, sage ich. »Das war damals. Die Dinge liegen jetzt anders. Seine neue Befreierin ist ein Beweis dafür.«

»Wenn Charlie also weiterlebt, wird sie der Grund sein, warum Engel ohne Dargon auf Erden wandeln können.«

Mir stockt der Atem, und Angst durchzuckt mich wie ein Blitz. »Und falls sie stirbt ...«

Max erbleicht. »Oh, Mann. Falls sie stirbt, bedeutet das, dass die Hölle zu schlechter Letzt die Oberhand gewinnt? Bewegen wir uns ohne sie auf eine Welt zu, in der Dämonen frei herumwandern?« Seine Augen werden glasig. »Der große Boss wird versuchen, sie zu töten, nicht wahr?«

»Ich weiß es nicht. Ich weiß im Moment nur, dass er sich darauf konzentriert, sie einzusammeln.« Ich schaue Max an. Es wird Zeit, dass er es erfährt. Jetzt oder nie. »Ich werde ihm ihre Seele nicht überlassen, und ich werde definitiv nicht zulassen, dass er ihr etwas antut.«

Er weicht zurück, als hätte ihm jemand einen Faustschlag in den Magen verpasst. »Dante«, sagt er. »Du sprichst von Verrat.«

Ich halte seinem Blick stand und nicke knapp, eine schnelle Bestätigung.

Max steht auf und geht benommen zur Tür. Er fährt

herum und sieht mich an, immer noch blass im Gesicht. »Ich darf mir das nicht anhören. Ich darf nicht … ich darf nichts davon wissen.« Er greift sich geistesabwesend an den Kopf. »Er wird uns hinter dir herschicken. Du bist mein bester Freund, und ich werde gezwungen sein, Jagd auf dich zu machen. Und wenn die Sammler dich finden – und du weißt, dass sie dich finden werden –, werden sie dich zurück nach unten schleppen, und der große Boss … er wird dich foltern, Dante. Du hast gesehen, was dort unten abgeht. Er wird dich durch jeden Teil der Hölle zerren und dich im neunten Kreis einlagern. Ich meine, was denkst du dir überhaupt? Hast du deinen verdammten Verstand verloren?«

Ich drücke die Schultern durch und hebe den Kopf höher. Dies ist die erste von vielen Herausforderungen, denen ich mich während der nächsten tausend oder mehr Jahre werde stellen müssen. Wenn ich meine Überzeugung nicht einmal vor meinem besten Freund vertreten kann, habe ich keine Chance. »Man wird mich nicht schnappen.«

Er legt den Kopf schief und zieht die Augenbrauen zusammen. »Oh doch«, sagt er sanft.

Ich wende mich ab, weil ich weiß, dass er recht haben könnte. Hinter mir spüre ich, dass sein Blick sich in meinen Rücken bohrt. »Sie ist es wert, Max.«

Seine nächsten Worte donnern mir um die Ohren. »Du irrst dich. Sie ist meinen besten Freund nicht wert. Es ist mir egal, welche Art von Frieden sie bringen wird, wenn das bedeutet, dass du eingekerkert wirst.«

Ich drehe mich um und mache zwei lange Schritte in

seine Richtung. »Du siehst nicht, was ich sehe. Du weißt nicht, wie verdammt rein sie hier drin ist.« Ich pikse mir selbst in die Brust. »Ich weiß, wir sind dazu ausgebildet worden, uns nur um uns selbst zu scheren. Aber wenn du fühlen würdest, was ich jetzt fühle, würdest du versuchen, sie zu beschützen.« Ich senke die Stimme. »Ich kann keinen Teil von ihr verlieren, Max. Ich erwarte nicht, dass du das verstehst.«

Mein Freund beißt die Zähne zusammen und sieht mir fest in die Augen. »Tu nicht so, als wüsste ich nichts über Verlust. Es mag dir schwerfallen, das zu glauben, aber ich habe geliebt.« Er nickt. »Ja, ich hatte ein Mädchen. Sie war alles für mich. Ihr Haar, ihre Haut.« Er berührt seinen Hals, dann fängt er sich und lässt die Hand schnell fallen. »Wir wollten heiraten, Mann. Heiraten.« Max entspannt den Kiefer und schiebt ihn hin und her. »Aber sie ist gestorben.«

»Max«, sage ich, weil mir nichts anderes einfällt.

Er zuckt mit den Schultern. »Also, ja, ich weiß, wie es ist, jemanden zu verlieren. Und wenn ich gegen den König der Hölle selbst kämpfen müsste, um sie zurückzubringen, würde ich das tun. Aber sie ist tot. Und Charlie wird eines Tages ebenfalls fort sein. Und du wirst dort unten eingesperrt sein. Mit ihm. Also, tu das nicht. Beende den Auftrag und besorge dir deinen Job auf der Erde. Dann kannst du jeden Tag mit ihr verbringen, bis …«

»Bis sie stirbt oder er sie umbringt und sie meinen Platz in der Hölle einnimmt?«, unterbreche ich ihn. »Max, es tut mir so leid, was dir passiert ist. Niemand sollte den

Menschen verlieren, der ihm so viel bedeutet. Und deshalb muss ich um sie kämpfen.« Ich trete näher an Max heran und schlage ihm auf die Schulter. »Ich kann rennen, schneller, als du dir vorstellen kannst. Ich kann ihre Seele beschützen, und ich kann den Sammlern immer einen Schritt voraus sein.« Ich lächele. »Sogar dir.«

Max weicht zurück. »Ich habe bereits mein Mädchen verloren.«

Ich weiß, was er meint. Er hat sie verloren. Er will nicht auch noch mich verlieren. Aber das wird er nicht aussprechen. Wenn er es ausspricht, macht es das real. Ein Teil von mir will Max zuschreien, dass er bleiben soll, dass er mir helfen soll, Charlie zu beschützen. Aber das kann ich nicht von ihm verlangen. Ich kann nicht von ihm verlangen, ewigen Schmerz und ewiges Leiden für jemanden zu riskieren, den er gar nicht kennt. Also eile ich stattdessen zu ihm, umarme Max und schlage ihm fest auf den Rücken. »Ich habe dich lieb, Max. Jetzt mach, dass du hier wegkommst. Ich kann auf mich selbst aufpassen.« Ich schenke ihm das schönste Lächeln, das ich auf Lager habe, das sagt, dass ich zuversichtlich und selbstbewusst bin und Luzifer mit bloßen Händen niederringen kann.

Max tränen die Augen, und er reibt sie grob, als wäre er sauer über die Reaktion seines Körpers. »Fick dich, Mann.«

Ich lächele und hebe den Mittelfinger. »Selber.«

Er schüttelt den Kopf und lacht. Dann öffnet er die Tür, schaut sich noch einmal um und nickt mir zum Abschied zu.

41
Charlie nicht da

Ich wache mit dem Gefühl auf, als hätte ich die letzten drei Tage in einem Massagesalon verbracht. Meine Muskeln sind entspannt, und ich fühle mich erfrischt, als könnte ich den Mount Everest erklimmen, eine Arche bauen oder die Welt eigenhändig von spießigen Großraumlimousinen befreien.

Dann schaue ich auf die Uhr auf dem Nachttisch.

Mittag.

Ich habe einen täglichen Weckruf bestellt, aber den habe ich wohl verschlafen. Kein Wunder, schließlich ist Max erst um kurz vor vier Uhr morgens gegangen. Bei dem Gedanken an meinen besten Freund schnürt sich mein Herz zusammen. Ich frage mich, ob ich ihn jemals wiedersehen werde. Und wenn ja, ob er mich dann mit einer Mistgabel jagen wird.

Ich klettere aus dem Bett und ziehe ein T-Shirt, Jeans und meine roten Chucks an. Dann jogge ich zu Elizabeth Taylor und jage zur Centennial High. Ein Ziel hat heute Morgen meine ungeteilte Aufmerksamkeit, nämlich die Suche nach Charlie. Ich muss sie allein erwischen, damit ich alles erklären kann, und zwar so, dass sie mich anschließend nicht hasst. Vielleicht kann ich ihr erzählen, dass der Oberguru seine Meinung wegen des Vertrages geändert habe und dass er sauer sein werde, falls sie um noch mehr Schönheit bittet. Vielleicht kann ich es auf die Art vermeiden, ihr zu erzählen, was ich wirklich bin.

Ich fahre vor der Schule vor und betrete das Gebäude genau in dem Moment, als Charlies Mittagspause beginnt. Perfekt. Ich muss sie noch nicht mal aus dem Unterricht zerren. Als ich mich ihrem Tisch nähere, sehe ich, dass Annabelle als Einzige dort sitzt. Ich schaue mich um, suche nach Charlie oder Blue und sehe keinen von beiden.

Annabelle hört auf, ihre Pommes zu essen, als sie mich erblickt. »Hey.«

»Wo sind denn alle?«, frage ich. »Warum bist du allein?«

Sie nimmt einen Schluck von ihrem Getränk. »Charlie ist abgehauen.«

»Abgehauen? Was meinst du mit ›abgehauen‹? Schwänzt sie die Schule?«

Annabelle wiegt den Kopf hin und her. »Irgend so was. Sie ist zur ersten Hälfte da gewesen, dann hat sie vor ein paar Minuten gesagt, sie fühle sich nicht wohl und es seien zu viele Leute hier.«

»Zu viele Leute? Was soll denn das heißen?« Mein Gehirn ist nicht in der Lage, diese Information zu verarbeiten. Charlie schwänzt nie. Irgendjemand muss sie immer dazu überreden, und dieser Jemand bin normalerweise ich. »Ist sie mit jemandem mitgegangen?«

»Ja, mit Nathalie. Dem Mädchen, das Charlie neulich nach ihren Haaren gefragt hat. Erinnerst du dich?«

Ich denke zurück und versuche, mich an das Gesicht des Mädchens zu erinnern. Ich weiß, dass sie heiß war und nach Geld und Beliebtheit stank, weshalb ich nicht verstehe, warum sie Charlie bitten sollte, mit ihr blauzumachen.

Annabelle scheint meine Gedanken zu lesen, denn sie sagt: »Irgendetwas stimmt heute nicht mit Charlie. Ich meine, allein heute Morgen. Es ist, als wäre ein ganz anderer Mensch in die Schule gekommen. Als versuche sie, irgendetwas zu beweisen.«

Was sie sagt, macht mich nervös. Ich weiß nicht, was in Charlie gefahren ist, aber ich muss sie finden. Sofort. »Weißt du, wo sie hingegangen ist?«

Sie schüttelt den Kopf. »Nein, aber Blue ist mit ihr gegangen.«

Ich stoße einen frustrierten Seufzer aus. Ich weiß nicht, ob ich mich besser oder schlechter fühle, weil Blue bei ihr ist. Ich entscheide mich für schlechter. Ich fahre mir durchs Haar und denke nach. Peachville ist nicht groß, aber es ist groß genug, um sich darin zu verstecken.

»Kapierst du denn nicht?«, unterbricht Annabelle meine Gedanken. Sie legt den Kopf schief und schaut zu mir auf. »Du bringst sie um den Verstand.«

Ich sehe sie lange an, als wäre ihr gerade ein drittes Auge gewachsen – eins, das meinen Müll mühelos durchschaut. Meine Brust schnürt sich zusammen, und im Innern, tief vergraben unter Haut, Knochen und Muskeln, bete ich, dass das, was sie sagt, wahr ist. Dass Charlie sich in mich verliebt hat. Es ist ein selbstsüchtiger Wunsch, weil es einfacher wäre, sie mit einem klaren Kopf zu beschützen. Aber ich kann den kleinen Freudentanz nicht unterdrücken, den mein Herz bei Annabelles Worten vollführt. Falls sie tatsächlich der Wahrheit entsprechen.

»Danke, Annabelle. Im Ernst.« Ich entferne mich, bereit, in meinen Wagen zu springen und kreuz und quer durch Peachville zu fahren, falls das notwendig ist, um Charlie zu finden. Aber Annabelle überrascht mich, indem sie sich vorbeugt und mich am Handgelenk packt.

»Sie geht heute Abend zu einer Party. Bei Nathalie. In der Nähe von Preston Street und Parker, glaube ich.« Sie lässt mich los. »Ich weiß nicht, was du ihr getan hast, Dante, aber du solltest es besser in Ordnung bringen. Verstanden?« Mit diesen Worten steht sie auf und geht davon, und ich vermute, dass sie diese Ansprache und den dramatischen Abgang geplant hat, für den Fall, dass ich heute auftauchen würde.

Trotzdem hat sie recht. Ich muss das in Ordnung bringen. Ich weiß bloß nicht wie. Ein in Schwarz und Orange gehüllter Tisch fällt mir ins Auge. Ich schaue hinüber und sehe, dass er von Leuten belagert wird, die Eintrittskarten für den Halloween-Ball morgen Abend kaufen. Innerlich seufze ich. Aber ich weiß, dass es nicht besser wird, wenn ich es hinauszögere.

Ich gehe zu dem Tisch hinüber und warte, bis ich an der Reihe bin, um sechzig Mäuse für zwei Eintrittskarten für etwas auszuspucken, was das Letzte ist, was ich je machen wollen würde. Schließlich bedenke ich das Mädchen vom Schülerrat, das mich anstrahlt, mit einem spöttischen Grinsen und stopfe mir die Eintrittskarten in die Tasche. Vielleicht wird das helfen, Charlie für mich zu gewinnen – eine Geste, die zeigt, was ich zu tun bereit bin, um ihr eine Freude zu machen. Mit ein wenig Glück wird sie zustimmen, dass wir gar nicht hingehen dürfen, sondern dass wir uns so weit wie möglich von Peachville entfernen müssen.

Zwei Tage. Das ist alles, was mir nach dem heutigen Tag noch bleibt, bevor der große Boss meinen Auftrag zum Fehlschlag erklärt. Wird er die anderen Sammler herschicken? Ich meine, diejenigen, die mich nicht bereits jetzt stalken?

Ich hüpfe in Elizabeth Taylor und verbringe die nächsten drei Stunden damit, nach Charlie zu suchen. Ich fahre bei ihr zu Hause vorbei und laufe durchs Einkaufszentrum ... ich gehe sogar zum Stadtzentrum und schaue in alle Restaurantfenster. Zum ersten Mal im Leben verfluche ich mich dafür, kein Handy zu haben, und ich verfluche Oma, weil sie Charlie keins besorgt hat. Wenn ich nicht im Begriff stünde zu fliehen, würde ich mir eins dieser Smartphones kaufen, über die sich die Leute den ganzen Tag beugen.

Als ich an allen Orten nachgeschaut habe, die mir einfallen, fahre ich zu ihrem Haus zurück. Wenn sie nicht dort ist, werde ich bis zur Party warten müssen. Ich halte neben dem Bordstein, schalte den Motor ab und gehe zur Tür. Mehrmals klopfe ich an, dann drücke ich unfassbar oft auf die Klingel. Falls irgendjemand da drin ist, muss er das Temperament eines Koma-Patienten haben.

Ich gehe einige Schritte rückwärts und schaue zu ihrem Fenster empor. Es ist offensichtlich, dass niemand zu Hause ist, aber ich beschließe, zu gucken, ob ihr Fenster offen ist. Vielleicht kann ich ihr eine Nachricht hinterlassen, dass sie im Hotel anrufen soll. Ich klettere das Rankengitter hinauf und stoße beinahe einen Siegesschrei aus, als ihr Fenster sich nach oben schieben lässt. Obwohl ich begeistert bin, dass es offen ist, macht es mich auch nervös. Der Gedanke, dass Charlie so schutzlos ist, gefällt mir nicht.

In ihrem Zimmer suche ich nach irgendetwas, was mir einen Hinweis darauf geben könnte, wo sie ist, aber ich kann nicht erkennen, ob sich etwas verändert hat. Es ist seltsam, ohne sie hier zu sein. Ein Gefühl der Sehnsucht erfüllt mich, als ich ihr Bett betrachte. Ich erinnere mich daran, dass wir Händchen gehalten haben und auf der Matratze herumgehopst sind wie zwei Vollidioten. Rückblickend hätte ich damals bemerken müssen, dass sie mich ganz allmählich erwischt. Kein Wunder, dass sie geboren wurde, um die Welt zu verändern, wenn ich bedenke, wie schnell sie mich verändert hat.

Ich wünsche mir verzweifelt, sie zu sehen. Obwohl ich sie gestern Abend kurz gesehen habe, war es nicht genug. Es gibt Dinge, die ich ihr sagen muss, aber das ist nicht der einzige Grund. Ich will ihr wieder nah sein. Als ich ihre Nachttischschublade öffne, finde ich einen Stift und Papier und schreibe eine kurze Nachricht.

»Charlie, ich muss mit dir reden. Es ist dringend. Es geht um das Ding, das wir unterschrieben haben. Ruf mich im Wink Hotel an. Ich warte.«

Ich starre auf die Notiz und versuche, mich zu entscheiden, wie ich unterschreiben soll. »Dante«? »Liebe Grüße, Dante«? »Besessen von dir, Dante«? Ich fühle mich wie ein verdammter Zwölfjähriger, als trennten mich nur Millimeter von Pickeln und feuchten Träumen.

Kopfschüttelnd entscheide ich mich für: »– D«.

Nachdem ich den Zettel zusammengefaltet habe, lege ich ihn auf ihr Kissen. Dann beschließe ich, dass das zu unheimlich ist, und lege ihn auf die Kommode. Dann zurück auf das Kissen. Ich stoße ein frustriertes Stöhnen aus, weil ich mir selbst auf die Nerven gehe.

Es ist Zeit, das Haus zu verlassen, begreife ich. Denn wenn man mich in ihrem Zimmer erwischen würde, fände man mich garantiert ziemlich verstörend. Ich gehe gerade auf das Fenster zu, als etwas meine Aufmerksamkeit erregt. In der Nähe der Wand neben ihrem Bett stehen zwei große Dosen. Ich kneife die Augen zusammen, gehe darauf zu und bücke mich dann.

Baumarktfarben. Eine Dose mit Grundierung, eine Dose mit roter Farbe. Ich balle die Fäuste. Ich sollte mich darüber freuen, dass sie das macht. Sie hat mir selbst erzählt, dass sie ihr Zimmer neu streichen will. Ich frage mich, ob Blue weiß, dass sie ihr Zimmer streichen will. Ich frage mich, ob er sie fragt, ob er sie heute Abend zu der Party fahren soll. Ich frage mich, ob er weiß, wie es sich anfühlt, erwürgt zu werden.

Nachdem ich ihr Fenster hochgeschoben habe, werfe ich einen letzten verstohlenen Blick durchs Zimmer. Dann krieche ich raus und klettere nach unten. Jetzt kann ich nichts anderes mehr tun. Ich muss zurück ins Wink Hotel und auf einen Anruf warten, der vielleicht niemals kommen wird – während Charlie da draußen ist … und sich verändert.

42

Party-Charlie

Charlie ruft nicht an. Diese winzige Tatsache zerquetscht mich wie eine Fliege.

Als ich aufgestanden bin, hatte ich ein klares Ziel: Charlie beschützen. Aber jetzt versuche ich nur noch, meinen verblödeten Verstand nicht zu verlieren.

Ich fühle mich wie ein Irrer, gehe in meinem Hotelzimmer auf und ab und spiele im Geiste alles durch, was sie je zu mir gesagt hat. Ihre Worte sind wie Puzzle-Teilchen, und ich füge sie zusammen, damit ich sehen kann, was für ein Bild sie ergeben. Was sagt es aus? Empfindet sie genauso wie ich? Bin ich mir sicher?

Um zehn Uhr abends beschließe ich, dass ich keine Minute länger warten kann. Ich ziehe ein Hemd und sogar einen Gürtel zu meiner Hose an. Insgesamt braucht das Update meiner Garderobe dreißig Sekunden. Ungefähr genauso lange wie auch sonst immer, aber heute Abend fühlt es sich wie eine Ewigkeit an.

Ich schnappe mir meinen Autoschlüssel, gehe hinaus und steige in Elizabeth Taylor. Selbst diese kleine Handlung nimmt mich mit. Schließlich ist Charlie diejenige, die meinem Auto einen Namen gegeben hat. Ich kenne sie seit neun Tagen, und doch hat sie so viel von meinem Leben berührt, dass ich dem Gedanken an sie nicht entkommen kann.

Ich drehe das Radio voll auf und fahre dorthin, wo ich das Schild Preston Road gesehen habe. Dann zuckele ich auf der Preston entlang, bis ich die Parker Road finde. Ich biege nach rechts ab und sehe kleine, niedrige Häuser in tadelloser Verfassung. Es ist ein Viertel, das dazu erbaut wurde, die Reichen nachzuahmen.

Nach einigen Minuten werden die Abstände zwischen den Häusern größer, und ich komme zu dem Schluss, dass ich in die richtige Richtung unterwegs bin. Ich mag die genaue Adresse für mein Navi nicht haben, aber ich sollte kein Problem damit haben, Nathalies Bleibe zu finden. Party-Orte sind fast immer mitten im Nirgendwo, damit die Bullen die Partys nicht sprengen. Ich stütze mich auf mein Lenkrad und erhasche einen Blick auf Autos, die an der Straße geparkt sind. Als ich näher komme, wird mir bewusst, wie viele es sind, und mir ist klar, dass ich das richtige Haus gefunden habe.

Nachdem ich Elizabeth Taylor abgestellt habe, schalte ich den Motor aus und löse meinen Sicherheitsgurt. Ich will gerade hineingehen, als ich zögere. Es ist eine Ewigkeit her, seit ich allein zu einer Party gegangen bin. Es macht mir nichts aus – es fühlt sich bloß komisch an. So müssen sich Trottel fühlen. Ich beschließe, dass ich bei nächster Gelegenheit auf das Wohl der Nerds dieser Welt anstoße.

Ich gehe die lange Einfahrt hinauf und öffne die Tür.

Ich bin keine drei Schritte weit gekommen, als ein Mädchen, das wie eine Mischung aus Schlampe und Matrose gekleidet ist, auf mich zugelaufen kommt. Sofort erkenne ich in ihr Nathalie, die Kleine, die Charlie dazu überredet hat, heute Nachmittag blauzumachen.

»Nein. Stopp!«, sagt sie und sticht mit einem manikürten Fingernagel in meine Richtung.

Ich frage mich, was ich tun soll, wenn sie versucht, mich hinauszuwerfen. Vielleicht schließe ich mich einer Gruppe an, die an eine Verschwörung Außerirdischer glaubt, weil ich danach alles für möglich halte.

»Zieh deine Schuhe aus. Siehst du das?« Sie zeigt auf den cremefarbenen Teppich. »Meine Eltern bringen mich um, wenn ihn jemand verdreckt.«

»Dann mach dich zum Sterben bereit, denn du feierst eine Party, Schätzchen. Die Stunden dieses Teppichs sind gezählt.«

»Schuhe aus«, wiederholt sie. »Sofort.«

»Die ziehe ich nicht aus«, erkläre ich ihr. Und es ist mir ernst damit. Selbst wenn ich sie zu Boden ringen muss, bleiben meine Lieblinge an meinen Füßen. »Wo ist Charlie?«, füge ich schnell hinzu.

»Sie ist in der Scheune.«

»Ihr habt eine Scheune? Im Ernst?«

»Zieh die Schuhe aus.«

Ich versuche, mich an ihr vorbeizuschieben, aber sie stellt sich vor mich.

»Ich habe Pfefferspray«, sagt sie. »Ich sprühe es dir ins Gesicht.«

Während ich noch ausarbeite, wie ich an Nathalie vorbeikomme – wie ein Linebacker, wie ein tobender Irrer oder vielleicht wie beides – entdecke ich Annabelle im hinteren Teil des Hauses. Erst denke ich, ich hätte es mir nur eingebildet, aber nein, sie ist es. Charlie muss die gesellschaftliche Leiter flink hochgeklettert sein, um für sich und ihre Freundin eine Einladung zu dieser Party bekommen zu haben.

»Annabelle«, rufe ich. Sie hört mich nicht, oder wenn sie es tut, nimmt sie meine Anwesenheit nicht zur Kenntnis.

Da sie spürt, dass ich einfach losrennen will, legt Nathalie mir eine Hand auf die Brust. »Mach Sitz, Bello.«

»Alte, du raubst mir den letzten Nerv.« Ich erwäge ernsthaft, um das Haus herumzugehen, um meine geliebten Roten nicht ausziehen zu müssen, aber ich muss mit Annabelle reden. Mit einem Kopfschütteln trete ich meine Chucks von den Füßen und werfe sie auf einen Haufen zu den anderen in der Nähe der Tür. »Glücklich?«

»Begeistert.«

»Wen interessiert's?«

»Das hier ist mein Haus, weißt du?«

»Mir doch egal.«

Ich gehe an ihr vorbei in die Richtung, wo ich Annabelle zuletzt gesehen habe. Es scheint, dass sie sich in der Menge verloren hat. Ich würde liebend gern wissen, was in ihrem Kopf vorgeht. Den letzten Stand der Dinge über Charlie rauskriegen, bevor ich sie sehe. Ist sie immer noch sauer? Benimmt sie sich immer noch komisch?

Aber offenbar bin ich auf mich allein gestellt.

Ich schnappe mir ein Bier von der Küchentheke, gehe hinaus und mache mich sofort auf die Suche nach ihr. Überall sind Leute, noch mehr als bei Taylors Party vor einer Woche. Einige tragen Kostüme, und alle sind hackedicht.

Ein Mädchen in Cowgirl-Aufmachung packt meine Hände und beginnt sich zur Musik zu wiegen. Sie tanzt, als wäre es ein langsamer Song, obwohl es das genaue Gegenteil ist.

»Tanz mit mir«, lallt sie. »Wie Romeo und Julia.«

Was?

»Ich muss weiter, Babe.« Ich schiebe sie auf den nächsten Jungen zu, den ich sehe. Als sie in seinen Armen landet, lächelt er, als hätte ich ihm gerade ein Lätzchen und einen warmen Nippel gegeben – und genau das habe ich ja auch getan. »Wo ist die Scheune?«, frage ich den Jungen.

Er deutet mit dem Kopf auf den Wald, und ich entdecke einen Lehmpfad, der sich zwischen hohen, kahlen Bäumen durchschlängelt.

Warum sehen die Gärten aller Häuser hier aus wie die Kulisse für einen Horrorfilm?

Ich haue mein Bier weg und drücke dem Jungen die leere Dose in die Hand. Seine Zunge steckt so tief im Hals des Mädchens, dass er nicht einmal bemerkt, woher sie gekommen ist. Er legt die Hand darum und stöhnt, als hätte ihm die ausgetrunkene Dose noch zu seinem Vergnügen gefehlt.

Ich gehe auf den Pfad zu, bleibe aber stehen, bevor ich einen Fuß darauf setze. Beim Herumschauen bemerke ich einen Haufen weißer Socken. Dann gehe ich wohl barfuß. Ich ziehe meine eigenen Socken aus und werfe sie zu den Übrigen. Es wird das letzte Mal sein, dass ich sie sehe, denn ich werde todsicher nicht riskieren, auf dem Weg hinaus die Socken von irgendjemand anderem zu erwischen. Schon bei dem Gedanken schüttelt es mich.

Der Dreck des Pfades schiebt sich mir zwischen die Zehen, während ich einem barfüßigen, händchenhaltenden Paar folge. Es kostet mich geschlagene fünf Minuten, bevor ich die Scheune sehe. Ich habe keine Ahnung, warum irgendjemand dieses Ding so weit vom Haus entfernt gebaut hat, aber ich vermute, dass jemand aus Nathalies Familie hier draußen irgendwelchen nicht ganz legalen Freizeitaktivitäten nachgeht.

Die Scheune ist rot, was ein Lächeln auf meine Lippen zaubert. Ich liebe rote Scheunen. Wirklich. Ich meine, wenn es eine Sache auf dieser Welt gibt, die rot sein sollte, dann ist es eine Scheune. Und das ist eine verdammte Tatsache.

Im Innern kann ich Leute tanzen und auf Heuballen sitzen sehen. Über ihren betrunkenen Köpfen sind zwischen hölzernen Dachsparren vielfarbige Lichter gespannt. In der Mitte der Lichterketten baumelt eine kleine Discokugel an einer Schnur, dreht sich und wirft Punkte aus weißem Licht auf erhitzte Wangen und lachende Münder. Diese Scheune ist für Partys gebaut worden.

Ich sehe mich gründlich um, bevor mein Blick auf ihr

landet – auf Charlie. Sie steht auf einem Heuballen und tanzt Rücken an Rücken mit einem anderen Mädchen. Ihr schlanker Körper strahlt ein Selbstbewusstsein aus, wie ich es noch nie gesehen habe. Selbstbewusstsein, das ich ihr beibringen wollte. Ich erkenne es an der Art, wie sie sich bewegt, wie sie lacht. Als ich sehe, was sie trägt, klappt mir der Unterkiefer herunter.

Dünne, nackte Beine ragen aus winzigen, kaum vorhandenen weißen Shorts. Sie hebt die Arme über den Kopf und stößt den typischen Jubelruf aller betrunkenen Frauen aus. Dabei rutscht ihr die tief ausgeschnittene, rote Seidenbluse nach oben und entblößt ihre Taille. Ich will schnurstracks dort hinübergehen und sie mir über die Schulter werfen. Ich will diese Bluse wieder herunterziehen, damit der Junge, der in ihrer Nähe sitzt und sie anglotzt, lernt, sich verdammt noch mal zu benehmen.

Aber ich warte ab. Ich will, dass sie mich sieht, und ich will sehen, was für ein Gesicht sie macht, wenn das passiert.

Sie dreht sich in meine Richtung und mein Herz hämmert wie wild. Und dann bleibt es stehen, mitten in meiner Brust, vergisst einfach seine Aufgabe und weigert sich zu funktionieren. Ihr Blick fällt nicht auf mich, aber mein Blick ruht nichtsdestoweniger auf ihr. Ein breites Lächeln liegt auf ihren Lippen, und sie lacht über etwas, was der Glotzer ihr zubrüllt.

Charlies Mund war schon immer schön. Volle, sinnliche Lippen. Eine kleine, rosafarbene Zunge. Eine zart geschwungene Linie zwischen ihrer Nase und diesen entzückenden Lippen. Aber ihre Zähne waren immer verkehrt – ein Stoppschild auf einer befahrenen Autobahn. Das Einzige, was sie daran gehindert hat, der feuchte Traum jedes Zahnarztes zu sein.

Als ich näher trete, erkenne ich, dass ich mir das nicht nur einbilde. Dass ihre Zähne weiß und gerade sind, und dass alle, die sie anlächelt, sich gezwungen fühlen, zurückzulächeln. Ihr Lächeln ist ansteckend geworden. Eine Droge.

Eine Geheimwaffe, die gerade ihr volles Potenzial entfaltet.

Sie hat um mehr Schönheit gebeten. Und ich war nicht da, um sie daran zu hindern. Ich drängele mich in ihre Richtung, und endlich entdeckt sie mich. Sie verzieht das Gesicht zu einem Lächeln, dem breitesten, das ich heute Abend gesehen habe.

Dann erlischt es.

Sie springt von dem Heuballen und stürmt vor mir davon ans andere Ende der Scheune, schiebt sich an Leuten vorbei und läuft.

»Charlie«, brülle ich.

Sie rennt weiter, ohne sich umzudrehen.

Ich laufe los, um sie einzuholen, und ein paar Leute starren uns an. Es ist mir egal. Ich interessiere mich einen feuchten Dreck für irgendetwas anderes als sie.

Charlie erreicht den hinteren Teil der Scheune. Dort gibt es keine Tür. Sie kann nirgendwo hin. Sie dreht sich zu mir um und ihre Augen lodern. »Bleib mir vom Leib«, knurrt sie.

Der Klang ihrer Stimme schockiert mich. Meine Muskeln fühlen sich wie Klebstoff an, zäh und unbeweglich. Ich strecke die Hand aus, um sie zu berühren, bremse mich jedoch. Ich habe Angst, dass sie zurückweichen wird.

Ich habe Panik, dass sie darauf besteht, dass ich verschwinde.

43
Spielchen

»Charlie.« Ich sage ihren Namen so leise, dass es mir in der Kehle wehtut. Als wäre der bloße Name mehr, als ich bewältigen kann. »Bitte. Ich muss mit dir reden.«

»Es spielt keine Rolle«, zischt sie. »Ich will nicht mit dir reden.«

Irgendein Typ tritt zwischen uns und stellt sich neben Charlie. »Gibt es ein Problem?«

Er funkelt mich an, und ich bekämpfe den Impuls, ihm den Kopf von den Schultern zu reißen. »Verzieh. Dich«, knurre ich.

Der Junge starrt mich an, um abzuschätzen, ob er es mit mir aufnehmen kann. Dann hebt er die Hände und geht davon. Der Ausdruck auf seinem Gesicht sagt, dass es ihm sowieso nicht wichtig war.

Ich schaue wieder zu Charlie hinüber. Sie beäugt mich, als hätte ich ihr etwas Unaussprechliches angetan, als wäre sie mir auf die Schliche gekommen. Trotzdem kann ich nicht weggehen.

»Können wir kurz nach draußen gehen?«, bitte ich. »Ich verspreche, ich verschwinde, sobald du mich angehört hast.«

Sie tritt nah an mich heran. Dann lehnt sie den Kopf an meinen und streift mit den Lippen mein Ohr. Ihre Stimme ist so ruhig, dass es mir eine Gänsehaut auf den Armen beschert. »Ich will, dass du gehst, Dante. Ich will, dass du dich von mir fernhältst. Du bist wegen einer Sache gekommen, und die gebe ich dir.« Sie zieht sich zurück, und ich bemerke, dass ihre Augen sich mit Tränen gefüllt haben. Ich hebe die Hand, um sie wegzuwischen, aber Charlie zuckt zurück, als hätte ich sie geohrfeigt. Sie legt den Kopf schief, und ihr Gesicht verzieht sich vor Schmerz. »Geh. Ich flehe dich an.«

Ich bin heute Abend hierhergekommen, um Charlie zu beschützen, um sie vor den Sammlern in Sicherheit zu bringen, vor Menschen, die versuchen, ihr Licht zu nehmen. Aber ich habe das bereits getan. Ich war es, der sie gebeten hat, diesen Vertrag zu unterzeichnen. Ich, der sie gedrängt hat, ihn in Anspruch zu nehmen. Ich, der die Schuld an den Tränen trägt, die ihr über die Wangen rollen. Ich mag ihr einmal etwas bedeutet haben, aber das ist jetzt Vergangenheit. Ich kann es an der Art erkennen, wie sie mich anschaut. Sie sieht mich als das, was ich bin. Arrogant. Egoistisch.

Selbstsüchtig.

Ich weiche vor Charlie zurück, denn so sehr ich sie vor dem, was kommt, beschützen will, kann ich nicht hier stehen und mit ansehen, wie sie weint, wenn ich weiß, dass es meine Schuld ist. Charlie ist großzügig und glücklich, eine loyale Freundin und eine aufrichtige Person.

Und sie ist schön.

Charlie leuchtet von innen heraus – ihre Seele ist das Kostbarste, was ich je gesehen habe. Und äußerlich ist sie noch schöner. Nicht nur so, wie sie jetzt ist, sondern so, wie sie *war.* Obwohl sie heute Abend alles übertrifft. So sehr, dass es mir den Atem raubt. Aber das Hüpfen ihres Haares, als sie auf dem Bett herumgesprungen ist, der Schimmer auf ihrer Haut, als sie mir von der Wohltätigkeitsorganisation erzählt hat, die Wölbung ihres Mundes, als sie gesagt hat, sie möge den Klang der Welt. Und ihre Augen – ich habe noch nie so viel Leben in den Augen irgendeines anderen Menschen gesehen wie in ihren.

Charlie ist schön.

Und ich habe sie davon überzeugt, dass sie es nicht war.

Sie weiß, dass es falsch war, sie dazu zu bringen, sich schlecht zu fühlen, so wie sie war. Sie hat für eine Weile mitgemacht, vielleicht weil sie sich insgeheim herkömmliche Schönheit und Beliebtheit gewünscht hat. Oder vielleicht weil sie meine Anerkennung gesucht hat. Und ich wette … als ich sie nicht geküsst habe … hat sie entschieden, ich hätte gar kein Interesse an ihr – ich hätte die ganze Zeit über mit ihr gespielt. Dieser letzte Gedanke tut besonders weh.

Ich werfe einen letzten Blick auf Charlie, ihre tränennassen Augen und ihre geteilten Lippen, und wende mich zum Gehen.

Ohne zu wissen, wohin ich gehen will, verlasse ich die Scheune und mache mich auf den Weg in Richtung Wald. Ich schaffe es keine sieben Meter weit, bevor ich stehen bleibe. Charlie mag mich hassen, und ich muss mit der

Tatsache leben, dass ich daran selbst schuld bin. Aber ich muss etwas viel Wichtigeres bedenken. In zwei Tagen, da bin ich mir sicher, wird der große Boss einen anderen Sammler schicken oder all seine Sammler, um Charlie dazu zu zwingen, den Vertrag schneller vollständig in Anspruch zu nehmen.

Ein nervöses Flattern zuckt durch meinen Blutkreislauf wie ein Schuss Adrenalin. Ich muss meine Gefühle aus dieser Angelegenheit heraushalten. Wenn Charlie mich hasst, von mir angewidert ist, dann ist das so. Ich gehe nicht ohne sie von hier weg. Und wenn ich sie schreiend und um sich tretend hinauszerren muss, ich werde nicht zulassen, dass jemand ihr so wehtut, wie ich es getan habe – oder schlimmer.

Mein Herz pocht heftig, während ich zur Scheune zurückmarschiere. Nichts wird mich daran hindern, dieses Mädchen zu retten. Nicht einmal, dass sie mich womöglich verachtet.

Ich entdecke Charlie in einem Kreis von Leuten, an Annabelles Schulter gelehnt. Ich gehe auf den Kreis zu, doch wegen der Musik, die jetzt viel lauter klingt als zuvor, bemerkt mich niemand. Mir fällt auf, dass jemand die vielfarbigen Lichter über uns ausgeschaltet hat, sodass die einzige Beleuchtung von der Discokugel kommt. Ich schlucke, dann öffne ich den Mund, um nach Charlie zu rufen. Ich werde eine Szene machen. Wieder und wieder ihren Namen brüllen, bis alle sie drängen zu gehen, nur damit ich die Klappe halte.

Aber ich zögere, bevor ihr Name meine Lippen erreicht.

In der Mitte des Kreises sehe ich eine Flasche. Wichtiger noch, ich sehe Charlie danach greifen; ihre Finger schließen sich um das grüne Glas. Es dreht sich unter ihrer Hand, und ich stoße all die Luft aus, die ich angehalten habe. Mir schwirrt der Kopf. Dies ist nicht das Mädchen, das ich kenne. Das Mädchen, das ich vor acht Tagen kennengelernt habe, wäre drinnen, um zwischen lauter Alkohol nach einer Limonade zu suchen. Sie würde mit Leuten, die sich nicht für dieselben Dinge interessieren wie sie, unbeholfen Konversation betreiben. Aber jetzt ist sie hier. Spielt ein Knutsch-Spiel. Trägt viel zu wenige Klamotten am Leib.

Sie schaut zu, wie die Flasche zum Stillstand kommt, und ich tue das Gleiche, denn mein Körper will nicht mehr funktionieren. Er ist vor Entsetzen erstarrt, in Erwartung dessen, was ich nicht mit ansehen will. Im Geiste versuche ich, mit niemand Bestimmtem einen Handel abzuschließen.

Mach, dass sie niemanden küsst, und ich fange an ein besserer Mensch zu sein. Ich werde Gemüse essen. Babyrobben retten.

Die Flasche zeigt auf einen Jungen, den ich nicht erkennen kann. Von meinem Platz aus sehe ich nur seinen Hinterkopf. Charlie beugt sich vor, und der Junge tut das Gleiche. Ich keuche wie ein Mädchen und mein Blut klumpt zusammen.

Bitte. Tu es nicht. Komm zu dem Schluss, dass ich zu wichtig bin. Komm zu dem Schluss, dass ich dir zu viel bedeute. Dass es dir nur bis jetzt nicht klar war.

Charlie legt den Kopf schief, und ihre Lippen berühren die Lippen des Jungen. Da sie ihre Köpfe auf diese Weise gedreht halten, kann ich ihn erkennen – der Junge, den sie küsst, der Junge, der vor Nervosität zittert, ist Blue.

Etwas explodiert in meiner Brust. Es krempelt meinen ganzen Körper von innen nach außen um, bis all meine Organe, all meine Muskeln und mein Gewebe, entblößt sind.

Ich sehe etwas Rotes vor meinen Augen aufblitzen, und bevor ich weiß, was ich tue, stürme ich auf sie zu.

Wie ein Hurrikan.

44
Feuer

Ich packe Charlies Arm und reiße sie hoch. »Was zum Teufel machst du da?«

Ihre blauen Augen weiten sich, als wäre sie überrascht, dass ich immer noch hier bin. »Dante«, sagt sie.

Das ist alles, was sie herausbringt, denn bevor sie noch etwas hinzufügen kann, reiße ich sie in meine Arme und trage ihren Hintern aus der Scheune. Sie schreit und tritt um sich und brüllt, genau wie ich es erwartet habe. Ich rechne damit, dass Blue mir in den Rücken schlägt. Doch er tut es nicht – ob Annabelle ihm befohlen hat, zu bleiben, wo er ist, oder ob er nicht weiß, wie er reagieren soll – ich weiß es nicht. Und es interessiert mich nicht.

Ich trage Charlie in den Wald, weit weg von der Scheune und dem Pfad und den Menschen, die stören könnten. Nachdem ich mich davon überzeugt habe, dass wir allein sind, setze ich sie ab. Sobald ihre Füße den Boden berühren, hört sie auf zu brüllen und humpelt einige Schritte weg von mir.

»Du hast kein Recht dazu«, sagt sie, und ich kann erkennen, dass es ihr ernst damit ist.

»Und ob ich das habe, zum Teufel«, gebe ich zurück.

Sie fährt herum und kommt auf mich zu. »Was hast du gerade gesagt?«

Ich denke darüber nach, denn obwohl ich es vor zwei Sekunden gesagt habe, kann ich mich nicht erinnern.

»Wofür hältst du dich?« Charlie schiebt die Lippen vor, und ihr Kopf fällt zur Seite, als inspiziere sie nicht mich, sondern ein Ausstellungsstück in einem staubigen Museum. »Du wolltest, dass ich diesen Vertrag unterschreibe. Das habe ich getan. Du wolltest mich davon überzeugen, dass ich nicht schön war. Es hat funktioniert. Dann ... dann hast du so getan, als wäre ich dir wichtig. Und ich habe es dir abgekauft.« Sie hält sich den Mund zu, als wolle sie aufhalten, was kommt. Ihre Worte schlüpfen leise und gedämpft hervor, aber sie zerschneiden mich wie Klingen. »Alles, was ich getan habe, habe ich deinetwegen getan.«

Ich konzentriere mich darauf zu atmen. Ein. Aus. Ein. Aus. Es scheint, als wäre es das Einzige, was ich tun kann, denn mein Körper versucht zu absorbieren, was sie gerade gesagt hat. Dies ist meine Schuld, und sie weiß es. Ich war mir sicher, dass sie es wusste, aber sie es aussprechen zu hören, es sie hier draußen sagen zu hören – das bringt mich um.

Ich wende ihr den Rücken zu und gehe einige Schritte weg. Es gibt Dinge, die ich sagen muss, und ich kann ihr nicht ins Gesicht sehen, wenn ich sie sage. »Charlie, ich weiß, dass du wütend auf mich bist.«

Ich halte inne und warte darauf, dass sie mir sagt, *wie* wütend sie ist. Sie tut es nicht.

»Aber du musst die Wahrheit erfahren. Ich wollte nicht, dass dies geschieht.« Ich halte inne und denke darüber nach, was ich gerade gesagt habe. »Doch, ich wollte, dass es geschieht. Am Anfang. Aber dann habe ich dich kennengelernt, Charlie. Ich habe gesehen, wie du bist, die Dinge, die du für andere tust. Die Art, wie du lächelst, wenn es nichts mehr zu lächeln gibt, und die Art, wie du lachst ... es tut weh, es auch nur zu hören. Denn es erinnert mich daran, wie es ist zu leben. Glücklich zu sein.« Ich hole tief Luft. »Du bist schön, Charlie. Du bist so schön, und ich kann nicht glauben, dass ich dich habe denken lassen, du seist es nicht.«

Ich drehe mich um, konzentriere mich aber auf den Boden. Ich darf ihr Gesicht nicht sehen. Es wird mein Ende sein. Aber meine Augen sind verräterisch, und bevor ich sie mir aus den Höhlen reißen kann, wandern sie empor, und mein Blick landet auf ihr. Auf Charlie. Und sie weint. Tränen rollen ihr über die Wangen und verschwinden in einem breiten, glücklichen Lächeln.

»Du lächelst ja«, bemerke ich.

Sie nickt, und ihr Grinsen dehnt sich noch weiter über ihr Gesicht aus.

Die Art, wie sie mich ansieht, als hätte sie nie wirklich aufgehört, an mich zu glauben, lässt mein Herz zerspringen und offenbart etwas, was ich vor langer Zeit begraben habe. Und plötzlich ist es zu viel. Ich kann es nicht länger ertragen, kann nicht leugnen, was ich empfinde. Mir stockt der Atem, und bevor ich mich daran hindern kann, ergießen sich die Worte aus meinem Mund.

»Ich liebe dich, Charlie«, stoße ich hervor. »Verdammt, ich liebe dich so sehr.«

Ein Keuchen entringt sich ihrer Kehle, während ich auf sie zurase. Ich ziehe sie an mich und presse meinen Mund auf ihren. Ich spüre alles, ihr Haar zwischen meinen Fingern, ihre Haut auf meiner. Und ihre Lippen. Ich spüre diese weichen, rosigen Lippen, die für einen Moment unter meinem Kuss erstarren. Und dann fühle ich, dass sie sich entspannt, und sie öffnet den Mund und ahmt meine Bewegungen nach. Sie lehnt sich an mich, schlingt mir die Arme um den Hals und zieht mich so nah zu sich heran, dass nichts zwischen uns ist.

Ich packe ihre Oberschenkel und hebe sie hoch, und sie schlingt die Beine um mich. Nachdem ich mich zu einem Baum vorgetastet habe, drücke ich ihren Rücken dagegen und presse mich gegen sie. Ein animalisches Stöhnen entringt sich mir, während ich sie heftiger küsse, leidenschaftlicher. Ich lasse die Lippen über ihren Hals und ihr Schlüsselbein gleiten, und Charlie stöhnt leise. Dann begrabe ich den Kopf an ihrer Brust und lasse sie auf mich wirken – ihren Geruch, ihren sich hebenden und senkenden Brustkorb. Das wilde Hämmern ihres Herzens.

Langsam lasse ich sie herunter, löse ihre Beine von meiner Hüfte und stelle sie zurück auf den Boden. Dann ziehe ich ihren Kopf an mich und halte ihn fest. Ich will sie nie mehr loslassen. Nicht für irgendjemanden oder für irgendetwas. Ich ziehe sie fester und fester an mich, bis ich Angst habe, dass ich sie zerquetsche. Aber ich kann nicht loslassen. Ich fürchte, wenn ich es tue, wird sie begreifen, dass ich ihrer nicht würdig bin. Fürchte, sie sagen zu hören, dass sie nicht das Gleiche fühlt. Dass sie mich toll findet, aber dass sie vollkommen dicht ist und wir dies morgen lieber nicht erwähnen sollten.

Obwohl ich sie in einem Todesgriff umfangen halte, schafft sie es, den Kopf zurückzulehnen und zu mir emporzuschauen. Ihre rosigen Lippen sind glänzend und geschwollen, und ich kann es mir nicht verkneifen, mit dem Daumen darüberzustreichen.

Sie küsst meine Fingerspitze und ich presse die Augen so fest zu, wie ich kann. Daher sehe ich nicht, als sie den Mund öffnet. Ich sehe es nicht, als sie Luft holt, schluckt und mir zuflüstert: »Ich liebe dich, Dante. Ich habe dich von Anfang an geliebt.«

Aber ich höre sie es sagen, und das genügt, damit ich zusammenbreche. Ich ersticke fast an meinen Worten. Endlich schaffe ich es zu fragen: »Warum?«

Als ich die Augen öffne, lächelt Charlie. Sie streicht mir über die Wange, dann lehnt sie sich an meine Brust. »Weil ich dich sehe. Obwohl du so sehr versuchst, dich zu verstecken, sehe ich dich trotzdem.«

Was sie sagt, fühlt sich so gut an, dass mein Atem, als er aus meinen Lungen weicht, sich mit Gelächter mischt. Vor zwei Tagen konnte ich mir nicht vorstellen, mein Leben für ihres zu riskieren. Und jetzt würde ich es nicht anders haben wollen. Ich werde dieses Mädchen mit allem, was ich habe, beschützen, denn wenn ihr etwas zustößt, werde ich mich verlieren. Ich werde aufhören zu existieren. Und ich werde alle mit mir nehmen.

Mit unendlicher Anstrengung löse ich mich von ihr und nehme ihr Gesicht in beide Hände. »Charlie, ich muss dir was sagen.«

Sie schaut mir fest in die Augen, und ihr Lächeln wird breiter, denn sie vermutet, dass ich ihr weitere gute Dinge zu erzählen habe. Dinge, die uns näher zusammenbringen werden. Ich stelle mir vor, wie ihr Gesicht sich verändern wird, wenn ich ihr alles erzähle, und dieses Gewicht zerrt mich nach unten. Ich muss sie beschützen. Ich muss ihr die Wahrheit über mich und den Vertrag sagen. Aber ich kann sie nicht verlieren. Nicht nachdem, was gerade zwischen uns passiert ist.

»Ich will, dass du aufhörst, um Schönheit zu bitten. Ich liebe es, wie du aussiehst, okay?« Ich drücke sanft ihr Gesicht zwischen meinen Händen. »Kannst du mir versprechen, dass du um nichts mehr bitten wirst? Es ist wichtig für mich.«

Charlies Blick fällt auf meine Brust. Ich spüre sofort, dass da etwas ist, was sie nicht zugibt.

»Was ist?«, frage ich. »Was stimmt nicht?«

»Ich versuche, es nicht mehr zu tun«, antwortet sie. »Wirklich.«

»Was soll das heißen, du versuchst, es nicht zu tun? Kannst du es mir nicht einfach versprechen?«

Sie zieht sich einen Schritt von mir zurück. »Es wird schwerer, nicht um Dinge zu bitten. Je länger ich mir nichts erbitte, desto kribbeliger werde ich. Es hat nach dem ersten Mal angefangen, aber da ich dachte, ich wäre einfach wild darauf, Neues hinzuzufügen. Sie hält inne und schlingt die Arme um sich. »Aber auf dem Rückflug von Vegas, nachdem ich, du weißt schon, meine Haut verändert habe ... da habe ich mich richtig krank gefühlt. Als schreie mein Körper mir zu, noch etwas zu tun, etwas Neues. Es hat mir Angst gemacht, also habe ich gewartet, solange ich konnte. Und beschlossen, eine Pause zu machen, um etwas Abstand zu kriegen.«

Charlie dreht sich zu mir um, und ich stelle fest, dass ich mich nicht bewegen kann. Ich will nicht hören, was sie sagt, aber sie öffnet den Mund und spricht trotzdem weiter.

»Aber je länger ich widerstanden habe, umso kränker fühlte ich mich. Als du gestern Nacht vorbeigekommen bist, war es am schlimmsten. Ich habe gezittert und geschwitzt. Ich wusste, was es war, und mitten in der Nacht konnte ich es nicht länger ertragen. Also habe ich um etwas gebeten. Etwas Kleines. Nur einen kleinen Wunsch, um mein Lächeln zu verbessern. Sobald ich die Bitte vorgebracht hatte, war es, als würde die Krankheit aus meinem Körper gesaugt. Sie war einfach ... weg.« Furcht blitzt in ihren Augen auf.

»Warum geschieht das, Dante? Ich dachte, ich könnte es in meinem eigenen Tempo machen.«

Ich kämpfe, um meine Wut zu beherrschen – Wut auf den großen Boss, weil er sie zur Zielscheibe gemacht hat, und Wut auf mich selbst, weil ich meine Befehle befolgt habe. Ich nehme Charlies Hände. »Weil sie wissen, wie perfekt deine Seele ist, und sie wollen sie haben. Aber hör zu, du musst dagegen ankämpfen. Du musst so lange dagegen ankämpfen, wie du irgend kannst, verstehst du mich? Fühlst du dich im Moment wohl?«

Sie nickt, aber sie wirkt trotzdem entsetzt.

»Gut. Wenn die Krankheit wieder zuschlägt, ruf mich an, und ich komme. Wir stehen es zusammen durch.«

Charlie presst die Lippen aufeinander, als denke sie über etwas nach. »Aber es ist okay, stimmt's? Ich meine, meine Seele wird in den Himmel kommen.« Sie schüttelt den Kopf, als wäre es albern. »Ich stelle mich wegen nichts und wieder nichts blöd an.«

»Du stellst dich nicht blöd an. Die Wahrheit ist ...« Ich fasse Charlie an den Schultern und schlucke heftig. »Die Wahrheit ist, deine Seele könnte in Gefahr sein.«

»Gefahr?« Ihre Augen weiten sich, und selbst das zerreißt mich. Ich will nicht, dass sie Angst hat, aber sie muss es wissen.

»Charlie. Es gibt Sammler für den Himmel, wie ich es dir erzählt habe.« Bisher lüge ich nicht. Ich muss es einfach hinter mich bringen. Raus damit. »Aber es gibt auch noch andere Sammler.«

»Anders inwiefern?«, fragt sie. Ihre Stimme ist kaum mehr als ein Wispern.

»Sie ... sie arbeiten nicht für ...« Ich zeige nach oben.

»Ach du meine Güte«, murmelt Charlie und zieht sich von mir zurück. »Es gibt auch Sammler aus der Hölle?«

Ich nicke, denn ich bekomme kein Wort heraus.

Sie schlägt eine Hand auf den Mund, und Tränen schießen ihr in die Augen. Als sie wieder spricht, kann ich sie kaum hören. Sie beginnt zu weinen, weil sie es bereits weiß. Sie weiß, dass sich irgendetwas nicht richtig anfühlt, und das ist die Erklärung. »Wollen die auch meine Seele?«

Wieder nicke ich.

»Aber ich habe den Vertrag unterschrieben«, platzt sie heraus und lässt die Hand vom Mund fallen. »Alles ist in Ordnung. Ich werde einfach den Vertrag vollständig in Anspruch nehmen, und dann können sie meine Seele nicht bekommen. Stimmt's? Stimmt's, Dante?«

Charlie tritt auf mich zu, legt mir die Hände auf die Brust, fleht mich an, ihr zu sagen, dass sie recht hat. Dass sie ihr ihre Seele nicht nehmen können.

Da begreife ich, dass ich nicht stark genug bin, um es ihr zu erzählen. Ich habe neunzehn Jahre damit verbracht, egoistisch zu sein und mir ohne zu fragen zu nehmen, was immer ich wollte. Und es gibt nichts – nichts –, was ich mehr will als Charlie. Ich kann es ihr nicht sagen. Ich kann es nicht aushalten, dass sie meinetwegen so ängstlich aussieht.

»Das Papier, das du unterzeichnet hast«, erkläre ich leise, »ist ein allgemeiner Vertrag. Ich wusste nicht, dass es sich so entwickeln würde.«

Das ist die Wahrheit. Ich stelle mir vor, dass, wenn der Oberguru einen Vertrag hätte, das gleiche juristische Blabla darin stehen würde. Das Einzige, was zählt, ist, von wem der Vertrag präsentiert wird. Für welche Seite der Betreffende arbeitet. Und es stimmt, dass ich nicht wusste, dass es sich so entwickeln würde. Ich hätte niemals voraussehen können, dass ich mich in meinen Auftrag verlieben würde.

Ich will gerade versuchen zu erklären, warum wir nicht sicher sein können, dass ihre Seele in den Himmel kommen wird – ohne mich dabei selbst zu enthüllen –, als ich ihn spüre.

Den Sammler.

Er ist hier.

45
Vertrauen

Ich stelle mich vor Charlie, bereit, sie nötigenfalls mit meinem Leben zu schützen.

»Was ist los?«, fragt Charlie, die bemerkt, wie mein Gesicht sich verändert.

Ich trete an die Stelle, wo ich den Sog fühle, und halte Charlie dicht hinter mir. Dann sehe ich es. Ein Aufblitzen von Rot. Als ich begreife, dass es Valerie ist und nicht der Sammler, der ausgeschickt wurde, mir zu folgen, entspanne ich mich. Trotzdem kann ich nicht in Charlies Gegenwart mit ihr sprechen.

Ich drehe mich zu Charlie um und lege ihr meine Hände ums Gesicht. »Kannst du etwas für mich tun? Kannst du oben beim Haus auf mich warten?«

»Dante, du machst mir Angst.«

»Nein, du brauchst keine Angst zu haben, Baby.« Ich küsse sie sacht auf die Nasenspitze und dann noch einmal auf die Stirn. »Ich komme gleich nach. Geh jetzt, okay?«

Sie schaut in den Wald, wo ich gerade hingeblickt habe, und nickt. Über ihre Schulter beobachtet sie mich, während sie zu dem Pfad hinübergeht. Als ich sie nicht länger sehe, mache ich mich auf den Weg in Valeries Richtung.

»Komm raus, Red«, sage ich. »Ich weiß, dass du hier bist.«

Valerie schiebt sich wie eine Massenmörderin hinter einem Baum hervor und kommt auf mich zustolziert. Sie verzieht angewidert das Gesicht, als ihre Absätze sich in die Erde und die getrockneten Blätter bohren.

»Was machst du hier draußen?«, fragt sie.

»Reden.«

»Lügner.«

»Du weißt, was wir hier draußen gemacht haben. Du hast dich an uns gehängt wie eine Turbo-Klette«, entgegne ich. »Also, was ist los, was hast du zu sagen?«

Valerie streicht sich das Haar zurück, dann legt sie ihre Krallen bequem an die Hüften. »Ich bin gekommen, um dich zu warnen. Wir glauben, dass einer deiner eigenen Leute sich dir an die Fersen geheftet hat. Und dass er vielleicht versuchen wird, dir oder möglicherweise sogar Charlie zu schaden.«

»Ach nee, Sherlock.« Ich lehne mich an einen Baum und trete gegen die Borke. »Was hast du sonst noch?«

»Du weißt es?«

»Natürlich weiß ich es.«

»Dann wirst du es ihr sagen.«

Ich wende den Blick ab. »Ich versuche es.«

Valerie lacht. Es ist ein schnelles und scharfes Lachen und es sagt, dass sie an all dem überhaupt nichts komisch findet. »Nun, gestatte mir, dich etwas zu motivieren. Du hast bis morgen Zeit, ihr zu erklären, wer du wirklich bist, sonst tue ich es.«

Ich stoße mich von dem Baum ab und baue mich vor ihr auf. »Ich dachte, du würdest dich nicht einmischen?«

»Die Pläne haben sich geändert«, antwortet Valerie, zieht eine Zigarette hervor und zündet sie sich an. »Erzähl es ihr. Bald. Lass sie selbst wählen, auf wessen Seite sie sein will.«

Meine Gedanken rasen. Ich muss es Charlie sagen, und es kann durchaus sein, dass sie dann so weit wie möglich von mir weg sein will. Vielleicht rennt sie direkt in Valeries wartende Arme. Das wäre nicht das Schlimmste. Valerie würde versuchen, sie zu beschützen. Aber sie könnte nicht tun, was ich tun würde, würde nicht die gleichen extremen Maßnahmen ergreifen wie ich, um sie zu beschützen.

Sie liebt sie nicht so wie ich.

Aber wenn Charlie nichts mehr mit mir zu tun haben will, nachdem ich ihr die Wahrheit gesagt habe, wird Valerie vielleicht meine einzige Chance sein, um Charlies Sicherheit zu gewährleisten. Obwohl ich Valerie, damit sie das tut, alles erzählen muss.

»Charlie hat einen Seelenvertrag unterschrieben«, beichte ich.

Valerie lässt ihre Zigarette auf den Boden fallen. Ihr Blick huscht umher wie der einer Wahnsinnigen. »Ich wusste es. Verdammt, ich wusste es. Deshalb sieht sie so anders aus, nicht wahr?«

Ich nicke.

Sie geht an mir vorbei und wieder zurück und murmelt dabei mit sich selbst. Als sie zum dritten Mal an mir vorbeikommt, halte ich sie am Arm fest.

»Valerie.« Ich kann nicht glauben, was ich jetzt sagen, was ich jetzt tun werde. »Arbeite mit mir zusammen. Gemeinsam können wir sie beschützen.« Sie reißt sich los. »Mit dir zusammenarbeiten?«, faucht sie. »Du bist verrückt. Ich meine, richtig plemplem.« Sie lässt den Finger an der Schläfe kreisen, um zu zeigen, *wie* verrückt ich bin. »Wir würden niemals mit einem von euch zusammenarbeiten. Wir haben gewisse Standards. Moral. Dinge, auf die ihr Dämonen keinen Gedanken verschwendet. Du glaubst, ich würde dir abkaufen, dass sie dir etwas bedeutet? Dass du nicht alles sagen oder tun würdest, um dir deine Beförderung zu sichern? Das hast du selbst gesagt, oder?« Valerie schnaubt. »Ich kann Charlie beschützen, und ich brauche dabei bestimmt nicht deine Hilfe.«

Ich stürme davon, weg von ihr und zeige ihr über die Schulter den Stinkefinger.

»Dante«, brüllt sie hinter mir, »lass mich nicht hier stehen.«

Ich wirbele herum und laufe rückwärts. »Vergiss, dass ich irgendetwas gesagt habe. Ich lasse nicht zu, dass ihr etwas passiert. Eher würde ich sterben. Ich würde noch einmal sterben.«

Valeries Gesicht verändert sich. Es wird weicher, als sehe sie etwas, was ihr zuvor entgangen war. »Sag es ihr, sonst tue ich es.«

Das ist das Letzte, was ich sie sagen höre, bevor ich auf dem Pfad lande und Charlie finde. Sie wartet neben der Vordertür, und ich nehme sie sofort in die Arme.

Nachdem ich ihr einen Kuss auf den Kopf gedrückt habe, murmele ich: »Gehen wir?«

Charlie schaut sich um, als wolle sie Blue und Annabelle Gute Nacht sagen. Als sie keinen der beiden entdeckt, sieht sie wieder mich an und nickt halbherzig.

Ich lege einen Arm um sie und öffne die Tür. Ich will gerade in den Innenhof treten, als mir einfällt, dass ich barfuß bin. Ich gehe wieder hinein und wühle auf der Suche nach meinen Chucks durch den Haufen Schuhe. Ich habe genau zehn Sekunden auf diese Aufgabe verwandt, als mich die Erkenntnis trifft.

Sie sind weg.

Ich flitze ums Haus herum und suche nach irgendjemandem, der sie haben könnte. Niemand hat sie, und das überrascht mich nicht. Diese Schätzchen wurden von Dwayne Wade signiert. Und jetzt sind sie futsch. Gestohlen. Geklaut. Ich will schreien und Dinge werfen und dieses Pfefferspray finden, von dem Nathalie gesprochen hat, um jeden, den ich sehe, damit zu besprühen. Stattdessen gehe ich zu Charlie zurück und lege ihr einen Arm um die Schulter.

Als wir uns Elizabeth Taylor nähern, fragt Charlie: »Wo sind deine Schuhe?«

Ich beiße mir auf die Innenseite meiner Lippe und hole tief Luft. »Es spielt keine Rolle«, antworte ich. Dann küsse ich sie noch mal auf den Kopf und öffne die Autotür.

Es ist still im Wagen, während ich Charlie nach Hause fahre. Ich spüre, wie sie darauf wartet, dass ich etwas sage, aber ich weiß einfach nicht, wie ich ihr erzählen soll, was ich bin. Dass dies alles meine Schuld war.

Endlich bricht sie das Schweigen. »Was war dort draußen? Im Wald?«

Ich schaue sie an und dann wieder zurück auf die Straße. »Du weißt es.«

»Einer von ihnen?«, stößt sie hervor. »Einer von den Bösen?«

Ich nicke, und es zerreißt mir das Herz, sie die anderen Sammler … mich … die Bösen nennen zu hören.

»Wie viele sind es?«, haucht sie.

»Sechs.«

»Das scheinen nicht allzu viele zu sein«, murmelt sie und klingt erleichtert. »Wie viele Gute gibt es? Solche wie dich?«

»Ich … ich weiß es nicht genau, Charlie.« Es ist die Wahrheit, aber es wird schwerer, ihre Fragen zu beantworten, ohne zu lügen. Und ich will sie wirklich nicht anlügen. Nicht mehr. Nervös warte ich auf ihre nächste Frage und überlege schon, wie ich ihr ausweichen werde. Wie lange ich das noch hinkriege.

»Ich war aufgeregt wegen des Balls«, flüstert sie und schaut aus dem Fenster. »Jetzt fühlt es sich so nichtig an. Verstehst du?«

»Du hast die Eintrittskarten gefunden.« Ich beuge mich vor und nehme ihre Hand.

Sie hat den Blick weiter auf das Beifahrerfenster geheftet und beobachtet die Welt, die allzu schnell vorbeirauscht. »Ja.«

Ich kann die Mutlosigkeit in ihrer Stimme nicht ertragen. Vor acht Tagen war es Charlies einzige Sorge, ob sie zur Schule purpurne oder rosafarbene Jeans anziehen sollte. Jetzt kämpft sie mit einem Seelenvertrag, den zu unterzeichnen ich sie gedrängt habe, und sie hat schreckliche Angst, dass die falschen Leute ihre Seele für sich beanspruchen.

Bevor ich vernünftig darüber nachdenken kann, was für eine schreckliche Idee das ist, sage ich: »Wir gehen hin.«

Sie schaut herüber. »Na klar.«

»Das tun wir.« Ich drücke ihre Hand. »Wir werden hingehen. Und wenn das vorbei ist, werden wir uns dem stellen, was wir tun müssen, um deine Seele zu beschützen.«

»Wie?«, fragt sie. »Wie können wir sicher sein, dass meine Seele außer Gefahr ist?«

Ich beiße die Zähne zusammen, denn ich habe eine Heidenangst, wie sie reagieren wird, wenn ich es ihr sage. Ich hole tief Luft. »Wir werden fliehen müssen.« Als sie nicht reagiert, spreche ich weiter. »Wir werden für lange Zeit fliehen müssen, Charlie. Für eine wirklich lange Zeit. Und du wirst dagegen ankämpfen müssen, den Vertrag in Anspruch zu nehmen. Es wird sehr hart werden. Das Härteste, was du je getan hast.« Ich streichele ihren Arm und hole zum letzten Schlag aus. »Du wirst nicht zu Hause anrufen können. Du wirst deiner Großmutter und deinen Freunden – du wirst ihnen Lebewohl sagen müssen.«

Lange bleibt Charlie still. Sie nickt mehrmals und drückt meine Hand. Ich fahre vor ihrem Haus vor und drehe mich zu ihr um.

»Bist du okay?«, frage ich.

»Ja.« Sie sieht mich an und lächelt. Dann bricht ihre Stimme, und Tränen rollen ihr über die Wangen. »Ich bin selbst schuld.«

Ich ziehe sie in meine Arme, und sie schluchzt an meiner Brust. Ich weiß, dass sie wütend auf mich ist, dass sie irgendwo tief im Innern mir die Schuld gibt, statt sich selbst. Und das sollte sie auch. Aber jetzt braucht sie vor allem meine Umarmung. Also gebe ich sie ihr. Ich halte sie so lange fest, wie sie will. Ich lasse sie weinen, bis ihre blauen Augen rot und geschwollen sind. Dann hebe ich ihr Kinn an und wische ihr die Tränen von den Wangen und unter den Augen weg.

»Es tut mir leid, Charlie.«

Sie nickt und kämpft gegen weitere Tränen. »Ich verstehe das nicht«, sagt sie. »Wenn ich den Vertrag in Anspruch nehme, wenn ich der Krankheit nicht widerstehen kann, was wird dann geschehen?«

»Ich bin mir nicht sicher«, antworte ich, was die Wahrheit ist. Ich vermute, weil ich den Vertrag unterzeichnet habe, wird ihre Seele in mich hineingleiten. Dann werden die Sammler versuchen, sie mir zu stehlen, oder sie werden mich in die Hölle zurückzerren, sodass mein unbekannter Feind zwei Fliegen mit einer Klappe schlägt. Und dann ist da Charlie selbst. Sobald ihre Seele ihren Körper verlässt, wird der große Boss grünes Licht für ihren Tod geben. Er könnte jemanden schicken, um sie umzubringen. Ich weiß, dass die Ermordung eines Menschen zum Krieg führen könnte, aber es ist klar, dass der große Boss bei Charlie kein Risiko eingehen will, bei dem, was ihr Lebenswerk bedeuten könnte.

Ich werde ihr das alles erzählen, aber nicht heute Nacht. Ich will, dass Charlie noch einen letzten glücklichen Tag hat. Nur noch einen einzigen.

Ich habe noch zwei Tage, um sie abzuliefern, also gebe ich ihr die morgige Nacht. Das wird mir die Zeit geben, die ich brauche, um unsere Flüge zu buchen und einige Dinge einzupacken, die wir unterwegs benötigen werden. Ich weiß, dass ich mein Glück herausfordere, aber ich will ihr wenigstens das ermöglichen. Einen letzten Tag mit ihrer Großmutter und einen letzten Abend mit ihren Freunden.

Dann gehen wir.

»Hör zu«, sage ich und ziehe ihren Kopf an meine Brust. »Ich will, dass du morgen Zeit mit deiner Großmutter verbringst. Ich will, dass du all das hier vergisst und darauf vertraust, dass ich alles regeln werde.« Ich hebe ihren Kopf an und küsse sie auf die Lippen, und ich schmecke Salz von ihren Tränen. »Morgen werde ich dich um sieben Uhr abholen und mit dir auf diesen Ball gehen. Es wird perfekt. Ich verspreche es. Danach …«

»Werden wir fliehen«, beendet sie meinen Satz für mich.

»Geh nach oben und schlaf. Stell dir vor, ich würde neben dir liegen. Morgen gibt es all diesen Scheiß nicht mehr. Nichts davon, okay? Nur dich und mich und die

Menschen, die dir etwas bedeuten. Lass mich für alles sorgen.«

Ich warte darauf, dass sie Einwände erhebt, dass sie mir Fragen stellt, die ich nicht beantworten kann – oder nicht beantworten will. Aber sie legt die Arme um meinen Hals und drückt ihre Stirn an meine. Dann schließt sie die Augen und flüstert: »Ich vertraue dir.«

Ihre Worte jagen einen warmen Schauer über meinen Rücken. Ich könnte niemals jemandem so vertrauen, wie sie mir vertraut. Ich würde eine Antwort auf jede Frage wollen, würde jeden Stein umdrehen. Sie nicht. Sie glaubt an Menschen.

Sie glaubt an mich.

Ich küsse sie sanft und lasse mir Zeit, versuche, mir den Geschmack und das Gefühl ihrer Zunge einzuprägen. Dann hebe ich den Kopf und deute auf ihr Haus. Sie steigt aus dem Wagen und humpelt den Gehsteig hinauf. Während ich ihr nachschaue, frage ich mich, wie ich sie jemals beschützen soll. Ich lasse meinen Knöchel kreisen und verfluche im Stillen meine Fußfessel. Andere Dämonen beneiden uns um unsere Fußfesseln – sie wünschen sich, sie wären dazu auserwählt worden, auf Erden zu wandeln. Aber ich habe sie immer gehasst, und jetzt … jetzt fühlt sie sich an wie eine Gefängnisstrafe. Solange ich sie trage, werden sie immer wissen, wo ich bin – und auch, wo sie ist. Aber es gibt nichts, was ich dagegen tun kann. Denn ohne sie kann ich nicht bei ihr bleiben. Kann nicht dafür sorgen, dass sie sicher ist.

An der Tür dreht Charlie sich um und schaut zu mir

herüber. Ein zaghaftes Lächeln umspielt ihre Mundwinkel. Ich winke schwach, und sie wirft mir eine Kusshand zu. Es ist so witzig, so unschuldig. Ich kann mir ein Lachen nicht verkneifen.

Das Geräusch erschreckt mich, als hätte ich nicht erwartet, mich jemals wieder lachen zu hören.

46
Der Ball

Am nächsten Abend fahre ich zu Charlie. Ich bin früh dran, aber sie soll wissen, dass ich mich darauf freue, sie zu sehen. Ich konnte mich in der vergangenen Nacht nur mit Mühe bremsen, nicht vor ihrem Haus zu parken, um auf sie aufzupassen. Aber ich wollte nicht erklären müssen, was ich da tue, falls sie mich entdeckt hätte. Und ganz bestimmt wollte ich nicht, dass der Sammler, der mir folgt, sich über mein Handeln wundert.

Als ich vor Charlies Haus vorfahre, versuche ich, mich zu entspannen. Dieser Abend gehört ihr. Außerdem habe ich alles getan, was ich kann, um uns vorzubereiten.

Ich habe zwei Taschen mit Nahrungsmitteln und Kleidung gefüllt und zwei Flugtickets nach Tokio gebucht, wo die vielen Menschen uns Deckung geben werden. Dann habe ich den Höchstbetrag von meiner Amex Black abgehoben und die Karte – und ein Stück meiner Seele – entzweigeschnitten. Ich werde sie nicht mehr benutzen können, sobald wir auf der Flucht sind.

In einer der Taschen habe ich Karten und Namen von Orten verstaut, zu denen wir von einem Moment auf den anderen fliehen können. Und eingewickelt in diese Karten ist … die Glock, Kaliber .45, die ich am Morgen gekauft habe. Es ist nicht mein Stil, mich auf eine Waffe zu verlassen, um meine Kämpfe auszutragen, aber wir reden hier von Dämonen, nicht von Schulhofschlägern. Alles andere werden wir vor Ort entscheiden müssen, denn je mehr wir planen, desto berechenbarer werden wir.

Ich klopfe mir meinen anthrazitfarbenen Blazer und das rote Hemd ab und hole tief Luft. Charlie verdient diesen Abend, und ich will ihn ihr geben. Ich steige aus, gehe zur Veranda und klingele.

Ich erwarte, dass Oma die Tür öffnet und mich mit Blicken zu ermorden versucht. Im Kopf lege ich mir deftige Einzeiler zurecht, die ich ihr entgegenschleudern kann. Ich habe mich schon fast für etwas entschieden, was mit einem besoffenen Mops zu tun hat, als die Tür aufgeht.

Ich hebe den Blick und keuche.

Mein Herz krampft sich in der Brust zusammen, und ich erstarre komplett. Ich habe das Gefühl, als bekäme ich keine Luft, als hätte ich überhaupt noch nie atmen können und würde es auch nie wieder können. Obwohl ich sie direkt anschaue, weigern meine Augen sich zu glauben, was sie sehen.

Charlie steht Zentimeter vor mir. Sie ist völlig verwandelt. Sie trägt das rote Kleid, das ich für sie gekauft habe, und auf ihrem Rücken sind zwei seidene Engelsflügel, die sie wohl in einem Halloween-Laden gekauft hat. Ihr blondes Haar, ihre glatte Haut und ihre brillenfreien Augen sehen unverändert aus. Ich stelle mir vor, dass ich immer noch perfekte, gerade Zähne sehen würde, wenn sie lächeln würde. Aber sie lächelt nicht. Nicht einmal ansatzweise. Das hat wahrscheinlich etwas mit dem Rest von ihr zu tun; mit ihren hohen Wangenknochen, der Brust, die nicht mehr flach ist. Der Art, wie ihre Hüften ein wenig voller zu sein scheinen, und ihre Nase eine Spur schmaler. Ich lasse die Hand über ihren Arm streifen, und die Haut unter meinen Fingern schimmert in einem frischen, bronzefarbenen Ton. Sie ist atemberaubend, so sehr, dass einem Mann auf den ersten Blick das Herz stehen bleiben kann. Aber ich sehne mich nach meiner alten Charlie.

»Wann?«, flüstere ich.

»Gestern Nacht. Ich wollte anrufen, aber es ging so schnell. Ich konnte es nicht verhindern, Dante.« In ihren Augen glänzen Tränen. »Aber ich sehe immerhin schön aus, oder?« Sie bringt ein kleines Lächeln zustande, das meine tote Seele zerspringen lässt.

»Du bist immer schön gewesen, Liebes.« Auf meiner Stirn bricht Schweiß aus, und meine Hände ballen sich zu Fäusten. Ich habe Angst, ihr Seelenlicht anzuknipsen, Angst vor dem, was ich sehen werde. Ist es vorbei? Habe ich ihre Seele eingesammelt, ohne es zu merken?

Sie tritt auf mich zu, und mir fällt etwas auf, was mich innerlich jubeln lässt.

Ihr Hinken.

Ich zeige auf ihre Hüfte und grinse so breit, dass ich Angst habe, dass es mein Gesicht zerreißt. »Du hast immer noch …«

»Ja«, sagt sie. »Das nimmt mir niemand weg. Auf keinen Fall. Das habe ich in der Nacht bekommen, in der meine Eltern gestorben sind. Es gehört mir, niemandem sonst.«

Ich reiße Charlie in meine Arme. Sie ist unglaublich. Nicht ihre Schönheit, sondern ihre Seele. Ich bin entsetzt, dass sie noch mehr von dem Vertrag in Anspruch genommen hat. Dass das einzige Stück von ihr, das man noch ändern könnte, dieses gesegnete Hinken ist. Aber ich werde nicht zulassen, dass ihr irgendetwas den Abend ruiniert. Ich weiß nicht, was ich sagen soll, um die Dinge besser zu machen oder um die Angst zu tarnen, die ich fühle. Bevor mir etwas Gutes einfällt, platze ich heraus: »Wir sind jetzt zusammen.«

Charlie sieht mich an, und ihr Mund zittert und droht, zu einem Lächeln zu werden.

»Ja, das sind wir. Und morgen zeige ich dir, was ich alles zu tun bereit bin, um dich zu schützen.« Ich beuge mich vor und küsse ihre mit Gloss überzogenen Lippen. »Aber heute Abend machen wir eine jugendfreie Party in der Schule – Punsch und Kekse und kitschige Dekoration. Es wird umwerfend.«

Ihr halbes Lächeln erblüht. »Ich sollte keine Angst haben«, sagt sie, und es klingt wie etwas zwischen einer Feststellung und einer Frage.

»Doch, du solltest entsetzliche Angst haben«, widerspreche ich. »Denn ich werde dir Tanzschritte zeigen, bei denen du auf den Knien um mehr betteln wirst.«

Sie schlägt mir auf die Brust, und obwohl da ein nervöses Zögern in ihren Augen ist, erlaubt sie mir, ihre Hand zu nehmen und sie zum Wagen zu führen.

»Wo ist Oma?«, frage ich, während sie vorsichtig auf ihren Sitz krabbelt und aufpasst, dass ihre Flügel nicht zerquetscht werden.

»Sie sagte, sie sei wirklich müde, aber ich musste Tausende Fotos machen, bevor ich gegangen bin.«

Auf der Fahrt zur Centennial Highschool frage ich mich, wie Charlie Oma ihr neues Aussehen erklärt hat. Ich beschließe, es nicht zu erwähnen, aus Angst, das Thema wieder aufzurollen. Stattdessen nehme ich ihre Hand und drücke sie. Und ein Teil von mir – das winzigste, kleinste Stück – wird ganz aufgeregt bei dem Gedanken an diesen blöden Schulball.

Denn ich weiß, dass es vielleicht das letzte Mal ist, dass ich Charlie wirklich glücklich erlebe.

Charlie und ich betreten die Schulturnhalle, und ich stoße einen langen Seufzer aus. Es ist genau, wie ich befürchtet habe. Als hätten sich alle Loser von Peachville verabredet, die kitschigste Billig-Deko einzukaufen, die sie finden konnten.

Am Boden bläst eine Nebelmaschine trübe Schwaden in die Gegend, und von der Decke hängen eine Milliarde schwarzer und orangefarbener Luftschlangen. An die Wände hat irgendein Trottel Papierspinnen und Kürbisse geklebt. Und die Band – oh, Himmel hilf – die Band ist eine Mischung aus Mini-Justin-Biebers und den Jonas Brothers, und die gecoverten Songs, die sie spielen, lassen meine Ohren bluten. Aber als ich Charlie betrachte, in ihrem roten Kleid und mit ihren Engelsflügeln, wird alles wieder wundervoll. Solange sie hier ist, bin ich glücklich. Aber falls sie mal rausgeht, zum Beispiel, um zu pinkeln oder so etwas, dann halte ich ein brennendes Feuerzeug hoch.

Als Charlie und ich uns der Tanzfläche nähern, starren alle sie an. Ihre Mitschüler tuscheln und zeigen auf sie, und ich kann nicht umhin, sauer zu sein. Warum konnten die sie vorher nicht wahrnehmen? Sie war damals genauso umwerfend. Aber ich bin wohl ebenso schuldig, sie übersehen zu haben.

Als ich Charlie jetzt betrachte, erkenne ich sie beinahe nicht wieder. Es macht mich nervös. Wird sie sich jetzt jemand anderen suchen, da sie körperlich perfekt ist?

Fast als lese sie meine Gedanken, steckt sie geistesabwesend ihre lackierten Fingernägel in die Tasche ihres Kleides und wirft sich ein paar Skittles in den Mund. Ich beiße mir auf die Unterlippe, um nicht laut loszulachen, denn diese winzige Geste verrät mir, dass sie immer noch Charlie ist. Sie ist immer noch mein Mädchen.

Annabelle sieht uns und kommt herangerast. »Charchar«, kreischt sie. »Du siehst umwerfend aus.« Ihr Gesicht verändert sich, als sie begreift, wie umwerfend. »Eigentlich siehst du anders aus. Ich meine, wirklich anders.«

»Ich habe mich von Oma schminken lassen«, zirpt Charlie.

Annabelle beäugt sie. »Aha? Wie hat sie das denn hingekriegt?«

Charlie nimmt ihre Freundin in die Arme und setzt auf

Ablenkung. »Komm, drück mich«, verlangt sie. »Mir gefällt dein Kostüm. Du bist … ähm …«

»Ich bin Katharine Hepburn«, erklärt Annabelle, deren Gesicht sich ein wenig entspannt.

Ich inspiziere Annabelles farblose Kleidung und ihr weiß bemaltes Gesicht.

»Seht ihr?«, fragt sie. »Ich bin schwarz-weiß. So wie sie es in den meisten ihrer Filme war.« Annabelles breitkrempiger Hut hüpft, als sie mich betrachtet. »Wie überraschend. Du hast dich nicht verkleidet.«

»Ich bin als heißes Gerät hier«, sage ich. »Du würdest es wahrscheinlich nicht erkennen.«

Sie lehnt sich zurück und formt mit den Händen ein Viereck, als schaue sie durch einen Kamerarahmen. »Nein. Nein, ich sehe … ich sehe …« Sie lässt die Hände sinken. »Eine gelungene Verkleidung als Vollpfosten.«

Charlie zupft an Annabelles Arm. »Ihr könntet endlich das Theater lassen und einfach zugeben, dass ihr einander mögt.«

Annabelle schaut mich an, um meine Reaktion zu sehen. Ich forme mit der Hand eine Waffe und feuere in ihre Richtung. »Peng.«

Ein Grinsen huscht über ihre Züge, und sie feuert sofort zurück.

Charlie verdreht die Augen. Dann schleicht sich ein nervöser Unterton in ihre Stimme. »Hey, ähm, wo ist Blue?«

Meine Schultern straffen sich bei der Erwähnung seines Namens. Nachdem ich seine Lippen auf ihren gesehen habe, würde mir nichts mehr gefallen, als ihm das Gesicht aufzureißen. Selbst wenn es nur ein dummes Spiel war.

Annabelle deutet hinter sich. Sie verzieht das Gesicht, als könne sie nicht glauben, dass wir fragen. »Ernsthaft?«

Sobald ich ihn entdecke, muss ich mir ein Lachen verkneifen. Ich sollte ihn eigentlich hassen, und nicht auf sein Kostüm abfahren. Aber Blue ist als – Blau gekommen. Er trägt ausschließlich blaue Kleidung und hat sogar sein Gesicht in einer dunklen Blaubeerfarbe bemalt. Er steht an dem Tisch mit Erfrischungen und schenkt sich ein Glas grünen Punsch ein. Blues Blick landet auf Charlie, dann schaut er schnell weg. Er weiß, dass sie hier ist – wahrscheinlich beobachtet er sie, seit sie hereingekommen ist.

Ich lasse den Blick über Charlies Gesicht huschen. Sie wirkt verstimmt, und das entfacht ein dunkles Feuer in mir. Ich ertrage es nicht zu denken, dass er ihr etwas bedeutet. Um ihre Gedanken dorthin zu lenken, wo sie hingehören, nämlich zu mir, nehme ich ihre Hand. »Tanzen wir, meine Schöne?«

Sie strahlt mich an und nickt. Dann dreht sie sich zu Annabelle um. »Hast du was dagegen, wenn wir ganz schnell ein wenig tanzen?«

Annabelle scheucht uns weg, als könne es ihr gar nicht gleichgültiger sein.

Als ich Charlie auf die Mitte der Tanzfläche führe, dreht Taylor sich um und starrt das Mädchen an meinem Arm an. Dann klappt ihr der Unterkiefer herunter. Sie kann nicht glauben, wie schön Charlie ist, und ich kann nicht glauben, dass ich das jemals übersehen habe.

Taylor schaut mir in die Augen, dann sieht sie schnell weg und benimmt sich, als würde sie uns nicht bemerken.

Ich ziehe Charlies Kopf an mich und drücke die Lippen in ihr Haar. Ein langsamer Song wird gespielt, und ich lege die Arme um ihre Taille und wiege mich hin und her. Charlie scheint mit dem Wiegen Mühe zu haben.

»Alles in Ordnung?«, frage ich.

Sie öffnet ihren rosigen Mund, aber ihr Blick wandert von meinem Gesicht weg. »Es ist schwerer für mich.«

Ich weiß nicht, warum es schwerer ist, und es ist mir egal. Ohne nachzudenken, hebe ich sie mit Schwung auf meinen Arm. Sie lacht lange und ausgiebig. Das Geräusch reißt mir mein Herz auf und füllt es mit zuckersüßer Güte. Ich tanze im Kreis und tauche mit ihr ab und zu nach unten, sodass ihr Haar wie eine gelbe Decke herabfällt. Ich bin hier, umringt von schlechten Kostümen, während ich noch schlechterer Musik lausche, und ich bin so glücklich, wie ich es meiner Erinnerung nach noch nie gewesen bin. Das Gefühl ist überwältigend, als wäre ich gleich nicht mehr in der Lage, es zu verkraften. Als würde mein Körper vor Freude explodieren.

Charlie schmiegt den Kopf an mich und murmelt etwas an meiner Brust.

»Was hast du gesagt, meine Süße?«, frage ich.

Sie schaut zu mir auf, und ihre Augen sind groß vor Glück. »Ich habe gesagt, dass ich so sehr in dich verliebt bin.«

»Natürlich bist du das«, gebe ich zurück. »Ich bin phänomenal.«

Charlie lacht und drückt den Kopf wieder an mich. »Danke, Dante.«

»Wofür?«

»Für das hier. Für heute Abend.« Sie hält inne. »Und dafür, dass du mir alles erzählt hast.«

Ein Frösteln jagt über meine Arme, und für eine Sekunde habe ich Angst, dass ich sie fallen lasse. Ich setze sie sanft ab, halte sie aber weiter umfangen. »Dass ich dir alles erzählt habe?«

»Du weißt schon. Die Sachen, über die wir heute Abend nicht reden sollten. Über die ich auch gar nicht rede. Ich bin einfach ... ich bin glücklich, dass du es mir erzählt hast«, fügt sie hinzu. »Du hättest lügen können. Das hätte es wahrscheinlich leichter für dich gemacht. Aber dass du es nicht getan hast, hat mir klargemacht, dass ich dir vollkommen vertrauen kann.«

Meine Eingeweide ziehen sich zusammen wie eine Faust, und ich bin gefährlich nah daran, mich zu übergeben. Ich habe versucht zu vergessen, dass dieser Abend damit enden wird, dass ich ihr erzähle, wer ich wirklich bin, aber vielleicht ist es das Beste, wenn ich es hinter mich bringe. Mir bricht der kalte Schweiß aus. Charlie hebt die Hand, um mit den Fingern über meine Haut zu streichen.

»Ist dir heiß?«, fragt sie. »Wollen wir uns was zu trinken holen?«

Ich nicke, denn wenn ich ihr das alles sagen soll, brauche ich einen ruhigen Ort dafür. Charlie nimmt meine Hand, und ich frage mich, ob sie sie anschließend immer noch halten wird. Am Tisch findet sie ein Glas Punsch, nippt daran und reicht es an mich weiter. Ich probiere davon und seufze innerlich, als ich merke, dass es bleifrei ist. Ich könnte jetzt ernsthaft einen Schuss von irgendetwas Starkem gebrauchen.

Ich kratze jedes bisschen Mut zusammen, das ich habe, und mit Valeries Drohung, mich zu verraten, noch im Ohr sehe ich Charlie an. Meine Stimmbänder drohen, gleich zu versagen. Aber irgendwie schaffe ich es hervorzubringen: »Hey, ich muss mit dir reden.« Die Worte fühlen sich zäh an, als sie meinen Mund verlassen, als hätte ich gerade Erdnussbutter gegessen. Und jetzt bin ich mir hundertprozentig sicher, dass ich kotzen muss.

»Okay«, antwortet sie mit einem breiten Lächeln auf den Lippen. »Lass hören.«

»Können wir irgendwo anders hingehen?«

Charlies Gesicht wird ausdruckslos. Sie ist die unschuldigste Person, die ich kenne, aber selbst sie erkennt, wenn das Schicksal an die Pforte klopft. »Oh nein. Will ich das überhaupt hören?«

Ich fahre mir mit den Händen durchs Haar. »Wahrscheinlich nicht.«

Sie tritt zurück und mustert mein Gesicht. Dann sieht sie sich um. »Komm mit.«

Sie steuert einen leeren Flur an, und ich folge ihr. Als die Doppelschwingtüren hinter uns zugefallen sind, fährt sie herum und steht mir gegenüber. »Was ist los?«

Ich hole tief Luft und strecke die Arme nach ihr aus. Sie schmiegt sich an mich, und ich bette mein Kinn auf ihrem Kopf. Ich will es ihr nicht sagen, will nicht, dass sie mich hasst. Aber ich muss es tun. Nicht weil Valerie gedroht hat, es ihr sonst selbst zu sagen, sondern weil es das einzig Richtige ist. Ich liebe sie, und ich will diese Lüge nicht zwischen uns haben.

»Meine Süße«, murmele ich in ihr Haar. »Sag mir, dass du mich immer lieben wirst.«

»Das werde ich«, sagt sie ohne zu zögern.

Ich schließe die Augen und beiße die Zähne zusammen. Dann beginne ich: »Ich bin nicht der, für den du mich hältst.«

Charlie legt den Kopf in den Nacken und schaut zu mir auf. »Wie meinst du das? Das hast du mir schon gesagt.«

»Ich habe nicht ... ich habe dir nicht die ganze Wahrheit gesagt.«

Ich erwarte, dass sie sich von mir losmacht, sich körperlich von mir entfernt, aber stattdessen drückt sie mich fester an sich. Sie schweigt zu lange, dann flüstert sie: »Sag es mir.«

Ich atme durch die Nase ein. »Ich bin ein Sammler, und ich bin ausgeschickt worden, um deine Seele zu holen. So viel ist wahr.« Ich hebe die Arme über den Kopf und verschränke die Finger. Ich kann den Klang meiner eigenen Stimme kaum ertragen. Ich lasse den Kopf nach hinten fallen, und bevor ich mich wieder in den Griff bekomme, bevor ich wieder eine neue Lüge erfinde, sage ich: »Aber ich arbeite für jemand anderen, als du denkst.«

Charlie hält sich noch einen Moment an mir fest. In diesen seligen Sekunden denke ich, dass sie mir verzeihen wird – dass alles zwischen uns in Ordnung kommt. Dann spüre ich, wie ihre Arme sich um meine Taille lockern. Ich spüre, wie ihr Kopf sich von meiner Brust löst. Und langsam weicht sie mit kleinen Schritten zurück, bis ihr Rücken an die Wand stößt. Ihr Gesicht sagt, dass sie alles versteht, was ich ihr noch nicht vollständig erklärt habe.

»Nein«, stößt sie hervor. Sie schüttelt den Kopf. »Nein. Nein, bitte nicht.« Ihre Stimme bricht. Ich will sie berühren und sie krümmt sich zusammen. »Dante, bitte. Sag mir, dass du lügst. Sag es.«

Ich versuche, sie an mich zu ziehen, aber sie zuckt zurück.

»Bitte.« Sie sagt es so leise, dass ich es fast nicht mitkriege. Dann richtet sie sich ruckartig auf und pikt mir einen Finger in die Brust. »Sag mir sofort, dass du das nicht so gemeint hast. Sag mir sofort, dass du lügst.«

»Ich kann nicht«, flüstere ich. Mir brennen die Augen, aber ich kann nicht heulen. Ich kann es nicht. Wenn ich jetzt anfange zu heulen, höre ich nie mehr damit auf.

Ihr Gesicht verzerrt sich vor Schmerz, und sie schüttelt wieder ihren Kopf. Tränen fließen ihr über die Wangen. »Sag es!«, schreit sie. »Sag, was du bist.«

Ich presse mir die Fäuste auf die Augen und kämpfe gegen das Brennen an. »Ich bin ein Sammler«, hauche ich. »Ich bin ein Dämon.« Ich reiße meine Hände von den Augen, weil ich ihr Gesicht sehen muss. Ich muss sehen, wie sie mich ansieht, jetzt, da sie es weiß.

Als ich es tue, kann ich die Tränen nicht länger zurückhalten. Sie fließen mir über die Wangen und fallen auf den Boden.

Ihr Gesicht.

Es ist voller Angst. Und Schmerz. Und Enttäuschung.

»Charlie«, sage ich, meine Stimme vom Heulen gebrochen. »Ich bin ein Dämon.«

Ein Schrei entringt sich ihrer Kehle, als ich das Wort wiederhole. Sie stößt sich von der Wand ab und bewegt sich den Gang entlang. Ihre Tränen werden zu Schluchzern.

»Charlie«, schreie ich. »Bitte. Ich liebe dich. Ich werde dich beschützen.«

Charlie bleibt abrupt stehen. Sie fährt herum und marschiert auf mich zu, ihre Augen lodern vor Wut. »Mich beschützen?«, knurrt sie. »Mich *beschützen?*« Sie hebt eine Hand und schlägt mir heftig ins Gesicht. Ich halte die brennende Wange und greife gleichzeitig nach Charlie. Sie reißt sich los und rennt den Gang entlang.

»Charlie!« Ich jage ihr nach. Sie reißt die Türen zur Sporthalle weit auf, und ich sehe, wie sie mit Blue zusammenkracht. Sie schlingt ihm ihre Arme um den Hals und schluchzt. Sofort zieht er sie an sich und hält Ausschau nach dem, was sie verletzt haben könnte.

Sein Blick fällt auf mich, und ich bleibe wie angewurzelt stehen. Blue schiebt Charlie hinter sich, und seine Brust schwillt an. Er ballt die Hände zu Fäusten und hebt leicht das Kinn. Er macht sich bereit, mit mir zu kämpfen. Und nach dem Lodern in seinen Augen zu urteilen, wird er erst von mir ablassen, wenn ich nicht mehr atme.

Charlie reißt sich von ihm los und rennt quer über die Tanzfläche aus der Turnhalle heraus. Leute bleiben stehen und starren Blue und mich an. Ich will hinter Charlie herrennen, aber Blue vertritt mir den Weg und schaut mich an. Er schüttelt den Kopf, und zum ersten Mal in meinem ganzen Leben habe ich tatsächlich Angst, einen Kampf zu verlieren.

Ich nicke einmal knapp, dann mache ich kehrt und gehe wieder in den Flur zurück – weg von der einzigen Freundin, mit der ich jemals zusammen war. Dem einzigen Mädchen, das ich jemals geliebt habe.

Weg von Charlie.

47
Verzweiflung

Ich bin allein im Jungsklo und spritze mir kaltes Wasser ins Gesicht. Ich erkenne die gebrochene und schamerfüllte Person, die mir aus dem Spiegel entgegenstarrt, kaum wieder. Jemand hätte mich vor der dunklen Kehrseite der Liebe warnen sollen, vor Zurückweisung und Verzweiflung.

Mit einem groben Papierhandtuch trockne ich mir das Gesicht ab und frage mich, wo sie jetzt sein mag. Gesehen habe ich sie zuletzt, als sie aus der Turnhalle gerannt ist. Das kann nicht länger als fünfzehn Minuten her sein, aber es fühlt sich wie eine Ewigkeit an.

So schwer es sein wird, ihr wieder gegenüberzutreten, so sehr freue ich mich darauf, sie zu sehen. Lieber soll sie mir ihren Hass ins Gesicht schleudern, als dass sie mir fernbleibt. Außerdem habe ich ihr etwas versprochen, was ich zu halten gedenke. Ich werde sie beschützen, ihren Leib und ihre Seele. Ich werde meine Fehler wiedergutmachen. Und vielleicht wird sie mir eines Tages verzeihen, was ich ihr angetan habe.

Ich betrete die Turnhalle und entdecke Annabelle auf der Tanzfläche. Unsere Blicke treffen sich und sie schreitet auf mich zu. Ich wappne mich für eine zweite Ohrfeige, aber sie sieht mich nur komisch an.

»Wo ist Charlie?«, fragt sie.

Ich schaue mich suchend nach ihr um. »Ist sie nicht wieder hereingekommen?«

»Ich wusste gar nicht, dass sie nach draußen gegangen ist.« Annabelle kneift die Augen zusammen. »Warum ist sie rausgegangen?«

»Weil sie mich hasst wie die Pest.«

Annabelles Gesicht wird freundlicher, was mich überrascht. Dann sieht sie plötzlich beunruhigt aus. Ich drehe mich, um zu sehen, wo sie hinstarrt, und sehe Blue auf uns zurennen. Er ist außer Atem und beugt sich zu seinen Knien herunter, um wieder Luft zu kriegen. »Ich kann Charlie nirgends finden«, eröffnet er Annabelle und ignoriert mich komplett.

»Hast du überall gesucht?«, frage ich.

Er stiert mich mordlüstern an, und ich bin mir sicher, dass er überlegt, ob er mir einen Nierenschlag versetzen soll. »Ja«, stößt er zwischen zusammengebissenen Zähnen hervor. »Was hast du ihr getan?«

»Genug, dass sie ihn hasst«, antwortet Annabelle.

Ich rase aus der Turnhalle, mit Blue dicht auf den Fersen. Zusammen rufen wir ihren Namen, laufen einmal um die ganze Schule.

»Vielleicht ist sie wieder hineingegangen«, sage ich.

»Vielleicht solltest du dich verdammt noch mal vom Acker machen und das hier ihren Freunden überlassen«, faucht Blue.

Ich beiße mir auf die Zunge, weil ich Charlie nicht noch einen Grund geben will, mich zu hassen. Stattdessen erwidere ich: »Ich fahre bei ihr zu Hause vorbei. Vielleicht hat sie ihre Oma angerufen, damit die sie abholt. Ich kümmere mich darum. Ich werde sie finden. Ruf mich einfach im Wink Hotel an, falls sie auftaucht, okay?«

Blue mahlt mit dem Kiefer.

»Blue«, sage ich lauter.

»Meinetwegen. Scheiße.« Er stapft in Richtung Turnhalle davon.

Während ich zu Elisabeth Taylor düse, kämpfe ich gegen die Angst, dass etwas Schreckliches passiert ist. Das würde ich mir niemals verzeihen. So kurz vor Ablauf der Frist hätte ich sie nicht aus den Augen lassen dürfen. Nicht mal eine Sekunde lang.

Ich fahre noch ein paar Mal um den Parkplatz, dann nehme ich Kurs auf ihr Zuhause. Auf dem Weg dorthin rase ich wie ein Bekloppter und schaffe es, binnen fünf Minuten dort zu sein. Ohne überhaupt in Betracht zu ziehen, zu klopfen, renne ich zum Rankengitter und klettere zu ihrem Fenster empor. Ich muss mit eigenen Augen sehen, ob sie dort ist, und ich will nicht, dass Oma ausflippt und die Bullen ruft.

Das Fenster lässt sich hochschieben, und ich ermahne mich, dass dieser lasche Umgang mit Sicherheitsfragen ein Ende finden muss. In ihrem Zimmer suche ich nach irgendetwas Verdächtigem, aber es scheint nichts ungewöhnlich zu sein. Dann gehe ich zu Oma. Kurz vor ihrem Zimmer höre ich das Geräusch von Kettensägen und Müllautos, alles Geräusche, die Oma im Schlaf produziert. Vorsichtig öffne ich die Tür und trete an ihr Bett. Falls sie jetzt aufwacht, kann ich mir nicht vorstellen, was sie denkt und macht. Aber ich weiß, wenn sie nachher aufwacht, wird ihre Enkelin fort sein. Ich weiß, welchen Schmerz sie empfinden wird, welche Verlassenheit. Das tut mir in dem, was von meinem Herz übrig geblieben ist, weh.

Leise beuge ich mich vor und küsse sanft ihre Stirn. Sie war gut zu Charlie, und ich werde ihr für immer dankbar sein, dass sie sich um das Mädchen gekümmert hat, das ich liebe. Ich ziehe ihr die Decke eine wenig höher und wende mich zum Gehen.

Im Wink Hotel stürme ich den Gang entlang zu meinem Zimmer und bete, dass mich eine Nachricht von Blue erwartet.

Nachdem ich die Tür aufgestoßen habe, seufze ich vor Erleichterung: auf dem cremefarbenen Retro-Telefon blinkt das rote Licht, auf das ich gehofft hatte. Ich renne hin und drücke die Abspiel-Taste. Annabelles Stimme füllt meinen Kopf.

»Dante, hier ist Annabelle.« Sie zögert, als wollte sie, dass das erst mal ankommt. »Wir haben Charlie nicht gefunden. Wir haben die ganze Schule abgesucht. Und selbst die ganze Umgebung, wo sie vielleicht hingegangen sein könnte. Billy's Burgers, Movie Buzz, die Arkaden …«

Sie leiert noch mehr Orte herunter, die sie abgeklappert haben. Aber ich kann nicht länger zuhören, weil das

Zimmer sich um mich dreht. Ich lege auf und bücke mich, schnappe nach Luft. Die Erkenntnis verbrennt mich wie Feuer.

Sie haben sie.

Ich springe auf und laufe panisch im Zimmer auf und ab. Ich habe die ganze Zeit gedacht, ich hätte bis morgen Abend Zeit. Noch ein Tag, habe ich mir gesagt. Irgendwie muss der große Boss herausgefunden haben, was ich geplant habe. Und hat zugeschlagen.

Mein Versagen sickert mir wie Gift durchs Gehirn. Ich war mein ganzes Leben lang ein eigennütziger Mistkerl. Ich habe meinen Vater sterben sehen. Meine Mutter hat einen Ersatz für den Ehemann gefunden, den ich getötet habe, und das einzige Andenken, das ich von ihm noch hatte, ist jetzt bei ihr. Ich habe Max verloren, meinen besten und einzigen Freund. Meine Lieblingsschuhe wurden auf der bescheuerten Party gestohlen, auf der ich Charlie das letzte Mal belogen habe. Und jetzt hat ein Sammler mir das einzige Mädchen genommen, das ich je geliebt habe.

Alles, was mir je etwas bedeutet hat, ist weg. Und obwohl ich um Hoffnung ringen will, glauben möchte, dass ich das alles noch irgendwie retten kann, ist es in diesem Moment zu viel. Ich schlage mir die Hände vors Gesicht und schreie hinein.

Ich darf sie nicht verlieren. Ich darf nicht auch noch Charlie verlieren.

Mein Gehirn rattert die Möglichkeiten durch, wie ich sie zurückbekommen könnte, aber jedes Mal komme ich in eine Sackgasse. Selbst wenn ich sie finden könnte, wird er wissen, dass ich komme. Meine Fußfessel wird mich verraten.

Ein Schlag fährt mir durch die Glieder. Ich spähe zwischen den Fingern hindurch, mit denen ich mein Gesicht bedecke, und starre meinen Fußknöchel an. Meine Fußfessel.

Sie ist dafür verantwortlich, dass sie gewusst haben, wo sie sie finden. Der Grund, weshalb sie wissen, wo ich mich jetzt in diesem Moment befinde. Dieses verfluchte Stück Dargon macht mich seit zwei Jahren zum Gefangenen, sperrt mich ein wie ein dreckiges Tier. Ich nehme die Hände vom Gesicht und lege das Bein übers Knie. Dann ziehe ich die dunklen Jeans hoch und fahre mit den Fingern über das kühle Metall.

Der große Boss gab mir die Wahl, als ich Sammler wurde. Trage diese Fessel und wandle unter den Lebenden, arbeite für die Hölle und sei für mich und die anderen Sammler auffindbar. Iss, atme und führe ein normales Leben auf Erden.

Oder.

Entferne sie gewaltsam und stirb einen endgültigen Tod. Kein Leben nach dem Tod. Kein Jüngstes Gericht. Kein Nichts. Nur eine Ewigkeit Stille. Ich habe von einem Sammler gehört, der das gemacht haben soll. Ich habe immer geglaubt, es wäre nur ein Gerücht, aber jetzt bin ich mir nicht mehr so sicher. Ich habe gehört, dass er angeblich noch einige Stunden weitergelebt hat, bevor er langsam dahingeschwunden ist. Kann ich das tun?

Im neunten Höllenkreis eingeschlossen zu sein ist eine Sache. Es bedeutet Schmerzen jenseits meiner Vorstellungskraft. Aber tief in meinem Herzen habe ich immer gedacht, es könnte selbst dann noch Hoffnung geben. Irgendjemand, vielleicht Max, würde mich aus dieser Folter befreien und dann wäre ich wieder im Spiel. Aber das hier … das ist endgültig. Kein Plan B, keine Auflösung in letzter Minute. Nur der Tod.

Ich male mir Charlies Angst aus. Angst vor dem, der in diesem Moment bei ihr ist. Das weckt Hysterie in mir.

Und plötzlich steht mein Entschluss fest.

48
Zufälle

Ich schiebe meine Jeans wieder über meine neuen, lahmen Sneakers und gehe raus. Vorläufig brauche ich meine Fußfessel noch. Aber meine Stunden als Sammler sind gezählt. Die Erkenntnis ist ebenso berauschend wie Furcht einflößend.

Elizabeth Taylor ist seit dem Nachmittag fertig bepackt. Als ich herauskomme, sehe ich nach, ob unsere Taschen noch auf dem Rücksitz sind. Mir fällt auf, wie groß sie sind, und ich frage mich, ob sie in Valeries winzigen Kofferraum passen werden. Sie hat garantiert einen dieser typischen Sportwagen, den Frauen lieben. Sie wird wohl damit klarkommen müssen, denn ich werde nicht da sein, um dafür zu sorgen, dass die Taschen vernünftig verstaut sind. Oder dass sie den Sammlern entkommt. Oder dass Charlie ihr Schicksal erfüllt.

Ich will mich gerade auf den Fahrersitz fallen lassen und mich konzentrieren, als mich etwas ablenkt. Ich drehe mich blitzartig um und entdecke eine Gestalt, die am anderen Ende des Parkplatzes an ein Auto lehnt. In der trüben Beleuchtung kann ich nicht erkennen, wer es ist. Aber mein Bauchgefühl sagt mir alles, was ich wissen muss – es ist ein Sammler. Ich schiebe den Blazer zurück und meine Finger schließen sich um die Glock in meinem Jeansbund. Wenn der unheimliche Heimlichtuer sich nicht sofort vorstellt, jage ich ihm eine Kugel in den Hintern.

Der Typ macht zwei schnelle Schritte auf mich zu, und ich hebe die Pistole und ziele. Seine Hände fliegen hoch und er bleibt abrupt stehen.

»Heilige Scheiße«, sagt er.

Ich kneife die Augen zusammen und grinse, als ich kapiere, dass es Max ist.

»Was machst du da, Captain Hysterika?«, fügt er außer Atem hinzu. »Du hättest mich fast erschossen.«

Ich stecke die Waffe weg und nehme Max in die Arme. »Was machst du hier?«, frage ich lachend. »Fast hätte ich dich umgebracht.«

»Alter.« Er zeigt auf seinen Körper. »Du weißt, der kommt immer wieder hoch. Außerdem wirst du mich brauchen.«

Als ich begreife, was er sagt, schubse ich ihn leicht. »Quatsch nicht. Du willst mir helfen?«

Er nickt und grinst, aber in seinen Augen blitzt auch Angst auf. »Ich hab mir gedacht, du brauchst jemandem zum Reden, wenn du dich in einen Eiszapfen verwandelt hast.«

Das Herz tut mir weh, als mir einfällt, dass ich es so weit gar nicht schaffen werde. Angesichts dieser Erkenntnis wird mir klar, dass ich Max davon abhalten muss. Ich werde nicht zulassen, dass man ihn meinetwegen einsperrt. »Max«, beginne ich, »Ich lasse nicht zu, dass du das machst.«

»Den Teufel wirst du tun«, sagt er. »Ist gelaufen.«

Ich mustere sein Gesicht, suche nach Anzeichen von Unsicherheit. Aber er sieht so entschlossen aus wie ein Kampfhund. Und wenn ich ehrlich bin, haut es so noch viel besser hin. Ich hatte geplant, zuerst Valerie zu suchen, aber Max wird mir Zeit sparen. Wenn er mir seine Hilfe zusichert, vertraue ich ihm, dass er Charlie zu Valerie bringt, sobald ich sie befreit habe. »Ich kann dir das wohl nicht ausreden, oder?«, frage ich.

»Nein«, sagt er. »Also was ist der Plan, Mann?«

Ich reibe mir die Stirn, denke an Charlie und spüre einen Knoten von Grauen in meinem Bauch. »Sie haben mein Mädchen.«

»Ernsthaft?«, fragt Max.

»Ja, hat sich nichts rumgesprochen?«

Er zuckt die Achseln. »Hat mich keiner gerufen.«

Ich versuche zu verstehen, was das bedeutet. Wenn Max nicht gerufen wurde, und ich auch nicht, dann hat vielleicht nur ein einziger Sammler Charlie. Ich kann mir gut vorstellen, wer das sein könnte. »Ich muss sie finden«, erkläre ich Max.

Er nickt, läuft um Elizabeth Taylor herum und springt so eifrig auf den Beifahrersitz, als führen wir ins verfluchte Disneyland. Ich steige an der Fahrerseite ein und werfe einen Blick auf meinen besten Freund. »Danke, Max. Dass du mir hilfst. Dass du ihr hilfst.«

»Logo«, sagt er. »Hab mir gedacht, die Welt könnte

zur Abwechslung ein bisschen Frieden gebrauchen. Wo ich ihr jetzt so lange die Hölle heiß gemacht habe.« Er zwinkert, und ich boxe ihn in die Schulter. Meine Art zu sagen: »Ich hab dich verflucht lieb, du Arsch.«

Während der nächsten zwanzig Minuten fahren wir durch die Stadt, die Köpfe aus den Fenstern gestreckt wie Hunde, und versuchen, einen weiteren Sammler aufzuspüren. Als wir in der Nähe eines riesigen Supermarktes sind, packt Max mich an der Schulter. Er schaut mit großen Augen zu mir herüber, und plötzlich spüre ich es auch – ein anderer Sammler. Ich biege auf den Parkplatz des Ladens ein und parke bei einer Reihe Mülltonnen. Wir beobachten Leute, die durch die gläsernen Schiebetüren herauskommen oder hineingehen. Ich weiß zwar nicht, was der Sammler Charlie antun will, aber wenn er Zeugen sucht, wäre dies der richtige Ort dafür.

»Glaubst du, er ist da drin?« Ich flüstere, als könnte uns der Typ von hier aus hören.

»Keine Ahnung. Aber ich glaube, ich spüre ihn, du nicht?«

Ich nicke. »Pass auf, Max. Wenn wir Charlie finden, will ich, dass du sie dir schnappst und abhaust. Überlass mir den Mistkerl, okay?«

»Nichts da«, protestiert er. »Ich bin hier, um zu kämpfen, Mann.«

»Alter, wenn dir an unserer Freundschaft was liegt, dann mach es so. Bitte. Ich will, dass sie in Sicherheit ist. Das ist das Einzige, was für mich zählt.«

Er verdreht die Augen und seufzt. »Was soll ich mit ihr machen?«

»Finde die Befreierin des Obergurus. Übergib ihr Charlie. Dann verschwinde. Ich werde bald nachkommen.« Der letzte Teil ist eine Lüge, aber ich kann Max' Sicherheit nicht aufs Spiel setzen. Während Max etwas darüber vor sich hinbrummelt, dass der Oberguru seine Sammler Befreier nennt, bewegt sich etwas in meinem Gesichtsfeld. Als ich nach vorn schaue, sehe ich nichts. Aber ich weiß, dass da eben jemand war.

»Hey«, sage ich langsam. »Spürst du, dass der Sammler jetzt näher ist?«

Ein Hämmern ertönt direkt neben meinem Kopf. Max schreit wie ein Mädchen, und ich schrecke in meinem Sitz zusammen. Ich drehe mich nach links, bereit, durch die Scheibe hindurchzuschlagen, wenn nötig – und halte inne, als ich eine Mähne roten Haares sehe.

»Du hast mir eine Scheißangst eingejagt, Red«, knurre ich und lasse das Fenster herunter.

»Wer ist da?«, fragt Max. Er lehnt sich vor, sagt aber nichts.

Valeries Augen werden so groß, dass sie schier aus ihrem Kürbiskopf herausspringen.

»Was läuft hier?« Ich blicke zu Max, der einen ähnlichen Ausdruck auf dem Gesicht hat. »Äh, Valerie, das ist Max. Max, das ist …«

»Valerie«, keucht Max.

»Max!«, schreit sie.

»Leute, was zum?«, sage ich.

Max schnellt aus dem Auto und rennt vorne herum. Valerie läuft ihm bis direkt vor Elizabeth Taylors Kühlergrill entgegen und springt ihm in die Arme. Sie schlingt ihm die Beine um die Taille und er drückt seinen Mund auf ihren.

Und dann … dann fallen sie einfach übereinander her, direkt auf meiner Kühlerhaube. Als säße ich nicht hier. Als wären wir nicht gerade dabei, meine Freundin vor Dämonen aus der Hölle zu retten.

Durch mein geöffnetes Fenster höre ich Max stöhnen. Ich verziehe angewidert das Gesicht. Dann drücke ich auf die Hupe. »Kann mir mal irgendjemand verraten, was hier los ist?«, schreie ich aus dem Fenster.

Nichts.

Sie machen weiter, als wäre ich verdammt noch mal unsichtbar. Dann dämmert es mir. Valerie, die stocksauer wurde und mir erklärte, wie sehr sie ihren Verlobten geliebt habe. Max, der mir erzählte, dass seine Verlobte gestorben sei. Der sagte: »Menschen verändern sich, wenn Scheiße passiert«, als ich ihn nach seinem Casanova-Gehabe fragte.

Ich steige aus dem Auto und stelle mich vor die beiden hin. Während sie sich noch gegenseitig abschlabbern, sage ich: »Ernsthaft?« Ich kratze mich am Kopf. »Ich meine, ernsthaft?«

Als Valerie auftaucht, um Luft zu holen, kichert sie wie jemand aus der Klapse. »Max«, gurrt sie und streichelt ihm über die Wange.

»Baby«, murmelt Max und stupst ihren Hals mit seiner Nase.

»Das ist ja alles furchtbar romantisch und unglaublich unwahrscheinlich«, merke ich an. »Aber ich muss Charlie finden.«

Valerie dreht sich so, dass sie mich anguckt. Charlies Name holt sie in die Realität zurück.

»Ich wusste, dass da was nicht stimmt. Du bist wie ein Irrer durch die Stadt gefahren, und ich wusste einfach, dass du sie verloren hast.«

Ich sehe Max an, zeige aber auf Valerie. »Darf ich vorstellen – die Befreierin.«

Max starrt sie mit großen Augen an. »Das ist nicht wahr.«

Sie nickt und lächelt ihn teuflisch an. »Ich war ziemlich beschäftigt seit ... du weißt schon ... dem Unfall. Und du?«

Max nickt, offenbar schämt er sich. »Ich arbeite mit Dante zusammen«, sagt er und hofft zweifellos, dass sich das besser anhört als: »Ich arbeite für Luzifer. Schon mal von dem gehört?«

Sie beißt sich auf die Unterlippe und sieht einen Moment lang so aus, als würde sie in Tränen ausbrechen. Max zieht sie an sich und flüstert ihr etwas ins Ohr. Sie schüttelt den Kopf. Dann blickt sie plötzlich auf.

»Was wirst du machen?«, fragt sie mich.

»Wir werden Charlie finden«, antwortet Max.

Sie entspannt sich in seinen Armen. »Du wirst sie retten?«, haucht sie. »Du wirst dein Leben aufs Spiel setzen?«

Er nickt, sichtlich zufrieden mit sich.

Valerie tritt einen Schritt zurück. Sie mustert ihn längere Zeit, ohne etwas zu sagen. Dann wendet sie sich mir zu. »Dann helfe ich euch.« Sie blickt wieder Max an, und ich widerstehe dem Drang zu erwähnen, dass es sowieso mein Plan war, uns von Valerie helfen zu lassen.

»Und wenn das erst erledigt ist«, fährt sie fort, während sie immer noch Max anstarrt, »wenn dieses Mädchen in Sicherheit ist ... werden wir beide die verlorene Zeit wettmachen.«

Das Duo kuschelt sich aneinander und lacht, und ich muss ihnen beinahe einen Eimer kaltes Wasser übergießen, um sie voneinander zu trennen. »Ihr zwei«, befehle ich, »steigt ein. Dafür ist später Zeit.«

Valerie sieht Max an und nickt. Dann klettert sie auf den Beifahrersitz und Max springt auf den Rücksitz. Als ich mich auf den Fahrersitz fallen lasse, sehe ich Max' Finger über Valeries Hals streichen und Max ihr etwas ins Ohr flüstern.

Ich verdrehe die Augen, aber ein kleines Lächeln kann ich mir nicht verkneifen. Ich freue mich für die beiden. Und mit Max und Valerie auf meiner Seite gestehe ich mir die Hoffnung zu, dass es funktionieren wird – dass ich Charlie aus den Fängen des Sammlers befreien und sie unter Valeries Schutz stellen kann.

Bevor meine Zeit abgelaufen ist.

49

Ich kündige

Valerie, Max und ich fahren kreuz und quer durch Peachville. Die Musik im Auto ist ausgeschaltet, und nun hängen drei Köpfe aus den Fenstern statt zweien.

»Man sollte denken«, beginnt Max, »dass die Vertreter von Himmel und Hölle zusammen mehr zustande brächten als ein Rudel Deutscher Schäferhunde.«

»Mein Chef will nicht, dass wir zu viel Macht haben, nach allem, was mit eurem Chef passiert ist.« Sie betont »eurem Chef«, als wäre es eine Beleidigung, aber Max nickt bloß.

»Spürt jemand schon irgendwas?«, frage ich.

»Jetzt, wo du fragst«, sagt Valerie. »Vor ein paar Meilen habe ich was gespürt, aber ich hab mir gedacht, ich behalte es für mich.«

Meine Hände verkrampfen sich ums Lenkrad. Offenbar wird sie nicht freundlicher mit mir umgehen, nur weil wir jetzt zusammenarbeiten. So gern ich es täte, ich bringe keine schlagfertige Antwort zustande, weil ich mich mit dem Gefühl herumschlage, dass wir verfolgt werden. Dieses Gefühl kommt nicht von der Fußfessel. Es ist anders, als ob mich jemand vom anderen

Ende eines Zimmers aus anstarrt, und ich bemerke es erst jetzt.

Ich fahre rechts ran und frage nach hinten gewandt: »Seid ihr euch sicher, dass keiner was spürt?«

»Warum?«, entgegnet Valerie, diesmal ohne weiteren Spott in der Stimme. »Spürst du etwas?«

»Ich hab das Gefühl, dass wir verfolgt werden.« Ich drehe mich um und schaue hinter uns, aber ich sehe nichts.

»Was in aller Welt spürst du?«, fragt sie und dreht sich ebenfalls herum.

Ich schüttele den Kopf. »Keine Ahnung.«

Sie lässt sich in ihren Sitz zurückfallen. »Fahr einfach weiter. Wir verschwenden Zeit.«

Ich presse die Lippen aufeinander und fahre wieder los. Das Stadtzentrum haben wir bereits erkundet, und Valerie hat uns versichert, dass sie alle wichtigen Shopping-Orte abgegrast hat. Uns bleibt nur, die Außenbezirke abzufahren, wo die Beleuchtung spärlich ist und die Bäume dicht wachsen. Mit anderen Worten, der ideale Ort für Serienmörder.

Als ich einen langen und schmalen Feldweg entlangfahre, der an beiden Seiten von dichtem Wald umgeben ist, fragt Max: »Fühlt noch jemand …«

»Ja«, sagt Valerie, sehr kurz angebunden.

Ihr Verdacht zusammen mit meinem eigenen Empfinden lässt mich schaudern. Ich fahre weiter den Weg entlang. Max und Valerie werden unruhig. Wir kommen näher. Ich erinnere mich, dass ich überraschend angreifen will, lenke Elizabeth Taylor an den Wegesrand und parke sie dort.

»Was machst du?«, faucht Valerie. »Fahr weiter.«

»Nein, ich werde mich anschleichen«, erkläre ich. Dann, weil sie sich garantiert fragen werden, wie ich das meine, füge ich hinzu: »Ich kann das leiser machen als ihr beiden.« Ich blicke zwischen Max und Valerie hin und her. »Denkt an den Plan. Wenn ich Charlie finde, sage ich ihr, sie soll wegrennen, und ihr beiden müsst hier sein, wenn sie das tut. Wartet nicht auf mich, fahrt einfach los.«

»Ja ... was das betrifft, habe ich meine Meinung geändert«, stellt Max fest.

Aber Valerie nickt. Sie sieht mich an, als wäre plötzlich ein Mensch dort aufgetaucht, wo vorher ein Schwein saß.

»Hey.« Max wedelt mit einer Hand zwischen unseren Gesichtern herum. »Warum ignorieren mich alle? Wir lassen Dante doch wohl nicht wirklich zurück?«

Ich drehe mich auf meinem Sitz herum und schaue ihn direkt an. »Max, ich brauche dich hier. Du musst mir vertrauen. Kümmere dich um Charlie, wenn sie hier ankommt. Und kümmere dich um deine Verlobte. Ich werde euch drei finden, versprochen.« Ich weiß, dass ich wieder lüge, aber wenigstens helfen meine Lügen nun dabei, die Leute zu beschützen, die mir etwas bedeuten, statt nur selbstsüchtigen Zwecken zu dienen.

Ich packe Max' Schulter und drücke sie. »Du bist mein bester Freund.«

Er weicht zurück. »Fick dich, Alter. Spiel bitte nicht den verdammten Märtyrer.«

Ich steige aus und werfe Valerie noch einen Blick zu. Sie lächelt, aber schmerzerfüllt. Sie denkt, der Sammler könnte mich besiegen und mich zurück in die Hölle schleifen, damit ich dort verurteilt werde. Aber ich weiß, dass es nie so weit kommen wird.

Ich will gerade die Tür schließen, als Max sagt, »Hey.«

Ich lege den Kopf schief, damit ich ihn auf dem Rücksitz sehen kann.

Er sieht mich lange an, dann lächelt er. »Lass es krachen.«

Ich schließe eine Faust und hebe sie. Er stößt mit seiner dagegen und beide sagen wir: »Bam!«

Leise schließe ich die Autotür und wende mich dem Wald – und den letzten Stunden meines Lebens – allein zu. Nachdem ich nur wenige Minuten gelaufen bin, drehe ich mich um. Schon jetzt sehe ich nichts mehr von der Straße oder meinem liebesapfelroten Escalade. Eine Gänsehaut überzieht meine Arme. Jetzt oder nie. Der Sammler, den ich suche, weiß höchstwahrscheinlich schon, dass ein weiterer Vertreter seiner Art in der Nähe ist. Denn wenn wir ihn spüren können, dann kann er auch uns spüren. Ich sehe mich um, dann lasse ich mich auf den Boden fallen. Ich ziehe meine Jeans hoch und untersuche die Fußfessel. Der Sammler wird nicht bemerken, dass ich sie entfernt habe. Er wird einfach annehmen, dass ich mich von dort, wo ich jetzt bin, zu Valerie und Max zurück bewegt habe. Darum wollte ich Valerie dabeihaben. Darum, und weil sie hier sein muss, um Charlie in Sicherheit zu bringen.

Als ich die Fußfessel betaste, begreife ich, dass es nicht allzu schwierig werden wird. Die Dinger sind hart, aber man kann sie durchaus kaputt kriegen, wenn man es wirklich will. Ich suche den Boden nach einem Stein ab und finde einen. Mein Puls wird schneller und meine Gedanken überschlagen sich. Dies ist mein Leben. Das war's. Ich starre meine Fußfessel an. Der Stein liegt kalt in meinen Händen. Wenn ich das tue, wird es kein Zurück geben. Ich werde sie nicht mehr beschützen können, wenn ich erst tot bin. Ich schlucke und denke an dieses Wort. *Tot.*

Vielleicht war es mir nie bestimmt, Charlie zu beschützen. Vielleicht war Valerie immer die beste Kandidatin für diese Aufgabe. Sie hat den Oberguru als Rückendeckung, der ihr helfen kann, seine kostbare Fracht zu verstecken. Vielleicht war es nie mein Schicksal, Charlie zu beschützen.

Vielleicht war immer mein Schicksal, für sie zu sterben. Ein Krachen splittert durch die Nacht. Ich hebe den Arm und schlage wieder auf die Fußfessel ein. Und wieder. Und wieder. Das Geräusch von Stein auf Metall ist ohrenbetäubend. Ich versuche, meinen Knöchel dabei nicht zu verletzen, aber an diesem Punkt ist es mir fast egal.

Ein Riss bildet sich in der Fußfessel, und ich lache laut auf. Drei Mal schlage ich noch auf das Metall ein, dann bricht die Fußfessel auseinander und fällt zu Boden. Ich springe auf und schleudere den Stein hinter mich. Dann strecke ich beide Mittelfinger aus und richte sie gegen den Boden, in der Hoffnung, dass der große Boss mich gerade richtig gut sehen kann. In Gedanken brülle ich: »Ich kündige, Arschloch! Bam!«

Ich grinse so breit, wie Charlie es täte. Ich atme kräftig ein und fühle mich, als könnte ich die ganze Welt besiegen. Meine Stunden mögen gezählt sein, aber ich werde sie verdammt noch mal frei verleben.

50
Rate mal, wer

Ich starre auf meinen eben freigelegten Knöchel. Ein Teil von mir kann nicht glauben, was ich getan habe, aber es ist zu spät, um darüber nachzugrübeln. Meine Zeit ist begrenzt. Und wenn ich Charlie nicht befreie, werde ich umsonst gestorben sein.

Der Typ, den ich verfolge, sollte bald hier sein. Der Lärm wird ihn anlocken. Ich lese die zerstörte Fußfessel auf, trete hinter einen Baum auf der anderen Seite der kleinen Lichtung und warte. Wie erwartet höre ich nach wenigen Augenblicken das Geräusch raschelnder Blätter. Ich kann ihn nicht spüren, aber ich weiß, dass er da ist. Obwohl er seinen Schatten trägt.

Ich habe noch nie gegen einen aus unserer Truppe gekämpft. Bei dem Gedanken, dass ich das tun werde, sammelt sich Schweiß auf meiner Stirn. Im Geiste gehe ich die Möglichkeiten durch. Es gibt sechs von uns. Max und ich sind zwei davon, also bleiben noch vier, die es sein könnten. Jeder hat seine eigenen Stärken und Schwächen, aber da ich an der durchgehenden Ausbildung der Sammler beteiligt war, sollte es leicht sein, ihre Handlungen vorherzusagen.

Und doch hilft dieses Wissen nicht, die Nervosität zu bekämpfen, die durch meinen Körper pulsiert, als die Schritte näher kommen. Ich fühle mich wie ein Gasleck kurz vor der Explosion – als wenn es mich in tausend Stücke reißen würde, wenn jemand auf der anderen Seite von Peachville sich eine Zigarette anzündet. Das ist ein beruhigender Gedanke, wenn man nachts in einem dunklen Wald einem Dämon auflauert.

Ich erstarre und halte die Luft an, als die Blätter aufhören zu rascheln. Nach einer gefühlten Ewigkeit sehe ich eine Bewegung am Boden. Fußspuren. Er ist so nah, dass ich seine Fußspuren auf der Erde sehen kann. Und jetzt führen sie von mir weg. Ich warte, solange ich kann, und dann folge ich ihm. Spätestens jetzt würde ich liebend gern meinen eigenen Schatten benutzen, aber ich habe mich von dieser Fähigkeit verabschiedet, als ich meine Fußfessel zerstört habe. Stattdessen trete ich leise auf und bleibe in Bewegung.

Dann höre ich sie.

Charlie schluchzt, und es kostet mich meine ganze Beherrschung, um nicht loszurennen. Ich lausche und bemerke, dass ihre Stimme gedämpft klingt, als ob sie geknebelt ist. Ich gehe leise vorwärts und achte darauf, hinter dem Sammler zu bleiben. Alle paar Sekunden sehe ich mich um. Ich bin mir immer noch nicht sicher, ob nur ein Sammler hier draußen ist, und ich will nicht überrascht werden. Als ich Charlie endlich sehe, erstarre ich.

Sie sitzt mit dem Rücken zu mir, und ihre Arme sind hinter einem Baum gefesselt. Sie trägt noch immer ihr rotes Kleid, aber ihre Engelsflügel fehlen. Alles in mir will zu ihr rennen, ihre Hände losbinden und sie in meine Arme schließen. Die Wut darüber, dass ich das nicht kann, brennt in meinen Adern. Zentimeter für Zentimeter komme ich näher und hole dabei die Waffe heraus. Es macht mich verrückt, nicht zu wissen, wer ihr das angetan hat. Ich muss sein Gesicht sehen, wissen, wen ich heute Nacht zerstören werde. Und dann weiß ich es.

Einer meiner Sammler – Kincaid – schlüpft aus seinem Schatten und sieht sich um. Er denkt immer noch, er habe etwas gehört.

Das war ich, Mistkerl. Und ich beobachte dich. Genau jetzt.

Kincaid ist der neueste Sammler. Jünger als ich und erst vor wenigen Monaten von mir ausgebildet worden. Von allen Sammlern ist er der naivste, der, der am ehesten so eine Nummer abziehen würde. Ich kann mir genau vorstellen, wie er sich dachte, wie leicht es doch wäre, mich zu übertrumpfen, als ich ihm beibrachte, eine Seele zu siegeln. Ich wette, er hat vor Gier gesabbert, als er von meinem Auftrag gehört hat. Er wusste, dass ich es versemmeln würde, und wollte da sein, wenn das passierte.

Dreister Sack.

Er weiß nicht, mit wem er sich anlegt. Ich mache mich bereit, mich auf ihn zu stürzen, halte aber inne, als ich einen Schimmer von Metall zwischen seinem Gürtel und seinen dunklen Jeans erkenne. Auch egal. Ich mache diesen Typ trotzdem fertig. Es braucht nur den richtigen Moment.

Kincaid befindet endlich, dass ihn niemand beobachtet, und hockt sich neben Charlie hin. Er zieht ihr einen Lappen aus dem Mund und hält stattdessen schnell seine Hand davor. »Ich weiß, dass du schreien willst, Mäuschen«, gurrt er. »Und ich lasse dich auch. Weißt du, warum?« Er macht eine Pause, als gäbe er Charlie Zeit nachzudenken. »Weil dein Freund, der da draußen rumschleicht, angerannt kommen wird, wenn er deinen Schrei hört. Und genau das will ich.«

Kincaid hockt so, dass ich sein Profil sehen kann. Er muss sich bloß ein bisschen mehr zu Charlie hin und von mir weg drehen. Mehr brauche ich nicht. Einen Moment für einen Überraschungsangriff. Er nimmt langsam die Finger von Charlies Mund.

Er steht auf. »Na los«, sagt er. »Schrei.«

Aber Charlie schreit nicht. Sie lässt ihn nicht aus den Augen, und sie beißt die Zähne zusammen.

Kincaid bückt sich wieder. »Glaubst du, dass du ihn so rettest? Tust du nicht. Selbst wenn er heute Abend nicht kommt, werde ich ihn finden. Und ich töte ihn. Ich ganz allein.« Er grinst und reibt sich das Kinn. »Weißt du, Dante hält sich für so einen tollen Hecht. Aber im direkten Zweikampf hat er keine Chance.«

Der letzte Satz sagt mir alles. Er ist allein hier. So sicher ist er sich seiner Fähigkeiten, mich und meinen Auftrag zu ruinieren. Aber was weiß er noch? Weiß er von Trelvator? Und wenn er mich besiegt, wird er Charlies Seele einsammeln? Schlimmer noch, wird er sie töten?

Kincaid holt aus und tritt Charlie kräftig in die Rippen. »Du sollst schreien!«

Als Nächstes will er sich wahrscheinlich verstecken, um zu sehen, ob ich nun näher komme. Aber das wird nicht passieren, denn ich bin schon hier. Ich erwäge, ihn zu erschießen, aber er ist zu dicht bei Charlie. Zu nah dran. Wut kocht in mir hoch …

Und ich renne los.

Ich renne unglaublich schnell, bewege mich, wie ich mich nie zuvor bewegt habe. Ich bin ein Tier, das auf ihn zurast – nur noch Beine, Lunge, Muskeln. Charlie vor Schmerz schreien zu hören, bringt mein Gehirn durcheinander, legt einen Schalter um, der jeden vernünftigen Gedanken ausschließt. Als ich Kincaid fast erreicht habe, fühlt es sich an, als wäre ich gar nicht in meinem Körper, sondern würde meine Bewegungen über einen Controller in einem Videospiel steuern.

Kincaid dreht sich und sieht mich, aber ich springe, bevor er reagieren kann. Mein Körper kracht gegen seinen, und wir landen schwer auf dem Boden. Die Waffe fliegt mir aus der Hand, aber keine Sorge. Ich schaffe das. Ich hole aus und schlage ihm die Faust auf die Nase. Er brüllt und tastet nach seiner eigenen Waffe. Ich packe seine Schultern und stoße ihn wieder zu Boden, lande noch einen Treffer in seine Nierengegend.

Irgendwie befreit er sich von mir und springt auf. Wir umkreisen einander wie Bestien, wie Dämonen. Kincaid täuscht einen Angriff auf meine rechte Seite an und kracht mir in die linke Seite. Wieder fallen wir hin, und wieder schlage ich ihm die Fäuste ins Gesicht. Und in seinen Bauch. Und in seine Schulter. Und da ich mich plötzlich daran erinnere, wie er Charlie wie einen Hund getreten hat, lehne ich mich zurück und lande einen krachenden Hieb gegen seine Rippen. Er stöhnt, hört aber nicht auf zu kämpfen.

Kincaids Hände fliegen nach oben, und er packt meinen Hals. Das ist ein guter Schachzug, denn nun muss ich aufhören, ihn zu schlagen, und mich stattdessen verteidigen. Ich fasse seine Handgelenke und reiße daran, so kräftig ich kann, aber er ist entschlossen, mich zu erwürgen. Meine Lunge brennt, und wenn ich nicht sofort Luft kriege, werde ich ohnmächtig. Ich begreife nicht, wie das passieren konnte. Wie er irgendwie den Kampf gewinnen kann, obwohl ich oben bin. Meine Sicht verschwimmt, und ich erhasche noch einen kurzen Blick auf Charlie. Sie schreit etwas, aber ich kann es nicht verstehen, weil ich nur denke: »Ich kann nicht atmen. Ich kann nicht atmen!«

Ich stemme mich auf die Füße hoch und versuche, Kincaids Hände von meiner Kehle wegzureißen. Aber er ahmt meine Bewegungen nach wie eine verfluchte Anakonda. Endlich stehe ich aufrecht, aber ich spüre sofort, wie meine Knie nachgeben. »Ich muss bloß seine Hände von meinem Hals kriegen«, denke ich. »Weg damit!«

Und dann, obwohl meine Gedanken sich zu einem unordentlichen Knäuel verheddern, wird mir etwas klar. Ich habe eine Wahl. Weil er mich würgt, denke ich, ich müsse mich verteidigen. Aber das ist falsch.

Ich lasse seine Handgelenke los und werfe alles, was ich habe – jedes verfügbare Knie, jeden Ellenbogen, jede Faust – in seine Weichteile. Er klappt zusammen und stöhnt. Ich reiße ihn auf die Seite, schnappe mir die Pistole aus seiner Hose und ziele auf seine Brust.

Kincaid versucht zu sprechen, aber seine Worte sind so leise, dass ich ihn nicht hören kann. Was ich hören kann, ist, dass Charlie meinen Namen schreit. Mir wird klar, dass sie schon die ganze Zeit schreit und ich es nicht gehört habe. Während ich Kincaids Pistole auf ihn gerichtet halte, renne ich zu Charlie. Als ich anfange, sie loszubinden, höre ich, dass Kincaid wieder und wieder etwas vor sich hin murmelt.

Kaum, dass sie frei ist, stürzt sich Charlie in meine Arme. »Du bist okay«, sage ich ihr. »Alles wird gut. Ich hab dich. Ich werde nie wieder zulassen, dass dir etwas Schlimmes zustößt.« Charlie antwortet nicht. Sie drückt sich nur an mich, und ich umfange sie mit einem Arm. »Bist du verletzt?«, frage ich.

Sie schüttelt ihren Kopf, und ich streiche mit meiner freien Hand über ihr Haar. Dann schaue ich zu Kincaid. Ich muss mir überlegen, was ich mit ihm anfange. Seine Fußfessel zerstören? Ihm eine Kugel verpassen, damit wir Zeit haben zu fliehen? Ich weiß, dass ich ihn nicht hier lassen kann, weil er uns sonst folgt, aber ich will auch keine übereilte Entscheidung treffen. Mir bleibt so wenig Zeit, dass ich jeden meiner Schritte genau bedenken muss, damit Valerie die besten Voraussetzungen hat, um mit Charlie unterzutauchen.

Kincaid krabbelt über den Boden wie ein Käfer und beobachtet uns. Er wiederholt sich dauernd und wird immer lauter.

»Hast du was zu sagen?«, blaffe ich ihn an. »Dann mach«, rufe ich, vom Adrenalin aufgeputscht. »Du bist erledigt. Auf die eine oder andere Art bist du tot. Also los. Willst du was sagen? Sag es!«

Er grinst mich an, seine Zähne blutig. »Ich sagte.« Er leckt sich die Lippen, holt tief Luft und dann schreit er los. »Er ist hier! Er ist hier drüben!«

Ich reiße den Kopf hoch und suche nach demjenigen, den er ruft. Als er wieder ruft, richte ich die Waffe auf ihn. »Hör auf. Hör auf zu brüllen.«

Ich überlege abzudrücken, aber ich befürchte jetzt, dass ich die sechs Schuss der Pistole brauchen werde. Auf dem Boden entdecke ich meine Glock und schnappe mir auch die. Zwölf Schuss. Jetzt habe ich vielleicht eine für diesen Scheißkerl übrig.

»Dante, da«, ruft Charlie.

Kincaid dreht sich um und schaut hinter sich. Als er wieder zu mir sieht, rappelt er sich vom Boden auf. Mein Finger zuckt über dem Abzug. »Hast du gedacht, ich wäre allein?« Er lacht, dann hustet er. »Das hast du wirklich, was? Mann, für wie blöd hältst du mich? Ich war nur der Köder, Kleiner.«

Ich baue mich vor Charlie auf, als ich die letzten verbleibenden Sammler – Patrick, Zack und Anthony –, hinter uns näher kommen sehe. Zack und Patrick sind weiter hinten, aber Anthony hat seine Pistole auf Max und

Valerie gerichtet. Meine beiden Kameraden laufen vor Anthonys riesiger Gestalt her wie zwei Gefängnisinsassen. Als Max näher kommt, erkenne ich einen Schnitt quer über seinem Gesicht, den er sich bestimmt zugezogen hat, als er Valerie beschützen wollte.

Mein Blut gefriert in meinen Adern, als ich hinter mich greife und nach Charlie taste. Das hier ist nicht gut.

Kincaid nickt Anthony zu, spricht aber mit mir. »Du kannst jetzt die Waffen runternehmen«, sagt er. »Es sei denn, du willst, dass wir deine Freunde durchlöchern.«

»Ich bringe ihn um«, sage ich zu Anthony und strecke die Waffe in meiner rechten Hand in Kincaids Richtung. Aber ich weiß bereits, was er sagen wird.

Anthony zuckt mit den Schultern, als hätte er meine Gedanken gelesen. »Dann mach doch.«

Kincaid verbeugt sich. »Ich bin das Opferlamm, wenn es sein muss«, stellt er fest, und richtet sich wieder auf. »Aber das macht nichts. Du wirst mich nicht töten. Wir sind unsterblich, Scheißkerl. Aber sobald du abdrückst, wird Anthony auch abdrücken.« Er wischt sich Blut unter seiner Nase weg. »Lass die Waffen fallen und tritt sie hier rüber, sonst töten wir die Mädchen.«

Ich weiß, dass sie bluffen. Sie können nicht wissen, dass Valerie eine Befreierin ist, nicht mit so vielen anderen Fußfesseln in der Nähe. Sie würden es nicht riskieren, einen Menschen zu töten. Und ich glaube auch nicht, dass sie Charlie etwas tun würden. Jedenfalls nicht, ohne vorher ihre Seele einzusammeln. Trotzdem kann ich das nicht riskieren. Also tue ich, was er verlangt. Ich werde noch eine Chance bekommen, uns alle hier herauszuholen, gelobe ich mir.

»Klasse, wir sind alle da«, sage ich, als Kincaid eine der Waffen aufhebt und in seine Hose steckt. Dann schnappt er sich die andere und zielt in meine Richtung. »Und, was ist der Plan?«, fahre ich fort. »Ihr seid mir seit Tagen gefolgt. Was zum Teufel wollt ihr also?«

»Ich bin dir nicht gefolgt«, spuckt Kincaid aus. »Warum sollte ich dir jemals folgen?«

Ich starre ihn mit schmalen Augen an. »Aber ich habe deine Gegenwart gespürt.« Ich streife die vier mit einem Blick. »Oder die von einem von euch zumindest.«

»Ich habe es dir bereits gesagt, Schönling. Ich war es nicht.« Er wirft den anderen Sammlern einen Blick zu. »Wart ihr es?«

Die drei Arschlöcher schütteln ihre Köpfe und grinsen hämisch, wie Bösewichte in einem Cowboyfilm. Kincaid wendet sich wieder mir zu. »Weißt du, wenn ich es recht bedenke, weiß ich vielleicht jemanden, der dir gefolgt ist.«

Die Sammler lachen und weichen zurück, als ob etwas Großes im Anmarsch wäre. Ich kneife die Augen zusammen, schaue tief in den Wald hinter ihnen hinein – und schnappe nach Luft, als ich sehe, wer aus dem Schatten tritt.

Ein Mann kommt auf uns zu, den Kopf hoch erhoben und die Schultern gestrafft. Sein dunkles Haar ist bis auf die Kopfhaut kurzgeschoren, seine Kleider sind frisch gebügelt und sauber. Jede Bewegung, die er macht, jede Neigung seines Kopfes, schreit Militär.

»Sie!« Ich renne auf den Mann zu, aber Kincaid springt mir in den Weg und schlägt mir die Pistole ins Gesicht. Ein furchtbarer Schmerz schießt mir durch den Körper. Charlie schreit auf. Meine Sicht verschwimmt, aber als ich wieder aufschaue, ist er immer noch da.

Der Freund meiner Mutter.

51
Psst

Der Mistkerl bleibt stehen und wartet ein paar Meter weit weg. Er steckt eine Hand in die Tasche und zieht eine Münze hervor. Er schnippt sie in die Luft und fängt sie. Dann hält er sie zwischen Zeigefinger und Daumen hoch.

»Gefällt dir meine Münze?«, fragt er. Seine Stimme ist tief und jedes Wort ist abgehackt, als hätte er Angst, zu nuscheln.

Ich richte mich wieder auf, beiße die Zähne zusammen gegen den Schmerz und schaue mir die Münze genauer an. Ich balle die Hände zu Fäusten, als ich erkenne, dass es mein Penny ist, der, den mein Vater mir gegeben hat. Der, den ich im Haus meiner Mutter gelassen habe.

»Und wie gefallen dir die hier?« Er dreht den Fuß so, dass ich meine roten Chucks an seinen widerlichen Füßen erkennen kann. »Sie sind mir etwas zu groß, aber was nicht passt, wird passend gemacht.« Er dreht sich langsam im Kreis einmal um sich selbst und breitet die Arme weit aus. »Ich wollte einen großen Auftritt. Was denkst du? Ist er mir gelungen?« Er legt sich eine Hand auf die Brust. »Mein Name ist Rector, und ich bin hier, um deinen Auftrag zu beenden.«

»Du Hurensohn«, knurre ich.

»Nein«, sagt er, und hält einen Finger hoch. »Das bist wohl eher du, wenn ich mir deine Mama vornehme.« Er grinst und lässt seinen Kopf zur Seite fallen. »Stell dir mal vor, ich könnte eines Tages dein Papa sein.«

Ich stürme auf ihn zu, aber Max packt mich. Er hat Schwierigkeiten, mich festzuhalten, bis Charlie und Valerie ihm helfen. Ich schüttele sie ab und bleibe ruhig stehen. So gemessen wie möglich sage ich: »Hören Sie mir gut zu, Rector. Ich werde Sie umbringen. Ich werde Ihr Leben beenden.«

Er schnippt noch einmal die Münze meines Vaters hoch und entgegnet lässig: »Glaube ich nicht. Ich hab so viel um die Ohren, ich hab einfach keine Zeit zu sterben.« Er steckt sich meine Münze wieder in die Tasche. »Wusstest du, dass ich erst vor ein paar Wochen gestorben bin?« Er beäugt mich, forscht in meinem Gesicht nach der Antwort. »Nein, natürlich wusstest du das nicht. So viele Dämonen da unten kämpfen darum, Sammler zu werden.«

Ich fühle, wie sich meine Augen weiten, wie mein Atem stockt. »Das können Sie nicht sein.«

»Oh doch, das kann ich.« Rector zieht sein Hosenbein hoch und entblößt eine goldene Fußfessel. »Die siebte Fußfessel.«

»Sie Lügner«, knurre ich. »Es gibt nur sechs.«

Er schüttelt den Kopf. »Ich fürchte, man hat dir nicht die ganze Wahrheit gesagt. Sechs sind für Sammler reserviert. Aber die siebte ist für den großen Boss selbst.«

Mein Herz bleibt stehen. Eine siebte Fußfessel? Das ist nicht möglich. Ich hätte davon gewusst. Der große Boss hätte es mir gesagt. Ich war seine rechte Hand. Er hat mir nie etwas verheimlicht.

»Du kannst nachvollziehen, warum ich dankbar bin, hier zu sein«, redet Rector weiter. »Der große Boss muss sehr von meinem Können überzeugt sein, wenn er mir seine Fähigkeit, auf Erden zu wandeln, abtritt. Ich gebe zu, es hat einiger Überzeugung bedurft. Eigentlich hast du mir dabei geholfen, weil du so lange gebraucht hast, bis du das Mädchen endlich dazu gebracht hast, den Vertrag zu unterschreiben. Der große Boss wurde ungeduldig, und ich versprach ihm – nein, versicherte ihm – dass ich dich dazu bringen könnte, den Auftrag zu beenden.«

Mir schwirrt der Kopf, als er die Worte ausspuckt. Ich begreife nicht, dass der große Boss die siebte Fußfessel vor mir geheim gehalten hat. Und dass er kein Problem damit hatte, diesem Mistkerl davon zu erzählen. Mir dämmert langsam, dass ich nie die Nummer eins vom großen Boss war, dass er immer auf jemand anderen gewartet hat, der diese Stelle ausfüllt. Schlimmer noch, ich begreife nicht, wie ich diesen Arsch nicht spüren konnte, als er in Chicago mit meiner Mutter zusammen war. Aber ich war wohl zu sehr damit beschäftigt, mich zu gruseln, dass meine Mutter einen Freund hat.

Rector klopft sich auf die Brust. »Und schau her, er hat mir eine Chance gegeben. Ich hab ihm schon früh gezeigt, dass ich an die rankomme, die dir wichtig sind. Wie deine süße Mutter.« Er bewegt die Hände, um weibliche Kurven anzudeuten, und ich beiße die Zähne zusammen, um nicht zu schreien. »Danach hat er mir ein Geschäft vorgeschlagen: Wenn ich den Auftrag zu Ende bringe, geht die Beförderung an mich.«

»Ja«, stimmt Kincaid ein. »Und Rector hat uns mehr Zeit auf der Erde versprochen.«

Die anderen drei Sammler nicken und murmeln vor sich hin, um ihrem potenziellen neuen Seelendirektor ihre Unterstützung zu zeigen.

»Weißt du, ich habe dich schon früher beobachtet«, fährt Rector fort. »Du warst immer so dreist. So ein arroganter Arsch. Ich konnte es kaum erwarten, dir alles wegzunehmen. Und«, sagt er und kratzt sich am Kinn, »ich denke, ich habe meine Sache ziemlich gut gemacht.« Rector kommt auf uns zu. »Ich hatte viel Spaß dabei, Max und dich aufs Kreuz zu legen. Aber jetzt lass uns das Ganze über die Bühne bringen, ja?«

Irgendetwas in mir gibt nach, und ich hechte auf ihn zu. Aber bevor ich Rector erreiche, ist Kincaid schon bei Charlie und steckt ihr die verdammte Pistole unters Kinn. Sie stößt einen erstickten Schrei aus, und das Geräusch erledigt mich. Ich will glauben, dass er ihr nichts tun wird, aber ich bleibe trotzdem lieber stehen. Dann werfe ich die Arme hoch, um ihnen zu zeigen, dass ich nicht näher komme. Ich fange Charlies Blick auf, als Kincaid sie zu Rector zerrt. »Charlie, hör mir zu«, sage ich. »Ich liebe dich. Ich liebe dich so sehr. Ich werde nicht zulassen, dass sie dir wehtun. Hörst du mich?«

Tränen strömen Charlie über die Wangen, aber sie beißt die Zähne zusammen, als versuche sie krampfhaft, keine Angst zu zeigen.

Ich spüre plötzlich etwas Hartes im Rücken und weiß, dass es eine Waffe ist. Neben mir entdecke ich Max auf dem Boden. Er muss gleichzeitig mit mir angegriffen haben und überwältigt worden sein. Valerie kniet über ihm, ihre Augen auf die Waffe unter Charlies Kinn gerichtet.

»Bitte tut ihr nichts«, fleht Valerie.

Kincaid richtet seine Waffe auf sie. »Wer zum Teufel ist die da?«

»Meine Verlobte«, mischt sich Max ein und versucht zu vertuschen, wer sie wirklich ist.

Kincaid rümpft die Nase. »Du willst eine Sterbliche heiraten? Das ist ja widerlich.« Er richtet die Pistole wieder auf Charlie, und der Sammler hinter mir, Anthony, hält mir seine Pistole an den Kopf.

»Danke, Kincaid. Du warst eine große Hilfe.« Rector nimmt die Waffe, die Kincaid ihm hinhält, und bedeutet ihm zurückzutreten. Dann zieht Rector Charlie an sich und presst die Lippen zusammen. Er schaut mich an, als Charlie die Augen zukneift. »Sie sieht wirklich gut aus, was?« Rector stößt seine Hüften in ihre Richtung und die Sammler lachen.

»Lass sie in Ruhe«, knurre ich. Mein Blut kocht.

Rector beugt sich vor und flüstert Charlie ins Ohr. »Mach die Augen auf, Mädchen. Sieh Dante an. Sieh diesen Jungen an, den du liebst.«

Sie öffnet die Augen, und als sie die Pistole sieht, die gegen meinen Kopf gedrückt wird, verzerrt sich ihr Gesicht vor Angst.

Rector gibt Kincaid ein Zeichen, und der tritt vor und

reicht ihm zusammengerollte Papiere – offenbar der Seelenvertrag. Er knipst Charlies Seelenlicht an und grinst, als er feststellt, wie wenig davon unbedeckt ist.

Er drückt seine Nase gegen ihre Wange. »Komm, Kindchen, bitte nur noch um eine Sache.« Er hält inne und denkt nach. »Was ist mit diesem Humpeln, willst du das nicht loswerden?«

Die Tränen fließen nur so über Charlies Wangen, aber da ist noch Kampfgeist in ihren Augen.

»Tu es nicht, Charlie«, flehe ich. »Sieh mich an. Charlie! Sieh mich an!«

Unsere Blicke treffen sich.

Rector nickt Anthony zu, dem Sammler, der mir die Waffe an den Kopf hält, die er nun fester gegen meine Schläfe drückt. Ein klickendes Geräusch erklingt nah an meinem Ohr, als er die Waffe entsichert.

»Nein«, sagt Charlie ruhig. »Du wirst ihm nichts tun.«

Anthony legt den Finger auf den Abzug und tut so, als würde er gleich abdrücken, und in dem Moment sehe ich Charlies Zuversicht schwinden.

»Charlie, es wird mir nicht schaden«, lüge ich. »Ich bin unsterblich. Sie können mich nicht umbringen.«

»Er hat recht«, stimmt Rector mir zu. »Wir können ihn nicht mit einer Kugel umbringen. Aber diese Waffe wird ihn für etliche Tage ausschalten, und in der Zwischenzeit werden wir seinen Körper nach unten schleppen und ihn zu ewiger Folter einsperren. Willst du das?«

Charlies Brust hebt und senkt sich so schnell, dass ich Angst habe, ihr Herz könnte stehen bleiben.

»Ich frage: Willst du das?«, brüllt Rector ihr ins Gesicht.

Ihr Körper zittert unkontrolliert als Antwort, und der Anblick ist so schrecklich, dass ich die Augen schließen muss. Wenn ich die Waffe packen und mir selbst eine Kugel damit verpassen würde, könnte ich dem hier ein Ende bereiten? Nein. Sie würden sie mit irgendetwas anderem unter Druck setzen, bis sie nachgibt. Das Einzige, was ich machen kann, ist sie anzuflehen, ihnen nicht zu geben, was sie verlangen. Und beten, dass sie ihr nichts tun.

Charlie öffnet ihren Mund.

»Nicht, Baby«, bitte ich. »Denk daran, woher du deine Verletzung hast. Denk an deine Eltern.«

Charlies Gesicht verzerrt sich vor Schmerz, als erinnere sie sich an den Verlust. Und ich begreife plötzlich, dass ich das Falsche gesagt habe. Sie reißt die Augen weit auf und lässt den Kopf nach hinten fallen.

»Ich darf dich nicht verlieren«, flüstert sie.

»Nein«, sage ich, aber ich weiß, dass es zu spät ist.

Charlie schließt die Augen und sagt sanft: »Ich wünsche mir, schön zu sein.«

Sobald die Worte ihren Mund verlassen, löst sich ein Siegel von meiner Brust, überwindet die Entfernung zwischen uns und heftet sich an ihr Licht. Dann erscheint, so leise wie ein Seufzer, ein helles Leuchten um Charlie herum. Es schwebt dort wie ein warmer Kokon.

Und noch während ich aufschreie, schwebt Charlies unbefleckte Seele langsam auf mich zu und gleitet anmutig in meinen Körper hinein.

52
Es werde Licht

Rector öffnet seinen großen Mund und lacht heftig. Er reißt Charlie an sich, leckt ihr über ihren zarten Hals und schubst sie zu Boden.

»Braves Mädchen«, sagt er und fixiert mich. »Der Vertrag wurde erfüllt. Deine Seele wurde von Mister Walker hier eingesammelt und jetzt müssen wir ihn nur noch runterbringen.«

Ich lege mir meine Hände flach auf die Brust. Ich kann nicht glauben, dass ich ihre Seele habe, dass ich in der Lage war, sie einzusammeln, obwohl ich keine Fußfessel mehr trage. Es fühlt sich falsch an.

Rector bedeutet Anthony, die Waffe von meinem Kopf zu entfernen und zurückzutreten, und er tut es. »Das sollte kein Problem sein. Ich bin mir sicher, dass wir dich zu fünft unbeschadet nach unten bringen könnten. Aber dir die letzten paar Tage auf den Fersen zu bleiben, war außerordentlich nervig, und ich habe Lust, Dampf abzulassen.« Rector hebt die Waffe in meine Richtung und zielt.

»Nein!« Charlie springt auf und wirft sich vor ihn. Ein lauter Knall ertönt und alles in mir schreit. Ich sehe mein Mädchen zusammenbrechen, und alles um mich herum kippt. Eine Sekunde lang wirkt sogar Rector entsetzt über das, was gerade passiert ist. Aber dann rollt Charlie sich auf die Seite, hält sich den Arm, und ich erkenne, dass die Kugel sie nur gestreift hat.

Rector lacht erleichtert auf. »Oh, Scheiße«, sagt er. »Ich dachte, ich hätte sie umgebracht. Das stand nicht auf meiner Liste. Da kann ich aber verdammt froh sein, dass sie noch atmet. Der große Boss wäre darüber sicher nicht sehr erfreut gewesen.«

Mir ist schlecht vor Erleichterung, dass Charlie okay zu sein scheint. Und dass diese Typen nicht den Befehl haben, sie zu töten, egal was heute Abend hier passiert. Jedenfalls noch nicht. Aber das ändert nichts an der Tatsache, dass Rector sie fast getötet hätte. Blind vor Wut und Angst stürze ich auf Rector zu und schere mich nicht länger darum, ob der Sammler hinter mir abdrückt. Ich werfe mich auf ihn und wir fallen beide zu Boden. Wir kämpfen, und ich schaffe es, nach oben zu kommen. Ich packe seinen Kopf und lasse ihn zweimal auf den Boden krachen, bis ich den Lauf seiner Pistole an meinem Bauch spüre. Er ist bereit zu schießen.

Rector lächelt. »Gute Nacht.«

Plötzlich dröhnt eine Stimme durch den Wald. »Halt!«

Alle reißen die Augen auf und sehen sich nach dem Geräusch um. Ich nutze die Gelegenheit, von Rectors Waffe wegzukommen, und springe zurück.

»Eure Waffen bringen Schande selbst über euresgleichen. Legt sie nieder«, befiehlt die Stimme. »Sofort.«

Ich kneife die Augen zusammen und beobachte, wie

ein Typ zum Vorschein kommt. Er sieht aus, als wäre er Anfang zwanzig, und er hat schulterlanges, blondes Haar. Während er mit geradem Rücken stolz dasteht, durchbohrt der Blick seiner dunklen Augen Rector.

»Kraven!«, brüllt Valerie.

Der Typ, Kraven, wirft einen schnellen Blick auf Valerie. Dann wendet er sich wieder Rector zu.

»Wer zum Teufel bist du?«, fragt Rector.

Kraven stiert ihn finster an. Langsam wiederholt er seine Worte. »Legt. Die. Pistolen. Weg.«

Seine Stimme ist Ehrfurcht gebietend, aber Rector verdreht nur die Augen und erwidert: »Kann mal bitte jemand diesen Burschen umlegen?«

Kincaid läuft auf Kraven zu, und plötzlich ist die ganze Gegend in blendendes, weißes Licht getaucht. Es strahlt aus Kravens Körper, und ich muss die Augen schützen. Als das Licht verblasst, nehme ich die Hand weg und schnappe nach Luft.

Kravens Körper ist von zwei riesigen, weißen Flügeln umrahmt. Sie sind über seinem Kopf gewölbt und gen Himmel gestreckt, und er sieht total krass aus.

Ich werfe einen Blick auf Rector, dessen Gesicht einen Moment lang in Panik erstarrt ist. Dann sieht er seine Sammler reihum an, erinnert sich an seine Mission und blafft: »Ich habe gesagt, ihr sollt ihn fertigmachen!«

Die Sammler, die vor Rectors Zorn mehr Angst haben als vor Kraven, eilen auf den geflügelten Typen zu. Kincaid ist ihm am nächsten, also kommt er als Erster dort an. Kraven legt einen Flügel um seinen Körper und schnellt ihn dann nach außen. Die Bewegung ist so rasant, dass ich den Wind auf dem Gesicht spüre. Kincaid fliegt durch die Luft und kracht mit einem dumpfen Aufprall gegen einen Baum. Ich bin mir nicht sicher, aber Kincaid scheint nicht mehr zu atmen.

Rector wirkt entrüstet über das, was Kraven gerade getan hat. »Befreier!«, brüllt er. »Du willst einen Kampf?«

Da Rector abgelenkt ist, renne ich zu Charlie. Aber ich bleibe stehen, als Rector vor mich springt. Sein Gesicht. Irgendetwas stimmt mit seinem Gesicht nicht. Als wäre die Haut zu straff über seine Knochen gespannt. Ich trete einen Schritt zurück, obwohl alles in mir nach Charlie schreit. Rector legt den Kopf schief wie ein Vogel, dann höre ich ein Furcht einflößendes Reißen hinter ihm. Er stampft wieder und wieder mit dem rechten Fuß auf den Boden.

»Du willst gegen mich kämpfen?«, brüllt er, und es fühlt sich beinahe so an, als würde die Erde beben. Hinter Rector stolpert Charlie rückwärts. Und dann sehe ich, warum sie gestolpert ist.

Gewaltige, schwarze Flügel entfalten sich langsam aus Rectors Rücken. Sie sind nicht wie die von Kraven. Sie sind nicht mit Federn bedeckt und sie leuchten auch nicht. Stattdessen sind seine Flügel wie die einer Fledermaus, glatt wie neues Leder und an mehreren Stellen ausgefranst. Mir klappt der Unterkiefer herunter, als er mit seinen Flügeln einmal schlägt und einen Windstoß über mein Gesicht peitschen lässt. Rector beugt sich vor, als wolle er springen. Ich bin mir sicher, dass er mich abschlachten wird, aber dann bemerke ich, dass sein Blick immer noch auf Kraven ruht.

Rector springt, und gerade als er im Begriff steht, über mich hinwegzusegeln, macht Charlie einen Satz auf seinen Rücken.

Ich kann nicht glauben, was ich sehe, bis Charlie und Rector gemeinsam zu Boden krachen. Sie hat ihn aus dem Gleichgewicht gebracht. Meine Charlie hat gerade einen Dämon mit verdammten Flügeln zu Fall gebracht.

Diesmal erreiche ich Charlie gerade noch rechtzeitig. Ich ziehe sie hoch, als Rector Charlies Seele komplett vergisst und auf Kraven zustürzt. Rectors verbliebene Sammler, sichtlich benommen von der Erkenntnis, wozu Rector fähig ist, versuchen weiter, gegen Kraven zu kämpfen. Max und Valerie stehen neben Kraven und versuchen, ihn von den anderen Sammlern zu befreien, damit er sich auf Rector konzentrieren kann.

»Lauf, du Idiot«, schreit Valerie. »Bring sie von hier weg!«

Und das tue ich. Ich nicke einmal knapp in Valeries Richtung, weil ich nicht weiß, ob ich sie oder Max jemals wiedersehen werde, und renne los. Hand in Hand schaffen Charlie und ich fast achthundert Meter, bevor ein unerträglicher Schmerz mich durchzuckt und ich zusammenbreche. Der Schmerz versengt das Innere meines Kopfes und verkrampft meine Muskeln, bis ich schreie.

Charlie wird blass vor Sorge. »Dante«, stößt sie hervor und schnappt nach Luft, »was ist los?«

Einen Moment lang verstehe ich es selbst nicht und

versuche, wieder aufzustehen. Aber als ich erneut blind vor Schmerz zusammensacke, erinnere ich mich daran, warum das passiert. Ich erinnere mich daran, was ich entfernt habe, um Charlie zu retten. Ich erinnere mich, dass mein Ende naht.

Nach einigen Sekunden verebbt der Schmerz. Ich fühle mich unwirklich erschöpft, als wäre es schon schwer zu atmen, geschweige denn zu laufen. Aber ich weiß, dass ich sie zu meinem Auto zurückbringen muss. Ich habe keine Ahnung, wie lange ich durchhalten werde, aber ich muss sie zumindest bis dahin bringen.

Mit knirschenden Zähnen richte ich mich auf, und nachdem ich Charlie versichert habe, dass es mir gut geht, rennen wir wieder los. Ich versuche, mich auf den Feldweg zuzubewegen, wobei ich so schnell bin, wie mein sterbender Körper es zulässt. Es fühlt sich an, als seien wir nur wenige Meter von Elizabeth Taylor entfernt, als ich ein Sausen höre. Ich fahre herum und sehe Rector mit einem dumpfen Aufprall landen. Ich weiß nicht, ob er uns nachgejagt oder nachgeflogen ist oder ob er überhaupt fliegen kann. Es ist der einzige Gedanke, der mir durch den Kopf geht, bevor er einen Schlag in meine Eingeweide landet.

»So ist es viel besser«, sagt er, sein Gesicht immer noch verzerrt. »Jetzt weiß ich, dass keiner je irgendetwas hiervon erfahren wird.«

Als er den Arm hebt, erwarte ich, dass er mich wieder schlägt. Aber dann erklärt er: »Das ist dafür, dass du dich mir in den Weg gestellt hast, Miststück.« Seine Hand fliegt in Charlies Gesicht, und sie stürzt zu Boden.

Ich bin auf ihm, bevor er den Arm auch nur zurückziehen kann. Zum Teufel mit Flügeln und abartigem Gesicht, dieser Mistkerl kriegt, was er verdient.

Wie ein Bulldozer krache ich in Rector hinein. Er fliegt von den Füßen, und sein potthässlicher Kopf schlägt auf dem Boden auf. Der plötzliche Angriff scheint ihn zu erschüttern, und diese Verwirrung gibt mir genug Zeit, um auf ihn zu klettern. Ich lande einen Schlag auf seine Brust, direkt über seinem Herzen. Rector zieht rasselnd Luft in seine Lungen und ringt um Atem. Dabei greife ich über seine Schulter und packe seinen rechten Flügel. Ich reiße ihn mit aller Kraft an mich. Der Flügel fühlt sich gummiartig in meiner Hand an und Rector schreit vor Schmerz. Mit einer großen Kraftanstrengung stößt er sich nach vorn ab und benutzt dabei seine Flügel als Arme.

Charlie eilt auf ihn zu, aber bevor sie ihm irgendeinen Schaden zufügen kann, fegt er sie mit dem Flügel von den Füßen, wie Kraven es mit Kincaid gemacht hat. Sie fliegt ein paar Meter weit und rollt dann über den Boden, bis sie liegen bleibt. Meine Kehle schnürt sich zu, als ich mich erinnere, wie Kincaid ausgesehen hat, nachdem ihm das Gleiche widerfahren war. Dass er tot aussah. Aber dann sehe ich, dass sie sich müht aufzustehen. Sie ist okay. Voller Angst, dass Rector sie erneut schlägt, springe ich auf und renne auf ihn zu.

Aber bevor ich ihn erreiche, reißt ein erneuter Schmerz mich auf die Knie. Ich nehme den Kopf zwischen beide Hände und schreie auf.

»Dante!«, brullt Charlie.

»Halt. Den. Mund«, sagt Rector. Ich höre ein schreckliches Geräusch und weiß, dass er Charlie wehgetan hat. »Weißt du, was ich hasse? Dass ich nicht einem einzigen mickrigen Menschen etwas antun darf. Ich meine, dieses Mädchen hätte alles für hundert Jahre ruinieren können, und ich muss warten, um sie zu töten? Worauf warten? Dass Gott eine Chance hat, unseren Plan zu vereiteln?« Er spuckt den Namen des Obergurus aus, als wäre er giftig.

Ich versuche, zu Charlie hinüberzukriechen, aber ich kann sie kaum noch sehen. »Ich sterbe«, denke ich. »Ich sterbe zum letzten Mal, und ich weiß nicht, was aus Charlies Seele wird, wenn ich das tue.« Schwärze wabert vor meinen Augen, und ich habe das Gefühl, über meinem Körper zu schweben. Der Schmerz versengt meine Haut und krampft meinen Magen zu einer Faust zusammen. Es tut unvorstellbar weh – und es ist das Letzte, was ich erleben werde, während meine Freundin vor meinen Augen zusammengeschlagen wird.

»Was ist los mit dir?« Rector versetzt mir einen Tritt in die Rippen und ich beiße die Zähne zusammen. »Haben meine Leute dich vorhin in die Mangel genommen?« Er lacht. »Nun, ich bin froh, dass du es überstanden hast. Du darfst dich freuen, uns zuzugucken. Nur weil ich sie nicht töten kann, heißt das nicht, dass ich ihr nicht wehtun kann, habe ich recht?«

Rector hebt seine Waffe und will Charlie verletzen. Gerade als er zuschlägt, sehe ich etwas Buntes auf ihn zurennen.

Blue rammt Rector.

Blue!

Während sie um die Waffe kämpfen, begreife ich, dass er es gewesen sein muss, der mich heute Nacht verfolgt hat.

Charlie schreit Blues Namen. Dann bemüht sie sich aufzustehen und versucht, nach Rector zu schlagen. Er stößt sie zu Boden und versetzt Blue einen Kinnhaken. Blues blaue Schminke klebt ihm an den Knöcheln.

»Charlie«, stoße ich mit erstickter Stimme hervor. »Lauf.«

Sie kommt zu mir herübergerannt und versucht, mich hochzuziehen.

Ich drücke sie weg. »Lauf, Charlie. Sofort. Wenn du mich liebst ... lauf!«

Sie schaut Rector an. Sie denkt, dass er ihr vielleicht folgen und Blue und mich in Ruhe lassen wird, wenn sie wegläuft. Sie sieht mich an, drückt meine Hand und wendet sich zum Gehen. Sie rennt zuerst noch hinkend, aber als sie kapiert, dass ihre Hüfte nicht länger beschädigt ist, rennt sie richtig. Mir wird leichter ums Herz, als ich beobachte, wie sie mit präzisen Bewegungen über den Weg fliegt.

Ich höre Valerie ihren Namen rufen und weiß, wenn sie Charlie vor Rector erreicht, hat Charlie eine Chance, sich in Sicherheit zu bringen.

Rector weiß es ebenfalls, denn er knurrt wie ein tollwütiges Tier und will hinter ihr herrennen. Blue springt ihm auf den Rücken und reißt ihn zu Boden. Blue ist eigentlich ein schmales Hemd, aber in diesem Moment ist er ein Pitbull und benutzt jedes Pfund, das er hat, um anzugreifen. Rector wirbelt herum und kämpft gegen ihn. Sie balgen sich einige Minuten lang, schreien und zerren aneinander.

Ein plötzlicher Knall bricht in meine sterbenden Gedanken ein.

Blue treten die Augen aus den Höhlen, und sein Gesicht zieht sich vor Schreck zusammen. Langsam sackt er zu Boden. Als er auf die Erde fällt, hält Rector schlaff eine Waffe in der Hand, eine Waffe, von der mir nicht klar war, dass er sie hatte. Sein Blick begegnet meinem, und er wirkt ... entsetzt.

So sehr Rector diese Beförderung will, so sehr er sich dem großen Boss gegenüber beweisen will, er weiß, was wir nicht tun dürfen.

Wir dürfen niemals – *niemals* – einem Menschen Schaden zufügen.

Der große Boss hat eindeutig geplant, einen Menschen zu verletzen – Charlie. Aber nicht jetzt. Der jetzige Zeitpunkt ist nicht Teil seines Plans. Das hat Rector vermasselt, und er wird sich vor dem Teufel selbst für das, was er getan hat, verantworten müssen.

Der Ausdruck auf Rectors Gesicht sagt, dass er nicht wollte, dass die Waffe losgeht. Aber vielleicht spielt das keine Rolle, und er weiß das. Es war eine Sache, Charlie zu schlagen; ihre Prellungen werden verheilen. Aber dies ... Rectors Unfall wird einen Krieg zwischen Himmel und Hölle entfachen.

Er lässt die Waffe fallen und bückt sich. Dann zieht er mich am Hemd hoch und presst seine Brust gegen meine. Etwas zerrt an meinen Rippen, aber ich bin so weit hinüber, dass ich mir nicht sicher bin, was passiert.

Rector lächelt düster, als hätte er bekommen, was er

wollte. Dann lässt er mich auf den Boden fallen und rennt weg.

Als Rector fort ist, schleppe ich mich zu Blue hinüber und versuche, auf seine Wunde zu drücken. Er ringt nach Luft, und ich lege den anderen Arm um sein grell bemaltes Gesicht.

»Es ist okay«, sage ich ihm. »Wir bringen dich ins Krankenhaus.« Selbst das Sprechen kostet mich mein Leben, und ich weiß, dass ich ebenso schnell dahinschwinde wie Blue.

Blue spuckt und presst die Augen zusammen. Sein ganzer Körper zittert, als wäre es unter null Grad. Ich packe ihn fester und erzähle ihm all die Lügen, die ich so gut zu erzählen gelernt habe. Ich erzähle ihm, dass es nicht so schlimm sei, dass Hilfe unterwegs sei. Ich erzähle ihm, was immer ich kann, um die Wahrheit nicht herausplatzen zu lassen – dass er dies unmöglich überleben kann.

Blue flüstert etwas, was ich nicht verstehe, und ich muss nachfragen, was er gesagt hat.

Seine Augen sind immer noch geschlossen, und er stößt mit flacher Stimme hervor: »Ich … liebe … sie.«

»Ich weiß«, erwidere ich. »Sie weiß es.«

Blue öffnet mehrmals den Mund und schließt ihn wieder, als versuche er zu atmen, könne es aber nicht.

»Blue.« Ich ziehe ihn enger an mich. »Blue!«

Er entspannt sich. Sein Körper rollt auf die Seite und ich weiß, dass es vorbei ist. Ich kneife die Augen fest zusammen.

Irgendwo in der Ferne höre ich den Motor eines Autos. Ich bete, dass es Valerie hinter dem Lenkrad von Elizabeth Taylor ist, dass Charlie neben ihr sitzt und Max auf der Rückbank. Ich bete, dass meine Freunde entkommen und dass sie sich an Blue erinnern, der heute Nacht für sie gestorben ist. Und ich hoffe, dass sie sich auch an mich erinnern. Tief im Innern hoffe ich, am Ende jemand gewesen zu sein, an den es sich zu erinnern lohnt.

Ich lege mich hin und lasse den Schmerz auf mich einstürzen. Die Nägel in die Erde gekrallt, denke ich an Charlie. Ich denke an ihren schönen, lächelnden Mund. Ich denke an das Gefühl ihrer Haut auf meiner, und an das lebendige Funkeln in ihren leuchtend blauen Augen.

Ich taste nach Blues Hand und finde sie. Dann drücke ich sie fest und danke dem Jungen, der aus dieser Welt geschieden ist. Ich drehe mich zu ihm um. Eine Träne rinnt mir über die Wange, und ich sage ihm: »Ich habe sie auch geliebt.«

Schwärze legt sich wie eine dicke Decke über mich.

Sie erstickt alles, was von meinem Leben übrig ist.

Und mit Charlies lächelndem Gesicht im Kopf und ihrem Namen auf den Lippen lasse ich los.

53

Wiedergeburt

Grelles Licht brennt vor meinen Augen, und ich denke: Wirklich? Das ist der Tod?

Lahm.

Aber dann höre ich etwas und bin mir sicher, dass das nicht richtig ist, denn erstens gibt es nach dem Tod keinen Lärm, und zweitens sollte ich eigentlich überhaupt nicht denken.

Ich öffne die Augen und sehe Charlies breites, dämliches Grinsen, und ich beschließe, dass ich kein Problem mit der Ewigkeit habe, wenn sie so aussieht.

»Er ist wach«, quietscht sie.

Dieses Quietschen. Mach es noch einmal. Bitte, mach es noch einmal.

Die imaginäre Charlie ergreift meine Hände, und ich ziehe meinen imaginären Hintern im Bett hoch und starre sie an. Sie sieht genauso aus wie bei meiner letzten Begegnung mit ihr – bedeckt mit kleinen Wunden aus dem Kampf, aber ansonsten wunderschön.

»Vorsicht«, mahnt sie. »Übertreib es nicht.«

Ich schaue mich um und bemerke, dass dieser Ort wie Omas Haus aussieht, geblümt und kitschig mit einem milden Gestank nach alten Leuten. Ich liebe es so sehr, dass ich schreien könnte.

»Es übertreiben? Er kann es nicht übertreiben. Er ist Dante Walker, stimmt's?« Max kommt ins Zimmer und strahlt wie ein echter, lebender Mensch.

»Passiert das hier wirklich?« Es überrascht mich, meine eigene Stimme zu hören, und ich beschließe an Ort und Stelle, dass ich eine absolut perfekte Männerstimme habe.

»Ja, verdammt noch mal«, erklärt Valerie und kommt hinter Max hervor. Sie schlingt die Arme um ihren Verlobten und schaut lächelnd zu ihm auf, dann wieder zurück zu mir. »Wir haben deinen hässlichen Hintern gerettet. Obwohl ich sagen muss, deine Fußfessel zu entfernen war eine bescheuerte Idee.«

»Es war heldenhaft.« Charlie beugt sich vor und küsst mich auf die Wange. »Und ja, bescheuert.«

»Ich verstehe nicht«, sage ich kopfschüttelnd. »Wie komme ich hierher?«

Charlie und Max sehen Valerie an, und mir wird klar, dass mir irgendetwas Großes entgeht.

Valerie räuspert sich. »Ähm, hier ist jemand, der dich sehen möchte, falls du dich weiteren Besuchern gewachsen fühlst.«

Ich nicke, und sie wenden sich zum Gehen.

»Nein, wartet, geht nicht. Noch nicht.« Ich richte mich höher auf.

Valerie verzieht den Mund zu einem mitfühlenden Lächeln. »Du wirst einen Moment allein brauchen. Vertrau mir.«

Die drei verlassen das Zimmer, und einige Sekunden später tritt jemand anderes ein. Als ich ihn sehe, schlägt mein Herz laut in meiner Brust, und der Unterkiefer klappt mir herunter.

»Dad«, flüstere ich.

Mein Dad kommt ans Bett geeilt und zieht mich in seine Arme. Er hält mich mehrere Sekunden lang fest, dann nimmt er mein Gesicht in beide Hände. »Mein Sohn. Mein D.«

»Du lebst«, keuche ich und kann nicht glauben, dass er wirklich hier ist.

Er grinst, und plötzlich erinnere ich mich daran, wie sehr ich sein Gesicht vermisst habe. Es öffnet etwas Wunderbares in mir.

»So halb«, antwortet er. Er schwingt ein Bein aufs Bett, krempelt sein Hosenbein hoch und zeigt mir die goldene Fußfessel um seinen Knöchel.

Ich keuche auf. »Du bist ein Befreier?«

»Nein, ich habe mir diese Fußfessel nur geliehen«, antwortet er und setzt sich auf die Bettkante. »Ich habe einen Sonderantrag gestellt, um dir mit einer Sache zu helfen.«

Ich bekomme keine Worte mehr heraus und kann nicht anders, als meinen Vater anzustarren.

»Hör zu, Dante, ich kann nicht lange bleiben. Aber ich wollte dir etwas sagen.« Er ergreift meine Hand und tätschelt sie. Sein Blick ist weiter auf meine Hand gerichtet, während er spricht, als wäre es zu schwierig, mir in die Augen zu sehen. »Die Nacht damals. Es war nicht deine Schuld. Und ich habe zwei Jahre lang mit angesehen, wie du diesen Vorwurf mit dir herumgetragen hast.« Mein Dad hebt den Kopf und sieht mir direkt in die Augen. »Lass es los.«

Ich schlucke. Schließlich stoße ich mit erstickter Stimme hervor: »Aber wenn ich auf die Straße geachtet hätte, statt herumzumeckern, weil du meinen Geburtstag verpasst hast …« Heiße Tränen brennen mir in den Augen, aber ich weigere mich, vor ihm zu weinen.

»Es war ein Unfall, Junge«, sagt er energisch.

Ich beiße die Zähne zusammen und starre auf seine Hand über meiner.

»Dante Walker, du sagst mir sofort, dass du loslassen wirst.«

»Na schön, Mama«, antworte ich.

Mein Dad stößt ein kurzes Lachen aus. »Gut«, sagt er, und ein Lächeln breitet sich auf seinem Gesicht aus. »Jetzt will ich, dass du diese Chance nutzt, um der Mann zu sein, der du sein kannst. Ich weiß, du kannst es.«

Ich habe keine Ahnung, wovon er redet, aber ich bin zu verblüfft von allem, was während der letzten paar Minuten geschehen ist, um mehr zu tun, als zu nicken. Mein Dad – mein Dad! – umarmt mich noch einmal.

»Ich liebe dich, Junge«, murmelt er.

Er erhebt sich vom Bett und geht auf die Tür zu. Er dreht sich um, als bereite es ihm Schmerzen, das zu tun, und er salutiert wie ein Soldat vor mir.

Ich lache und grüße zurück. In meinem Herzen explodiert ein Feuerwerk.

Charlie streckt den Kopf durch die Tür und kommt zu

mir. Das Hinken ist verschwunden. Valerie und Max zockeln hinter ihr her.

»Werde ich ihn wiedersehen?«, frage ich Valerie und hoffe, dass sie die Antwort kennt. Hoffe, dass sie nicht bemerken, wie meine Stimme zittert.

Sie zuckt mit den Schultern. »Vielleicht.«

»Meinen Dad zu sehen, ist wie …« Ich atme tief ein und muss auflachen. »Es ist unglaublich«, beende ich meinen Satz. »Aber ich verstehe immer noch nicht, wie ich überhaupt hierherkomme.«

Max öffnet den Mund, um zu antworten, aber Valerie legt ihm eine Hand auf die Brust. »Bitte, lass mich das machen.« Sie geht ans Fußende meines Bettes und schlägt die Decke zurück. »Guck mal.«

Ich beuge mich vor und kann nicht glauben, was ich sehe. »Nein«, sage ich.

»Doch«, sagt Valerie mit offensichtlichem Entzücken. Sie tippt mit ihrem langen, roten Fingernagel gegen die goldene Fußfessel um meinen Knöchel.

»Du hast meine Fußfessel repariert?«, frage ich, und das Glücksgefühl verliert sich wieder.

»Nicht ganz«, antwortet sie.

Charlie zieht meinen Arm auf ihren Schoß, und ich sehe sie an. »Du bist jetzt einer von ihnen«, erklärt sie.

Meine Augen weiten sich, und Charlie nickt, um mir zu versichern, dass es wahr ist.

»Oh, Teufel, nein«, sage ich, beuge mich vor und ziehe an der Fußfessel. »Ich bin kein Engel.«

»Jetzt bist du einer«, stellt Valerie fest. »Dein Vater hat

die Fußfessel abgeliefert, direkt vom Oberguru persönlich. Er denkt anscheinend, dass du in seiner Mannschaft von Nutzen sein kannst. Du solltest froh sein. Ohne ihn würdest du in der Erde verfaulen.«

Als ich das höre, sehe ich mich im Zimmer um und hoffe, dass ich ihn durch irgendein Wunder sehen werde.

»Blue?«, frage ich leise.

Charlies Augen füllen sich mit Tränen, und wische sie mit dem Daumen fort.

»Du warst eine Weile bewusstlos«, beginnt Max sanft. »Blues Beerdigung war vor einigen Tagen.«

Meine Kehle brennt, als ich an meinen gefallenen Kameraden denke – meinen Freund. Er war der wahre Held. Der Grund, warum Charlie lebt und hier bei mir ist. Der Grund, warum sie in Sicherheit ist.

»Und Annabelle?«, bringe ich heraus. »Weiß sie es?«

Charlie nickt. »Ich habe es ihr erzählt.«

Der Ausdruck auf Valeries Gesicht sagt, dass sie nicht damit einverstanden ist, jemand anderen ins Vertrauen zu ziehen, aber sie begreift Charlies Loyalität gegenüber ihren Freunden nicht.

»Was jetzt?« Ich sehe Valerie an. »Ich meine, ich habe ihre Seele, richtig? Gehen wir einfach nach oben und geben sie ab oder was? Wenn wir sie dem Oberguru geben, ist die Sache dann erledigt? Werden die Sammler sie in Ruhe lassen?« Hoffnungsvoll drücke ich Charlies Hand. Aber noch während ich die Fragen stelle, weiß ich, dass weitere Schlachten vor uns liegen. Selbst wenn mein großer Ex-Boss ihre Seele nicht bekommen hat, wird er trotzdem nicht riskieren wollen, dass sie lebt und Trelvator herbeiführt.

Valerie tritt von einem Fuß auf den anderen, als fühle sie sich unbehaglich. »Ähm, wir warten auf Nachricht, was wir tun sollen.« Beinahe so, als wechsele sie das Thema, fügt sie hinzu: »Wie hat dir Kraven gefallen?«

»Alter!«, wirft Max ein. »Zum hundertsten Mal, warum kann ich keine Ninja-Flügel bekommen? Schwarz oder weiß, das wäre mir egal.«

Valerie lacht und küsst ihn aufs Kinn. Dann schaut sie mich wieder an.

»Ja, auf was für einem Trip war dieser krasse Typ?«, frage ich und verspüre einen seltsamen Stich der Eifersucht, weil Rector wusste, wie man sich Flügel wachsen lassen kann, und ich nicht. »Hast du gewusst, dass Sammler und Befreier das können?«

Valerie beißt sich auf die Unterlippe. »Nein, nicht wirklich. Jedenfalls dachte ich, wir könnten das nicht mehr.«

Max tritt vor. »Valerie sagt, der Oberguru und der große Boss hätten uns damals unsere Fähigkeiten genommen, damit wir nicht zu mächtig wurden, aber jetzt, da die Kacke am Dampfen ist, sind wir vielleicht in der Lage, sie wiederzuerwecken.«

»Okay, ja«, sage ich, und die Aufregung gewährt mir eine kleine Atempause vom Schmerz. »Da müssen wir dranbleiben.« Im Geiste stelle ich mir vor, wie mir Superheldenflügel wachsen und ich unbesiegbar bin. Wenn Rector und dieser Kraven das können, dann kann ich das auch. Ich frage mich, welche anderen verrückten Fähigkeiten ich erwecken kann. Ich nehme mir vor, das so bald wie möglich herauszufinden.

Valerie und Max werden plötzlich zur Seite gestoßen. Oma kommt hereingeschlendert und trägt genug Parfüm, um den Geruch eines Dixiklos zu überlagern.

»Raus«, befiehlt sie und scheucht Valerie und Max aus dem Zimmer. »Los. Der Junge muss schlafen.«

»Bis später, Alter«, johlt Max, während Valerie über seine Schulter winkt. Ich sehe ihnen nach und frage mich, wie lange Max sich vor dem großen Boss verstecken kann. Er hat Verrat begangen, und es ist nur eine Frage der Zeit, bevor den Sammlern befohlen wird, ihn abzuliefern.

Da meine Freunde fort sind, dreht Oma sich zu mir und Charlie um. »Also«, beginnt sie ernst, »ich schließe jetzt diese Tür, und ich will nicht, dass irgendetwas Unanständiges passiert. Verstanden? Kein Rumfummeln oder Abknutschen oder wie immer ihr jungen Leute das nennt.«

»Oma«, fleht Charlie.

Oma zwinkert und grinst wie ein Fuchs, bevor sie die Tür hinter sich schließt. Sie weiß offensichtlich nicht, dass wir lebende Toten sind, denn ich bin mir ziemlich sicher, dass sie uns dann als Freunde kategorisieren würde, deren Umgang man meiden sollte. Kurz frage ich mich, ob sie Charlie schon gestanden hat, wie krank sie ist. Ich weiß, dass Charlie begriffen hat, was los ist, also müssen sie sich beide einfach den Tatsachen stellen. Aber vielleicht ist jetzt nicht der richtige Zeitpunkt, nicht nachdem der Schmerz um Blues Tod noch so frisch ist.

Charlies Gesicht verzieht sich zu einem breiten Lächeln, aber ich erkenne die Qual in ihren Augen, die Trauer um den Freund, der nicht hier ist.

»Komm her«, sage ich.

Charlie kriecht zu mir ins Bett und legt mir eine Hand auf die Brust. Ich schlinge den Arm um sie und ziehe sie so nah an mich heran, wie ich kann. Wenn es mir möglich wäre, würde ich sie in mich hineinziehen, wo ich sie für immer beschützen könnte.

»Meine Süße«, flüstere ich. »Du wirst die Welt verändern.«

Sie drückt den Kopf fester an meine Brust. »Nicht, dass du mich unter Druck setzen würdest.«

Ich lache leise. Dann halte ich inne und presse den Mund auf ihr Haar und schließe die Augen. »Ich liebe dich, Charlie«, sage ich. »Und es tut mir so leid, dass ich dich jemals belogen habe.«

Charlie hebt den Kopf. Ich will, dass sie mir sagt, dass sie mir verziehen habe, dass sie niemals fortgehen werde. Dass wir okay sein werden. Aber sie sagt nichts. Stattdessen beugt sie sich vor und küsst mich.

Meine Lippen bewegen sich auf ihren, und der Kuss sagt alles, was ich zu hören gehofft hatte. Er sagt mir, dass sie mich liebt und dass sie für immer dabei ist.

Ihr Vertrauen erinnert mich daran, dass ich eine zweite Chance haben kann.

Dass ich den, der ich war, hinter mir lassen kann.

Und das sein kann, was ich jetzt bin.

Verdorben bis ins Mark.

Danksagung

Es haben mir viele tolle Menschen auf dieser Reise geholfen. Zuerst ein Gruß – Faust auf Faust – an meine liebe Trisha Wolfe. Du hast Dante von Anfang an geliebt, und ja, er ist total deins. Danke an Mary Lindsey, Wendy Higgins, Veronica Rossi, C. C. Hunter, Rachel Harris, Jenny Martin, Lindsay Cummings und Mindee Arnett, die eine frühe Version des Buches gelesen und mir wertvolles Feedback geliefert haben. Ich habe euch lieb.

Ein dickes Dankeschön an Kevin Maus mit seinem großen Haus. Der Trailer für mein Buch geht voll und ganz auf seine Kappe. Meiner Verlegerin und Lektorin Liz Pelletier danke ich, weil sie überzeugt genug von Dantes Geschichte war, um sie zu kaufen. *Und siehe da!* Heather Riccio und Jessica Estep, ihr seid meine Publicity-Manager, und ihr lasst die Pferdchen tanzen. Meine Agentin, Laurie McLean, hat mir eine Chance gegeben und mein Buch an die Frau gebracht wie der Abzocker, der sie nun mal ist.

Ich drücke all meine Freunde, die mich bei jedem Schritt begleitet haben, besonders Gianina Bailey, Eiffat Karp und Angee Webb. Und meinen Leuten im Lincoln Park B&N Starbucks: danke für den (entkoffeinierten) Kaffee.

Tyse Kimball, große Schwester, du hast mir unzählige Male den Kopf gewaschen, während ich an meinem Buch saß. Und als wir das eine Mal auf dem Weg zu Oma waren, hast du mir eine sagenhafte Abreibung verpasst. Es war vernichtend. Jeremiah Kimball, ich danke dir dafür, dass du meine Schwester glücklich machst. Wetten, wenn ich es versuchte, könnte ich viel besser singen als du. Taylor Stanley, schön, dass du dich auf Bücher für junge Erwachsene einlässt, weil deine Schwester welche schreibt. Außerdem warst du beim Krippenspiel dieses Jahr eine Wucht. An meine Großmutter, die mich so sehr liebt, dass ich kaum weiß, wie ich damit klarkommen soll: Ich liebe dich noch eine Million mal mehr. Dankeschön auch an meine Großeltern, die sich inzwischen auf den Weg zum Oberguru gemacht haben. Ihr würdet hervorragende Befreier abgeben.

Ein Dank der ganzen Familie Scott, vor allem Linda und Royce, für ihre ständige Gastfreundschaft und dafür, dass ihr immer nach meinen Büchern fragt. Ich liebe euch!

Ich danke meiner Mom, Vicky Stanley, die mich schon früh mit Büchern vertraut gemacht hat und jeden weiteren Meilenstein meiner schriftstellerischen Laufbahn mit mir feiert. Und meinem Vater, Mark Stanley, den ich ganz närrisch liebe und der niemals erstaunt ist, wenn ich etwas Großes vollbringe. Hey Dad, die Kurzfassung, ja? Wer lacht denn jetzt?

Meinen tiefsten Dank der V-Mafia und ALLEN meinen Lesern. Danke, dass ihr Dante ins Herz geschlossen habt. Er und ich schätzen uns glücklich, dass wir euch haben.

Meinem Ehemann, Ryan. Du bist der Grund, aus dem ich atme. Dich zu heiraten war die beste Entscheidung, die ich je getroffen habe. Du und ich, Liebling. Für immer.

Und schließlich danke ich Gott, der echt schwer was draufhat, wie D-Dub. Danke, dass du mich mit all denen gesegnet hast, die ich gerade aufgezählt habe. Und sorry, dass Dante so böse ist. Er bessert sich bereits.

Victoria Scott

Feuer & Flut

ca. 400 Seiten, ISBN 978-3-570-16293-4

Die 17-jährige Tella zögert keine Sekunde, als sie eine Einladung zum mysteriösen *Brimstone Bleed* erhält, einem tödlichen Wettrennen, das sie und andere Teilnehmer durch einen tückischen Dschungel und eine sengend heiße Wüste führt. Als Preis winkt das Heilmittel für ihren todkranken Bruder. Zur Seite steht ihr ein Pandora, ein genetisch verändertes Tier, das sie bei ihrer Aufgabe unterstützen soll. In ihrem Fall ist es ein Fuchs namens Madox, und gemeinsam kämpfen sie sich durch die erste Etappe des mörderischen Rennens. Doch es kann nur einen Sieger geben, und jeder Teilnehmer ist bereit, sein Leben für das eines geliebten Menschen aufs Spiel zu setzen. Tella muss mehr über den *Brimstone Bleed* erfahren, bevor ihre Zeit abläuft. Doch dann verliebt sie sich in den mysteriösen Guy – und alle freundschaftlichen Gefühle scheinen dahin, als es auf die Zielgerade zugeht ...

70012

www.cbt-buecher.de